tredition®

www.tredition.de

Andreas Dahse

Das 7. Shakri

www.tredition.de

© 2021 Andreas Dahse

Verlag und Druck:
tredition GmbH, Halenreie 40-44, 22359 Hamburg

ISBN
Paperback: 978-3-347-22903-7
Hardcover: 978-3-347-22904-4
e-Book: 978-3-347-22905-1

Die Ereignisse, von denen ich hier berichten will, trugen sich vor gut drei Jahren zu. In der Zwischenzeit habe ich zwar mit Niemandem darüber gesprochen, aber zweimal versucht, sie zu Papier zu bringen, beziehungsweise, sie in meinen Laptop zu tippen. In beiden Fällen blieb es bei dem Versuch, denn der eigene Text erschien mir beim Lesen unglaubwürdig und völlig verrückt, obwohl ich mich – soweit ich mich erinnern kann – exakt an die Wahrheit hielt.

Dann, vor kurzer Zeit, erhielt ich von einem ehemaligen französischen Mitglied der Shakri Narubeth, der, sei es aus alter Gewohnheit oder als Hobby, die entsprechenden Veröffentlichungen seiner Regierung weiter verfolgt, die Nachricht, dass der als vermisst geltende Vincent Legrelle nun offiziell für tot erklärt und seine Akte geschlossen wurde. Zwei magere Sätze, die einen Menschen völlig unbemerkt in die totale Vergessenheit schieben; und dieses Ende hat er nicht verdient. Obwohl ich Vincent kaum kannte (wir sind uns nur drei Mal begegnet und jedes Mal versuchten wir, uns gegenseitig umzubringen) brachte mich diese E-Mail dazu, mich wieder hinzusetzen und den Bericht zu vollenden. Mittlerweile ist es mir auch egal, ob ich für einen Spinner oder einen Phantasten gehalten werde, ich kenne die Wahrheit, auch wenn ich keinen materiellen Beweis vorzeigen kann. Und alle noch lebenden Menschen, die meine Worte bezeugen könnten, gehören zu den Shakri Narubeth und die werden, auch wenn sich die Bruderschaft mehr oder weniger aufgelöst hat, nie gegen ihr Gelübde zur Geheimhaltung verstoßen. Nur drei kurze internationale Pressemitteilungen kann ich, quasi als Indizienbeweis, anführen:

Die Erste berichtet über die Ermordung europäischer Tauchtouristen durch Drogenschmuggler in der philippinischen Sulu-See und anschließende Feuergefechte zwischen den Banditen und den Sicherheitskräften in einer Polizeistation und auf einem Privatflugplatz der Insel Bohol, bei der die Schmuggler getötet wurden.

In der Zweiten, einen Tag später, geht es um einen Überfall einer terroristischen Splittergruppe auf einen Tempel im Norden Thailands, bei dem mehrere Mönche getötet wurden und die dritte Nachricht schließlich, nochmal zwei Tage später, erzählt von der Schändung eines fünftausend Jahre alten ägyptischen Beamtengrabes aus der Zeit der ersten Pharaonen durch Ausländer, die unter dem Schutz des ägyptischen Militärs gestanden haben sollen. Das Verteidigungsministerium dementierte umgehend.

Jede diese Nachrichten steht für sich, es gibt scheinbar keinerlei Zusammenhänge zwischen ihnen (es hat sich auch nie jemand die Mühe gemacht, einen herstellen zu wollen) und doch gehören sie untrennbar zusammen und waren der Auftakt für jene bizarren Geschehnisse, an deren Ende die Menschheit, ohne es zu wissen, so dicht vor ihrer völligen Auslöschung stand wie nie zuvor. Und der Auslöser für diese Ereignisse und der einzige Mensch auf dem Planeten, der sie bis zum Ende bewusst miterlebt hat und darüber berichten kann, bin ich.

Tag 1 - 12 Kilometer über Indien

Die Speisekarte war auf cremefarbenen Karton gedruckt, das „Menue" auf der Titelseite in goldenen Lettern. Und obwohl sie recht kurz war – es gab nur je drei Vor- und Hauptspeisen und vier Desserts, las sich das Ganze wie aus einem Sternerestaurant stammend. Nach einiger Überlegung entschied ich mich für geräucherte Entenbrust auf einem Gurkenbett mit Sesambrot und Dijon-Senf, Rinderfilet in Rosmarinsoße, gedünstetem Kürbis und pfannengebratenen Gnocchi und zum Abschluss für Kokosnuss-Pannacotta mit Ananaskompott. Dazu passend ein Còte de Castillon Bordeaux.

Schon in einem Gasthaus auf festem Boden wäre ein solches Menü nicht zu verachten, dieses Restaurant aber flog in zwölf Kilometern Höhe mit fast tausend Stundenkilometern über Indien dahin. Ich saß in einem Airbus A 380 einer großen arabischen Airline auf dem Weg nach Manila, der Hauptstadt der Philippinen. Und um den Luxus komplett zu machen, in der Business-Class. Vor drei Tagen hatte mir die Fluggesellschaft eine Mail geschickt mit dem Angebot, für etwa 380 Euro die Etappe von Dubai bis Manila in der Business zu fliegen. Das war zwar eine Menge Kohle, aber als einmaliges Erlebnis konnte ich mir das schon mal gönnen. Und – ich hatte Urlaub. Warum sollte der nicht schon im Flugzeug beginnen?

Und so stieg ich also beim Boarding ziemlich aufgeregt und voller Vorfreude durch den vorderen Eingang in den Flieger und fand mich im Obergeschoß des gewaltigen Vogels wieder, oder im „Upperdeck", wie einer der Stewards es nannte, als er mich willkommen hieß. Die Sitze waren gigantisch, richtige kleine Abteile mit einer Minibar am Platz und einem Bildschirm, der fast so groß war wie mein Fernseher zu Hause. Per Knopfdruck verwandelten sie sich in völlig flache Betten, so lang, dass ich mit meinen 1,85

Metern bequem grade liegen konnte. Noch während ich meinen Platz untersuchte, kam eine der Stewardessen, eine junge, verdammt hübsche Asiatin, mit einem Tablett voller Gläser vorbei, hieß mich noch einmal willkommen und bot mir ein Glas Champagner an. So will ich jetzt immer fliegen, dachte ich, während ich es mir wohlig bequem machte und durch das Filmangebot zappte.

Und nun flogen wir schon gut zwei Stunden, das riesige Flugzeug mit seinen zwei Passagierdecks und vier Triebwerken lag wie ein Brett in der Luft, ich hatte mein Essen ausgewählt und beschloss, mal nachzusehen, wie hier wohl die Toiletten beschaffen waren. Die befanden sich im Heck, ich ging also nach hinten, vorbei an den höchstens zur Hälfte belegten Sitzen. Etliche Passagiere schauten einen Film, manche schliefen und die meisten von ihnen sahen gar nicht so aus wie man sich Business-Class-Reisende vorstellt. Einen Anzug oder gar Krawatte trug jedenfalls keiner und ich sah auch nur einen jungen Mann, der an seinem Laptop zugange war. Dann ließ ich die Kabine hinter mir und stand in einer Bar. In der ganzen Breite des Rumpfes und ungefähr fünf Meter in der Tiefe gab es keine Sitze, statt dessen in der Mitte dieses Raumes einen hufeisenförmigen Tresen und dahinter einen Glasschrank mit diversen Flaschen Hochprozentigen, und nicht die billigsten Sorten. Da gab es Hennessy, 12 Jahre alten schottischen Jura-Whisky, Woodford Reserve Bourbon und noch einiges mehr. Entlang der Wände zogen sich zwanglose Sitzgruppen und an der Rückwand hing ein riesiger Monitor, auf dem man die genaue Position des Flugzeuges sehen konnte und darunter, auf einem Schränkchen, standen Schalen mit Knabberkram.

Einige der anderen Passagiere standen oder saßen schon herum und ließen es sich gut gehen; der Barkeeper strahlte mich an und sagte: „Willkommen in unserer Onboardlounge, Sir. Was darf ich Ihnen anbieten?"

Auf der Theke lag eine Cocktailkarte, nach kurzem Überfliegen entschied ich mich für einen Mojito und während der Keeper sich an die Arbeit machte, pickte ich mir ein paar eingelegte Oliven aus einer der Snackschalen und überlegte dabei, dass es doch verdammt dekadent war, was ich hier machte. Aber mein schlechtes Gewissen hielt sich in Grenzen, ganz im Gegenteil, ich fand, richtig reiche Leute, die immer so reisen konnten, hatten es echt gut.

Mir gegenüber lehnte ein Mann, vielleicht Mitte Fünfzig, recht gepflegt aussehend, in Jeans und Polohemd, der mir grinsend dabei zusah, wie ich mit dem Smartphon ein Foto schoss. Dann nahm er sein Glas und kam zu mir herüber.

„Schon ganz angenehm so zu fliegen, was?" fragte er auf Deutsch. Woran mochte er meine Herkunft wohl erkannt haben? Sah man mir den Deutschen so deutlich an?

„Auf jeden Fall", gab ich zurück, bemüht, einen möglichst weltmännischen Eindruck zu machen. Er trank den Rest seines Whiskys aus, stellte das Glas auf die Theke und gab dem Keeper einen Wink, es nachzufüllen. „Fliegen Sie beruflich nach Manila?"

„Nein, das ist eine Urlaubsreise", antwortete ich. „Ich flieg zum Tauchen runter."

„Sie Glücklicher." Er hob sein Glas und prostete mir zu.

„Das heißt also, dass Sie beruflich unterwegs sind?" Ich hatte nichts gegen eine kleine Unterhaltung um die Zeit totzuschlagen.

„Ja, ich arbeite für das Entwicklungshilfeministerium." Er schwenkte sein Glas und ließ den Scotch darin hin und her schwappen, dabei grinste er mich fast ein wenig beschämt an. „Sie sehen hier Ihre Steuergelder bei der Arbeit."

Offenbar hatte er nichts dagegen, über seine Arbeit zu reden. Und, na ja, ich traf auch nicht alle Tage auf einen Regierungsmitarbeiter und es interessierte mich schon, wofür die in Berlin unsere Steuern verpulverten, außer für Business-Class-Reisen. Und so erzählte er mir, dass er Unterstaatssekretär sei und damit beauftragt, mit der Stadtverwaltung von Manila über den Ausbau der MRT-Linien zu verhandeln.

Ich nickte verstehend. Seit über zehn Jahren flog ich zum Tauchen nach Südostasien und wechselte mich zwischen Thailand, den Philippinen und Indonesien ab, einiges lernte man da kennen, auch die Bahn in Metro-Manila. MRT hieß soviel wie Mass Rapid Transit, war die Stadtbahn der gigantischen Metropole und so ziemlich die einzige Alternative zum Straßenverkehr.

„Unser Ministerium möchte die Filipinos beim Ausbau der Bahnlinien unterstützen um den Autoverkehr zu reduzieren. Wenn Sie schon mal in Manila waren, dann werden Sie ja wissen, wie verstopft die Straßen sind und dass sie dort ständig kurz vor dem totalen Verkehrskollaps stehen. Hinzu kommen die Lärmbelästigung und die Luftverschmutzung. In den letzten Jahren hat die Zahl von Lungen- und Augenerkrankungen enorm zugenommen, vor allem bei Kindern."

Damit mochte er wohl recht haben. In Manila mit dem Auto unterwegs sein zu müssen, war eine Zumutung, die Straßen rund um die Uhr permanent verstopft und die Luft durch die Abgase hauptsächlich der alten Busse und Trucks regelrecht verpestet. Wer einmal einen Tag auf Manilas Straßen verbracht hatte, für den war unsere deutsche Feinstaubdiskussion das reinste Luxusproblem.

Allmählich kam mein Gegenüber in Fahrt. Wenn ich ihn richtig verstand, dann wollte Deutschland wohl bei der Finanzierung zusätzlicher Linien helfen unter der Voraussetzung, das deutsche Unternehmen am Bau beteiligt wurden. Irgendwann gerieten die Verhandlungen aber ins Stocken, weil China mit ähnlichen Vorschlägen zu wesentlich besseren Konditionen auftrat.

„Diese Chinesen, nein, diese Chinesen…" murmelte er ziemlich resigniert und dann erzählte er mir über die Bauvorhaben der Chinesen in aller Welt. In den letzten Jahren war die Volksrepublik wohl mit großen Infrastrukturprojekten auf allen Kontinenten in Erscheinung getreten. Chinesische Firmen bauten mit chinesischen Arbeitern Straßen und Brücken in Afrika, Lithiumbergwerke in Bolivien und Bahnstrecken auf dem Balkan, alles zu Konditionen, die für die betreffenden Länder zunächst sehr lukrativ waren, aber nur dem Ziel dienten, diese Staaten wirtschaftlich und auf lange Sicht auch politisch an China zu binden.

„Aber jetzt", fuhr er mit neuer Zuversicht fort, „tut sich eine Möglichkeit für uns auf. Die Chinesen sind auf den Phills in Ungnade gefallen."

„Wie das?"

„Es gibt zwischen beiden Ländern Streit wegen eines unbewohnten Atolls. Sie haben deswegen sogar schon Kriegsschiffe in Marsch gesetzt."

Irgendwann hatte ich mal was darüber gelesen, aber es interessierte mich damals nicht besonders. Es ging um winzige Inselchen, eigentlich nur Felsen im Meer, die von beiden Staaten beansprucht wurden. Die Chinesen hatten wohl eine davon besetzt und dort eine Station oder eine Basis errichtet, worauf die Filipinos mit der Entsendung von Kriegsschiffen reagierten. Ich wusste allerdings nicht, was daraus geworden war.

Er winkte ab. „Ist im Sande verlaufen. Beide Seiten haben ein paar Mal in die Luft geschossen, dann sind die Filipinos abgezogen und haben eine Petition beim UN-Sicherheitsrat eingereicht. Und da wird sie wohl noch heute liegen."

„Um was ging es dabei überhaupt? Haben diese Inseln strategische Bedeutung oder so?"

„Fischereirechte. Wer die Inselgruppe als sein Territorium beansprucht, kann seine Hoheitsgewässer bis dahin ausdehnen und den Nachbarn das Fischen dort untersagen. Aber nun genug der öden Politik. Was haben Sie denn vor in Ihrem Urlaub?"

Ich erzählte ihm, dass ich tauchen wolle und das fand er faszinierend. Hätte er früher auch mal probiert, sich unter Wasser aber nicht wohlgefühlt. Wir redeten noch eine ganze Weile über die besten Tauchgebiete, die die philippinischen Inseln zu bieten hatten und tranken dabei das eine oder andere Glas. Ich schwärmte von den Möglichkeiten zum Wracktauchen, grade das reizte mich am meisten.

„Und wo soll es diesmal hingehen?" fragte er schließlich.

„Bohol. Ich werde von Alona Beach aus Tagestouren machen."

Er kniff die Augen zusammen und runzelte die Stirn. Mittlerweile schien er durch mehrere Gläser Scotch schon recht angeschlagen zu sein, zumal der Barkeeper beim Einschenken nicht sparsam war.

„Das sind die südlichen Visayas. Sulu-See, richtig? Ziemlich heiße Gegend."

„Inwiefern?"

„Wegen der Abu Sayaf und ihrer Umtriebe."

„Aber die sitzen doch auf Mindanao. Ich habe noch nie gehört, dass es auf den Visayas mit denen Ärger gibt."

Tatsächlich hatte ich erst kurz vor meinem Abflug auf der Homepage des Auswärtigen Amtes nachgeschaut, ob es für mein Ziel Reisewarnungen gab. Das Ministerium riet allerdings nur von Reisen nach Mindanao und Südpalawan ab, alle anderen Gebiete galten als sicher, soweit heute überhaupt noch eine Gegend als sicher gelten kann. Die Abu Sayaf waren, wie ich wusste, eine islamistische Untergrundorganisation, die gegen die Regierung kämpfte und auch schon mal Ausländer entführte, die sich in ihren Machtbereich wagten. Der aber erstreckte sich nur auf Mindanao und die südlich davon gelegenen kleinen Inseln, nicht auf die Visayas, wie man die Inselgruppe im Zentrum der Philippinen nannte. Mein Gesprächspartner nickte dazu.

„Aber", sagte er dann und hob bedeutsam den Zeigefinger, „der neue Präsident hat dem Drogenschmuggel und der Korruption den Kampf angesagt und er greift verdammt hart durch."

„Was hat das mit der Abu Sayaf zu tun?"

„Die finanzieren sich zum Teil über den Drogenhandel. Und viele Schmuggler, denen die Politik eigentlich völlig egal ist, rennen ihnen jetzt die Türen ein, weil sie sich Schutz gegen die Polizei versprechen. Die meisten Schmuggelrouten führen nun mal durch die Sulu-See und in derem Süden hat die Abu Sayaf das Sagen. Auch viele korrupte Beamte und ganze Behörden der Visayas sympathisieren inzwischen mit ihnen, weil sie vor ihrem eigenen Präsidenten mehr Angst haben als vor den Terroristen."

„Ich hab davon noch nie gehört."

„Kein Wunder, die Visayas sind für die Tourismusindustrie die wichtigste Ecke des Landes. Da hält die Regierung schön den Deckel drauf um niemanden zu beunruhigen."

Er verstummte, trank den Rest seines Whiskys und zuckte mit den Schultern. „Na ja, wahrscheinlich werden Sie in Ihren paar Urlaubswochen gar nichts davon mitkriegen. Genießen Sie Ihre Ferien, aber seien Sie trotzdem vorsichtig, das kann nie schaden."

Er stellte sein Glas recht hart auf den Tresen und trat leicht schwankend zurück. „Ich glaub ich geh auf meinen Platz zurück. War schön, Sie kennengelernt zu haben."

Nachdenklich schaute ich ihm hinterher, dann bat ich den Barkeeper um einen neuen Mojito. Was ich da grade gehört hatte, passte nun ganz und gar nicht mit meinen Erfahrungen auf den Philippinen zusammen. Erst vor zwei Jahren war ich auf einer vierzehntägigen Motorradtour durch den Norden Luzons bis zum äussersten Zipfel der Insel, nach Santa Ana, gefahren und auf dem Rückweg durch die Berge der Cordillera Central, weit weg von den so viel beschworenen „ausgetretenen Touristenpfaden" und hatte sicher acht oder neun Tage keinen anderen Europäer zu Gesicht bekommen. Trotzdem fühlte ich mich niemals unsicher oder gar bedroht, im Gegenteil, die Einheimischen waren die Freundlichkeit in Person, alle winkten mir zu und versuchten mit mir ins Gespräch zu kommen, soweit ihre paar Brocken Englisch reichten. Die meisten Unterhaltungen liefen allerdings immer nach dem gleichen Muster ab: Wie heißt du? Woher kommst du? Bist du verheiratet? Nein? Meine Schwester auch nicht, sie steht auf europäische Männer….

Der Barkeeper schob mir das frisch gefüllte Glas zu.

„Das ist der letzte", sagte er dabei. Ich war baff. Sah ich schon so betrunken aus? Oder war auch in der Business-Class die Anzahl der Drinks limitiert? Der Barkeeper musste mein erstauntes Gesicht wohl richtig interpretiert haben, denn er grinste und zuckte entschuldigend mit den Schultern.

„Der letzte Mojito, danach müssen Sie auf was anderes umsteigen. Uns ist leider die Minze ausgegangen…"

Es war bereits dunkel, als wir Manila erreichten. Im Landeanflug zog die Maschine noch eine weite Kurve über der Stadt und ich konnte durch das Fenster das endlose Lichtermeer unter mir sehen. Bis an den Horizont leuchtete es in den verschiedensten Mustern und dazwischen erstreckten sich die von Autoscheinwerfern funkelnden Straßen wie die Adern eines strahlenden, weitverästelten Blutkreislaufs, eines Kreislaufs, der permanent kurz vor dem Infarkt stand. Wenigstens in dieser Hinsicht hatte der Entwicklungshilfemann recht. Manila war ein Moloch. Zusammen mit ihren Vororten bildete die Stadt eine riesige, zusammenhängend bewohnte Fläche, die sich Metro Manila nannte und wo etwa dreizehn Millionen Menschen lebten, oder vielleicht auch noch mehr. Genau wusste das niemand. Deutlich konnte man den achtspurigen Roxas-Boulevard sehen, der sich am Ufer der Bucht entlang zog. Auf einer Seite leuchteten die Hochhäuser der Hotels und Banken, auf der anderen lag das dunkle Wasser des Meeres. Weit draußen in der Bucht strahlten die Scheinwerfer von Fischerbooten. Dann sank die Maschine immer tiefer, schüttelte sich noch ein oder zwei Mal und setzte schließlich mit kaum merkbarem Stoß auf. Keine schlechte Leistung für einen solchen Giganten, der auch mit fast leeren Tanks sicher noch seine 350 Tonnen auf die Waage brachte und eine tolle Leistung der Piloten. Vor allem aber – das musste der Ingenieur in mir sein - empfand ich Hochachtung vor den Leuten, die dieses Flugzeug entworfen hatten. Meine eigene Arbeit, die Entwicklung von Lüftungs- und Klimaanlagen, empfand ich dagegen auf einmal als den langweiligsten und ödesten Job der Welt.

Eine knappe Stunde später konnte ich den Flughafen endlich verlassen und kaum war ich durch die großen Doppeltüren gegangen, schlug mir eine dicke, feuchtwarme Luft entgegen, die mich sofort einhüllte und ich konnte deutlich fühlen, wie sich eine dünne Schweißschicht auf meiner Haut bildete. Das war nicht einmal unangenehm, im Gegenteil, ich liebte diese einmalige, unverwechselbare Tropenluft. Seit jeher fühlte ich mich von den Ländern am Äquator magisch angezogen, dem kalten, klaren Norden konnte ich noch nie etwas abgewinnen.

Ich nahm ein Taxi ins Hotel, dass ich über eine Online-Plattform reserviert hatte. Es sollte, nach eigener Werbung, in „unmittelbarer Flughafennähe" liegen, trotzdem kurvte der Fahrer noch fast dreißig Minuten durch die vollen Straßen und vor dem Fenster zog das Panorama einer philippinischen Großstadt vorbei: heruntergekommene, eng aneinander geschmiegte Gebäude, deren Erdgeschoß so gut wie immer ein Geschäft enthielt, eingesponnen von einem chaotischen Netz aus kreuz und quer verlaufenden Stromleitungen, die sich an den Leitungsmasten zu gewaltigen Knäueln verhedderten, der Alptraum jedes deutschen Elektrikers. Die schmalen Bürgersteige vollgestellt mit kleinen Buden und Ständen, an denen man vom selbstgemachten, knallbunten Wassereis bis zu Hello-Kitty-Handyhüllen alles kaufen konnte, was man in Manila halt so braucht. Dazwischen wuselten Menschen ohne Ende, von kleinen Kindern, die um diese Zeit eigentlich längst schlafen sollten, über dicke Frauen mit Einkaufstaschen, gehetzt wirkenden Geschäftsleuten und gelangweilten Jugendlichen bis zu uralten Opas in schmuddeligen Unterhemden und Anzughosen. Es schien nicht die beste Gegend der Stadt zu sein, aber das kann in Manila täuschen. Schließlich stoppte das Taxi vor einem unscheinbaren Schild mit der schon etwas verwitterten Aufschrift „Harry's Hotel".

Von innen sah das Hotel ein wenig besser aus, sauber jedenfalls und die junge Frau hinter der Rezeption lächelte freundlich und war sehr bemüht, die umständliche Eincheckprozedur möglichst rasch über die Bühne zu bringen. Jedem, der über die deutsche Bürokratie klagt, sei empfohlen, mal eine Nacht in Manila zu verbringen. Zuerst wird der Reisepass kopiert, in der Zeit füllt man als Gast ein Anmeldeformular aus, wo nicht nur Name, Alter und Heimatadresse abgefragt werden, sondern auch Beruf, Notfallkontakte und manch anderes mehr. Meist muss man im Voraus bezahlen und erhält dann eine Rechnung, die noch mal mit einem großen PAID-Stempel abgestempelt wird. Außerdem wird ein „Deposit" verlangt, falls man ein Handtuch klauen sollte. Auch dafür gibt es eine abgestempelte Quittung. Am Ende wird die Passkopie noch mal fein säuberlich in ein Buch abgeschrieben und dann alle Zettel (von denen es je zwei Kopien gibt) zusammengetackert. Die Ausgabe für das Hotel verschwindet in einer Schublade, der Gast bekommt seine zusammen mit seinem Pass, dem Zimmerschlüssel und einem kleinen Papierschnipsel mit dem WLAN-Code über den Tisch geschoben.

Die ganze Zeit über lehnte ein gelangweilt aussehender Angestellter an der Rezeption und sah uns herablassend zu. Als ich nun, da er immer noch keine Anstalten machte, sich zu bewegen, meine Tasche mühsam über die Schulter wuchtete (sie wog ziemlich genau zwanzig Kilo und davon waren allein vierzehn Kilo Tauchausrüstung) und mich nach dem Lift umsah, deutete er mit einer müden Kopfbewegung nach hinten, wo sich wohl die Aufzüge befanden.

Immerhin war das Zimmer besser als erwartet, die Klimaanlage recht leise, das Bett bequem und es gab ausreichend Schränke und Ablagen, auch zwei Flaschen Wasser und einen Toaster. Was genau der sollte, begriff ich nicht ganz, vielleicht hatten sie ihn übrig gehabt und glaubten, er würde das Zimmer irgendwie aufwerten.

Ich machte mich frisch und verließ das Hotel auf der Suche nach etwas zu essen. Die nette Lady an der Rezeption hatte mir schon bedauernd mitgeteilt, dass ihr Restaurant geschlossen sei, es gäbe aber genug andere in der Umgebung. Mein erster Eindruck von der heruntergekommenen Gegend schien mich nicht getrogen zu haben. Alles war schmutzig und verkommen, die Luft roch nach verbranntem Plastik. Ein paar Obdachlose in extrem verdreckten und zerschlissenen Klamotten lagen in Nischen und Hauseingängen. Die ersten erleuchteten Spelunken an denen ich vorbeikam, führten zwar das Wort Restaurant im Namen, schienen aber eher Rotlichtbars zu sein. Vor einer lungerte eine ältere, dicke Frau in einem recht schäbigen Kleid herum, die mich direkt am Handgelenk packte. Das musste eine sogenannte Mama-san sein, in Deutschland würden wir „Puffmutter" sagen.

„He Honey", gurrte sie mit heiserer Stimme auf Englisch, „come in, we have beautifull girls."

Sie zog mich heftig zur Tür und aus reiner Neugier warf ich einen Blick hinein. In dem Schuppen, der von innen nicht besser aussah als von außen, gab es ein paar Sitzecken mit rotbezogenen Sesseln und eine Theke. Die „wunderschönen Mädchen", die dort gelangweilt auf Kundschaft warteten, hatten ihre beste Zeit schon hinter sich. Das war ja nun gar nicht das, was ich suchte. Ich machte mich los, was nicht so einfach war, denn die Dicke schien nicht gewillt, ihren einzigen potentiellen Kunden gehen zu lassen und ich musste sie regelrecht ein Stück hinter mir herziehen, ehe sie losließ.

Ich ging bis an die nächste Straßenecke und es wurde nicht besser, im Gegenteil. Hinter der Kreuzung wurde ich von einer grell geschminkten Gestalt in Minirock und High-Heels angesprochen, die definitiv keine Frau war und da beschloss ich umzukehren, bevor ich an noch üblere Typen käme. Ein paar junge Männer, die gelangweilt herumhockten und rauchten, sahen mich sowieso schon auf eine Art an, die mir gar nicht gefiel. Nicht das ich Angst bekam, das war ja nun nicht meine erste Reise hierher, aber wie der Typ vom Entwicklungshilfeministerium sagte, Vorsicht kann nie schaden. Ich drehte also um und stellte erstaunt fest, dass die Jugendlichen verschwunden waren und die eben noch so aggressive Mama-san verdrückte sich gerade in ihre Bar. Gleich darauf sah ich den Grund: Ein großer Pickup der philippinischen Polizei kam in Schrittgeschwindigkeit die Straße entlang und aus den geöffneten Seitenscheiben schauten zwei grimmig blickende Beamte. Neben mir bremsten sie ab und warfen mir einen äußerst missbilligenden Blick zu. Ich rechnete fast damit, kontrolliert zu werden; ein Europäer, der vor einer Rotlichtbar in einem solchen Viertel rumsteht… Aber sie hielten nicht und sagten auch nichts, sondern setzten ihre Streife fort. Als der Pickup hinter der Kreuzung verschwand, kehrten Mama-san und die Jugendlichen zurück. Diese Scheu vor der Polizei gab mir zu denken, mir fiel die Unterhaltung im Flugzeug wieder ein. Hatten die hier wirklich alle Dreck am Stecken oder griff die Polizei tatsächlich so hart durch wie man hörte? Es gab ja Gerüchte, sie würden mittlerweile erst schießen und dann fragen. Jedenfalls war mir der Appetit gründlich vergangen.

Tag 2 – Bohol, Philippinen

Am nächsten Morgen schlug der Jetlag erbarmungslos zu. Nachdem ich mich den größten Teil der Nacht schlaflos im Bett gewälzt hatte, schlief ich gegen sechs Uhr endlich ein, um nur eine Stunde später vom Wecker aufgeschreckt zu werden. Ich träumte gerade irgendwas, was ich sofort beim Aufwachen vergaß, aber mitten aus einem Traum gerissen zu werden ist für mich die übelste Art des Erwachens. Es dauerte auch eine ganze Weile, bis ich mich aufraffen konnte, ins Bad zu schlurfen. Aber leider musste ich zurück zum Flughafen, mein Inlandsflug nach Tagbilaran auf der Insel Bohol ging um elf und angesichts des Verkehrs sollte ich wohl mindestens zwei Stunden vorher hier losfahren.

Die Dusche gab nur ein dünnes, kaltes Rinnsal her, aber das machte mich wenigstens wach. Unten bat ich die Rezeptionistin – die gleiche wie am Abend vorher – mir ein Taxi zu rufen und war recht froh, das Hotel verlassen zu können. Die Inlandsflüge gingen von einer langen, schmalen Halle aus ab, in der sich hunderte von Menschen drängten, ganze Familien mit vier, fünf Kindern und Handgepäckmengen, die man in Europa wohl als Sperrgepäck einchecken müsste. Ich drängte mich durch die Massen bis zu meinem Ausgang, kaufte unterwegs noch einen Becher Kaffee und kam gerade an, als der Flug aufgerufen wurde. Die meisten Passagiere waren Einheimische; meist alle einen Kopf kleiner als ich hatten sie rechte Schwierigkeiten, ihre gewaltigen Taschen und Koffer in den Gepäckfächern zu verstauen. Ich half dem einen oder anderen, quetschte mich in meine enge Sitzreihe und war froh, dass der Flug nur eine Stunde dauern sollte. Neben mir kam ein älterer Herr unter, der scheinbar an Flugangst litt, er sprach kein Wort, schwitzte ganz fürchterlich und beim Start betete er, lautlos und inbrünstig. Dabei schien die Maschine, eine Boeing 737, in gutem Zustand und die Stewardessen, eine hübscher als die andere, machten ihren

Job sehr professionell. Ich hatte einen Fensterplatz kurz vor der Tragfläche erwischt und konnte nun auch einen Blick bei Tageslicht auf Manila werfen. Ein unüberschaubares Häusermeer, unter einer dunstigen, schwärzlichen Glocke liegend. Dann drehte die Maschine nach Süden ab und steuerte auf das Meer hinaus. Ich lehnte mich im Sessel zurück und freute mich auf das, was mich erwartete.

Dies war meine vierte Reise auf die Philippinen. Vorher war ich bereits in Puerto Galera auf der Insel Mindoro und im Norden Luzons gewesen, auf Busuanga mit der unter Wracktauchern bekannten Bucht von Coron, war von dort nach El Nido auf Palawan gefahren und ich hatte Cebu und Malapascua besucht. Alles, bis auf den Norden Luzons, um zu tauchen, denn die Tauchgebiete, die das Land zu bieten hat, sind einmalig und die Heimat phantastischer Kreaturen. Von winzigen, nur wenige Millimeter großen Pygmäenseepferdchen bis hin zu Walhaien bieten diese Inseln alles, was das Herz eines Tauchers höher schlagen lässt. Hinzu kommen zahllose Wracks aus dem letzten Weltkrieg, in dem sich Amerikaner und Japaner erbitterte Schlachten in den Gewässern rund um Luzon und Leyte geliefert hatten. Zum ersten Mal kam ich in der Bay of Coron damit in Berührung. In dieser weiten, geschützten Bucht im Südwesten der Insel Busuanga versteckten sich im Spätsommer 1944 mehrere japanische Frachter unter dem Schutz eines einzelnen Kriegsschiffs, eines Wasserflugzeug-Mutterschiffs, vor der anrückenden amerikanischen Flotte. Zwei Jahre zuvor hatte die japanische Armee die Amis von den Philippinen vertrieben, mehrere tausend Soldaten gefangen genommen und eine Terrorherrschaft errichtet. Wie die Nazis in Europa zwangen die Japaner ihre Gefangenen zu Todesmärschen und Bauprojekten, und auch die einheimische Bevölkerung litt entsetzlich. Kein Wunder, das die Filipinos zu den Amerikanern hielten und ihnen die Ankerplätze der japanischen Schiffe verrieten. Im September

1944 erschien eine Staffel Sturzkampfbomber vom Typ Curtiss SB2C, von den Piloten „Helldiver" genannt, über der Bucht und versenkte fast alle der vor Anker liegenden Schiffe. Die Amerikaner verloren dabei zwei Maschinen, eine machte eine Bruchlandung am Strand, die Besatzung überlebte. Einheimische Fischer brachten sie vor den Japanern in Sicherheit und schmuggelten sie zurück zu ihrer eigenen Flotte. Heute kann man dieser Geschichte in der Helldiver-Bar nachspüren, einer urigen kleinen, offenen Kneipe direkt am Meer, an deren einer Wand noch der verbogene Propeller des Flugzeuges hängt und daneben eines der Maschinengewehre und die originale Lederjacke des Piloten.

Soweit war ich mit meinen Erinnerungen gekommen, als die Maschine in den Sinkflug überging. Ich schreckte hoch, warf einen Blick aus dem Fenster und sah unter mir kleine felsige Inseln, die aus dem unglaublich türkisfarbenen Wasser ragten. Dann rauschten wir über ein paar Auslegerboote hinweg und schließlich über einen weißen Brandungsstreifen, gefolgt von hügeligem, grünbewachsenem Land. Hier und da konnte man Dörfer sehen, durch ein Netz aus schmalen Straßen miteinander verbunden. Die Häuser schienen alle sehr flach zu sein, mit Dächern aus bunt bemaltem Wellblech. Dicht unter dem Flieger huschte ein Sportplatz vorbei und ein Busdepot voller farbenfroher Jeepneys, buntbemalter und chromverzierter Kleinbusse im Design alter Weltkriegsjeeps, und dann setzten wir mit quietschenden Reifen auf.

Der Flughafen war klein, alt und hatte den Charme eines Parkhauses. Heute ist er, wenn ich recht informiert bin, geschlossen und es gibt einen neuen internationalen Airport ein paar Kilometer weiter südlich. Meine Unterkunft hatte versprochen mich abzuholen und sie hielten Wort. Am Ausgang des Ankunftsgebäudes, zwischen zahllosen Angehörigen, Taxifahrern und anderen Abholern stand auch ein kleiner alter Mann, der ein T-Shirt mit dem Logo des „Banana Garden Resort" trug und ein Schild mit der Aufschrift „Max Schrodinger" hochhielt. Dass die Pünktchen über dem „ö" fehlten, nahm ich nicht weiter tragisch, mit Umlauten haben sie im Englischen von jeher ihre Probleme. Auf der Ladefläche eines Pickups (den Sitzplatz neben sich bot er, ganz Gentleman, einer Spanierin an, die ins Nachbarhotel wollte) verfrachtete er mich an den südlichsten Zipfel der Insel, nach Alona Beach. Hier gab es kleine offene Bars und Restaurants, Massageläden und Tauchshops, die sich entlang der schmalen, staubigen Straße aufreihten. Ein wenig zurückversetzt lagen Hotels aller Preisklassen. Es wimmelte von Tricycles, kleinen Motorrädern mit Beiwagen, die ebenso bunt bemalt waren wie die Jeepneys und als Transportmittel für alles Mögliche dienten, von einem Dutzend Reissäcken bis hin zur Großfamilie.

Mein Banana Garden Resort lag in einer engen, unbefestigten Seitengasse. Rechts erhob sich die Bruchsteinmauer eines anderen Hotels, links ein hoher Zaun. Der passt hier nie durch, dachte ich noch, als das kleine alte Männchen den Pickup in die Gasse zwängte. Aber obschon sie kaum breiter schien als das Auto und der Alte so winzig war, dass er fast schon zwischen Armaturenbrett und Lenkrad hindurchsehen musste, fädelte er passgenau ein und holperte in Schrittgeschwindigkeit die Gasse entlang. Ich stellte mich hin, hielt mich an der Dachreling fest und schaute über das Fahrerhaus hinweg. So zu fahren machte mir von jeher Spaß, zumindest bei humaner Geschwindigkeit. Ich konnte von dem exponierten Platz aus über die Zäune in verwilderte Gärten sehen und auf den Hof eines Mopedverleihs, wo ein paar Halbwüchsige mit Eimern voller Seifenwasser dabei waren, einen Motorroller in „Hello Kitty"-Lackierung zu waschen. Dann tauchte voraus ein ganzer Wald aus Bananenstauden auf und der Fahrer schaffte es irgendwie, sich durch eine schmale Lücke auf den Hof des Resorts zu zwängen. Dort war im Leben nicht genug Platz zum Wenden, zumal auch noch eine Reihe von Mopeds hier parkten. Ich hatte keine Ahnung, wie er hier wieder rauskommen wollte, aber er muss es wohl geschafft haben, denn als ich später das Resort verließ, war der Pickup weg. Zunächst aber checkte ich ein und bezog einen kleinen, gemütlichen Bungalow aus Bambus, der mit mehreren anderen in einem wuchernden tropischen Garten stand. Umgeben wurde das Ganze von einer lebenden Mauer aus zwei, drei Meter hohen Bananenpflanzen. Meine Hütte war recht schlicht, es gab keine Klimaanlage, aber einen großen Ventilator an der Wand und ein Moskitonetz über dem Bett. Ich hatte ein Badezimmer und eine kleine Veranda mit einer Hängematte. Im Hauptgebäude, ebenfalls aus Bambus gebaut, waren die Rezeption, ein offenes Restaurant und eine kleine Cocktailbar untergebracht. So ließ es sich aushalten, zumal ich kaum mehr bezahlen musste als für eine Nacht auf einem deutschen Campingplatz.

Am Nachmittag, nach einem Willkommensbier in der Hängematte, machte ich mich mit meiner kompletten Tauchausrüstung auf dem Weg zur Tauchbasis. Ich hatte im Internet eine Reihe von Tagestouren bei den „Eazy-Divers" gebucht (sie schrieben sich wirklich mit Z um sich von den „Easy-Divers" mit S abzuheben, die wohl auch irgendwo einen Shop hatten). Letzten Endes spielte es aber eigentlich keine Rolle, bei welcher Basis man buchte, alle hatten so ziemlich das gleiche Programm und auch die Preise lagen eng beisammen, man sollte nur sehen, dass man eine erwischte, die auf europäisches Publikum zugeschnitten war. Basen, die auf asiatische Gäste spezialisiert sind, haben meist keine Angebote für Einzelreisende und Individualisten, ihre Kundschaft kommt gruppenweise und macht alles im Kollektiv. Sie tauchen gemeinsam und abends sitzen sie alle zusammen in der Basis beim Abendessen und tragen auch noch alle die gleichen Tourshirts. Für mich eine gruselige Vorstellung.

Der Weg zur Tauchbasis führte mich einen kleinen Hügel hinab an den Strand. Nach links und rechts führte ein unbefestigter Weg aus feinem Sand direkt am Wasser entlang. Auf einer Seite leckten die trägen Wellen der tropischen Sulusee an einen blendend weissen Sandstrand und unter dem Schatten der Kokospalmen rekelten sich die Touristen, auf der anderen Seite drängten sich Restaurants,

Kneipen, Souvenirshops, Tattoostudios und Tauchgeschäfte. Die Eazy-Divers waren schon von weitem an der überlebensgroßen Figur eines Tauchers in einem jener vorsintflutlichen Gummianzügen mit Eisenschuhen und den großen runden Bronzehelmen zu erkennen. An der Außenwand des Gebäudes schwammen recht naiv aber farbenfroh gemalte Hammerhaie mit Mantarochen und riesigen Clownsfischen harmonisch durcheinander. Zumindest die beiden ersten Arten würde ich hier wohl kaum zu Gesicht bekommen.

Der Chef des Ladens war ein Holländer und nannte sich schlicht Tamme, ein hagerer, zäh aussehender Mann mit langen, dunkelblonden Haaren, die er im Nacken zu einem Pferdeschwanz zusammengebunden trug. Sein Gesicht war von der Sonne gebräunt und voller kleiner Runzeln, so dass es mir sehr schwerfiel, sein Alter zu schätzen. Er konnte ebensogut Ende Dreißig wie Mitte Fünfzig sein. Nach dem üblichen Papierkram – Formulare ausfüllen, Haftungsausschluss unterschreiben, das Brevet vorzeigen (das ist der Nachweis der eigenen Qualifikation, ich war damals Master Diver mit knappen vierhundert Tauchgängen) – begann er mir den Ablauf eines Tauchtages zu schildern. Er sprach ein gutes Deutsch mit einem Akzent, der mich an Rudi Carrell, dem legendären holländischen Entertainer, erinnerte.

„Wir treffen uns morgens so gegen halb Neun hier im Shop", begann er, „und fahren dann mit einem unserer Boote raus. Es ist immer noch Nebensaison, ihr werdet also nicht besonders viele auf dem Boot sein und eine Menge Platz haben. Bis vier Gäste fährt ein Guide mit, ab fünf Leuten haben wir zwei…"

Es gab zwei Tauchgänge pro Tag, dazwischen Mittag auf dem Boot und zwischen drei und vier Uhr nachmittags wären wir wieder hier. Das alles kannte ich, so gut wie alle Tauchtagestouren auf den Philippinen und in Thailand liefen nach dem gleichen Schema ab. Ich hätte ihm sogar sagen können, was seine Crew als Mittagessen servieren würde: Reis oder Nudeln mit Hühnchen. Das arme

Geflügel leidet unter dem Pech, das es quasi von Jedem gegessen wird und in keiner Religion als Unrein oder sonstwie verboten gilt und daher das perfekte Fleischgericht für internationale Gäste abgibt.

„Hast du noch Fragen?" beendete Tamme seinen Vortrag.

„Ja, habt ihr hier Wracks?"

Bedauernd schüttelte er den Kopf. „Leider nein, da musst du nach Subic oder Coron-Bay fahren."

„Schade. Ich liebe Wracks. Gab es denn während des Weltkrieges hier keine Gefechte zwischen den Japanern und den Amis?"

„Nicht das ich wüsste", antwortete er nach kurzer Überlegung. „Hier in diesem Inselgewirr ist mir keine Seeschlacht bekannt. Es gibt ein paar Fischerboote, die bei einem extremen Taifun vor ein paar Jahren gesunken sind, aber die waren aus Holz und sind sicher schon weg."

Das glaubte ich ihm sofort. Die warmen tropischen Gewässer in diesen Breiten wimmelten von Leben, nicht nur von Fischen, sondern auch von Unmengen winziger Krebse und Würmer. Bei Tag schienen diese Tierchen unsichtbar, vielleicht verkrochen sie sich auch irgendwo, nachts aber wimmelte es im Lichtstrahl der Taucherlampe von zigtausenden dieser durchsichtigen, nur wenige Millimeter langen Viecher und man kam sich vor, als schwämme man in einer Würmersuppe. Diese Biester zersetzten jedes organische Material binnen kürzester Zeit und auch vom festesten Holzboot waren nach zwei, drei Jahren nur noch die Nägel übrig.

Ich verstaute dann noch meine Ausrüstung in einer Plastikbox, die er mit meinem Namen beschriftete. Die Angestellten des Shops würden sie morgens aufs Boot bringen und abends wieder zurück. Zum Schluss traten wir vor den Laden und er zeigte mir seine beiden Boote, die etwa fünfzig Meter vor dem Strand vor Anker lagen, mitten in einer ganzen Flotte ähnlicher Fahrzeuge, die sich nur durch ihre Größe und Bemalung unterschieden. Sie hießen „Eazy 1" und „Eazy 2".

Während wir noch hinüberschauten, kam hinter all den verankerten Booten ein Stahlkutter hervor, grau gestrichen, mit einer großen weißen Nummer am Bug und fuhr langsam den Strand entlang.

„Coast Guard?" fragte ich.

Tamme schüttelte den Kopf. „Der ist von der Navy. Die treiben sich in letzter Zeit häufiger hier rum. Angeblich jagen sie Drogenschmuggler, aber ich hab noch nie gehört, dass sie jemanden erwischt haben."

Die Warnung aus dem Flugzeug fiel mir wieder ein. War das wirklich erst gestern gewesen? „Habt ihr hier Drogenprobleme?"

„Überhaupt nicht!" Die Antwort kam schnell und entschieden, vielleicht zu schnell.

„Ein paar kleine Dealer vielleicht hier und da", relativierte er sich schließlich selbst. „Du solltest die Finger davon lassen, wenn dir einer Stoff anbietet, die Bullen sind nicht zimperlich, wenn sie dich damit erwischen, und wenn es auch nur ein Joint ist."

„Keine Angst, aus dem Alter bin ich raus", beruhigte ich ihn und verabschiedete mich. Auf dem Rückweg suchte ich mir schon mal ein paar Restaurants aus, die für ein Abendessen in Betracht kamen, schaute in den einen oder anderen Laden und blickte auch mal den hübscheren Mädchen hinterher. Am Strand standen eine Reihe von Liegen und einheimische Frauen boten Massagen an. Auch die würde ich mir in den nächsten Tagen gönnen, aber nicht am Strand zwischen all den Leuten.

Kurz vor dem Dunkelwerden kehrte ich in mein Hotel zurück und bereitete schon mal alles für Morgen vor. Viel war dafür nicht zu tun: Ich stopfte mein Handtuch in eine wasserdichte Umhängetasche, dazu Sonnencreme und – für alle Fälle – Pillen gegen See-krankheit und baute meine Unterwasserkamera zusammen. Das war eine normale Kompaktkamera in einem durchsichtigen Plas-tikgehäuse. Statt eines oder zweier Unterwasserblitze, die mir zu groß und teuer waren, hatte ich an einem gebogenen Arm meine Taucherlampe befestigt. Die hatte einen einstellbaren Lampen-kopf, vom scharf gebündelten Strahl bis zum breit streuenden Lichtkegel, und lieferte wenigstens für Videoaufnahmen im Nah-bereich ein brauchbares Licht. Als ich fertig wurde, war es draußen schon stockdunkel. Unmengen von Grillen und Zikaden zirpten und schnarrten um die Wette, es hörte sich an, als wäre da eine ganze Armee mit Elektrorasierern zugange. Ich liebte diese Melo-die, egal ob in Südostasien oder Südamerika, egal ob Urwald oder nur ein verwilderter Garten, das unaufhörliche Geräusch der In-sekten machte mir die Exotik meiner Umgebung nur um so be-wusster. Und erinnerte mich daran, mich gut mit Mückenschutz-mittel einzureiben. Um noch Essen zu gehen fehlte mir mittler-weile die Lust, aber Hunger hatte ich schon. Also ging ich in das kleine offene Restaurant des Resorts, das mit urigen Bambusmö-beln ausgestattet und mit scheinbar selbstgebauten Lampen eher spärlich erleuchtet war. Es saßen nur zwei Leute drinnen, ein Backpackerpärchen, die mich kaum zur Kenntnis nahmen, weil sie sich viel zu sehr mit ihren Smartphones beschäftigten. Das ist auch so was, dass ich nie verstehen werde: Da sitzen sie in einem tropi-schen Garten unter einem irrsinnigen Sternenhimmel, ringsum pul-siert das Leben, und sie vertiefen sich in Facebook.

Ich aß ein Pork Adobo, das ist so eine Art Nationalgericht: Schweinefleisch und Zwiebeln in einer braunen Sojasoße mit Reis. Neben der mit raffinierten Gewürzen und mit exotischen Zutaten spielenden Thai-Küche war das geradezu primitive Hausmanns-kost, aber trotzdem lecker. Dazu ein San-Miguel-Bier und zum Abschluss ein Gläschen lokalen Rums. Der war weitaus milder als erwartet und getreu dem Motto „Auf einem Bein kann man nicht stehen" genehmigte ich mir auch noch einen zweiten. Dann kehrte ich, mit der nötigen Bettschwere versehen, in meine Hütte zurück, kroch unter das Moskitonetz und ließ mich von den Grillen draußen in den Schlaf zirpen.

Tag 3 – Bohol, Philippinen

Die Zeit um den Sonnenaufgang herum ist in den Tropen die schönste Zeit des Tages, wenn man dafür nur nicht so früh aufstehen müsste. Es ist ein Augenblick der Stille und des Friedens, alles hält inne: Der Wind schläft ein, alle Tiere verstummen, die Luft ist erfrischend und rein und doch noch immer so weich wie nirgends sonst auf der Welt.

Durch diese Stimmung schritt ich langsam Richtung Strand, meine Tasche über der Schulter. Die See lag spiegelglatt bis zum Horizont, wo Himmel und Meer in einem blassblauen Dunst miteinander verschmolzen. Ein einsamer alter Mann fegte vor seinem Laden Blätter davon und ein magerer schwarzer Hund beäugte mich misstrauisch. Direkt am Strand gab es ein Café, einen kleinen Laden mit vier Tischen und einer Reihe Plastikgartenstühlen, die im Freien standen und der rund um die Uhr geöffnet hatte. Ich setzte mich und orderte einen großen Milchkaffee, dann drehte ich den Stuhl etwas nach Osten. Dort, hinter den verankerten Booten, die völlig unbeweglich auf dem Wasser lagen, hing der Dunst so dicht in der Luft, dass ich die Horizontlinie nicht erkennen konnte. Wo hörte das Meer auf, wo begann der Himmel?

Ein barfüßiges junges Mädchen, ein Kind noch, brachte den Kaffee und stellte ihn schüchtern lächelnd vor mir ab. Und dann erschien in der gleichförmigen blassblauen Ferne ein rötlicher Schein. Der Dunst begann zu leuchten und ein glänzender hellroter Streifen erschien. Über ihn erstrahlte alles in einem diffusen roten Licht, unter ihm glitzerte es in scharf umgrenzten Reflexen. Da war die Teilung in Meer und Himmel. Der Streifen wurde breiter, zeigte oben schon seine Rundung und in weniger als zwei Minuten stieg die Sonne fast senkrecht hinter dem Horizont empor. Schon konnte man ihre Wärme auf dem Gesicht spüren, der Dunst löste sich auf und aus dem unscharfen roten Schein wurde grelles weißes Licht, vor dem man die Augen abwenden musste. Ein Windhauch strich heran, eine erste Welle plätscherte vernehmlich an den Strand und die Welt setzte sich wieder in Bewegung, der Zauber verflog. Der magere schwarze Hund nieste geräuschvoll, schaute mich vorwurfsvoll an und verschwand. Was mochte ein philippinischer Straßenhund wie er wohl den ganzen Tag über anstellen? Eine Weile grübelte ich über diese Frage nach, dann darüber, wie viele Millionen dieser stapelbaren Plastikgartenstühle es wohl auf der Welt geben mochte. Sicher waren sie das meistproduzierte Möbelstück auf dem ganzen Globus. Und dann wurde es auch schon langsam Zeit, mit meinem Tageswerk zu beginnen. Ich zahlte und ging die paar Meter zum Tauchshop.

Die „Eazy 1" war schon an den Strand herangezogen und lag vielleicht sechs, sieben Meter vom Ufer entfernt. Ein junger Bursche watete gerade durch das flache Wasser zu ihr hinaus, auf jeder Schulter eine silberne Druckluftflasche balancierend. Die Ladentür stand offen und als ich eintrat, kam mir ein untersetzter, kräftiger Einheimischer mit einem breiten, offenen Gesicht entgegen. Er war nicht mehr der Jüngste, vielleicht Ende Dreißig, hatte eine Stoppelfrisur und als er mich sah, setzte er ein breites Grinsen auf, bei dem er ein prächtiges, aber auch ziemlich gelbes Gebiss entblößte.

„Guten Morgen, ich bin Roberto", begrüßte er mich und presste meine Hand wie ein Schraubstock zusammen. „Du musst Max sein."

Er sprach meinen Namen sehr amerikanisch aus: Mecks, aber das war ich schon gewohnt. Ich erwiderte den Händedruck so gut ich konnte.

„Deine Kiste ist schon an Bord", fuhr er fort. „Hast du alles, was du brauchst? Auch einen Computer?"

„Alles außer Blei und Tank", beruhigte ich ihn.

„Gut, dann mach's dir gemütlich. Dauert noch ein paar Minuten. Da hinten steht Kaffee, wenn du magst."

Neben dem Tischchen mit der Kaffeekanne saßen schon zwei Leute, die ganz offensichtlich ebenfalls mit von der Partie waren. Ein Pärchen, noch ziemlich jung, Mitte Zwanzig, schätzte ich. Sie trug ein kurzes, ärmelloses Kleid mit Blumenmuster, er ein Arsenal-T-Shirt und Bermudas. Ich schlenderte hin und begrüßte die Beiden. Sie kamen aus England, Sheila und Louis. Sheila erfüllte, rein optisch, auch alle Klischeevorstellungen: Helle Haut, Sommersprossen, rotblonde glatte Haare, die ihr bis weit in den Rücken fielen. Sie war recht stämmig, ohne jedoch dick zu sein, aber ihr rundes Kinn deutete darauf hin, dass dies nur noch eine Frage der Zeit war. Louis hingegen hätte ich eher für einen Spanier oder Italiener gehalten. Er war hochaufgeschossen aber mager, hatte ein hageres Gesicht mit weit vorspringendem Adamsapfel, schwarze lockige Haare und stark behaarte Arme und Beine. Wir machten ein wenig Smalltalk, woher, wohin, und ich fand die beiden eigentlich ganz nett.

Dann kam Tamme in Begleitung zweier älterer Männer herein und alle drei unterhielten sich auf Holländisch. Die beiden Neuankömmlinge mochten schon über Sechzig sein, einer war ein kleiner Dicker mit rundem, lachendem Gesicht, der Typ Mensch, der einem sofort sympathisch ist, den man aber eigentlich nicht ganz ernst nimmt. Der andere war größer, mit einem gepflegten grauen Bärtchen und er wäre trotz Shorts und T-Shirt von einer gewissen Eleganz gewesen, liefe er nicht mit stark gebeugten Rücken und hängenden Schultern herum. Aber ich sollte nicht so kritisch sein, stach ich doch keineswegs als Adonis unter diesen Menschen heraus. Ich war zu der Zeit bereits jenseits der vierzig und wenn ich es auch mit viel Mühe schaffte, mein Normalgewicht zu halten, war die Zeit des Waschbrettbauches doch schon lange vorbei. Auch meine Haare ließen mich mehr und mehr in Stich, so dass ich die verbleibenden immer kürzer schnitt, wodurch mein Gesicht recht hager wirkte. Eigentlich fand ich nur mein Kinn wirklich markant und männlich, aber das war meine eigene Meinung. Jedenfalls würde ich in Hollywood wohl nicht zu den Favoriten für die Heldenrolle zählen.

„Das sind Arne und Hans, zwei Landsleute von mir", stellte Tamme vor. „Ihr seid heute also fünf Leute auf dem Boot und habt zwei Guides. Ich schlage vor, Arne, Hans und Max tauchen mit Roberto und Sheila und Louis mit Gino."

Ich drückte meinen beiden Tauchpartnern die Hand und dann winkte uns Roberto auch schon raus und die ganze Gruppe folgte ihm brav zum Strand. Die „Eazy 1" lag jetzt etwa zehn Meter vom Ufer ab, wir zogen unsere Flip-Flops aus und wateten durch das warme Wasser zu ihr hin.

Das Boot war eine typische philippinische Banka, ein Holzschiff mit schlankem Rumpf und zwei Auslegern aus Baumstämmen, die so lang waren wie die Wasserlinie und mit drei Querträgern am Rumpf befestigt. Alles war sorgfältig mit Nylonseilen verschnürt und an drei niedrigen Masten abgespannt, dadurch besaß die ganze Konstruktion eine gewisse Elastizität, die sie auch brauchte, wenn sie von den Wellen nicht zerschlagen werden wollte. Durch die Ausleger konnte man das eigentliche Deck wesentlich breiter als den Rumpf bauen, der gesamte Vorderteil des Bootes war mit blaugestrichenen Holzplanken gedeckt und an beiden Seiten zogen sich der Länge nach weiße Sitzbänke hin. Im Rücken dieser Bänke verlief je ein etwas höher angebrachtes, waagerechtes Brett, in das Löcher für die Presslufttanks gesägt waren. Die Tanks staken da drin wie Bierflaschen in ihrem Kasten. Der ganze Bereich wurde von einer Plastikplane als Sonnenschutz abgedeckt. Hier würden wir Passagiere uns aufhalten. Dahinter befand sich der Steuerstand, ein hölzernes Häuschen mit einem LKW-Lenkrad und diversen Schaltern und Hebeln, die alle sehr selbstgebaut wirkten. Das einzige wirklich professionell aussehende Gerät war ein GPS-Empfänger mit einem handgroßen Farb-monitor. Der Skipper, ein älterer, dünner Mann mit recht schad-haftem Gebiss in ölverschmierten Klamotten, saß auf einer Art Barhocker hinter seinem Steuer. Dahinter schloss sich eine kleine Küche an und am Heck ragte ein hölzernes Toilettenhäuschen auf.

Außer dem Skipper gab es noch einen vielleicht fünfzehnjähri-gen Jungen, der als Matrose, Smutje und Maschinist gleicherma-ßen agierte und den ganzen Tag über kaum ein Wort sprach. Und dann natürlich Gino, den zweiten Guide, einen jungen Filipino, der sich auf eine drollige Art sehr cool und lässig gab. Er trug seine langen Haare wie Tamme zu einem Pferdeschwanz gebunden und stolzierte mit nacktem Oberkörper herum, den zahlreiche Tattoos zierten. Allerdings waren sie alle nicht von Meisterhand gestochen und auch nicht zusammengehörend. Da gab es Irgendwelche chi-nesischen Schriftzeichen, abstrakte Muster und dann einen Kraken mit riesigen Augen, der aussah, wie aus einem Walt-Disney-Film.

Wir kletterten über eine abklappbare Holzleiter an einem der Auslegerarme an Bord, schmissen die Sandalen in eine Kiste – auf diesen Booten geht man barfuß – und schauten in unseren Boxen nach, ob alles da war. Roberto kam als letzter an Bord. Er trug ein kleines rotes Notfallköfferchen bei sich und ein Klemmbrett mit Namensliste, auf der er uns alle abhakte. Bei fünf Leuten ein recht beherrschbarer Job. Immerhin erkannte ich an der Art, wie er alles kontrollierte und prüfte, dass er wohl wusste was er tat und seine Aufgaben im Griff hatte. Auf seinem Wink hin startete der Skipper den Motor, der wohl in einem früheren Leben einen LKW bewegt hatte; Gino und der Junge holten den Anker ein, zogen die Leiter hoch und lotsten die Banka dann zwischen den anderen Booten hindurch in freies Wasser. Währenddessen gab Roberto einige Verhaltenstipps und dann bauten wir unsere Ausrüstung zusam-men. Kernstück war die Tarierweste, auch Jackett oder im Engli-schen kurz BCD genannt. Im Prinzip ist das ein Rucksacktragege-stell, an dem mit einem Spanngurt der Pressluftank befestigt wird.

Seitlich sind flexible Luftkammern eingearbeitet, die man mit mehr oder weniger Druckluft aus dem Tank aufblasen kann um sich so unter Wasser auszubalancieren und quasi schwerelos schweben zu können. Je nach Modell bieten die Jacketts auch noch verschiedene Extras, meines hatte zum Beispiel integrierte Bleitaschen. Die konnte ich mit den benötigten Gewichten füllen und in Haltern einrasten lassen. So sparte ich mir den umständlichen Bleigürtel. Außerdem besaß es rechts noch eine Netztasche und links hatte ich ein Tauchermesser befestigt, ein kleines Ding mit einer Klinge so lang wie mein Zeigefinger. Das war eigentlich nur als Werkzeug gedacht, um mal eine Leine zu kappen, in der man sich verheddert hatte. Riesige Dolche im Stil von James Bond, die man sich ums Bein band und die aussahen, als würde man damit gegen Riesenkraken und menschenfressende Haie bestehen können, galten unter Sporttauchern schon lange als lächerlich. An den Anschluss des Tanks – sie hatten hier Aluminiumflaschen mit zwölf Litern Inhalt – wurde der Atemregler geschraubt, ein Teil, kleiner als meine Faust. Aus dem kamen vier Schläuche raus. Der kürzeste wurde über eine Schnellkupplung mit dem Inflatorschlauch des Jacketts verbunden. Am zweiten war das Manometer befestigt, bei Tauchern auch Finimeter genannt. Als ich die Flasche probeweise aufdrehte, schnellte der Zeiger auf zweihundert Bar, also dem zweihundertfachen Atmosphärendruck. Zwölf Liter Inhalt mal zweihundertfach gepresst ergab zweitausendvierhundert Liter Luft, damit kam ein erfahrener Taucher je nach Tiefe und körperlicher Anstrengung etwa siebzig bis neunzig Minuten aus. In meiner Anfangszeit hatte ich eine solche Flasche aber auch schon mal in einer halben Stunde leer genuckelt. Die beiden letzten Schläuche trugen die Mundstücke, auch als „zweite Stufe" bezeichnet. Die lieferten Atemluft unter demselben Druck wie der umgebende Wasserdruck, so dass man den als Taucher gar nicht spürte. Eines der Mundstücke war gelb und an einem etwas längerem Schlauch fest, das war der sogenannte Oktopus oder das Reservegerät, falls beim Hauptatemregler mal was kaputt ging. Man konnte ihn auch seinem Tauchpartner geben und zusammen aus einer Flasche atmen.

Ich stöpselte alles zusammen, nahm aus jedem Mundstück probeweise einen Atemzug und schraubte das Flaschenventil dann wieder zu. Nun noch die kleine Tasche mit der Boje am Jackett anklipsen und das wars. Die Boje war ein orangefarbener Plastikschlauch von vielleicht anderthalb Metern Länge, den man unter Wasser aufblasen konnte. Dann tanzte er wie ein riesiger Luftballon an der Wasseroberfläche und zeigte vorbeikommenden Booten an, dass da gleich jemand auftaucht. Um das Teil nicht zu verlieren, hatte ich es an einer Spule mit gut dreißig Meter Nylonschnur befestigt.

Die Holländer waren noch mit ihrer Ausrüstung beschäftig, die verdammt professionell aussah. Anfänger waren die beiden jedenfalls gewiss nicht. Auch die beiden Engländer bastelten noch an ihren Geräten, sie benutzten Leihausrüstung der Basis und schienen Probleme zu haben, ihre Atemregler am Tank anzuschrauben. Gino kam und half ihnen, also ging ich zum Bug, setzte mich an den Rand der Bordwand und beobachtete, wie der Backbordausleger durch die Wellen schnitt. Jetzt, da das Boot mit hoher Geschwindigkeit auf die offene See hinausfuhr, gingen die Wellen schon ihre vierzig Zentimeter hoch und die Banka hob ihren Bug regelmäßig in die Luft um dann schwer wieder zurückzufallen. Dann klatschte der Ausleger auf das aufspritzende Wasser und seine Spitze tauchte kurz unter. Die ganze Konstruktion bog sich und die Spanntaue waren mal straff wie eine Bogensehne, mal hingen sie locker durch.

Ich lauschte in mich hinein ob ich wohl Unbehagen verspürte, doch obwohl die Spitze des Bootes bestimmt einen halben Meter stieg und fiel, wurde mir nicht übel. Früher litt ich extrem unter Seekrankheit und als Kind konnte ich keine zehn Minuten im Auto mitfahren, ohne kotzen zu müssen, aber irgendwann verschwand das und inzwischen machte mir das Schwanken sogar Spaß.

Dann rief uns Roberto zum Briefing zusammen. Auf einer großen weißen Plastiktafel hatte er mit einem schwarzen Fettstift ein
Profil unseres Tauchgebietes gezeichnet. Man konnte eine Steilwand erkennen, die bis zu einer Tiefe von etwa dreißig Metern ab-
fiel und an deren Fuß sich sandiger Grund befand. Die Riffkrone
begann schon in einer Tiefe von etwa drei Metern. Zur Auflocke-
rung gab es ein paar stilisierte Fische und ein Oval mit vier Stri-
chen, in dem man mit viel Phantasie eine Seeschildkröte erkennen
konnte. Anhand dieser Zeichnung erklärte er uns, dass wir an der
Wand abtauchen würden bis auf den Grund, wo wir einige Minuten nach „Crittern" suchen könnten. So nennt man die bodenbe-
wohnenden, ziemlich abartigen Kreaturen, die schwer zu finden
sind und von ihrem Aussehen her in jedem Science-Fiction-Film
als Alien durchgehen würden. Anschließend sollten wir, der Strömung folgend, an der Wand nach oben treiben und an der Riffkrone den obligatorischen Sicherheitsstopp einlegen. Das Boot
folgte in der Zwischenzeit unserer Blasenspur und würde uns am
Ende wieder an Bord nehmen. Anschließend ging er noch ein paar
Handzeichen zur Verständigung unter Wasser durch und rief
schließlich betont fröhlich: „Let's go dive!"

Wir zogen unsere Klamotten aus und schlüpften in die Neo-
prenanzüge. Meiner war drei Millimeter dick, das reichte in tropischen Gewässern allemal. Dann noch die Füßlinge, Neoprenschuhe mit ziemlich dünner Sohle, nicht sehr bequem zum Laufen,
aber dafür schön leicht; meine ganze Ausrüstung war auf Leicht-
gewicht getrimmt, schließlich musste ich auch alles schleppen.
Das letzte und wichtigste Utensil war mein Tauchcomputer. Meiner Meinung nach stellten diese Teile die bedeutsamste Revolution
im Gerätetauchen dar, seit es das überhaupt gab. Sie zeigten nicht
nur die jeweilige Tiefe und die verstrichene Tauchzeit an, sondern,
und das war das geniale, auch die noch verbleibende Restzeit in
der aktuellen Tiefe. Ging man weiter runter, verkürzte sich die
Zeit, stieg man höher, verlängerte sie sich. So konnte man Tauchgänge von achtzig Minuten und mehr planen und durchführen,

ohne in die Dekompressionsphase zu kommen. Und wenn man doch mal reinrutschte, sagte einem der Computer auch genau, in welcher Tiefe man wie lange eine Dekopause einhalten musste. Meiner sah aus wie eine normale Digitalarmbanduhr und ich benutzte ihn im Urlaub auch immer als solche. Zum Schluss zogen wir uns die Jacketts an, prüften gegenseitig, ob auch alles in Ordnung war und stapften dann schwerfällig zum Bug der Banka, wo wir die Flossen anlegten, die Maske aufsetzten, noch etwas Luft in das Jackett pumpten und der Reihe nach ins Wasser sprangen. Ich hielt mit einer Hand Maske und Atemregler fest, presste mit der anderen meine Unterwasserkamera an den Körper und machte dann einen großen Schritt nach vorn. Die Meeresoberfläche raste auf mich zu, es platschte und ich tauchte komplett unter, ehe ich gleich wieder an die Oberfläche stieg. Die letzten Minuten an Bord, im Neoprenanzug und mit der ganzen Ausrüstung auf dem Buckel, war ich schon leicht ins Schwitzen geraten, jetzt fühlte ich mich wunderbar erfrischt, aber es war nicht kalt. Ich spuckte das Mundstück aus, um Luft zu sparen, wälzte mich auf den Rücken und paddelte mit den Flossen vom Boot weg um dem Nächsten Platz zu machen.

Roberto hatte erklärt, seine Gruppe solle als erste runtergehen, wir versammelten uns also um ihn und als er sich vergewissert hatte, das wir in Ordnung waren, gab er das Zeichen zum Abtauchen: Den nach unten gerichteten Daumen, so wie in den alten italienischen Sandalenfilmen die römischen Imperatoren immer den Tod des unterlegenen Gladiators befahlen. Ich hob den Inflatorschlauch des Jacketts über meinen Kopf und ließ die Luft ab. Sanft sank ich unter die Oberfläche. Schräg unter mir konnte ich die Riffkrone erkennen, wie die scharfe Abbruchkante eines Bergplateaus. Ich würde knapp an ihr vorbei sinken in eine verschwommene, konturlose Bläue hinein, in der sich der Fuß der Wand irgendwo verlor. Die Sicht mochte etwa fünfzehn Meter betragen, ich konnte also nur knapp die Hälfte des Weges zum Grund erkennen. Umso deutlicher lag das Dach des Riffs vor mir, bewachsen mit Tischkorallen und dazwischen, auf dem sandigeren Grund, erstreckte sich eine Seegraswiese. Die Sonnenstrahlen erzeugten flirrende und sich ständig ändernde Reflexe auf dem Boden und in diesem Funkeln huschten hunderte bunte Fischchen herum, bereit, bei Gefahr sofort in den schützenden Korallenästen zu verschwinden. Ich schaute mich kurz um, die beiden Holländer schwebten dicht über mir und Roberto auf gleicher Höhe wie ich. Er machte das „Okay"-Zeichen, einen Kreis aus Daumen und Zeigefinger. Bei uns ist dieses Zeichen vor allem aus dem Straßenverkehr bekannt, bedeutet dort allerdings etwas anderes. Ich antwortete mit der gleichen Geste, und dann blieb die Riffkrone auch schon über uns zurück und wir sanken an der Wand nach unten. Der zunehmende Wasserdruck erzeugte einen schmerzhaften Druck auf die Ohren, ich kniff mir mit Daumen und Zeigefinger die Nase zu und schnaubte hinein. Mit leisem Ploppen öffneten sich die verschlossenen Gehörgänge und der Druck verschwand augenblicklich. Nun herrschte in meinem Körper der gleiche Druck wie außerhalb, ohne dass ich etwas davon spürte. Im Innern des Körpers liefen allerdings ein paar chemische Prozesse ab, die man als Taucher unbedingt kennen sollte. Durch den höheren Druck wurde Stickstoff im Blut gelöst. Bis zu einer Tiefe von 40 Metern machte das nichts aus, darunter hinaus reicherte sich das Blut dermaßen damit an, dass die Gefahr einer Stickstoffnarkose bestand. Die sollte zu Tunnelblick, seltsamen Gefühlsschwankungen, dem Verlust der Orientierung und der Handkoordination führen. Ich selbst hatte noch nie eine, obwohl ich einmal bis auf siebenundfünfzig Metern abgetaucht war – mit normaler Pressluft. Je tiefer man tauchte oder je länger der Aufenthalt auch in flacherem Wasser, desto höher stieg der Stickstoffanteil im Blut und irgendwann war er höher, als die Fähigkeit des Körpers, ihn beim Auftauchen gefahrlos loszuwerden. Dann musste man Dekompressionspausen einlegen, ein Verfahren, das früher äußerst aufwändig berechnet werden musste und nicht ohne Risiko war, heute sagte einem der Computer genau, wie lange es in welcher Tiefe zu warten galt. Hielt man sich nicht daran, perlte der Stickstoff aus dem Blut aus wie die Kohlensäure aus dem Sekt, wenn man ihn schüttelt. Das Ergebnis war die Taucherkrankheit, die mit heftigen Schmerzen und Lähmungen einherging und im Extremfall bis zum Tode führen konnte.

Aber bei unserem heutigen Tauchgang brauchte ich mir darüber keine Sorgen zu machen, weder von der Tiefe noch der Dauer her führte er uns in gefährliche Bereiche. Statt dessen genoss ich den Ausblick. Die Steilwand war bewachsen mit Fächerkorallen und Schwämmen, es gab zahlreiche Spalten und Löcher, in denen sicher irgendwelche Tiere saßen. Je tiefer ich sank, desto mehr vergingen die Farben. Als erstes verschwand Rot, schon wenige Meter unter der Oberfläche sah alles Rote schwarz aus. Ihm folgte Gelb, dann grün und schließlich schimmerte alles in verschiedenen Blauschattierungen. Dazu kam das Gefühl des Schwebens und außer dem Blubbern der ausgestoßenen Luftblasen gab es auch kein Geräusch. Ich kam mir vor wie ein Astronaut, der über einen kleinen Asteroiden dahinschwebt. In der Tat war ich in einer anderen Welt, einer Welt, die uns Menschen noch bis vor kurzem verschlossen war.

Ich bin, muss ich gestehen, ein recht introvertierter Typ, der seine Gefühle nicht so recht rauslassen kann, hier aber fühlte ich mich frei, losgelöst von all den Sorgen der Welt, und glücklich. Deshalb nahm ich die stundenlangen Flüge und den Jetlag auf mich, für solche Augenblicke.

Nach wenigen Minuten schälten sich aus dem konturenlosen Blau unter mir dunkle Flecken; zuerst noch undeutlich, wie optische Täuschungen, gewannen sie schnell an Substanz und wurden zu Felsen, die den sandigen Meeresboden bedeckten. Ich bließ etwas Luft in mein Jackett und kam etwa einen Meter über dem Boden zum Stillstand. Der Tiefenmesser zeigte einunddreißig Meter. Ein leicht gewellter Sandboden zog sich vom Fuß der Wand bis an die Sichtgrenze, Er war nicht bewachsen, nur einige Felsbrocken und abgestorbene Korallenblöcke lagen herum. Aber tot war es hier trotzdem nicht, im Sand zeigten sich zahlreiche Löcher und winzige Fußspuren. Vor einem dieser Löcher, es mochte zwei bis drei Zentimeter Durchmesser haben, lag ein unscheinbarer kleiner Fisch, etwa zehn Zentimeter lang. Vorsichtig schwebte ich näher, bemüht ihn nicht zu verschrecken. Es war eine Grundel, ein Fisch, der in einer abgedrehten WG mit einem oder zwei Krebsen lebt. Da gab es hinter ihm am Höhlenausgang auch schon Bewegung. Sand rieselte aus dem Loch, vom Krebs mit seinen Scheren geschoben. Die blinden Krebse bauen die gemeinsame Höhle und halten sie in Schuss, der Fisch passt inzwischen auf und gibt bei Gefahr Bescheid. Eine der faszinierendsten Symbiosen, die ich kannte. Wieso kamen Fisch und Krebs miteinander aus und halfen sich sogar, während wir Menschen es nicht fertigbrachten, auch nur mit unserem Nachbarn klarzukommen?

Roberto klopfte mit seinem Zeigestab aus Edelstahl gegen seinen Tank, um uns zu rufen. Er hatte etwas entdeckt, was ich zunächst nicht erkannte. Keinen halben Meter schwebte ich neben ihn und er zeigte immer wieder nur auf eine leere Sandfläche. Dann erkannte ich zwei kleine Kugeln, und das auch nur deshalb, weil sie sich bewegten. Es waren Augen. Sie gehörten einer perfekt getarnten Flunder. Jetzt, wo man wusste, auf was zu achten war, sah ich auch ganz schwach die Umrisse des Fisches. Ein paar Minuten später erspähte einer der Holländer auch noch einen Aal, der fast komplett im Sand vergraben war, nur sein Kopf schaute heraus und er warf uns misstrauische Blicke zu.

Dann gab uns Roberto ein Zeichen und zeigte schräg nach oben. Wir mussten den Meeresgrund verlassen und mit dem Aufstieg beginnen, bevor wir in die Dekompressionsphase gerieten. Mein Computer gab mir noch acht Minuten in dieser Tiefe. Ein paar Flossenschläge brachten mich zwei Meter höher und zur Belohnung gab es eine zusätzliche Minute obendrauf. In den schwarzen Anzügen, mit Masken und Atemgeräten im Mund, sahen wir alle gleich aus und ich hatte Schwierigkeiten, die Holländer auseinanderzuhalten. Eigentlich ging das nur, wenn man sich schon an der Oberfläche irgendwelche Besonderheiten der Ausrüstung einprägte. Roberto stellte es am cleversten an: Er trug Flossen in unterschiedlicher Farbe, gelb und blau. Solange man also den Taucher mit den verschieden gefärbten Flossen sah, hatte man seinen Guide nicht verloren.

In den kleinen Höhlen und Löchern der Wand versteckten sich Krebse und Langusten mit meterlangen Fühlern, die sie wie Peitschen schwenkten. Dazwischen krochen farbenprächtige Nacktschnecken herum – farbenprächtig aber nur im Licht der Unterwasserlampe oder des Kamerablitzes. Dann erstrahlten sie in fast neonfarbenen Streifen und Mustern. Sie waren meine Lieblingsmotive: Schön bunt und unbeweglich, während ich bei Fischen fast immer ein Stück abschnitt. Mal fehlte der Kopf, mal der Schwanz und wenn ich endlich einen ganz drauf hatte, drehte er mir sicher sein Hinterteil zu. Trotzdem konnte sich die Fotoausbeute sehen lassen, vor allem, als dicht unter der Riffkrone eine große Seeschildkröte an uns vorbeischwamm. Sie schien schon ziemlich alt zu sein, auf ihrem Panzer wuchsen Algen und irgendwelche pockennarbigen Gebilde. Mit gelangweiltem Blick schaute sie zu uns herüber, während sie fast ohne jede Bewegung vorbeiglitt, ihr Maul erinnerte an einen ziemlich schartigen Schnabel, wer weiß, wie lange sie damit schon die Korallen abweidete. Oben auf der Riffkrone flitzten ein paar der unvermeidlichen Anemonenfische herum, die seit dem Film „Findet Nemo" jedem Kind bekannt sind. Ihre Berühmtheit bekam ihnen aber leider nicht gut, nach dem Film setzte ein wahrer Run auf diese Fischchen ein und sie wurden zu Hunderttausenden gefangen um ihr Leben in einem Salzwasseraquarium zu beenden. Ich fand sie eher lästig; kam man ihrer Anemone zu nahe, schoss einem so ein Fünf-Zentimeter-Fisch kampfhundgleich vor der Maske herum und führte sich auf wie der Erfinder der Aggression persönlich, nur um von seiner Brut abzulenken. Zugegeben, das war sehr mutig, aber dadurch machte er die Taucher auch erst auf sein Gelege aufmerksam.

Nach gut sechzig Minuten gab uns Roberto das Zeichen zum Auftauchen, Daumen rauf. Er faltete seine Boje auseinander, blies mit dem Mundstück Luft hinein und die orangefarbene Wurst flitze hoch zur Oberfläche. Als ich ihr nachblickte, sah ich in einiger Entfernung den Rumpf unseres Bootes, ein schlankes langes Gebilde, das zwischen den Reflexen der kleinen Brandungswellen tanzte. Ab und an erschien auch einer der Ausleger unter Wasser und selbst das Unterteil der Leiter war zu sehen. Alles, was sich unter Wasser befand. Vom Überwasserschiff sah ich nur verzerrte, undeutliche Konturen. Langsam schwammen wir, dicht unter der Oberfläche, zur Leiter und tauchten auf. Ich packte die Leiter, ließ Luft in mein Jackett strömen und spuckte das Mundstück des Atemreglers aus. Noch im Wasser zog ich die Flossen aus und reichte sie dem Jungen, der neben der Leiter schon auf uns wartete. Dann kletterte ich an Bord und wankte schwerfällig an meinen Platz. Selbst eine Stunde Schwerelosigkeit forderte bereits ihren Tribut. Die beiden Engländer saßen schon in Badesachen an Deck, sie mussten ein ganzes Stück früher als wir hochgekommen sein.

Als alle wohlbehalten an Bord waren, setzte der Skipper Kurs auf den nächsten Tauchplatz, während wir uns aus den nassen Overalls schälten und die leergeatmeten Tanks gegen volle tauschten. Ich hatte noch siebzig Bar Druck in der gebrauchten Flasche, gut ein Drittel, bei Roberto waren es noch fast einhundert, aber als Guide machte er das täglich und verstand sich darauf, seine Luft einzuteilen. Für den ersten Tauchgang seit fast einem halben Jahr fand ich meinen Verbrauch aber ganz okay. Ich kam dann mit den beiden Holländern ins Gespräch; Hans, der größere der beiden, war mit einer Filipina verheiratet und lebte in Puerto Galera auf Mindoro. Er war mit ihr nach Bohol gekommen um ihre Familie zu besuchen, oder besser, sie besuchte die Familie, während er mit seinem Kumpel Arne tauchte.

„Solltest du jemals ein Mädchen von hier heiraten", sagte er, „bau dir ein Haus auf der Insel, die am weitesten von der ihrer Familie entfernt ist. Du musst sonst die ganze Verwandtschaft bis zum letzten angeheirateten Cousin mit durchziehen."

Ich fand diese Äußerung ziemlich gehässig, hatte ähnliches allerdings auch schon von Anderen gehört. In den armen Ländern Asiens bedeutet Familie noch wesentlich mehr als bei uns, hier hält die ganze Großfamilie eng zusammen, um allen ein Auskommen zu ermöglichen und wenn es ein Mitglied zu Wohlstand bringt, ist es seine Pflicht, die anderen zu unterstützen, so gut er kann. Das der angeheiratete europäische Mann von Natur aus nicht nur als wohlhabend, sondern als reich gilt, kann man den armen Filipinos nicht verübeln.

Wir wechselten dann das Thema, kamen auf die Tauchgründe vor Puerto Galera, die absolut phantastisch sind, von dort auf die Fuchshaie von Malapascua, weiter zu den Leopardenhaien in der Bucht von Phuket in Thailand und von dort auf das Wrack der „King Cruiser", einer Autofähre, die auf dem Weg nach Koh Pi-Pi versunken ist, einer Insel, auf der es interessanterweise gar keine Autos gibt.

An dieser Stelle kam Roberto zu uns um uns zum Mittagessen zu holen. Es gab Reis, Gemüse in Soße und Hühnerschenkel - ich hatte es gewusst!

Während des Essens fragte ich Roberto noch mal nach Wracks in dieser Gegend, doch auch ihm waren keine bekannt, er erinnerte sich aber, dass vor ein paar Jahren mal eine Gruppe ausländischer Taucher vor Siquijor Island im Südwesten Bohols nach einem Weltkriegswrack gesucht hätten, allerdings vergeblich. Arne meinte, dass Anfang 1942, als die Japaner die Inseln besetzten, etliche amerikanische Schiffe, hauptsächlich Transporter und Torpedoboote, überall zwischen den Inseln von japanischen U-Booten versenkt wurden. Die genaue Zahl wäre nicht bekannt und es könnten tatsächlich noch ein paar unbekannte Wracks hier auf dem Grund liegen.

Kurz nach dem Essen briefte Roberto uns für den zweiten Tauchgang. Diesmal ging es zu einem sanft geneigten Korallengarten. Mächtige Tischkorallen, fassgroße Schwämme, Weichkorallen, Anemonen... es war der reinste Tauchertraum. Überall wimmelte es von Fischen, darunter plump aussehende gelbe Anglerfische, die mit ihren unförmigen Brustflossen regelrecht über den Grund watschelten. Ich entdeckte auch einen Fangschreckenkrebs, ein langgestrecktes, metallisch grünes Tier mit kugelförmigen Augen, die sich unabhängig voneinander in alle Richtungen drehen konnten. Wir blieben fast siebzig Minuten unten, die durchschnittliche Tiefe lag aber auch nur bei etwa zehn Metern.

Wieder waren die beiden Engländer vor uns an Bord. Als wir unsere Ausrüstung auseinander bauten, sagte mir Hans auf Deutsch, das er ganz gut beherrschte, dass sie in den letzten Tagen mit den beiden gemeinsam getaucht seien und dass Louis wohl enorm viel Luft benötigte. Kaum ein Tauchgang hätte länger als vierzig Minuten gedauert und ein oder zwei Mal musste Roberto ihn an seinen Oktopus nehmen.

„War ganz gut, dass du heute dabei warst", sagte er. „Da konnten wir endlich mal wieder schön lange unten bleiben."

„Fahrt ihr morgen auch wieder mit?"

„Nein, wir setzen zwei Tage aus, Arne möchte sich die Chocolate Hills ansehen und ich will einfach mal etwas faulenzen."

Meiner Meinung nach hatten wir diesen ganzen Tag nichts anderes getan als gefaulenzt, aber wer weiß, was er darunter verstand.

Dann kam Arne mit 3 Flaschen kalten San Miguel und wir stießen zusammen an. Das erste Bier nach dem letzten Tauchgang des Tages wird „Deko-Bier" genannt. Irgendeinen Namen muss das Kind ja haben. Während der Rückfahrt erkundigte ich mich bei den beiden nach einem guten Restaurant, sie nannten mir eins, in dem sie selbst zu Abend essen wollten und luden mich ein, mitzukommen, was ich dankbar annahm.

So gegen sechzehn Uhr waren wir zurück im Tauchshop und den Rest des Nachmittags verbrachte ich damit, mir das Salzwasser abzuduschen und mich massieren zu lassen. Eine Massage ist hier spottbillig und im Gegensatz zu Thailand mit seinen berühmten Thai-Massagen auch nicht schmerzhaft, sondern sehr entspannend. Eigentlich reiben sie einen nur mit Massageöl ein und das eine Stunde lang. Ich glaube, um sich für die Eröffnung eines Massagesalons zu qualifizieren, reicht es aus, eine Matratze und eine CD mit Entspannungsmusik zu besitzen.

Gegen neunzehn Uhr traf ich mich mit den Holländern in einem offenen Restaurant im ersten Stock eines Gebäudes dicht am Strand. Von unseren Plätzen konnte man auf die schmale Strandpromenade herabsehen, auf der jetzt die Touristen flanierten, von Straßenhändlern und Beachmasseusen bedrängt. Wir bestellten die obligatorischen San Miguel und ich entschied mich für gegrillten Fisch. Nach dem Essen, bei einem Cocktail, schauten wir auf die Straße herab und unterhielten uns über dies und das, als eine Polizeistreife vorbeikam. Zwei Polizisten in engen, dunkelblauen Uniformen, mit Schutzwesten, die die Aufschrift „PULIS" trugen und schweren Lederkoppeln, an denen Schlagstöcke hingen, Handschellen und offene Halfter mit gefährlich aussehenden Pistolen. Sie schritten langsam und unnahbar die Straße entlang. Wenn ich den Begriff „Staatsgewalt" jemals bildhaft darstellen müsste, würde ich diese beiden Polizisten dafür nehmen.

„Ziemlich martialisch", stellte ich fest.

„Hm", machte Hans. „Polizisten leben in dieser Gegend gefährlich, die müssen so auftreten."

„Gefährlich? Wie das?"

„Na, vom Süden her machen ihnen die Abu Sayaf und die Drogendealer zu schaffen und vom Norden her ihre eigene Regierung. Dazu kommt ein jämmerliches Gehalt. Die meisten sind auf die eine oder andere Art korrupt um über die Runden zu kommen und stehen unter ihrem neuen Präsidenten schon mit einem Bein im Knast."

„Und wer als Bulle im Knast landet ist eine ganz arme Sau", stellte Arne kichernd fest.

„Ist der Drogenhandel hier ein Problem?"

„Als Ausländer kriegt man kaum was davon mit, aber ja, ein verdammt großes Problem. In der Familie meiner Frau sind etliche der Jugendlichen abhängig und einer ihrer Cousins war Dealer. Ein ganz kleiner nur, er hat sich vor ein paar Monaten freiwillig gestellt und ist ins Gefängnis gegangen."

„Freiwillig?"

„Die fragen nicht mehr lang sondern schießen sofort. Etliche der kleinen Lichter in dem Business sind freiwillig in den Knast gegangen und die größeren Lichter haben sich waffentechnisch aufgerüstet."

Ich nippte nachdenklich an meinem Bier. Das hatte ich so nicht gewusst. Erst die Warnung im Flieger, jetzt diese Äußerung. Offenbar kannte ich mein Lieblingsurlaubsziel wohl doch nicht so genau. Nun, Rauschgift war für mich kein Thema, ich konnte nur hoffen, dass sie das Problem in den Griff bekamen. Dann schweifte unser Gespräch auf andere Themen ab und nach dem vierten oder fünften Bier verabschiedeten wir uns.

„Viel Spaß bei deiner Sight-seeing-Tour morgen", wünschte ich Arne.

„Und dir beim Tauchen. Wenn du mit Louis zusammen tauchst, werden das zwei sehr kurze Tauchgänge morgen."

„Wir werden sehen", sagte ich lachend und schüttelte ihm die Hand. Da wusste ich noch nicht, dass mir am nächsten Tag der längste und bizarrste Tauchgang meines Lebens bevorstand.

Tag 4 – Nahe Balicasag, Philippinen

Der Abend mit den Holländern war doch ganz schön lang geworden, und feucht. Als mich am nächsten Morgen mein Handywecker aus dem Schlaf riss, hätte ich ihn am liebsten gegen die Wand geworfen. Und der AC-DC-Song, den ich mir als Weckmelodie ausgesucht hatte, machte das Erwachen auch nicht angenehmer. Ich beschloss, auf den Morgenkaffee in der kleinen Strandbar zu verzichten und stattdessen noch eine halbe Stunde liegenzubleiben. Einen Augenblick dachte ich auch darüber nach, das Tauchen heute zu känzeln, ich war schließlich im Urlaub, nicht auf Arbeit, aber dann quälte ich mich doch aus dem Bett, ließ mir in der Dusche ein wenig kaltes Wasser über den Kopf laufen und machte mich auf dem Weg zum Tauchshop.

Dort warteten Sheila und Louis zusammen mit Roberto.

„Good morning!" rief Roberto mit jener übertriebenen Munterkeit, mit der Frühaufsteher alle anderen auf die Palme bringen können. „Da wären wir ja komplett. Lasst uns gehen."

„Sind wir nur zu dritt heute?" fragte ich, während ich den Dreien die Hand reichte.

„Scheint so", antwortete Sheila. „Das macht dir doch nichts aus?"

„Ausmachen? Aber nein, warum sollte es das?"

„Na, weil wir noch Anfänger sind und nicht länger als vierzig Minuten mit der Luft reichen."

„Ach, das ging doch allen mal so. Und außerdem wollen wir ja Spaß haben und keine Rekorde aufstellen."

An Bord der „Eazy 1" sah es genauso aus wie gestern, es gab Presslufttanks für sechs Leute, offenbar war der Crew nicht bekannt, dass die Holländer nicht mitkamen.

„Baut schon mal zusammen", verkündete Roberto. „Wir fahren nach Balicasag, das dauert nicht lang."

Tatsächlich erreichten wir, kaum dass ich meine Ausrüstung fertig und mir einen löslichen Kaffee gemacht hatte, eine kleine Insel im Südwesten von Alona Beach. Hier gab es ein Meeresschutzgebiet mit besten Tauchgründen, aber infolge des frühen Morgens und der Nebensaison waren wir das einzige Boot weit und breit. Roberto gab uns seine Einweisung. Wir würden an einem sanft abfallenden Korallenriff tauchen, mit sandigen Abschnitten dazwischen. Dort könnten wir nach Gartenaalen Ausschau halten, langen dünnen Aalen, die senkrecht aus ihren Sandhöhlen herausragten und sich bei Gefahr dahin zurückzogen.

Dann zogen wir unsere Anzüge an. Meiner war über Nacht fast trocken geworden, verströmte aber noch immer diesen für mich merkwürdig angenehmen Geruch nach Neopren, Salzwasser und Fisch. Ich sprang als erster ins Wasser und warf durch die Maske einen Blick nach unten. Die Sicht schien heute ausgezeichnet, ich konnte den Grund mit zahlreichen Korallenblöcken ganz deutlich erkennen. Dann kamen auch die anderen und wir tauchten ab. Kurz vorher hatte Roberto mich noch gebeten, als letzter in der Gruppe zu tauchen und ein Auge auf die beiden anderen zu werfen, damit keiner verloren ginge. So hielt ich es denn auch und blieb schön hinten, was aber dazu führte, dass ich kaum interessante Tiere sah, weil sie von unseren zwei Anfängern verscheucht wurden. Sheila hielt sich schon ganz gut, auch ihr Luftverbrauch lag im normalen Bereich, Louis aber bewegte sich viel zu hektisch und wedelte vor allem immer mit den Armen herum, einer der größten Fehler, den unerfahrene Taucher machen. Dadurch stieg natürlich auch sein Luftverbrauch an und das machte ihn noch nervöser. Vor vielen Jahren ging es mir nicht anders, hier half nur Erfahrung sammeln.

Tauchen, tauchen und nochmal tauchen und sich nicht entmutigen lassen. Immerhin konnte ich meiner Fotosammlung noch ein paar sehr farbenprächtige Schnecken hinzufügen und eine Muräne, die missmutig aus ihrer Höhle schaute. Die meisten Leute finden Muränen irgendwie gruselig, weil sie ständig das Maul auf und zu machen, was in der Tat etwas bedrohlich aussieht, aber das ist nur der normale Atemvorgang, mit dem sie Wasser durch ihre Kiemen pressen.

Wir gingen nicht sehr tief, das Wasser war warm und es gab keine Strömung, ein absoluter Relaxing-Tauchgang. Nach etwa fünfundvierzig Minuten zeigte Louis an, dass er in die Luftreserve kam, der Druck in seiner Flasche also auf unter fünfzig Bar gefallen war. Ich hatte zu dem Zeitpunkt noch über hundert. Roberto zeigte der Reihe nach auf uns und gab das Auftauchzeichen. Langsam stiegen wir empor. Schräg über uns konnte ich den Rumpf der „Eazy 1" erkennen und direkt daneben den einer weiteren Banka, ein wenig größer als unsere. War also doch noch ein Tauchboot gekommen, nur komisch, dass wir keine weiteren Taucher gesehen hatten.

Ich hielt mich wie besprochen an letzter Stelle, sah von unten, wie die anderen auftauchten und dann irgendwie komisch mit den Flossen strampelten. Es dauerte ziemlich lange, bis der erste die Leiter erreichte. Zunächst war Sheila vorn, dann ruderte sie zurück und Louis stieg als erster hoch. Ich machte mir deshalb keine Gedanken, sondern bließ nur etwas Luft in mein Jackett und kam hoch. Mein Kopf brach durch die Oberfläche, und sowie das Wasser von der Maske strömte, wurde der Blick klar. Louis stand auf dem Vorderdeck unserer Banka und sah regelrecht verängstigt aus, Sheila kletterte grade die Leiter hoch. Von Bord unseres Bootes aus zielten zwei Männer mit Gewehren auf sie, ein dritter hielt eine Waffe auf Louis gerichtet und ein vierter zielte direkt auf mich. Ich sah das zwar, aber zunächst begriff ich die Situation gar nicht. Wann wird man schon mal mit einer Waffe bedroht? Das ganze

Szenario wirkte so unwirklich, dass ich den Ernst der Lage gar nicht erfasste. Ich spuckte mein Mundstück aus, zog mir die Maske herunter und schaute mich um. Die Banka neben unserer war ein buntbemaltes Boot wie alle anderen auch, nur das dort ebenfalls zwei Männer auf uns zielten. Es waren alles Filipinos, mit alten T-Shirts und Shorts bekleidet, magere, braunhäutige kleine Männer, nach denen ich mich auf der Straße nicht umgedreht hätte, aber in den Händen hielten sie Kalaschnikows, AK 47, wie ich erkannte, denn ich hatte während meiner Militärzeit mit dieser Waffe zu tun. Und sie lächelten nicht. Das war, glaube ich, der Augenblick in dem ich begriff, dass etwas nicht stimmte. Ernst blickende Filipinos sind ein sehr seltener Anblick.

Der Typ, der von der „Eazy 1" aus auf mich zielte, winkte mit dem Lauf des Gewehres.

„Los, an Bord, aber schnell!" rief er. Einen winzigen Augenblick lang dachte ich, das könnte eine Militärkontrolle sein, aber philippinische Soldaten würden nicht mit einem buntbemalten Auslegerboot fahren. Und ganz bestimmt nicht liefen sie wie dieser Typ herum: In einem leicht angeschmutzten T-Shirt, das für Tiger-Bier warb, knielangen Hosen voller Ölflecken und barfuß. Auf dem Kopf trug er eine rotbraune Baseballmütze mit der Aufschrift „Clark Air Base". Das war mal eine amerikanische Luftwaffenbasis in Luzon, die von den Amerikanern Mitte der Neunziger nach dem schweren Ausbruch des Pinatubo aufgegeben wurde. Nein, so wie der Typ aussah, war er weder Militär noch Polizist, nur ein Name fiel mir dazu ein: Abu Sayaf.

Langsam schwamm ich zur Leiter. Das Gespräch mit dem Entwicklungshelfer aus dem Flugzeug ging mir wieder durch den Kopf. Er hatte wohl angedeutet, dass die Abu Sayaf ihre Operationen nach Norden ausdehnte. Sollten wir als Geiseln dienen, um Lösegeld oder die Freilassung von Terroristen zu erpressen? Es wäre nicht das erste Mal, dass so etwas geschah.

Dabei blieben diese Gedanken seltsam abstrakt, so als wären es nur akademische Überlegungen und nicht die knallharte Realität. Ich konnte noch immer nicht realisieren, dass ich tatsächlich betroffen war. An der Leiter zog ich die Flossen aus, doch der Junge, der sie mir gestern abgenommen hatte, ließ sich nicht blicken. Also nahm ich sie in die linke Hand und stieg, mich nur mit der Rechten festhaltend, an Bord, wo ich triefend neben den Engländern stehenblieb. Der Typ mit der Mütze war meinen Bewegungen mit seiner Waffe gefolgt, als ich jetzt kurz den Blick abwandte, um zu sehen, ob Roberto mir folgte, erschrak ich zutiefst. Roberto hielt seinen linken Arm mit dem Inflatorschlauch des Jacketts hoch erhoben und blies Luft ab. Offenbar wollte er den Augenblick, da der Bewaffnete abgelenkt war, nutzen, um abzutauchen und sich unter Wasser vermutlich aus dem Staub machen. Doch die Beiden auf der Terroristenbanka bemerkten den Fluchtversuch, einer brüllte etwas, das ich nicht verstand, und dann ratterte seine Kalaschnikow los, grade als Robertos Kopf untertauchte. Er gab eine Salve von vielleicht fünf oder sechs Schuss ab, ein trockenes Knattern, gar nicht mal so laut oder gefährlich klingend, aber da, wo eben noch Robertos Kopf war, spritzte das Wasser auf. Robertos linker Arm zuckte, er schlug mit beiden Armen kurz und heftig um sich und dann war er weg. Ein rosafarbener Schaumring blieb zurück und von unten stiegen dunkle Schlieren auf und färbten das Wasser rot.

Sheila schrie auf und warf sich Louis an die Brust, der sie mit versteinertem Gesicht in die Arme nahm. Ich spürte, wie mir Speichel in den Mund lief und schluckte vernehmlich. Direkt vor meinen Augen war ein Mensch ermordet worden. Es war das erste Mal, dass ich so etwas sah und ich hatte plötzlich das Gefühl, als habe sich in diesem Augenblick etwas Fundamentales verändert, so als sei ein Schleier zerrissen, der mich all die Jahre lang vor der realen Welt abgeschirmt hatte.

Der Typ mit der roten Mütze fuhr herum und brüllte den Schützen über die Bordwand hinweg an. Ich verstand kein Wort seiner Sprache, es war mit Sicherheit nicht das Tagalog, was sie im Norden sprachen, vielleicht Cebuano oder noch ein anderer, südlicherer Dialekt, aber der Tonfall allein verriet mir, dass er sauer war. Der Schütze versuchte sich zu rechtfertigen, ließ aber nach ein paar heftigen Attacken des anderen die Schultern hängen und schwieg. Noch immer fluchend kam der Mützenträger auf uns zu und blieb direkt vor uns stehen. Die Mündung seiner Waffe zielte auf unsere Bäuche und er blickte uns grimmig ins Gesicht. Er mochte etwa mein Alter haben, lockige schwarze Haare quollen unter seiner Kappe empor und er schielte auf dem linken Auge, nicht sehr stark, aber es reichte, um den Eindruck zu erwecken, er schaue an einem vorbei. Sein Kopf mit der Mütze endete auf Höhe meines Mundes und er musste ihn in den Nacken legen, um mir ins Gesicht zu sehen, doch durfte man sich davon nicht täuschen lassen. Ich wusste, wie zäh und kräftig diese Männer waren und seine muskulösen Arme machten mir klar, dass ich bei einer Prügelei schlechte Karten hätte. Irgendwie erinnerte er mich an die Comicfigur Popeye.

Mit einer herrischen Geste wies er auf den Fleck im Wasser und fragte barsch: „Wer war er?"

Sheila drückte sich noch enger an ihren Freund und der sah aus, als bekäme er gleich einen Schreikrampf. Da sagte ich, so ruhig wie möglich: „Er hieß Roberto und war unser Tauchguide."

„Euer Guide?" Popeye riss die Augen auf. „Du meinst, er war der Erfahrenste von euch?"

„Ja." Ich wollte noch etwas hinzusetzen, dachte mir dann aber, es sei wohl besser, nicht zu viel zu erzählen, solange wir nicht ihre Absichten kannten.

„Aber ihr seid auch Taucher? Ihr könnt auch ohne Guide tauchen?" Das war ziemlich drängend hervorgebracht und machte auch dem Dümmsten klar, dass sie uns für irgendeinen Taucheinsatz brauchten. Louis Kinn zitterte. Mir war inzwischen aus den kurzen Gesprächen, die wir miteinander führten und aus dem, was die Holländer gestern sagten, schon klargeworden, dass Louis alles andere als ein begeisterter Taucher war und sich unter Wasser nicht wohlfühlte. Er machte das nur seiner Freundin zuliebe. Der Gedanke, von Verbrechern ohne professionellen Führer zum Tauchen gezwungen zu werden, musste ihm Höllenqualen bereiten. Gleich würde etwas Entsprechendes aus ihm rausplatzen und das dürfte Popeye gar nicht gefallen.

„Wir sind alle drei zertifizierte Taucher", antwortete ich daher schnell.

Popeye starrte mir mit seinen seltsamen Augen böse ins Gesicht, dann trat er einen Schritt zurück.

„Zieht eure Ausrüstung aus und setzt euch vorne hin. Und keine Dummheiten, oder es geht euch wie ihm!"

Wir stapften zu unseren Plätzen und legten die Jacketts ab, dabei beobachtete ich möglichst unauffällig die Umgebung. Sheila zitterte wie Espenlaub und auch Louis schien nur mit äußerster Mühe ruhig bleiben zu können. Was mich anging, natürlich wäre ich jetzt lieber ganz woanders gewesen, aber ich verspürte keine unmittelbare Angst. Diese Typen brauchten uns zu irgendetwas und solange wir kooperierten und die Aufgabe nicht erledigt war, würden sie uns nichts tun. Man sagt, wie ein Mensch in einer Extremsituation reagiert lässt sich nicht simulieren, man muss ihn dieser Situation aussetzen um es herauszufinden. Ich fand, ich reagierte ganz gut. Vielleicht lag es auch daran, dass ich wesentlich älter war als die beiden Anderen und der erfahrenste Taucher; ich fühlte mich für sie verantwortlich und für andere verantwortlich zu sein, hat mich schon immer irgendwie souveräner gemacht. Man muss dann zumindest so tun als ob man alles im Griff hat und Ruhe und Gelassenheit zeigen.

Ich verstaute meinen Kram so, dass mein Tauchermesser durch den Schulterträger verdeckt wurde, das kleine Ding war zwar keine Waffe gegen eine AK 47, aber vielleicht würde es irgendwann nützlich sein. Dann zog ich das Oberteil des Neoprenanzuges aus und verknotete die Ärmel vor dem Bauch, ehe ich mich setzte und zusah, was weiter geschah. Sheila saß zwischen mir und Louis, sie hatte darauf verzichtet, ihren Anzug auszuziehen, nicht einmal den Reißverschluss geöffnet, und vielleicht war es auch eine gute Idee, den Typen nicht zu viele weibliche Reize zu zeigen. Wer einen unbewaffneten Mann erschoss, hatte sicher auch in anderer Hinsicht wenig Skrupel.

Popeye gab einige Befehle in seinem unverständlichen Dialekt und die beiden Typen auf der Verbrecherbanka lösten die Taue, die ihr Boot mit unserem verbanden. Die ganze Zeit konnte ich weder unseren Skipper noch den Jungen sehen. Hatten sie die beiden auf ihr Boot gebracht oder sie einfach ermordet? Eine Antwort auf diese Frage sollte ich nie bekommen.

Auf der „Eazy 1" blieben wir mit vier unserer Entführer zurück, während das andere Boot seinen Motor anwarf und nach Süden davonfuhr. Außer Popeye waren das noch ein älterer Mann, der uns gegenübersaß, seine Kalaschnikow auf den Knien, und offenbar auf uns aufpassen sollte. Er war der Einzige, der lange Hosen trug, alte, ausgewaschene Tuchhosen mit Löchern an den Knien und ein dazu passendes Hemd mit hochgekrempelten Ärmeln. Seine Haare waren glatt und sahen fettig aus, sein Kinn bedeckten silberne Bartstoppeln. Alles in allem sah er nicht aus wie ein Terrorist, eher wie ein verschmitzter Opa, und so nannte ich ihn auch für mich. Der dritte war ein stiernackiger Typ, der nur ein ärmelloses Unterhemd und abgeschnittene Jeans trug. Er verschwand recht schnell im Steuerhäuschen und man sah nur noch sein breites Gesicht mit den kurzgeschnittenen Stoppelhaaren hinter der Scheibe. Als letzten gab es da noch einen jungen, schlaksigen Burschen, höchstens neunzehn Jahre alt, der die gleichen lockigen

Haare wie Popeye hatte, vielleicht sein Sohn. Der Hackordnung entsprechend musste er als Jüngster die ganze Arbeit tun, er holte die Seile ein und verschwand dann im Hinterschiff. Ich nannte ihn den Kleinen.

Auf einen Wink von Popeye hin – der war ganz offensichtlich der Boss - brummte der Motor los und das Boot setzte sich in Bewegung. Ich schielte verstohlen auf den kleinen Kompass, den ich am Armband meines Tauchcomputers angesteckt hatte, ein besseres Spielzeug eigentlich nur, aber ein recht hochwertiges und ziemlich genau gehendes. Wir bewegten uns in östliche Richtung, mit drei bis fünf Grad Abweichung nach Süden. Dann sah ich nach der Uhrzeit, halb elf. Gestern hatte ich unsere Tauchspots mit dem GPS meines Handys markiert und bei der Gelegenheit auch die Reisegeschwindigkeit unseres Bootes ermittelt: Achtzehn Stundenkilometer, ich würde also auch die zurückgelegte Strecke recht genau ermitteln können. Noch wusste ich nicht, ob mir das irgendwas nutzen würde, aber allein die Tatsache, dass ich es tun konnte, gab mir das Gefühl, nicht völlig hilflos zu sein, sondern mich auf vielleicht kommende Aktionen vorzubereiten. Ich durchwühlte auch meine Erinnerungen nach Verhaltensregeln im Entführungsfall, nicht das ich mich je ernsthaft damit beschäftigt hätte, aber in Thrillern und diversen Actionfilmen wurden die Helden häufiger mal entführt und da hieß es dann immer, man müsse zu seinen Entführern eine Beziehung aufbauen. Wenn sie einen als Menschen wahrnehmen, würde das ihre Hemmschwelle zur Gewaltanwendung erhöhen. Ich beschloss, diese Theorie an Opa zu testen, er schien mir der geeignetste Kandidat zu sein, außerdem war er auch der einzige, an den ich gerade rankam.

„Entschuldigung, ich habe Durst", sprach ich ihn so höflich wie möglich an. „Ich möchte gerne etwas Wasser."

Wasser zu verlangen ist, glaube ich, immer gut, es appelliert an die ursprünglichsten Hilfsinstinkte.

Opa sagte etwas in seinem Dialekt und entblößte dabei die kläglichen, braungefärbten Überreste seines Gebisses. Verstand er etwa kein Englisch?

Ich zeigte ihm durch Gesten, das ich trinken wollte und wies auf den Wasserbottich, der vor dem Steuerhaus stand. Mit einer gelangweilten Handbewegung, die aussah, als wolle er mich wegscheuchen, gab er sein Okay. Ganz langsam ging ich zum Bottich, nahm drei Plastikbecher aus dem Geschirrkorb und dann, einer Eingebung folgend, noch einen vierten, füllte sie mit Wasser und ging zurück. Je einen Becher gab ich Louis und Sheila. Sie wehrte ab und schüttelte den Kopf.

„Nimm ihn!" zischte ich und gehorsam griff sie zu. Da sah ich erst, wie sehr sie immer noch zitterte.

Den vorletzten Becher gab ich Opa, setzte mich, hob meinen Becher, als wollte ich ihm zuprosten und trank. Opa sah mir mit verkniffenem Mund dabei zu, dann warf er seinen Becher mitsamt dem Wasser über Bord. Soviel zu dem Versuch, Vertrauen aufzubauen. Ich bemühte mich, mir meine Enttäuschung nicht anmerken zu lassen und zuckte betont gleichmütig mit den Schultern.

Popeye telefonierte währenddessen, in der Tür des Steuerhauses stehend. Ich wunderte mich, dass er hier Empfang hatte, bis ich die klobige Antenne an seinem Handy sah. Ein Satellitentelefon. Wenn sie solche Ausrüstung besaßen, hatten wir es nicht nur mit einer kleinen Gangsterbande zu tun, sondern mit einer großen Organisation. Popeye war in dem Gespräch auch nicht der aktive Part, er wirkte wie ein Befehlsempfänger, und die paar Sätze, die er sagte, klangen recht unterwürfig. Dann schaltete er das Telefon aus, verstaute es im Steuerhaus und setzte sich uns gegenüber.

„Also", begann er, „wir wollen euch nicht umbringen. Euer Guide war selber schuld, er wollte abhauen. Wenn ihr tut was wir euch sagen, setzen wir euch auf irgendeiner Insel ab und ihr seid wieder frei. Aber wenn ihr Dummheiten macht... Verstanden?"

Louis zeigte keine Reaktion, Sheila hatte ihre Hände zwischen die Beine geklemmt und zitterte noch immer. Am liebsten hätte ich tröstend meinen Arm um sie gelegt, aber ich war mir nicht sicher, wie das ankommen würde, bei ihr, bei Louis und bei unseren Entführern. Daher sagte ich lediglich: „Verstanden. Was sollen wir tun?"

„Eine Banka, die... meinem Bruder gehörte, ist vorgestern gesunken. Sie hatte eine wertvolle Ladung an Bord. Ihr werdet das Schiff finden und die Fracht bergen. Danach lassen wir euch gehen. Klar?"

Nun erschrak ich doch. Ein versunkenes Schiff zu finden ist eine äußerst schwierige Aufgabe, für die man eine gut ausgebildete Mannschaft braucht, spezielle Ausrüstung wie Side-scan-Sonar und Magnetometer, nicht zu vergessen diese kleinen ferngesteuerten Unterwasserroboter, die in jeder Tiefsee-Doku zu sehen sind. Ich wagte, ihm das zu sagen, aber schon nach den ersten Worten unterbrach er mich.

„Wir wissen, wo die Banka gesunken ist. Der Steuermann war so clever, die Stelle auf seinem GPS zu markieren."

„Trotzdem kann es schwierig werden, das Boot zu finden. Die wenigsten Schiffe sinken genau senkrecht, die meisten legen noch einen ganz schönen Weg zurück, bevor sie unten ankommen. Und die Sicht unter Wasser ist beschränkt."

Er wischte die Einwände mit einer ungeduldigen Handbewegung weg. „Ihr habt solange Zeit, wie die Luft in diesen Flaschen reicht. Wenn ihr das Boot auch mit dem letzten Tank nicht findet, braucht ihr gar nicht mehr aufzutauchen."

Damit stand er auf und ging. Na toll! Ich besaß eine gewisse Erfahrung im Wracktauchen und bin schon bis in die Maschinenräume alter Frachter aus dem Zweiten Weltkrieg vorgedrungen, natürlich nicht allein sondern mit erfahrenen Begleitern, daher wusste ich auch, wie schwierig die Aufgabe wirklich war. Popeye hatte keine Ahnung von den Verhältnissen unter Wasser und wie man dort ein so kleines Objekt wie eine Banka aufspüren konnte. Hinzu kam, dass wir nicht einmal wussten, wie tief das Meer an der entsprechenden Stelle war. Bei Tiefen über fünfzig Metern sah ich keine Chance, das Wrack überhaupt zu erreichen, bei vierzig Metern würde es vielleicht gerade so gehen, uns aber in die Deko bringen. Und ob Louis mit seiner Luft so lange reichte?

Als ob er meine Gedanken erraten hätte, sah er nun zu mir hin und flüsterte: „Ich kann das nicht! Ich schaffe das einfach nicht!"

„He, bleib ruhig", gab ich ebenso leise zurück. „Keine Sorge, ich schau mich vorher unten um wie es dort aussieht. Dir wird nichts geschehen, das verspreche ich."

Opa gab einen seltsamen Laut von sich und wackelte mit seinem Gewehr. Dann hielt er sich einen Finger zur bekannten „Pst"-Geste vor die Lippen, sagte aber nichts. Vielleicht sprach er wirklich kein Englisch.

Ungefähr achtzig Minuten nach unserer Abfahrt nahm der Stiernackige das Gas weg. Popeye stand mit einem kleinen, handyähnlichem GPS-Gerät am Bug und dirigierte ihn mit Handzeichen, während sich der Kleine mit dem Anker bereithielt. Wir mochten etwa fünfundzwanzig Kilometer östlich von Alona Beach sein, die Küste Bohols lag mächtig weit nördlich von uns, vermutlich mehr als drei Kilometer entfernt. Im Süden konnte ich ganz schwach die Umrisse einer kleineren Insel ausmachen, wenn ich die Karte richtig im Kopf hatte, musste das Pamilacan sein. Auf Popeyes Signal hin stoppte der Motor und der Kleine warf den Anker über Bord. Popeye kam zu uns und zeigte mit dem Lauf seiner Waffe auf mich und auf Louis.

„Du und du, ihr macht euch fertig und taucht. Das Mädchen bleibt solange hier, damit ihr keine Dummheiten macht."

Ich glaube, wir zuckten alle drei zusammen, Sheila, weil sie mit den Verbrechern alleine bleiben sollte, Louis, weil er tauchen sollte und seine Freundin dabei in den Händen dieser Typen wusste und ich, weil mir klar war, dass Louis schon unter normalen Umständen keine große Hilfe wäre, unter diesen aber würde er eine Belastung sein. Das konnte ich Popeye aber nicht sagen.

„Nein", rief ich entschlossen. „Louis bleibt an Bord und ich tauche mit Sheila."

Popeyes Gesicht verzog sich ärgerlich. Er trat auf mich zu, hob die Waffe und drückte mir den Lauf von unten gegen das Kinn. Eine Welle der Angst durchflutete mich jetzt doch, ich schielte hinunter auf seine Hände, und da sah ich, dass der Sicherungsbügel der Kalaschnikow oben war. Wie gesagt, ich kannte die AK 47. So konnte Popeye mich jedenfalls nicht erschießen, er wollte mir nur Angst machen. Das gab mir eine gewisse Sicherheit zurück.

„Bist du jetzt hier der Boss oder was?" fragte Popeye verächtlich.

„Ich bin jedenfalls der Taucher mit der meisten Erfahrung", gab ich zurück und bemühte mich so zu klingen und zu wirken, als beeindruckte mich sein Verhalten nicht im Geringsten. „Louis ist heute Morgen zu schnell aufgetaucht, er braucht noch einige Zeit an der Oberfläche, ehe er wieder tauchen darf, sonst kollabiert er unter Wasser. Um eure Ladung zu bergen, brauchen wir ihn aber."

Popeye schaute mir von unten prüfend in die Augen und ich gab mir alle Mühe, seinem Blick gelassen Stand zu halten. Schließlich nahm er die Waffe runter.

„Gut, du hast das Sagen was das Tauchen angeht. Aber wenn auch nur einer von euch mich verarscht, verfüttere ich dich stückchenweise an die Fische!"

„Schon gut. Keiner von uns macht Dummheiten, wir wollen hier einfach nur lebend rauskommen. Und jetzt besorgt mir eine dünne Leine, je länger desto besser.“

„Wozu?“

„Um eure Banka zu finden. Es bringt nichts, wenn wir planlos durch die Gegend schwimmen, die Orientierung unter Wasser ist recht schwierig. Sheila, hör bitte mit zu, ich erkläre jetzt, wie wir vorgehen werden.“

Ich hatte mir den Plan schon während der Anfahrt zurechtgelegt. Erfahrene Bergungstaucher würden darüber vielleicht den Kopf schütteln, aber mir fiel nichts Besseres ein.

„Wir tauchen an der Ankerleine ab, bis wir den Grund sehen können. Dann befestige ich die Schnur am Ankertau und wir schwimmen davon weg, bis wir es gerade noch so erkennen können. Dort bleibst du zurück und hältst dich an der Leine fest. Ich schwimme weiter, bis ich dich eben noch im Blick habe. Und dann schwimmen wir einen Kreis um den Anker und suchen dabei den Boden ab. Finden wir das Wrack dabei nicht, spulen wir die Leine weiter ab um einen größeren Kreis abzusuchen. Alles klar?“

Sheila nickte, sah dabei aber nicht sehr überzeugt aus.

„Gut. Wenn einer von uns die Banka sieht, zieht er zweimal kräftig am Seil. Wenn ich möchte, dass du zu mir kommst, rucke ich drei Mal.“

Wir tauschten unsere Tanks gegen volle und legten die Ausrüstung an. Ich löste die Taschenlampe vom Kameragehäuse und verstaute sie in der Jackettasche, dann kontrollierte ich sorgfältig, ob Sheila ihr Zeug auch korrekt angelegt hatte. Tatsächlich war ihr Flaschenventil noch geschlossen. Ich schraubte es auf und raunte ihr dabei zu: „Keine Angst, es wird alles gut.“

Dann sprang ich ins Wasser und während ich auf sie wartete, spähte ich durch die Maske nach unten. Ich konnte unregelmäßige, verschwommene Flecken erkennen. Das musste der Grund sein, Gott sei Dank war das Meer hier also recht seicht und die Sicht auch sehr gut. Und es gab keine Strömung. Wir tauchten an der Ankerleine ab und hier unter Wasser, ohne die Verbrecher im Nacken, gewann ich meine Sicherheit zurück. Wir hatten keinen Guide, na gut, aber ich hatte einen Plan, genug Erfahrung um auf mich selbst aufzupassen und jetzt würde ich beweisen, dass ich auch auf andere aufpassen konnte.

In etwa zehn Metern Tiefe begann sich der Grund deutlich unter uns abzuzeichnen. Es mochten vielleicht noch fünfzehn Meter bis nach unten sein. Ich gab das Stoppsignal und band ein Ende der Leine am Ankertau fest, dann schwammen wir genau in östliche Richtung, bis wir das Tau noch eben so erkennen konnten. Ich wickelte die Leine einmal um Sheilas Hand und bedeutete ihr, hier zu warten, dann schwamm ich weiter, bis sie begann, undeutlich zu werden. Ich packte die Leine fester, gab ihr ein Zeichen und wir schwammen los, von der Leine am Ankertau zu einem Kreis gezwungen. Er war nicht ganz rund, weil sich das Tau um einige Meter bewegte, aber unter den gegebenen Umständen und mit unseren Hilfsmitteln war es wohl die beste Lösung. Ich hielt die Augen fest auf den Grund gerichtet, ab und an blickte ich auf die winzige Kompassnadel und als sie einmal über die Kompassrose gewandert war und unter mir der markante Fels auftauchte, den ich mir beim Losschwimmen gemerkt hatte, stoppte ich und zog drei Mal am Seil. Sheila kam zu mir geschwommen. Ich schaute auf ihr Finimeter, angesichts der Umstände hielt sie sich sehr gut. Dann hieß ich sie warten, schwamm noch ein paar Meter weiter und ließ sie nachkommen, während ich selbst noch weiter nach außen schwamm. Dieser zweite Kreis war natürlich wesentlich weiter als der erste und es dauerte auch länger, ihn abzusuchen. Wir mochten etwa ein Drittel geschafft haben, da signalisierte Sheila mir, dass sie bei der Hälfte ihres Luftvorrates angekommen war. Ich hoffte, wir würden diesen Suchkreis noch komplett hinbekommen, ehe wir hoch mussten, gleichzeitig machte ich mir Sorgen, was Popeye wohl anstellen würde, wenn es uns nicht gelang, das Wrack zu finden. Bei einer Meerestiefe von rund fünfundzwanzig Metern konnte es beim Untergang nicht weit abgetrieben sein. Sollten wir es vielleicht übersehen haben? Nein, das konnte ich mir nicht vorstellen. Ich war so in die Betrachtung des Bodens und in meine Gedanken vertieft, dass ich das Zucken des Seils in meiner Hand fast nicht bemerkt hätte. Dann schaute ich zu Sheila hin und erwartete, dass sie mir das Zeichen für „Luft geht zu Ende" geben würde, statt dessen wies sie mit ausgestreckten Arm nach unten. Ich konnte zunächst nichts erkennen, doch als ich zu ihr hin schwamm, schälte sich ein länglicher dunkler Schatten aus der Bläue der See und nahm allmählich immer schärfere Konturen an, bis er sich eindeutig in den Rumpf eines Auslegerbootes verwandelte. Ich gab ihr das Okay-Signal und tauchte zu dem Wrack ab, das mit jedem Flossenschlag deutlicher hervortrat, bis ich selbst die Bemalung des Rumpfes erkennen konnte und die Seile, die von den Auslegern zu den Masten gespannt waren. Diese Banka konnte noch nicht lange hier liegen, sie war vom Meer noch nicht gezeichnet, das musste sie sein!

Der Steuerbordausleger ragte in einem merkwürdigen Winkel vom Rumpf weg, weil der hintere Tragbalken zerbrochen war, und der ganze Bootskörper schien an dieser Stelle irgendwie verdreht zu sein. Ob das die Ursache des Untergangs war oder erst durch den Aufprall auf dem Meeresgrund entstand, konnte ich natürlich nicht sagen. Ich drehte mich zu Sheila um und sah, dass sie ein ganzes Stück weg und über mir schwebte. Als ich sie heranwinkte, machte sie eine abwehrende Handbewegung und rührte sich nicht von der Stelle. Offenbar teilte sie meine Begeisterung für Wracks nicht. Ich bedeutete ihr, an Ort und Stelle zu bleiben, während ich mir das Boot ansehen wollte und schwamm dann zum Steuerhaus.

Vielleicht, ging es mir durch den Kopf, hat sie Angst, einen Ertrunkenen zu sehen. Und wie war das mit mir? Würde ich es verkraften, auf eine zwei Tage alte Wasserleiche zu treffen? In dem einen oder anderen Wrack stieß ich schon auf persönliche Hinterlassenschaften der Besatzung, Schuhe, Besteck oder Bierflaschen, aber noch nie auf einen Toten. Ich musste es einfach darauf ankommen lassen.

Das Steuerhaus war leer, der Verschlag dahinter ebenfalls, offenbar konnte die Crew sich retten. Ich atmete auf und wandte mich dem Vorschiff zu. Hier befand sich der Laderaum, die Frachtluke war blau lackiert, auf der einen Seite hatte sie Scharniere, gegenüber befand sich einer dieser Überwurfverschlüsse aus Blechstreifen, die man mit einem Vorhängeschloss abschließen kann. Zum Glück gab es hier kein Schloss, nur ein großer, verbogener Nagel hielt die Klappe zu. Ich zog ihn heraus und öffnete die Luke. Eine halbleere, durch den Wasserdruck zusammengequetschte Plastikflasche stieg an mir vorbei nach oben, gefolgt von ein paar Holzsplittern und einem Handfeger. Ich beugte mich in den Frachtraum und versuchte zu erkennen, worum es sich bei der „wertvollen Fracht" handelte. Es war dunkel in dem kleinen, fensterlosen Verschlag, also zog ich die Taschenlampe aus dem Jackett und leuchtete hinein. Eine Unmenge prallgefüllter, sorgfältig in Plastikfolie verpackter Pakete lag da, es sah aus wie in der Blumenerde-Abteilung eines Baumarktes, nur war der Inhalt der Pakete nicht schwarz, sondern weiß. Ich hatte es fast schon geahnt, nach dem ganzen Gerede der letzten Tage über den Drogenschmuggel. Das Boot war voll mit Rauschgift, mindestens eine halbe Tonne schien hier zu lagern, das Zeug musste Millionen wert sein. Ich klappte die Luke wieder zu, steckte den Nagel zurück und schwamm zum vorderen Auslegerbalken. Dort nahm ich meine Boje aus der Tasche, rollte sie auf, hielt mich dann am Balken fest und blies die Boje mit meinem Atemregler auf. Sie schoss wie eine Rakete nach oben, die kleine Rolle mit der Leine drehte sich wie irrsinnig bis die Schnur fast abgelaufen war, dann blieb sie stehen. Die Boje musste oben angekommen sein. Ich band die Leine am Balken fest und gab Sheila das Auftauchsignal.

Während wir langsam der Leine nach oben folgten, zermarterte ich mir den Kopf, was weiter zu tun sei. Dort unten lagerte eine gewaltige Menge Rauschgift, unsere Entführer waren also wohl keine Abu Sayaf-Leute, die zwar Terroristen waren, aber immerhin für ein ideelles Ziel kämpften, sondern schnöde Drogenschmuggler, Verbrecher im eigentlichen Sinn des Wortes. Würden sie uns laufen lassen und die Polizei verhörte uns, dann kämen sie in Gefahr, geschnappt zu werden. Immerhin hatte die Regierung dem Drogenschmuggel den Krieg erklärt, sie würden nach unseren Aussagen Phantombilder zeichnen lassen, die Banka bergen und ihren Besitzer ermitteln. Mir wurde klar, dass Popeye und seine Kumpane uns gar nicht laufen lassen konnten, nachdem was wir gesehen hatten. Sie wären nur dann halbwegs sicher, wenn die „Eazy 1" samt ihrer gesamten Besatzung für immer verschwand. Dann würde die Küstenwache ein paar Tage lang suchen und das ganze am Ende als bedauerlichen Unfall zu den Akten legen. Sobald wir die Drogenpakete gehoben hatten, war unser Leben keinen Pfifferling mehr wert.

Als wir neben meiner Boje hochkamen, die wie eine riesige orangefarbene Wurst auf den Wellen tanzte, schaukelte die Banka direkt neben uns und drei der Gauner schauten auf uns herab. Sie hielten ihre Waffen zwar in der Hand, aber nicht auf uns angelegt.

„Und", brüllte Popeye, „habt ihr sie gefunden?"

„Ja", rief ich zurück. „Helft uns aus dem Wasser."

Während wir zur Leiter schwammen, zischte ich Sheila leise zu: „Tu so, als wärst du schwer erschöpft." Sie warf mir einen erstaunten Blick zu, sagte aber nichts.

Diesmal halfen uns die Typen wirklich, sie nahmen uns die Flossen ab und zogen uns regelrecht an Bord. Popeye ließ mir nicht mal die Zeit, mich zu setzen, sondern bestürmte mich sofort mit Fragen, in welchem Zustand das Boot sei und wie tief es läge. Über den Zustand sagte ich ihm die Wahrheit, bei der Tiefe gab ich vierzig Meter an um unsere gespielte Erschöpfung glaubwürdiger zu gestalten.

„Hast du nach der Ladung gesehen?" fragte er schließlich lauernd.

„Ja", gab ich zu. „Die Pakete scheinen in Ordnung zu sein."

Ein kurzes triumphierendes Grinsen huschte über sein Gesicht, dann wurde es hart. „Ihr geht sofort wieder runter und holt sie hoch!"

Demonstrativ schaute ich auf meine Uhr. Erstaunlicherweise war es erst kurz nach Mittag.

„Das geht jetzt nicht", sagte ich ruhig, aber entschieden.

„Was hier geht und was nicht, sage ich!" brüllte er mich an und hob drohend die Waffe. „Und ich sage, ihr taucht und holt die Ladung hoch!"

„Wir müssen mindestens eine Stunde warten", antwortete ich genau so ruhig wie eben, „sonst kriegen wir eine Stickstoffvergiftung, und wer soll dir dann deine wertvolle Fracht hochholen? Außerdem müssen wir was essen, wir hatten den ganzen Tag noch nichts und uns steht noch harte Arbeit bevor. Und im Übrigen, wie stellst du dir die Bergung vor? Sollen wir etwa jedes Paket einzeln hochbringen?"

Ich wusste, dass ich ihn damit reizte und provozierte, aber er brauchte mich im Moment mehr denn je und musste mir mein Verhalten durchgehen lassen. Vermutlich würde er es mich nach Ende der Bergung büßen lassen. Meine Frage nach dem Ablauf der Bergeaktion verwirrte ihn jedenfalls, darüber hatte er sich scheinbar keinerlei Gedanken gemacht. Möglicherweise war er der Chef hier an Bord, aber sicher kein sehr großes Licht in der ganzen Organisation. Der Typ eben, der die Drecksarbeit macht.

„Hast du eine Idee? Du bist doch der große Tauchexperte!"

Oh, das musste ihn Überwindung gekostet haben. Ich hatte in der Tat eine Idee, aber es schadete nichts, ihn noch etwas zappeln zu lassen. „Ich überlege mir was. Aber erst muss ich aus den Sachen raus. Und, bitte, bringt uns was zu essen."

Wütend gab er dem Kleinen Anweisungen und stapfte zum Steuerhaus um einen neuen Anruf mit seinem Satellitentelefon zu machen. Er wirkte nervös, was ich gut verstehen konnte. Mit einem gekaperten Touristenboot und drei Geiseln ein paar Stunden lang so dicht unter der Küste vor Anker zu liegen konnte einen schon unruhig machen.

Ich legte die Ausrüstung ab und überlegte dabei, wie ich noch mehr Zeit herausschinden könnte. Meine geheime Hoffnung war, dass der Navy-Kutter, den ich vorgestern gesehen hatte, auf einer Patrouillenfahrt auftauchen würde. Aber falls nicht, brauchte ich einen Plan B.

Der Kleine brachte einen Topf nach vorn, in dem sich Nudeln mit Tomatensoße befand, vermutlich unser reguläres Mittagessen. Das Fleisch schienen sie selber gegessen zu haben, aber die Nudeln waren ihnen wohl zu europäisch.

Popeye kam nach vorn und hielt mich auf, als ich mir einen Teller füllen wollte. „Also, wie willst du die Ladung hochbringen?"

Ich hatte mir tatsächlich was überlegt und mit ein wenig Glück konnten wir diesen Plan zur Flucht nutzen.

„Das Boot liegt zu tief, als dass wir mehrfach runtertauchen könnten", sagte ich. „Wir müssen die ganze Fracht auf einmal hochbringen. Wir brauchen ein großes Netz, dass wir an einem Seil runterlassen. Unten stapeln wir die Säcke ins Netz und dann könnt ihr alles auf einmal hochziehen."

Der Plan schien ihm zu gefallen, doch dann zog er die Mundwinkel nach unten. „Wir haben aber kein richtig großes Netz auf diesem Kahn gefunden!"

„Und was ist das?" fragte ich mit deutlich spürbarer Überheblichkeit zurück und wies auf die blauen Nylonnetze, die auf beiden Seiten zwischen die Haltebalken der Ausleger gespannt waren und verhindern sollten, dass ein unvorsichtiger Tourist, der auf dem Weg zur Toilette über Bord ging, ins Wasser fiel. „Daraus könnt ihr ein passendes Netz zusammenknoten. Seile gibt es ja genug."

Popeye platzte fast vor Wut und ich sagte mir, ich dürfe es nicht übertreiben. Wahrscheinlich schwelgte er schon in Gewaltphantasien, wie er mir diese Frechheiten heimzahlen könnte, wenn er mich nicht mehr brauchte. Ich hoffte nur, dass es nicht soweit kommen würde.

Schließlich füllte ich mir den Teller und trug auch den Engländern auf, sich was zu holen.

„Ich hab keinen Hunger", murmelte Louis mürrisch vor sich hin.

„Egal. Wir haben noch einiges zu tun und dafür müssen wir bei Kräften sein. Also holt euch was."

Während drei unserer Entführer die Netze zwischen den Auslegern lösten, setzten wir uns mit unseren Tellern, von Opa bewacht, in den Bug und ich entwickelte leise meinen Plan.

„Wir tauchen mit dem Netz ab und breiten es auf dem Vorderdeck aus. Ich hole die Säcke aus dem Frachtraum und ihr packt sie in das Netz."

„Was ist überhaupt in diesen Säcken?" fragte Sheila.

„Drogen", antwortete ich leise. „In dem Kahn ist bestimmt eine halbe Tonne Rauschgift."

Louis Löffel erstarrte auf halben Weg zum Mund und seine Hand begann zu zittern.

„Ach du Scheiße! Bist du sicher?"

„Ja."

„Vielleicht ist es was anderes, was nur so ähnlich aussieht?"

„Glaubst du, die hätten uns entführt und einen Menschen ermordet, wenn der Kahn nur Reis geladen hätte?" fragte ich gereizt zurück. Ehrlich gesagt, ging mir sein Verhalten langsam auf die Nerven, diese extreme Passivität angesichts einer so bedrohlichen Lage.

„Also", fuhr ich fort, „wenn das Netz voll ist, geben wir Signal, das sie es hochziehen sollen und solange sie damit beschäftigt sind, machen wir uns unter Wasser aus dem Staub und schwimmen Richtung Bohol. Unsere Luft wird nicht bis dorthin reichen, aber lange genug, dass sie uns nicht mehr finden können, wenn wir auftauchen müssen."

„Bist du verrückt?" zischte Louis. „Ich reiche nie solange mit meiner Luft! Ich muss als erster hoch und dann haben sie mich! Da mach ich nicht mit!"

„Genau deshalb lasse ich einen Tank mit dem Reserveatemregler an einem Seil runter, bevor wir tauchen. Wir nehmen die Flasche mit und du kannst daraus atmen, wenn deine leer ist."

„Warum sollten wir das überhaupt tun? Sie haben versprochen uns laufen zu lassen, wenn wir ihr Zeug hochholen."

„Du glaubst doch nicht im Ernst, dass sie uns gehen lassen, nachdem wir ihnen eine halbe Tonne Drogen gehoben haben? Die werden uns umlegen wenn sie uns nicht mehr brauchen, damit wir nicht zur Polizei gehen."

„Dann gehen wir halt nicht zur Polizei. Oder wir erzählen, dass das Boot gekentert ist und wir an Land geschwommen sind."

Er wurde langsam hysterisch und Opa schielte schon misstrauisch zu uns herüber. Ich musste das Gespräch abbrechen, bevor er aus lauter Angst sich, oder vielleicht sogar mich, verriet. Meine letzte Hoffnung war Sheila. „Was sagst du dazu?" fragte ich sie.

Sie sah sehr unglücklich aus, als sie antwortete. „Es ist viel zu weit bis zum Strand. Das schaffe ich niemals. Und was ist mit Haien? Nein, ich bleib bei Louis. Vielleicht lassen sie uns ja wirklich frei."

Darüber konnte ich nur stumm den Kopf schütteln. Warum glaubten sie mir nicht? Weil sie, gab ich mir selbst die Antwort, im sicheren Europa aufgewachsen sind, in einer Zeit nach dem Kalten Krieg, einer Zeit, die frei war von jeder Gefahr. Alles was sie je bedrohte, war die abstrakte Möglichkeit eines Terroranschlages, aber da sie aus der Provinz kamen, blieb auch diese Bedrohung eher unwahrscheinlich. Ich hingegen wurde in einer Zeit groß, wo jeden Tag der Atomkrieg ausbrechen konnte und war mit der Bundeswehr im bürgerkriegsgeplagten Jugoslawien; auch wenn ich nie in Kampfhandlungen verwickelt war, hatte ich oft genug eine scharfe Waffe am Mann und musste damit rechnen, sie auch einzusetzen. Für heute konnte ich nur hoffen, dass die beiden es sich noch überlegten und mir am Ende doch folgten.

Nach dem Essen tauschte ich meinen Tank und schraubte einen Reserveatemregler, den ich im Schränkchen mit den Bleigürteln gefunden hatte, an eine der übrigen Flaschen. Oben befestigte ich ein Seil und wollte das Ganze gerade ins Wasser lassen, als Popeye mich anrief: „He, was wird denn das?"

„Das ist eine Reserve, falls wir mit unserer Luft nicht reichen. Ich will den Tank an einer Leine runterlassen bis dicht über den Grund."

Popeye blickte mich misstrauisch an, dann grinste er plötzlich. „Gut, meinetwegen."

Seine schnelle Zustimmung verwunderte mich etwas, aber ich sagte mir, dass er nur so schnell wie möglich an seine Ladung kommen wollte und sich deshalb mit allem einverstanden erklärte, was uns die Arbeit unter Wasser erleichterte. Ich ließ den Tank etwa zwanzig Meter ins Wasser ab und steckte mir dann noch zwei zusätzliche Bleigewichte in die Taschen des Jacketts, um bei der Arbeit im Laderaum genug Halt zu haben.

Tag 4 – Vor der Küste Bohols, Philippinen

Gegen drei Uhr nachmittags hatten sie das Netz fertig. Ich band auch hier noch ein paar Gewichte fest, dann legten wir die Ausrüstung an. Die ganze Zeit über lag die „Eazy 1" allein hier vor Anker. Kein Küstenschutzboot, nicht mal ein Fischerboot hatte sich blicken lassen. Also lief es doch auf Plan B hinaus. Wir sprangen ins Meer, diesmal alle drei. Louis war kreidebleich, aber er nahm all seinen Mut zusammen, von der Hoffnung getrieben, nach diesem Tauchgang irgendwo an Land gesetzt zu werden. Ich selbst tauchte im Bewusstsein ab, es so oder so zu beenden und nachdem es nun soweit war, die Sache anzugehen, zögerte ich auch nicht mehr. Mit dem Netz in den Händen folgten wir der Bojenleine nach unten. Mit Popeye hatte ich vereinbart, dass wir vier Mal kräftig am Seil des Netzes ziehen würden, wenn es beladen war und hochgezogen werden konnte.

Wieder schälte sich das Boot, erst schemenhaft, dann immer deutlicher, aus dem gleichmäßigen Blau und dann setzte ich auch schon auf dem Vorderdeck auf. Wir breiteten das Netz aus, dann öffnete ich die Luke und kroch vorsichtig hinein. Die einzelnen Drogenpakete schienen ungefähr fünf Liter Inhalt zu haben und wogen unter Wasser wesentlich weniger wie gedacht, die Arbeit ging schneller vorwärts als ich zu hoffen gewagt hätte. Ich schmiss sie schließlich nur noch aus der Luke und überließ es Sheila und Louis, sie einzusammeln und im Netz zu verstauen. Als Louis schließlich durch die Lukenöffnung schaute und mir zu verstehen gab, dass er nur noch siebzig Bar hatte, lagen höchstens noch acht bis zehn Säcke herum. Ich schaute auf mein Finimeter, das zeigte noch hundertvierzig. Was machte der Typ nur mit der ganzen Luft?

Ich kroch durch die Luke nach draußen, die restlichen Säcke ließ ich zurück. Selbst wenn Popeye oder sein Chef sie nachzählen und die Differenz rausfinden sollten, wäre ich dann nicht mehr da um ihren Zorn abzubekommen. Ich schaute mir kurz an, wie meine beiden Kollegen die einzelnen Pakete im Netz verstaut hatten, dann zog ich die Enden nach oben, band sie am Tau fest und zog vier Mal kräftig. Das Seil straffte sich und das prallgefüllte Netz stieg langsam nach oben. Trotz des geringeren Gewichts unter Wasser war es für vier Männer eine harte Arbeit, es einzuholen. Und sobald es die Oberfläche erreichte, mussten sie die halbe Tonne an Bord wuchten, damit würden sie eine Zeitlang beschäftigt sein, hoffentlich lange genug, um unsere Blasenbahnen, die durch die ausgeatmete Luft an die Oberfläche perlten, aus den Augen zu verlieren. Ich gab Louis und Sheila Zeichen, mir in nördlicher Richtung zu folgen, doch Louis wehrte heftig ab und zeigte nach oben. Ich schüttelte den Kopf, machte eine Bewegung, als würde ich mir den Hals durchschneiden und zeigte wieder nach Norden. Da winkte er ab und begann aufzusteigen. Viel zu schnell. Ich schaute ihm erschrocken hinterher, dann zu Sheila; die zuckte mit den Schultern, winkte mir dann zögerlich zu und stieg hinter ihrem Freund her. Mich packte die Verzweiflung. Wie konnten sie nur so dumm sein! Und was sollte ich jetzt anstellen? Den Reservetank, zuerst den Reservetank holen!

Ich stieg ein paar Meter auf, bis ich an der Oberfläche schemenhaft den Rumpf der „Eazy 1" erkennen konnte und suchte nach der Flasche. Sie musste hier irgendwo hängen. Aber da war keine. Konnte ich sie übersehen haben? Oder hatte sich der Knoten gelöst und sie war runter auf den Grund gefallen? Ich tauchte wieder ab. Der Meeresboden war hier sandig und unbewachsen, ich konnte die Flasche unmöglich übersehen. Aber ich fand sie nicht. Dann fiel mir Popeyes Grinsen wieder ein. Deshalb war er so schnell einverstanden! Er hatte keineswegs die Absicht, uns zu helfen, er hatte die Flasche einfach wieder hochgezogen, nachdem wir abgetaucht waren. Was für ein Drecksack!

Wütend sah ich nach oben, wo er jetzt wohl stand und sich ins Fäustchen lachte und bemerkte erstaunt, dass Sheila wieder abtauchte. Ich erkannte sie an ihren langen Haaren, die hinter ihr her wehten, als sie mit viel zu hoher Geschwindigkeit nach unten kam. Dabei drehte sie sich um sich selbst, als habe sie die Kontrolle verloren. Und sie zog irgendwelche schwärzlichen Schlieren hinter sich her.

Ich schwamm zu der Stelle, wo sie aufschlagen musste, wenn sie ihre Geschwindigkeit nicht drosselte und kam gerade noch rechtzeitig, um sie abzufangen. Gemeinsam prallten wir auf dem Sandgrund auf. Ihr Körper fühlte sich schlaff an, ich drehte sie leicht um ihr ins Gesicht zu sehen und hätte um ein Haar aufgeschrien. Ein Schwall Luftblasen blubberte aus meinem Mund und das Entsetzen, das mich befiel, fühlte sich wie eine Hand an, die mir den Hals zudrückte. Sheilas Augen hinter der Maske waren weit aufgerissen, aber stumpf und ohne Leben. Ihre Haare wehten hinter ihrem Kopf, weil sie an halbabgerissenen Stücken der Kopfhaut hingen und dazwischen quollen die bläulich schwarzen Schlieren hervor. In Wirklichkeit, begriff ich, waren sie nicht schwarz, sondern rot. Blutrot. Sheila war tot, vermutlich durch Schüsse in den Kopf ermordet, als sie die Oberfläche erreichte. Noch während ich mit dem Entsetzen kämpfte und versuchte, mich wieder unter Kontrolle zu bringen, schlug ein zweiter Körper neben mir auf. Louis. Auch er verströmte die blutigen Schlieren, sie kamen aus seiner Maske, deren Gläser zerbrochen waren. Man musste ihm direkt ins Gesicht geschossen haben. Ich wandte mich ab, ich wollte diesen Anblick nicht sehen, ich wollte nur noch weg! Erstaunlicherweise brachte das einen Teil meines Verstandes wieder zum Laufen. In fliegender Hast öffnete ich die Schnellverschlüsse an Sheilas Jackett und zog es ihr mitsamt Lufttank und Atemregler vom Rücken. Es gab ein blubberndes Geräusch, als ihr das Mundstück von den Lippen rutschte und ich spürte Übelkeit und Brechreiz. Dann brach eine gewaltige Druckwelle über mich herein. Ein Knall, der von allen Seiten gleichzeitig zu kommen schien und mir einen mörderischen Schlag auf die Ohren versetzte. Furchtbarer Schmerz ließ mich aufschreien, die Druckwelle riss mir dabei den Atemregler aus dem Mund und wirbelte mich herum. Doch so schnell wie sie kam, verschwand sie auch wieder und ich blieb mit schmerzenden Ohren im aufgewühlten Wasser zurück. Die warfen da oben mit Sprengsätzen nach mir! Dynamitstangen oder Handgranaten! Ich schluckte Salzwasser, der Regler war weg, ich brauchte Luft. Mit dem rechten Arm versuchte ich nach hinten zu greifen, den Regler zu finden, aber ich bekam ihn nicht zu fassen. Luft! Ich fühlte, wie die Panik nach mir griff, da fiel mir Sheilas Jackett ein, das ich noch immer umklammerte. Hastig griff ich nach dem Atemregler und führte ihn zu Mund… und erstarrte mitten in der Bewegung. Selbst am Rande der Panik vor dem Ertrinken schreckte mich die Tatsache ab, dass ich das Ding eben einer Toten aus dem Mund gezogen hatte. Aber ich brauchte Luft! Ich überwand mich, biss mit dem Mut der Verzweiflung in das Mundstück und drückte die Luftdusche. Köstliche klare Pressluft spülte das Wasser aus dem Regler und strömte mir in die Lungen. Ich nahm einen tiefen Atemzug, stieß die Luft aus und da knallte eine zweite Explosion über mir und die Druckwelle schleuderte mich inmitten einer Schlammwolke gegen den Grund und jagte erneut eine Schmerzwelle durch meine Ohren. Ich konnte in dem aufgewirbelten Sand und Schlick nichts mehr sehen, wusste kaum mehr wo oben und unten war und klammerte mich nur an das Jackett, das ich mir gegen die Brust presste, und dann schwamm ich los. Die Richtung war mir egal, nur weg! Der dritte Knall ertönte hinter mir und stieß mich vorwärts, wieder klingelten die Ohren, doch war er schon schwächer. Druckwellen wirken im Wasser viel stärker als an der Luft, doch ebben sie auch viel schneller ab. Die vierte Explosion hörte ich zwar noch, doch war sie nicht mehr zu spüren, und die paar folgenden, ich weiß nicht mehr wie viele, wurden immer leiser und undeutlicher. Langsam kehrte meine Überlegung zurück. Ich richtete meinen Kurs nach Norden aus, wo die Küste Bohols liegen musste und stieg langsam ein paar Meter auf. In ungefähr zehn Metern pendelte ich aus. In dieser Tiefe konnte ich mich sehr lange aufhalten, ohne in die Gefahr von Dekompressionspausen zu kommen, gleichzeitig erkannte ich den Grund unter mir noch recht deutlich. Das war wichtig, weil das Vorbeiziehen der „Landmarken" unter mir die einzige Möglichkeit war, mein Vorwärtskommen abzuschätzen. Geriet ich in eine Strömung, würde ich das daran erkennen, das sich die Felsen etwa seitwärts bewegen würden, statt von vorn nach hinten. Dann versuchte ich, meinen Atem unter Kontrolle zu bekommen, meine Schwimmbewegungen gleichmäßig und kraftsparend zu halten und die Gedanken an Sheila und Louis zurückzudrängen. Wenn ich hier rauskommen wollte, musste ich mich konzentrieren, und nur wenn ich hier rauskam, konnte ich sie rächen. Ich würde schnurstracks zur Polizei gehen und alles berichten, eine detaillierte Beschreibung der Verbrecher geben und den Behörden in jeder Weise behilflich sein. Irgendwann würden sie Popeye und seine Kumpane schnappen und dann würde ich vor Gericht erzählen, wie sie zwei, nein drei unschuldige, unbewaffnete Menschen mit Kopfschüssen ermordet hatten und ihnen meine Anklage ins Gesicht schreien. Mal sehen, wer dann überheblich grinste!

Vermutlich gaben mir diese Vorstellungen Kraft, ich kam jedenfalls ziemlich schnell in einen guten Rhythmus und schwamm die nächsten vierzig Minuten stetig nach Norden. Mein Blick wanderte regelmäßig vom Kompass zum Grund zum Finimeter und nach vorn, ehe er zum Kompass zurückkehrte. Das einzige, was sich in dieser Zeit zu verändern schien, war der Zeiger des Druckmessers. Er fiel, zwar langsam aber kontinuierlich und erreichte schließlich fünfundzwanzig Bar. Da bemerkte ich zum ersten Mal, dass das Luftholen schwerer wurde. Noch ein paar Minuten und die Flasche war leer. Ich würde das Jackett mit dem überzähligen Blei beschweren, dass ich eingesteckt hatte, damit es nicht hochstieg, und meine eigene Flasche benutzen. Vielleicht wäre es auch nicht nötig, Sheilas Sachen auf den Grund zu schicken, doch ich wollte kein Risiko eingehen. Es war schon ein Glücksfall, dass die

Mörder meine Blasenbahn nicht entdeckt hatten. Obwohl, da waren mir sicherlich die Explosionen, die mich töten oder an die Oberfläche katapultieren sollten, zu Hilfe gekommen. Sie mussten die Oberfläche dermaßen aufgewühlt haben, dass meine Luftblasen darin untergegangen waren. Inzwischen begann ich trotz der Anstrengung zu frieren, mochte das Wasser auch fast badewannenwarm sein, es entzog dem Körper noch immer Wärme und ich wünschte mir nur noch, endlich Land zu erreichen.

Da entdeckte ich vor mir, etwas links von meinem Kurs, einen großen dunklen Fleck. In der Hoffnung, dies wäre ein Felsen, der den Beginn des Küstenbereichs markierte, änderte ich leicht meine Richtung und schwamm darauf zu. Mit jedem Flossenschlag nahm das mysteriöse dunkle Gebilde mehr Form an, eine sehr gleichmäßige, spitz zulaufende Form. Das war kein Felsen. Knapp zehn Meter unter mir lag der scharfgeschnittene Bug eines schlanken Schiffes. Dicht hinter dem eigentlichen Bug erhob sich auf Deck etwas wie ein Iglu, aus dem fast waagerecht ein Rohr ragte. Dahinter und etwas höher gab es einen zweiten, fast gleich aussehenden Iglu. Ich tauchte etwas ab, um deutlicher sehen zu können und begriff endlich: Das waren Geschütztürme, fast völlig bewachsen von Schwämmen und Korallen. Unter mir lag das Wrack eines Kriegsschiffs! Aber wie war das möglich? Jeder, den ich fragte, versicherte mir doch, es gäbe hier keine Wracks. Und dieses befand sich in flachem Wasser, nahe der Küste. Wieso kannte es keiner?

Dicht hinter dem zweiten Geschützturm ragte eine senkrechte Wand auf, ein wenig oberhalb meiner Position von einer waagerechten Reihe großer, viereckiger Löcher durchzogen. In einigen davon befand sich noch Glas, schwarz geworden und von irgendwelchen harten, runden Fladen bewachsen. Das musste die Brücke sein. Ich schwamm nach rechts um an die Seite des Aufbaus zu kommen. Dort hatten, links wie rechts, alle Schiffe eine Art offenen Balkon, der Brückennock genannt wurde und von wo aus der Kapitän bei Anlegemanövern das Schiff kommandieren konnte.

Tatsächlich stieß ich schon nach wenigen Metern auf eine kleine, von einer völlig bewachsenen Reling umgebene Plattform. Die Tür, die ins Innere der Brücke führte, stand weit offen und schien in dieser Position regelrecht versteinert. Ich warf einen Blick hinein. Die Tür auf der gegenüberliegenden Seite stand ebenfalls offen, durch sie und die zerbrochenen Fenster fiel genug Licht in den Raum, um ihn zu erhellen. Ich war verblüfft, was ich da alles zu sehen bekam. Die meisten Wracks, die ich bisher besuchte, waren schon vor mir von zahlreichen Tauchern durchstöbert worden, die sich dort mit Souvenirs eingedeckt hatten. Das schien hier nicht der Fall zu sein. Ich sah das Steuerrad und davor ein großes Kompassgehäuse, völlig frei von Bewuchs, vielleicht weil beides aus Messing bestand. Da gab es auch einen Maschinentelegrafen, dessen Zifferblatt noch teilweise lesbar war: „STOP – SLOW – HALF".

Auf einem Metallbord unter einem der Fenster lag ein Feldstecher, der Lederbezug und der Riemen waren weg, aber sonst sah er noch ganz gut aus. Eine Kaffeetasse lag auf dem Fußboden und an der hinteren Wand, wo es schon dunkler war, befand sich so was wie ein Schaltpult. Ich zog mich vorsichtig hinein und holte die Taschenlampe heraus. Eigentlich war das Irrsinn was ich tat, ich sollte so schnell wie möglich Richtung Küste weiterschwimmen, statt mich mit meinem bisschen Restluft ganz alleine in ein unbekanntes Wrack zu wagen. Aber ich konnte mich der Faszination dieses Ortes einfach nicht entziehen. Dieses Wrack war mein Sirenengesang, der mich magisch anzog. Und all die vorhandenen Artefakte weckten die Vermutung in mir, dass wohl noch kein Taucher zuvor hier gewesen war, denn diese Dinge sind begehrte Beute. Sollte ich wirklich der erste Mensch sein, der das Schiff seit seinem Untergang betrat?

Im Lichtkegel der Taschenlampe glänzten die Gläser diverser Messuhren auf, deren Zifferblätter aber nicht mehr lesbar waren. Ich sah verschiedene Reihen von Kontrolllämpchen mit grünen und roten Gläsern, Schalter und eine ganze Batterie von weißen Porzellanzylindern, die aus der Wand ragten, altertümliche elektrische Sicherungen. Als ich noch ein Kind war, hatten wir zu Hause ähnliche. Wie lange mochte das Schiff hier schon liegen? Jahre? Vermutlich eher Jahrzehnte. Alles organische Material, Holz, Leder, Stoff, hatte sich schon lange zersetzt, der Stahl war pockennarbig und aufgeplatzt, große Rostklumpen wucherten an den Türscharnieren und Durchgängen. Nur Keramik, Glas und edlere Metalle vermochten dem Salzwasser noch zu trotzen. Ich schwenkte den Lichtkegel der Lampe über die Rückwand, in der Hoffnung, irgendeinen Hinweis auf den Namen des Schiffes zu finden, aber da war nichts, nur eine dunkle Türöffnung genau in der Mitte der Wand, ein geheimnisvolles schwarzes Loch, dessen verlockenden Sog ich fast körperlich spüren konnte. Ich atmete tief ein, aber da kam kaum mehr was. Mit aller Kraft saugte ich am Mundstück nach Luft, es fühlte sich ähnlich an, wie wenn man das letzte Restchen Luft aus einer Luftmatratze absaugen will, um sie kleiner zusammenlegen zu können. Ich schaute auf das Finimeter und der Zeiger stand auf Null. Mit dem rechten Arm angelte ich nach meinem eigenen Atemregler und spuckte das Mundstück von Sheilas Gerät aus. Der Tank mitsamt dem Jackett stieg langsam empor, bis er gegen die Decke der Brücke stieß. Wie die Arme eines Kraken hingen die Schläuche herunter. Mochte er dort hängenbleiben, damit spätere Besucher sich den Kopf darüber zerbrechen konnten. Mein eigener Tank hatte noch einhundertzehn Bar. Ohne groß Nachzudenken gab ich der Verlockung nach und schwamm zu jener dunklen Öffnung. Sie führte in einen kurzen Gang, der schon nach wenigen Metern an einer schmalen, nach unten führenden Treppe endete, deren Stufen sich in der Schwärze verloren. Auf seiner linken Seite befand sich eine verschlossene Stahltür, die so mit der Wand verbacken war, dass man sie wohl nur noch mit dem Schneidbrenner öffnen konnte, auf der rechten Seite war eine offene Tür. Genauer gesagt, es gab keine Tür mehr, nur noch die entsprechende Öffnung. Vermutlich war sie aus Holz gewesen und schon lange verschwunden. Ein dunkler Raum lag dahinter, die schmalen Fenster, durch die er früher mal Tageslicht empfing, waren längst mit schwarzen Algen zugewuchert. Im Lichtschein meiner Lampe sah ich ein eisernes Bettgestell, einen löchrigen Blechschrank, verbogene Stahlrohrgestelle, die wohl mal Tisch und Stühle gewesen sein mochten. Dies war eine Kajüte, oder der Bereitschaftsraum des Kapitäns. Ich kannte mich in den Bauplänen von Kriegsschiffen zwar nicht aus, doch erschien mir das logisch. An der gegenüberliegenden Wand stand etwas, das ich zuerst für einen kleinen Kühlschrank mit halbgeöffneter Tür hielt, bis ich das runde Handrad auf der Außenseite der Tür sah. Es war ein Safe. Neugierig schwebte ich näher, meine Flossen dabei mit äußerster Vorsicht bewegend, um keinen Schlick aufzuwirbeln. In diesem Augenblick hatte ich die Drogenschmuggler, Sheila und Louis und Roberto völlig vergessen.

Direkt vor dem Safe machte ich einen makabren Fund: In der dünnen grauen Schicht feinen Schlamms, der den Boden bedeckte, lagen zwei Schuhsohlen. Nur die Laufsohlen aus Gummi und sie sahen fast aus wie neu. Man konnte das Profil erkennen, das merk-würdig modern wirkte und an der Außenseite des Absatzes leicht abgewetzt war. Der Rest der Schuhe fehlte. Vermutlich bestanden sie aus Leder oder Stoff und wurden schon vor langer Zeit von irgendwelchen Meeresorganismen zersetzt, nur der Gummi blieb zurück. Ein Stück weiter zeichnete sich eine kleine ringförmige Erhebung im Schlick ab. Vorsichtig kniete ich mich davor in den Schlamm – er war keinen Zentimeter dick – und stieß mit dem Zeigefinger dagegen. Aus einer kleinen Schlammwolke, die sofort wieder zu Boden sank, löste sich ein glänzender goldener Ehering. Hier war, wurde mir klar, ein Mensch gestorben, als das Schiff versank. Und nur sein Ehering und seine Schuhsohlen blieben zu-rück, der Rest wurde von Fischen und Krebsen verspeist, die Kno-chen von Bakterien aufgelöst, bis nichts mehr übrig war als der graue Schlick, in dem ich kniete. Vorsichtig legte ich den Ring zu-rück. Ihn mitzunehmen erschien mir geradezu als Frevel.

Wer mochte dieser Mensch gewesen sein? Vielleicht wirklich der Kapitän? Und was wollte er im Augenblick der Katastrophe hier tun? Etwas aus dem Safe holen um es zu retten?

Ich leuchtete in das Innere des Tresors hinein. Dort lag der Schlamm höher als außerhalb, er mochte aus den Überresten von Papieren bestehen, von Logbuch, Seekarten, Codebüchern, Bargeld... was immer ein Kriegsschiff auch an wichtigen Unterlagen mit sich führte. An einer Stelle ragte eine scharfe Kante aus dem Schlick, vorsichtig griff ich zu und zog ein Kästchen heraus, ungefähr so groß wie die Schachteln, in denen man bessere Armbanduhren verkauft. Es bestand aus jenem harten schwarzen Kunststoff, aus dem früher Telefone und Lichtschalter hergestellt wurden. Beim Versuch, den Deckel zu öffnen, brach er ab und fiel in den Schlamm. Das Kästchen war leer, nur in der hinteren Ecke klaffte ein großes schwarzes Loch. Enttäuschung stieg in mir hoch, aber noch bevor sie mich voll erfassen konnte, stutzte ich. Wieso sah ich durch das Loch in der Schachtel meine Hand nicht? Ich drehte sie etwas und das Loch bewegte sich auf die andere Seite. Das war gar kein Loch, das war eine Kugel, knapp drei Zentimeter im Durchmesser und von einer so vollkommenen Schwärze, dass sie auch nicht das kleinste bisschen Licht reflektierte. Ich stellte die Schachtel auf den Boden, griff hinein, packte die Kugel vorsichtig mit Daumen und Zeigefinger und hob sie heraus.

Das war, wie ich heute weiß, der Augenblick in dem ich ohne es zu ahnen oder zu wollen jene Kette von Ereignissen in Bewegung setzte, die so vielen Menschen das Leben kosten sollten und am Ende die ganze Menschheit an den Rand der totalen Vernichtung brachten. Die Szene hat sich meinem Gedächtnis unauslöschbar eingebrannt und ich sehe es vor mir, als wäre es gestern gewesen: Ich liege in der Kajüte eines versunkenen Schiffes auf den Knien, alles um mich herum versinkt in Dunkelheit und nur meine rechte Hand, die jene schwarze Kugel hält, wird vom Lichtkegel der Taschenlampe in meiner Linken aus der Finsternis gerissen.

Unnatürlich weiß sieht sie in dem grellen künstlichen Licht aus und um so schwärzer wirkt die Kugel, tatsächlich wie ein winziges schwarzes Loch, das das Licht seiner Umgebung einsaugt und kein Photon entkommen lässt.

Kühl und glatt fühlte sich die Kugel an, wie Glas, und dann begann etwas sehr Seltsames. In ihrem Inneren flammte ein orangefarbenes Fünkchen auf und verlosch gleich wieder, so wie die Wendel einer alten Glühbirne, die man an eine viel zu hohe Spannung anschließt und die auf der Stelle durchbrennt. Gleich danach zuckte ein zweiter Funke auf, dann ein dritter und dann immer mehr in immer schnellerer Folge, so dass die Kugel regelrecht zu leuchten begann. In der Annahme, dies würde durch das Licht meiner Taschenlampe verursacht, richtete ich sie gegen den Boden, doch das Leuchten blieb. Die Kugel strahlte jetzt in einem gleichmäßig orangefarbenen Licht. Ich legte sie in die Schachtel zurück und sobald sich meine Finger lösten, erlosch sie schlagartig und wurde wieder so schwarz wie zuvor. Ich fasste sie erneut an und sie begann zu leuchten, viel schneller diesmal als gerade eben, so als sei ein Mechanismus in ihren Inneren wieder voll betriebsbereit.

Ich hatte so was noch nie gesehen. Was mochte das für ein Ding sein? Irgendetwas Militärisches? Und wie funktionierte es? Alle Maschinen dieses Schiffes waren schon vor langer Zeit zu unbrauchbarem Schrott geworden, nur diese Kugel blieb intakt? Und selbst wenn das Material, aus dem sie bestand, dem Salzwasser zu trotzen vermochte, jede Batterie, die sie mit Energie versorgen konnte, hätte sich in den Jahrzehnten auf dem Meeresgrund völlig erschöpft. Vielleicht war es ja eine chemische Reaktion, ausgelöst durch meine Berührung? Egal, in jedem Falle konnte ich mich der Faszination durch diese Kugel nicht entziehen und ich war fest entschlossen, sie mitzunehmen. Ich schob sie unter den Ärmel meines Taucheranzugs, wo sie durch den elastischen Stoff gegen meinen Unterarm gedrückt wurde und sich als Beule abzeichnete. Selbst durch das drei Millimeter dicke schwarze Neopren konnte man noch ein schwaches Glimmen sehen. Aber wenigstens würde ich sie so nicht verlieren. Ganz automatisch warf ich einen Blick auf meinen Computer und erschrak. Der Aufenthalt in diesem Schiff, auf über zwanzig Metern Tiefe, hatte mich tief in den Bereich des Dekompressionstauchens gebracht. Der Apparat verlangte bereits eine zwölfminütige Dekopause auf acht Metern. Ich musste schnellstes hier weg. Ruckartig stieß ich mich vom Boden ab, wirbelte dabei eine dichte Schlickwolke auf und zog mich durch die Tür zurück zur Brücke, die ich durch den Zugang auf der entgegengesetzten Seite verließ. Dabei stieß ich mir beinahe den Kopf an einem Ding, das an einem abgeknickten Träger auf dem Brückennock hing. Es war eine Bronzeglocke, so groß wie eine Kaffeekanne und völlig unbewachsen und intakt aussehend. Man konnte selbst die erhabenen Buchstaben noch erkennen, die um ihren unteren Rand verliefen:

USS SPENCER 1938

Ein Gefühl der Befriedigung überkam mich. Hatte ich die Identität dieses geheimnisvollen Schiffes also doch noch gelöst. Ein amerikanisches Kriegsschiff, der Größe nach wohl ein Zerstörer, aus der Zeit vor dem zweiten Weltkrieg. Vermutlich war er während des Krieges den Japanern zum Opfer gefallen, was bedeutete, das Wrack lag sein mindestens fünfundsiebzig Jahren auf dem Meeresgrund. Und in all dieser Zeit war ich der Einzige, der je hier war. Der Erste! Und wenn ich mich nicht beeilte, würde ich auch nie jemanden davon erzählen können.

Ich nahm meinen alten Kurs nach Norden wieder auf und schwamm dabei über das Hinterteil der „Spencer" hinweg. So gut wie das Vorschiff erhalten war, so zerstört sah das Heck aus, als habe ein Riese mit einem mächtigen Hammer darauf eingeschlagen. Im Grunde genommen war es nur noch ein Haufen verrotteter Trümmer, ineinander verkeilt und der umgestürzte Schornstein lag der Länge nach darüber. Irgendeine gewaltige Katastrophe musste diesen Teil des Schiffes getroffen haben, vielleicht ein Torpedoeinschlag, der ihm das Rückgrat brach oder eine Explosion in einer Munitionskammer.

Das Schicksal der „Hood" kam mir dabei in den Sinn, eines gewaltigen britischen Schlachtschiffes, der Stolz der Royal Navy. Von einer Granate der deutschen „Bismarck" in einem Munitionsbunker getroffen, wurde sie regelrecht zerfetzt und versank in Minuten. Nur drei von fast tausendfünfhundert Besatzungsmitgliedern konnten gerettet werden. Ein ähnliches Schicksal schien auch die „Spencer" ereilt zu haben.

Schließlich schwamm ich über den Heckspiegel hinweg und das Wrack blieb hinter mir zurück. Langsam verlor es seine festen Konturen, wurde wieder zu einem verschwommenen dunklen Fleck und verschmolz mit dem Hintergrund des Wassers. Dann war es weg und ich schwamm wieder alleine über den sandigen Grund, acht Meter unter der Oberfläche. Meine Dekopause war auf sechzehn Minuten gewachsen, das Finimeter zeigte einen Flaschendruck von siebzig Bar. Das sollte eigentlich reichen. Ich versuchte in meinen Rhythmus zurückzufinden und spürte dabei, wie erschöpft ich inzwischen war. Die Oberschenkel schmerzten von dem pausenlosen Schwimmen mit den Flossen und ich war am Verdursten, meine Kehle völlig ausgetrocknet. Das kam von der trockenen Pressluft, die ich inzwischen schon seit gut zwei Stunden atmete. Aber mir blieb keine andere Wahl als weiterzumachen und um mich abzulenken, dachte ich über die „Spencer" nach. Offenbar wusste niemand in der Gegend von dem Wrack. Vielleicht gab es keine Überlebenden bei ihrem Untergang und das Schiff wurde bis heute als vermisst geführt. Aber was hatte es so dicht unter der Küste Bohols gesucht? Und, wenn ich seine Existenz bekannt machte, was würde geschehen? Die Tauchbasen der ganzen Gegend würden ihre Kunden hierherbringen und Legionen von Urlaubstauchern würden es erforschen und plündern, würden den Ring des Kapitäns als Souvenir mitnehmen, die Kaffeetasse, das Fernglas, ja sogar die Sicherungen und die Schuhsohlen, ungeachtet der Tatsache, dass es eigentlich ein Grab war, in dem sicher über hundert Männer ihre letzte Ruhe gefunden hatten. Nein, das konnte ich den Geistern dieser Seeleute nicht antun. Ich würde, was die „Spencer" anging, meinen Mund halten bis ich wieder zu Hause war und dann der amerikanischen Botschaft schreiben und ihnen meine Entdeckung mitteilen. Was die dann unternahmen, war nicht mehr meine Sorge, aber vielleicht würden wenigstens die Nachkommen jener Männer vom Schicksal ihrer Großväter erfahren.

Die nächste halbe Stunde zog sich elend in die Länge. Wann endlich erreichte ich die Küste? Mit Gewalt musste ich mich dazu zwingen, nicht aufzutauchen um mich zu orientieren. Der Grund unter mir blieb immer gleich und nur die Nadel des Finimeters sank der Null entgegen. Die Dekopause hatte ich schon lange hinter mir, als der Meeresboden sachte anstieg. Bald musste ich höher gehen, erst auf fünf Meter, dann auf drei, und als mein Tank runter war auf zwanzig Bar, brach ich durch die Oberfläche. Vor mir, keine zehn Meter entfernt, sah ich eine flache, steinige Küste, mit Wald und Buschwerk bewachsen. Zögernd drehte ich mich um, auf das Schlimmste vorbereitet, doch das Meer lag völlig leer vor mir, kein Boot bis zum Horizont. Mir fiel ein Stein vom Herzen, befürchtete ich doch die ganze Zeit, die Mörderbande könnte meiner Blasenspur gefolgt sein. Aber vermutlich überschätzte ich sie, wahrscheinlich hielten sie mich nach ihrem Bombardement für tot und waren in ihre Verbrecherhöhle zurückgekehrt. Aber die würden sich noch wundern. Das Land vor mir mobilisierte meine letzten Kräfte, aber als ich aufstehen wollte, kam ich kaum hoch, die lange Zeit unter Wasser forderte ihren Tribut. Mühsam öffnete ich die Schnallen meines Jacketts und zog die Flossen aus, dann konnte ich endlich aufstehen. Ich zog die Sachen hinter mir her bis an Land, aber mitschleppen konnte ich sie beim besten Willen nicht. Also ließ ich die gesamte Ausrüstung am Ufer liegen und nahm nur Taschenlampe und Tauchermesser mit. Die Lampe deshalb, weil die Sonne schon tief am Horizont stand. Noch eine Stunde, schätzte ich, und es würde dunkel sein. Ich hatte keine Ahnung, wo ich mich genau befand, zwar irgendwo an der Südküste Bohols, aber wie weit war es bis zum nächsten Ort?

Über die scharfkantigen Steine lief es sich in den dünnen Neoprenschuhen auch nicht sehr angenehm, zum Glück war der Wald nicht sehr dicht und nach wenigen Metern erreichte ich eine schmale Straße, sogar eine asphaltierte, auch wenn sie voller Schlaglöcher und improvisierter Flicken war. Ich wand mich nach links, Richtung Westen, irgendwo dort musste Alona Beach liegen. Schon nach kurzer Zeit begann ich zu schwitzen, so ein Neoprenanzug ist kein wirklich atmungsaktives Kleidungsstück. Ich überlegte, ihn auszuziehen, wenigstens das Oberteil, aber angesichts der herumschwirrenden Moskitos schien mir das Schwitzen das kleinere Übel zu sein. Etwa zehn Minuten war ich so gegangen, als ich hinter mir Motorengeräusch hörte, und dann kam ein recht mitgenommener Pickup um die Kurve gefahren. Ich hob beide Arme und winkte. Direkt neben mir kam der Wagen zum Stehen, ein bartstoppeliger Mann mit zerfranstem Strohhut auf dem Kopf und einem schmutzigen Arbeitshemd am Leib streckte den Kopf zum Fenster raus.

„Hola Amigo!" rief er um dann gleich ins Englische zu wechseln. „Gibt es ein Problem?"

Ich hatte noch gar nicht darüber nachgedacht, was ich sagen sollte und entschied spontan, die Sache mit der Entführung und den Morden nur der Polizei zu berichten. Ich hatte schließlich keine Ahnung, wo die Sympathien der einheimischen Bevölkerung lagen.

„Ich hatte einen Unfall", sagte ich daher. „Ich habe mein Tauchboot verloren und weiß nicht, was mit meinen Freunden ist. Können Sie mich zur nächsten Polizeistation bringen, bitte?"

Der Blick des Mannes wanderte an meinem Körper runter und wieder hoch, dann entschied er wohl, mir zu glauben. Vermutlich wanderten nicht viele Europäer im Taucheranzug an der Straße entlang.

„Claro. Steigen Sie ein."

Dankbar kletterte ich neben ihn auf dem Beifahrersitz. Hinten auf der Ladefläche lagen etliche Stauden kleiner grüner Bananen. Ich hatte wohl Glück gehabt und war auf einen harmlosen Farmer gestoßen.

Während der Fahrt wollte er von mir wissen, was genau passiert sei. Ich erzählte ihm, um bei meiner Geschichte zu bleiben, dass ich beim Tauchgang meine Gruppe verloren hätte und beim Auftauchen das Boot nicht mehr finden konnte.

„Vermutlich haben die Sie einfach vergessen und sind ohne Sie zurückgefahren", vermutete er. „Hab' ich mal in einem Film gesehen."

„Ich hoffe, es ist so", gab ich zurück, „aber ich glaube nicht, wir waren nur drei Leute an Bord. Da fällt es auf, wenn einer fehlt."

Erst als ich in dem zerschlissenen, aber weichen und bequemen Sitz saß, merkte ich, wie müde und kaputt ich war und wie mir fast die Augen zufielen. Er schien es zu merken und versicherte mir, in höchstens zehn Minuten wären wir da.

„Wo sind wir hier überhaupt?" fragte ich.

„Das ist das Dorf San Antonio. Die nächste größere Stadt heißt Valencia."

Ich hatte von beiden noch nie gehört und versuchte, mich durch die staubigen Fensterscheiben zu orientieren. Die Sonne stand schon sehr tief und kam von vorn, was die Sicht nicht verbesserte. Der Wald hatte schon kleinen Feldern Platz gemacht, jetzt tauchten auch die ersten Häuser auf, bessere Holzhütten mit Wellblechdach. Davor pickten Hühner im Staub und kleine schmuddelige Kinder spielten am Straßenrand. Ein paar Mopeds bildeten den ganzen Verkehr und drei oder vier Wasserbüffel mit ausladenden Hörnern wurden von einem Jungen mit einem Stock die Straße lang getrieben. Mein Fahrer bremste und bog in eine schmale Seitengasse. Keine hundert Meter weiter kamen wir an ein mit Maschendraht umzäuntes Gelände und durch ein weitgeöffnetes Tor fuhr er hinein. Der Hof mochte etwas über zwanzig Meter breit sein, an seiner Hinterseite stand eine einstöckige Ziegelbaracke mit Wellblechdach, davor zwei Autowracks und ein schmutziger Polizeipickup. Über der ebenfalls geöffneten Eingangstür zur Baracke prangte ein verwittertes Schild mit der Aufschrift „City Police Office San Antonio". Neben dem Polizeiwagen brachte er den Pickup zum Stehen. Ich bedankte mich und sagte etwas verlegen: „Ich würde mich für die Hilfe gerne bedanken, aber ich habe leider nichts bei mir."

„Aber nicht doch", wehrte er ab. „Das war doch selbstverständlich. Ich hoffe, Sie finden Ihre Freunde wieder."

Dann, ich war kaum ausgestiegen, legte er den Rückwärtsgang ein und verschwand. In der geöffneten Barackentür standen zwei uniformierte Männer und schauten mir stumm entgegen. Der vordere mochte Ende Dreißig sein, sah aber älter aus. Er trug seine glatten schwarzen Haare gescheitelt und steckte in einer enganliegenden bauen Uniform, aber ohne den üblichen schwarzen Waffengürtel. Auf dem ersten Blick wirkte er, wie einer Polizei-Werbebroschüre entsprungen, aber bei genauerem Hinsehen erkannte man die Mängel in seiner perfekten Erscheinung. Die Haare waren einen Tick zu lang und der Scheitel leicht unordentlich, beim Rasieren waren ein paar Haare stehengeblieben und die Uniform war schon recht ausgewaschen und hier und da auch geflickt. Er wirkte wie ein Mann, dessen Idealismus sich durch Routine und täglichem Frust in Resignation verwandelt hatte. Hinter ihm stand ein junger Bursche, vermutlich noch keine Zwanzig, dessen Uniform noch fadenscheiniger aussah, der sie aber mit maximaler Würde und Stolz trug.

Ich war etwas enttäuscht. Dies waren Dorfpolizisten, die mit dem, was mir widerfahren war, wohl überfordert sein würden. Immerhin konnten sie ihre Vorgesetzten informieren.

Der Ältere, offenbar der Chef, trat mir einen Schritt entgegen und, die Hände auf dem Rücken verschränkend, ganz seine Macht hervorhebend, sagte er mit strenger Stimme: „Ich bin Leutnant Ramoz. Was kann ich für Sie tun?"

Er sprach seinen Namen Ramoß aus.

Ich richtete mich ebenso gerade auf wie er und sagte: „Mein Name ist Max Schrödinger, ich bin Tourist aus Deutschland und ich muss Ihnen ein Verbrechen melden. Es geht um Drogenschmuggel und die Ermordung von mindestens drei Menschen."

Wenn ich mit einer emotionalen Reaktion gerechnet hatte, wurde ich enttäuscht. Er zog lediglich überrascht eine Augenbraue in die Höhe, eine Geste, die Mr. Spock alle Ehre gemacht hätte. Dann trat er zur Seite und sagte: „Bitte, kommen Sie herein."

Das Büro, in das er mich führte, war eher spartanisch eingerichtet: Zwei Schreibtische, mit Papieren und Schnellheftern überhäuft, ein Aktenschrank und ein kleiner Kühlschrank, auf dem ein Wasserkocher stand. Es gab einen Computer, der aber ziemlich eingestaubt aussah und zwei Telefone. Ramoz zog einen Stuhl neben einen der Schreibtische, ließ mich Platz nehmen und setzte sich selber hinter den Schreibtisch.

„Reden Sie."

„Natürlich. Aber könnte ich vorher etwas Wasser bekommen, bitte? Ich bin völlig ausgetrocknet."

Wortlos gab er dem Jungen einen Wink und der brachte mir aus dem Kühlschrank eine kleine Flasche Mineralwasser, die ich mit wenigen Schlucken leerte. Es war das beste Wasser, das ich je getrunken hatte. Dann begann ich zu berichten. Ramoz hörte mir mit unbewegtem Gesicht zu, ohne mich zu unterbrechen. Zwei oder drei Mal schüttelte er leicht den Kopf und ich bekam ein ungutes Gefühl.

Er glaubt dir nicht, sagte eine kleine gehässige Stimme in meinem Kopf. Du hättest dich direkt nach Tagbilaran zur Nationalpolizei bringen lassen sollen. Aber dazu war es nun zu spät, also brachte ich meine Geschichte zu Ende, ohne jedoch die Episode mit der „Spencer" zu erwähnen. Am Ende lehnte er sich in seinem Sessel zurück und sah mich lange streng an, ohne etwas zu sagen. Schließlich beugte er sich wieder vor und stützte die Ellenbogen auf dem Schreibtisch ab. Als er dann redete, stellte er eine Frage, mit der ich am wenigsten gerechnet hatte: „Können Sie sich ausweisen?"

Einen Augenblick lang glaubte ich, mich verhört zu haben. Dann breitete ich die Arme aus. „Ich habe nur meine Badehose unter diesem Anzug. Mein Pass, die Kreditkarten und alles andere sind in meinem Hotel in Alona Beach."

„Sie müssen schon entschuldigen", antwortete er unwirsch, „aber Sie kommen hierher und erheben schwerwiegende Vorwürfe gegen philippinische Bürger. Da muss ich schon sicherstellen, dass Sie auch der sind, als der Sie sich ausgeben."

„Welchen Grund sollte ich haben, hier im Taucheranzug aufzutauchen und Ihnen Märchen zu erzählen? Fahren Sie mit mir nach Alona Beach und überzeugen Sie sich selbst. Sie können dann auch gleich mit dem Besitzer der Tauchbasis reden."

Ramoz sah zum Fenster hinaus, wo es langsam dunkler wurde und gab dem Jungen einen Wink, das Licht einzuschalten. Heller, kalter Energiesparlampenschein blendete uns.

„Die Tauchbasis dürfte schon geschlossen sein, und Alona liegt außerhalb meines Zuständigkeitsbereiches. Aber die philippinische Polizei nimmt alle Anzeigen sehr ernst. Ich werde die Kriminalpolizei in Tagbilaran informieren. Die werden jemand schicken, der sich um Ihren Fall kümmert, allerdings wohl erst morgen früh. Bis dahin werden Sie unser Gast sein müssen."

„Sie wollen mich hierbehalten? Heißt das, ich bin verhaftet? Weswegen?"

„Natürlich sind Sie nicht verhaftet, aber Sie sind nach eigenen Angaben in einen Dreifachmord verwickelt. Und Sie können sich nicht ausweisen. Außerdem… wenn Ihre Geschichte stimmt und die Drogenschmuggler herausfinden wo Sie wohnen, kann es durchaus sein, dass sie Ihrem Hotel heute Nacht einen Besuch abstatten. Betrachten Sie es als Zeugenschutzmaßnahme, wenn Sie so wollen."

Ich war verblüfft, daran hatte ich nicht gedacht. In der Tat, wenn Popeye und seine Spießgesellen auf Nummer sicher gehen wollten, wäre es nur logisch nachzusehen, ob ich noch lebte und in mein Hotel zurückkehrte. Und es war ja nur eine Nacht. Morgen käme ein Kriminalist, der sicher kompetenter als dieser Provinzleutnant war.

„Na gut", stimmte ich zu, „aber kann ich wenigstens was zu essen und ein paar andere Kleider bekommen? So ein Neoprenanzug trägt sich an Land nicht sehr angenehm."

„Natürlich." Ramoz gab ein paar Anweisungen im Inseldialekt und während sein junger Kollege davonhuschte, begann er mich über private Dinge auszufragen, Alter, Beruf, Verheiratet…

Ich wunderte mich, weil er sich keinerlei Notizen machte, aber dann begriff ich, dass das nur Smalltalk war, bis der Andere zurückkam. Dann stand er auf und hieß mich, ihm zu folgen. Die Baracke war sehr einfach aufgebaut, ein langes Gebäude mit einem

Mittelgang, der auf einer Seite blind endete, an der anderen eine offenstehende Tür besaß. Von diesem Gang zweigten auf der einen Seite Türen zu den Diensträumen ab, dem Büro, einem Bereitschaftsraum, Sanitärräumen. Auf der anderen Seite befanden sich die Zellen, schmale Räume mit einer Gittertür und einem kleinen, vergitterten Fenster.

„Sie werden leider mit einer Zelle vorlieb nehmen müssen", sagte er fast entschuldigend. „Aber glücklicherweise ist San Antonio ein sehr friedlicher Ort und Sie können unsere VIP-Zelle haben."

Ich war mir nicht sicher, ob er scherzte, aber die Zellen, an denen wir vorbeikamen, waren lediglich mit einem schmalen Etagenbett ausgestattet und sonst leer. In zweien saßen Männer, die ich aber nicht genau erkennen konnte, weil das Licht ausgeschaltet war. Der Raum, in den er mich brachte, war eine Einzelzelle. Es gab eine Pritsche mit einer dünnen Matratze, einen Tisch, einen Stuhl und einen Kübel mit Deckel, der vermutlich so was wie eine Toilette sein sollte. Der Junge hatte in der Zwischenzeit eine Decke gebracht, eine Aluminiumschale mit Pappdeckel, aus der es geradezu appetitlich duftete und zwei Flaschen Wasser. Aus einer Plastiktüte zog er jetzt ein Hemd und eine Arbeitshose hervor. Ich hielt sie skeptisch hoch. Vom Umfang her konnten sie passen, aber in der Länge fehlten sicher zwanzig Zentimeter. Ramoz zuckte mit den Schultern. „Die Sachen gehören einem meiner Schwager, Mike Rodriguez. Er ist ein wenig… füllig, aber nicht grade sehr groß. Für eine Nacht wird es aber gehen, denke ich."

Ich dankte und versicherte ihm, dass die Sachen absolut in Ordnung waren. Er nickte.

„Wir müssen Sie leider einschließen, nehmen Sie es nicht persönlich. Wenn etwas ist, einfach rufen. Jose hier hat die erste Nachthälfte Wache, dann kommt Gabriel. Essen Sie erst mal. In einer Stunde ungefähr schaltet Jose das Licht aus. Gute Nacht."

Und damit verließen sie die Zelle und schlossen die Tür hinter mir. Da saß ich nun, eingesperrt in einer philippinischen Gefängniszelle, nach einem Tag, der der schrecklichste, gefährlichste aber auch aufregendste Tag meines ganzen Lebens war. Eine Weile stand ich wohl einfach nur rum und starrte auf die nackten Wände, dann zog ich meinen Neoprenanzug aus und legte die Kleider an, die der Polizist mir gebracht hatte. Dabei stieß ich wieder auf jene geheimnisvolle kleine Kugel, die noch immer leuchtete, solange sie mit meiner Haut Kontakt hatte und sich sofort schwarz färbte, wenn ich sie weglegte. Ich verbarg sie unter der Decke um mich später mit ihr zu befassen. Wie befürchtet, waren mir die Sachen von Ramoz Schwager viel zu kurz. Die Hosen endeten in der Mitte zwischen Knien und Knöcheln, die Ärmel auf halber Strecke zwischen Ellenbogen und Handgelenk. Dazu war das Hemd auch zu kurz und es schaute ein Streifen nackter Bauch heraus. Ich sah wohl regelrecht lächerlich in diesen Klamotten aus, aber immer noch besser als im Taucheranzug rumzulaufen.

Dann widmete ich mich dem Essen, einem typischen Adobo: Reis, etwas Gemüse und Huhn in Sojasoße, aber mein Hunger war gewaltig, immerhin hatte ich den ganzen Tag nichts gegessen außer ein paar Nudeln... Und da fielen mir Sheila wieder ein und Louis und Roberto und ich sah sie in die Tiefe sinken, einen blutigen Schleier hinter sich herziehend. Das war's mit meinem Appetit. Aber essen musste ich dennoch, um bei Kräften zu bleiben für den nächsten Tag. Falls der Kriminalbeamte ähnlich drauf war wie Ramoz könnte es ein anstrengendes Verhör werden. Also aß ich den größten Teil dieses Abendessens, benutzte dann leicht angeekelt den Kübel und legte mich angezogen auf die Pritsche. Sie roch recht muffig und ich fragte mich, wer hier schon alles eine Nacht verbracht hatte. Ganz zum Schluss holte ich noch mal die Kugel hervor und drehte sie ratlos in den Händen. Ich wurde nicht schlau aus dem Ding. Woher kam das Leuchten? Sie wurde auch nicht warm dabei, sondern blieb erstaunlich kühl, kälter sogar als die Umgebungstemperatur. Entzog sie der Luft Wärme und wandelte sie in Licht um? Aber wie? Und wie kam so ein Ding in ein Kriegsschiff aus dem zweiten Weltkrieg? Diese Technologie war nicht mal mir bekannt und ich hatte immerhin vier Jahre lang Ingenieurswesen studiert, wie waren sie Anfang der vierziger Jahre dazu gekommen?

Eines war klar, ich würde diese Fragen jetzt und hier nicht lösen können. Wenn ich wieder zu Hause war, konnte ich danach im Internet recherchieren oder sie jemanden an meiner alten Hochschule zeigen, aber bis dahin…

Ich schob die Kugel unter die Matratze und schloss die Augen. Mit leisem Knacken verlosch das Licht und das war es dann mit diesem Tag.

Tag 5 – Bohol, Philippinen

Diese Nacht in einer philippinischen Polizeizelle wurde zu einer der längsten meines Lebens. Nicht die Moskitos oder die stickige warme Luft waren das Schlimmste, auch nicht das ohrenbetäubende Schnarchen aus der Nachbarzelle oder der stinkende Kübel in der Ecke, nein, was mich wirklich wachhielt, waren die Bilder, die sich einstellten, sobald ich die Augen schloss. Da waren Sheila und Louis, die auf den Grund sanken und blutige Streifen hinter sich herzogen, und Roberto, der im Todeskampf das Wasser aufwühlte. Als ich dann doch mal einnickte, träumte ich von Sheila, die nach unten trudelte. Ich fing sie auf und sah in ihre stumpfen Augen. Die schwärzlichen Blutschlieren aus ihrem Hinterkopf wehten wie Schleier, dann verwandelten sie sich in die Arme eines Kraken, packten mich und... Schweißgebadet schreckte ich hoch. Mein Tauchcomputer zeigte drei Uhr morgens und es war stockdunkel in der Zelle, so schwarz wie das Blut in zwanzig Metern Tiefe. Ich kramte die kleine Kugel hervor und ihr orangefarbenes Leuchten beruhigte mich etwas. Es vertrieb die Dunkelheit wenigstens aus meiner unmittelbaren Umgebung. Ich schloss sie in meiner Faust ein und sank zurück auf die schweißfeuchte Matratze. Fast konnte ich die beruhigende Wirkung fühlen, die sie auf mich ausübte. Dann versank ich doch noch in einen bleiernen, traumlosen Schlaf, aus dem ich erst hochschreckte, als die Zellentür geräuschvoll aufgeschlossen wurde. Mit einem Ruck saß ich auf der Pritsche und sah mich einem Polizisten gegenüber, den ich nicht kannte. Er mochte Mitte Zwanzig sein und sah aus, wie frisch aus dem Ei gepellt, die Uniform blitzblank, die Haare mit viel Gel streng nach hinten frisiert und auf seiner Oberlippe prangte ein Errol-Flynn-Bärtchen. Das musste dieser Gabriel sein, den Ramoz erwähnte. Erstaunlicherweise war mir der gestrige Tag sofort wieder gegenwärtig, ohne jede Anlaufschwierigkeit.

„Guten Morgen", sagte der Polizist. „Kommen Sie, Sie haben Besuch."

Ich warf einen Blick auf die Uhr, kurz vor Acht. Wenigstens schien die Kriminalpolizei ihren Job ernst zu nehmen. Mühsam kletterte ich von der Pritsche und konnte es nicht verhindern, dass mein Gesicht sich vor Schmerz verzog. In den Oberschenkeln tobte sich ein gewaltiger Muskelkater aus und auch sonst tat mir alles weh und überall juckte es mich. Ich hätte sonstwas für eine Dusche gegeben.

„Dürfte ich vielleicht mal Ihre Toilette benutzen?"

Der Errol-Flynn-Typ zeigte nur auf den Kübel. „Ich warte draußen."

Na prima, die Polizei, dein Freund und Helfer. Ich verkniff mir einen Fluch, während ich die Kugel in der Hosentasche verschwinden ließ und in den Eimer pinkelte. Dann trank ich den Rest des Wassers und zog meine Neoprenschuhe an. Wenn ich schon ungewaschen und in diesem lächerlichen Aufzug vor der Kriminalpolizei erscheinen sollte, dann wenigstens nicht auch noch barfuß.

Der Polizist führte mich in das Büro von gestern und dort traf ich neben Leutnant Ramoz auf einen schlanken, hochgewachsenen Zivilisten. Er trug Jeans, ein weißes Hemd und Lederschuhe, alles recht gepflegt und dazu einen dicken goldenen Ring. Sein Gesicht allerdings wirkte nicht so recht vertrauenerweckend, die Mundwinkel waren herablassend nach unten gezogen und seine Augen blickten mich hart und ohne jede Sympathie an.

Ramoz begrüßte mich und stellte dann vor: „Das ist Polizeimajor Mike Rodriguez von der Nationalpolizei. Er wird sich Ihres Falls annehmen."

Da hat der gute Mike Rodriguez ja einen ganz schönen Wachstumssprung gehabt, dachte ich spöttisch und im gleichen Augenblick überlief es mich kalt. Gestern Abend hatte er seinen Schwager so genannt. Zweimal der gleiche Name, und zwar gleich Vor- und Zuname, das konnte es doch nicht geben.

„Mister Schrödinger", sagte der Polizeimajor, „ich habe einen Wagen draußen. Kommen Sie bitte, wir können gleich los."

Irgendwas an dem Typen kam mir komisch vor, vielleicht wäre es mir nie aufgefallen, wenn ich nicht wegen des Namens stutzig geworden wäre. Ramoz sah auch ein wenig so aus, als fühlte er sich unbehaglich. Hatte er mich angelogen? Aber er sollte doch wissen, wie sein Schwager hieß. Oder betraf es den Major? Irgendetwas stimmte hier nicht, in meinem Kopf klingelten Alarmglocken von denen ich nicht mal wusste, dass ich sie besaß.

„Vielen Dank", antwortete ich zurückhaltend. „Können Sie sich ausweisen?"

Die gleiche Frage hatte mir der Leutnant gestern auch gestellt, da war es nur natürlich, wenn ich mich revanchierte. Der Major schaute überrascht, klopfte sich gegen die Hosentaschen und zuckte die Schultern. „Ich habe meine Dienstmarke wohl im Auto gelassen. Ich zeige sie Ihnen während der Fahrt."

„Vielen Dank, aber ich möchte vorher doch lieber erst bei meiner Botschaft anrufen", sagte ich und meinte etwas wie Erschrecken im Gesicht von Ramoz zu sehen. „Das Recht steht mir zu."

Der Major blickte vorwurfsvoll zu Ramoz, der sich sichtlich unwohl fühlte.

„Das geht nicht, weil, äh, das Telefon ist gestört."

„Dann mit dem Handy. Ich ersetze Ihnen die Kosten auch."

Ich war mir inzwischen ziemlich sicher, dass mit diesem angeblichen Mike Rodriguez was nicht stimmte, wenn ich auch nicht wusste, was. Doch darüber sollte ich gleich aufgeklärt werden. Der

„Major" griff nach hinten an seine Hose, und als seine Hand wieder nach vorne kam, hielt sie eine große, gefährlich aussehende Pistole, deren Mündung er mir mit wütendem Gesicht in den Bauch drückte. Eine Welle von Angst überflutete mich, so heftig, dass ich einen ziehenden Schmerz in der Blase fühlte. Hätte ich vorhin nicht den Kübel benutzt, wäre es mir jetzt wohl warm die Beine runtergelaufen.

„Ich hab keine Lust auf solche Spielereien", knurrte er, „entweder kommst du jetzt mit oder ich leg dich gleich hier an Ort und Stelle um!"

„Nein!" rief Ramoz erschrocken. „Nicht hier auf der Polizeistation! Das kann ich nicht zulassen!"

Der Major lachte kurz auf, aber es klang mehr verärgert als belustigt.

„Du kannst das nicht zulassen? Aber das Geld hast du immer genommen. Du steckst bis zum Hals mit drin, also mach jetzt keinen auf ehrlichen Polizist!"

Ramoz krümmte sich wie unter einem Hieb, dann hob er beschwichtigend die Hände. „Wenn ihr losgefahren seid, kannst du mit ihm machen was du willst. Nur nicht hier, bitte."

Er hatte eindeutig Angst vor dem Typen und ich glaubte auch zu wissen warum. Ramoz, und vermutlich auch seine Kollegen, waren korrupt. Der angebliche Major gehörte zu den Drogenschmugglern, schoss es mir mit erschreckender Klarheit durch den Kopf, und anstatt die Kriminalpolizei zu informieren, hatte mich Ramoz bei ihm verraten und dafür sicher eine Prämie kassiert. Was für ein verdammter Mistkerl! Ich sah ihn entsetzt in die Augen und er wand sich sofort ab. Das war dann wohl die letzte Bestätigung.

„Na gut", zischte der falsche Major. „Gehen wir. Los!" Und er trat hinter mich und drückte mir den Pistolenlauf so schmerzhaft ins Kreuz, das ich nicht anders konnte, als vorwärts zu stolpern.

Als ich aus der Tür auf den Hof trat, sah ich mich zwei Pickups gegenüber, die da parkten, und auf den Ladeflächen und vor den Autos ungefähr einem halben Dutzend Männern, die mit Kalaschnikows bewaffnet waren und mir feindselig und verächtlich entgegenstarrten. Einer davon war Popeye, dessen Gesicht zu einem höhnischen Grinsen verzerrt war.

„So sieht man sich wieder, Arschloch!" begrüßte er mich.

In meinem Kopf rasten die Gedanken und ich spürte, wie Panik in mir hochstieg. Ganz klar, sie würden mich töten. Sobald ich in den Pickup gestiegen war, brachten sie mich an einem Ort ohne Zeugen und würden mir dort eine Kugel in den Kopf schießen. Was konnte ich tun? Ramoz und seine Bullen würden mir nicht helfen, die gehörten dazu. Fliehen? Keine drei Meter käme ich weit. An ihr Mitgefühl appellieren? Um Gnade flehen? Nein, das zumindest nicht! Obwohl die Todesangst in mir brodelte, verspürte ich so etwas wie Stolz. Ich würde nicht betteln! Vielleicht war es auch mehr Trotz als Stolz, aber egal, ich musste erst mal Zeit gewinnen. Wofür, wusste ich im Augenblick noch nicht, aber ich versuchte, meine Schritte so weit wie irgend möglich zu verzögern. Der Druck der Waffe im Rücken wurde immer heftiger. „Lauf!" zischte es an meinem Ohr. „Oder ich knall dich gleich hier ab. Du hast mir schon genug Ärger gemacht!"

In diesem Augenblick ertönte Motorengeräusch und dann kamen, mit verdammt hoher Geschwindigkeit, zwei Fahrzeuge durch die Einfahrt gerauscht. Es waren große, schwarze Toyota-Geländewagen mit abgedunkelten Scheiben, glänzend sauber und ohne jede Beule oder Schramme. Obwohl sie philippinische Kennzeichen trugen wirkten sie völlig fehl am Platze. Einer stoppte direkt hinter der Einfahrt, sie damit blockierend, der andere brauste auf uns zu und kam staubaufwirbelnd knapp einen Meter hinter den Pickups zum Stehen. Die Drogenschmuggler starrten die beiden Geländewagen an wie Geistererscheinungen, sie dachten nicht mal daran, ihre Waffen zu verbergen. Der einzige auf dem Hof, dem ein Stein vom Herzen fiel und der beinahe in Jubel ausgebrochen wäre, war ich. Wer immer in den Autos saß, meine Lage konnte sich nur verbessern. Aber der schmerzhafte Druck der Waffe sorgte schon dafür, dass ich keinen Mucks von mir gab.

Dann öffnete sich die Beifahrertür des ersten Wagens und ein Mann stieg aus, dessen Erscheinung keinen größeren Kontrast zu den nachlässig gekleideten Drogenschmugglern darstellen könnte. Er war ein Weißer, sicher fast zwei Meter groß und entsprechend breit in den Schultern. Sein Aussehen und Verhalten spiegelten den Elitesoldaten wider: Die kurzgeschnittenen dunkelblonden Haare, die gerade Haltung, die knappen Bewegungen und nicht zuletzt die Art, wie er seine Umgebung musterte. Er trug eine schwarze Felduniform ohne Rangabzeichen oder andere Identifizierungsmerkmale, doch es war sein Gesicht, das allen einen Schock versetzte. Selbst ich musste schlucken und vergaß eine Sekunde lang die Waffe in meinem Rücken, die Filipinos wichen scheu einen Schritt zurück, einer bekreuzigte sich gar.

Früher musste der Mann vielleicht sogar mal schön gewesen sein, zumindest aber eine markante Erscheinung, nun aber zierte ihn eine gewaltige Narbe, die rechts unten am Kinn begann und diagonal über sein ganzes Gesicht verlief, über Mund, Nase, Wange und sein linkes Auge inklusive der davon gespaltenen Braue. Es sah aus, als wäre sein Gesicht irgendwann einmal in zwei Hälften geteilt worden. Doch damit nicht genug, die beiden Teile waren mit leichtem Versatz zueinander wieder zusammengewachsen, seine linke Gesichtshälfte mochte fast einen Zentimeter zur rechten verschoben sein. Das verpasste ihm ein grusliges, fast dämonisches Aussehen.

Einen Augenblick lang blickte er sich um und ich könnte schwören, dass er sich in dieser kurzen Zeit die Position und Bewaffnung jedes einzelnen der Drogenschmuggler einprägte. Dann griff er in aller Seelenruhe in seine Brusttasche, holte ein Ausweis-mäppchen heraus und sagte, während er es aufklappen ließ: „Amerikanische Drogenfahndung. DEA."

Und schon klappte die Mappe wieder zu. Die Zeit reichte gerade hin, einen goldenen Stern und einen Ausweis zu erkennen, aber ob es wirklich eine DEA-Marke war oder ein Bibliotheksausweis und ein Wyatt-Earp-Sheriffstern aus dem Spielzeugladen konnte ich nicht erkennen. Trotzdem hätte ich aufjubeln können. Die amerikanische Drogenfahndung! Wenn auch nur die Hälfte von dem stimmte, was man in diversen Actionfilmen über diese Typen sah, hatten die Filipinos schlechte Karten.

„Wir sind hier", fuhr der Narbige mit befehlsgewohnter Stimme fort, „um diesen Mann mitzunehmen." Dabei deutete er mit der rechten Hand auf mich. „Wir müssen ihn im Zusammenhang mit einem Drogendelikt vernehmen."

Auch wenn ich nicht ganz verstand, welches Drogendelikt ich begangen haben sollte, so war ich doch mit Freuden bereit, mich von ihm verhaften zu lassen. Amerikanische Drogenfahnder mochten mit Verdächtigen vielleicht hart umgehen, aber jedenfalls würden sie mich nicht töten und der Rest ließe sich schnell aufklären.

Die Filipinos aber schienen nicht gewillt, sich zu beugen. Als Drogenschmuggler war die DEA ihr natürlicher Feind, und obwohl die meisten plötzlich recht nervös wirkten, blieben sie doch auf ihren Posten und wachsam. Nur Leutnant Ramoz sah auf einmal kreidebleich aus und begann sichtbar zu zittern. Der falsche Major Rodriguez stieß mir die Pistole noch fester in den Rücken und antwortete: „Ich bin Major der philippinischen Nationalpolizei und ich kann Ihnen diesen Mann nicht übergeben. Er ist in einen Mord an einen unserer Staatsbürger verwickelt und Mord ist schwerwiegender als ein Drogenvergehen."

Eins musste man ihm lassen: Er hatte sich gut in der Gewalt, seine Stimme klang fest und entschlossen und kein Muskel zuckte in seinem Gesicht.

„Ihr Präsident hat uns persönlich die vollständige Kooperation versprochen. Im Übrigen wollen wir diesen Mann nur befragen. Wenn wir mit ihm fertig sind, kriegen Sie ihn zurück."

Es frustrierte mich ein wenig, dass sie so über mich sprachen als wäre ich gar nicht da.

„Dann beschweren Sie sich bitte beim Präsidenten, aber den Mann nehmen wir mit."

Der Narbige verzog sein Gesicht, aber was normalerweise nur ein Ausdruck der Verärgerung gewesen wäre, wurde bei ihm zu einer wahren Horrorfratze. Er machte eine ganz leichte, winkende Bewegung mit der rechten Hand und aus den beiden Wagen stiegen ein paar Männer aus, sechs insgesamt, die alle die gleichen schwarzen Uniformen trugen wie ihr Chef, außerdem, im Gegensatz zu ihm, voluminöse Schutzwesten. In den Händen hielten sie in betonter Nachlässigkeit zwar kleine, aber sehr gefährlich und futuristisch aussehende Maschinenpistolen. Dazu zogen sie Gesichter, als würden sie jeden Tag schon vor dem Frühstück eine halbe Armee niedermetzeln und als langweile sie das mittlerweile entsetzlich. Falls es zwischen ihnen und den Drogenschmugglern zu einem Gefecht kommen sollte, ich wüsste, auf wen ich all mein Geld verwetten würde.

„Ich bin es nicht gewohnt, mit Provinzbeamten zu diskutieren. Ob mit oder ohne Ihren Segen, dieser Mann kommt mit uns!"

Die Stimme des Narbigen klang weder drängender noch lauter, aber man merkte, wie ihm langsam die Geduld ausging. Und der falsche Major neben mir schluckte vernehmlich. Ein sehr ungutes Gefühl überkam mich, ein eisiges Gefühl. Das hier würde ein böses Ende nehmen und in einer Schießerei münden. Sollte die DEA wirklich so weit gehen? Sich in einem anderen Land, noch dazu einem befreundeten, in ein Gefecht mit der Polizei einlassen?

Scheinbar war ich nicht der Einzige, der vor dem Kommenden Angst verspürte. Leutnant Ramoz hob beschwichtigend beide Hände und sagte, geradezu flehend: „Meine Herren, bitte! Lassen Sie uns darüber reden. Wir stehen doch alle auf derselben Seite!"

Um die Mundwinkel des Narbigen spielte kurz ein zynisches Lächeln, und da kam mir die erschreckende Erkenntnis: Sie mochten wohl wirklich auf derselben Seite stehen, doch war das mit Sicherheit nicht meine Seite.

Und dann brach die Hölle los. Ich merkte, wie der Druck der Pistolenmündung in meinem Rücken verschwand, als der angebliche Major Rodriguez seine Hand hinter mir hervorriss und auf den Narbigen anlegte. Der war als einziger seiner Leute unbewaffnet und hob, wie ich damals dachte, in einer Schutzbewegung den rechten Arm. Lang ausgestreckt, doch die Handfläche nicht abwehrend erhoben, sondern nach unten gebogen und aus seinem Handrücken schoss so etwas wie ein Blitz auf den Major zu. Jedenfalls glaubte ich das, es ging alles so schnell und ich konnte es nicht genau erkennen. Rodriguez bäumte sich wie unter einem heftigen elektrischen Schlag auf, gab ein schmerzvolles Keuchen von sich und sackte zusammen. Im selben Augenblick ballerten alle drauflos. Die kleinen Uzis – oder was auch immer die Uniformierten benutzten – gaben ein regelrecht kreischendes Geräusch von sich, von dem sich das lautere, trockenere Knattern der Kalaschnikows deutlich abhob. Ich sah noch, wie Popeye auf einen der Schwarzgekleideten feuerte, der sich hinter die Tür seines Wagens duckte, und wie die Kugeln der AK 47 kleine Dellen in den Türflügel schlugen und der Lack absplitterte. Auf der dunklen Fensterscheibe erschien ein Muster weißer, wie Spinnennetze aussehender Sprünge, mehr geschah nicht. Die Wagen waren gepanzert. Dann eröffnete der Uniformierte das Feuer und Popeyes Brustkorb schien regelrecht zu zerplatzen. Mehr sah ich nicht, denn ich drehte mich um und rannte zurück in die Polizeistation. Bloß weg! Nichts wie weg!

Hinter mir kam Ramoz auf die gleiche Idee und jagte mir nach. Ob er mich festhalten wollte oder ebenfalls nur um sein Leben lief, sollte ich nie erfahren, denn ein weiterer Blitz aus der Hand des Narbigen erwischte ihn, gerade als ich durch die Tür in das Büro huschte. Ich sollte ihm vielleicht dankbar sein, denn der Schuss hätte sonst garantiert mich getroffen.

Ich hastete durch das Büro, sprang durch die Tür, die zum Zellenkomplex führte. Die anderen Gefangenen tobten in ihren Zellen und dann stand plötzlich dieser Errol-Flynn-Typ vor mir, mit erschrockenem und verständnislosem Gesicht. In einem halbherzigen Versuch, mich aufzuhalten, breitete er seine Arme aus. Im Vorbeilaufen, einem Reflex folgend, holte ich aus und meine Faust knallte, durch mein hastiges Rennen noch zusätzlich beschleunigt, gegen seine Nase. Er flog zurück gegen die Wand und sackte stumm zusammen, während ihm das Blut wie aus einem Wasserhahn aus der Nase strömte. Dann war ich vorbei und jagte auf die halboffene Tür zu, die auf der anderen Seite der Baracke ins Freie führte. Ich kann nicht behaupten, dass es mir leid tat, ihn niedergeschlagen zu haben, ganz im Gegenteil fühlte ich im Augenblick des Treffers so was wie Befriedigung.

Dann war ich aus der Baracke draußen und verhielt kurz, um mich zu orientieren. Ich stand auf einem weiteren Hof, der im Gegensatz zum vorderen mit allerlei Gerümpel vollgestellt war. Es gab ein schmaleres, offenes Tor im Zaun und daneben standen drei Mopeds und, wie die Miss Universum neben ein paar Bauernmädchen, eine Honda Rallye, eine wunderschöne, weiß-rote Enduro von zweihundertfünfzig Kubik. Die wäre genau das Richtige zum Abhauen!

Da sauste irgendwas von oben herab, vom Dach der Baracke wohl, und direkt vor meinen Füßen landete ein Typ in grauem

Overall, komplett maskiert, so dass nur die Augen sichtbar blieben und mit einem sicher zwei Meter langen Kampfstab in den Händen. Er wirbelte herum und, schneller als ich schauen konnte, stand er kampfbereit vor mir, das Ende des Stabes schwebte zwei Zentimeter vor meiner Nase. Ich erstarrte, erstaunlicherweise nicht aus Angst, sondern vor Verblüffung. Ein Ninja? Reichte es nicht, dass ich mich mit Drogenschmugglern, korrupten Polizisten und rätselhaften Typen in schwarzen Geländewagen rumschlagen musste? Kamen jetzt auch noch Ninjas dazu? Ich hätte beinahe hysterisch aufgelacht, ein Zeichen, wie zerfetzt mein Nervenkostüm schon war, aber da fauchte mich der Ninja mit Frauenstimme an: „Hast du das Shakri?"

„Was?" fragte ich verständnislos zurück. Es ging gar nicht um die Frage selbst, sondern um die Stimme. Der Ninja war eine Frau. Jetzt erkannte ich auch die Formen ihres Körpers unter dem enganliegenden Overall und die mandelförmigen braunen Augen. Was für Augen!

„Das Shakri!" riss sie mich aus meiner Verblüffung. „Die kleine schwarze Kugel!"

„Ja…" Ich zog sie aus der Hosentasche, noch immer über ihre Erscheinung so verwundert, dass ich mich nicht mal fragte, woher sie davon wissen konnte. Die Kugel leuchtete in meiner Hand nach wie vor orange, fast wie ihre Augen… Bernstein.

Und eben diese Augen weiteten sich beim Anblick der Kugel vor unsagbarem Erstaunen und sie stieß einen leisen Ruf aus, in einer Sprache, die ich nicht verstand, die mit Sicherheit aber keiner der hiesigen Dialekte war. Dann riss uns das dumpfe, machtvolle Knattern eines Maschinengewehrs und das Aufbrüllen eines Motors auf der anderen Seite der Baracke aus unserer gegenseitigen Erstarrung.

„Komm mit!" zischte das Ninja-Mädchen. „Ich bring dich hier raus!"

Und das war der beste Vorschlag, den ich heute gehört hatte und er kam noch dazu von der faszinierendsten Person in der Polizeistation. Ich steckte die Kugel zurück und wollte gerade loslaufen, da trat hinter der halbgeöffneten Barackentür der dritte der Polizisten hervor, der Junge. Jose hieß er wohl. Sein Gesicht war vor Angst verzerrt und Schweiß stand ihm auf der Stirn, während er zitternd eine Pistole auf mich richtete und mit geradezu kläglicher Stimme sagte: „Keine Bewegung!"

Der Kleine hatte mehr Angst als ich, wahrscheinlich glaubte er, seine einzige Chance, heil aus der Sache herauszukommen, sei es, mich gefangen zu nehmen und an den Gewinner der Schießerei auszuliefern, wer auch immer das sein mochte. Aber noch bevor ich reagieren konnte, sauste der Ninja-Kampfstab herab und traf mit solcher Wucht seinen Unterarm, dass ich den Knochen brechen hören konnte. Die Pistole fiel in den Dreck, er kreischte auf vor Schmerz, da krachte die andere Seite des Stabes gegen seinen Hals. Der Schrei brach ab, er flog nach hinten gegen die Wand der Baracke und fiel in sich zusammen wie eine Marionette, der man die Fäden durchschneidet. Zum wer-weiß-wie-vieltem-mal an diesem Morgen ergriff mich Entsetzen. Hatte sie ihn getötet? Hatte sie dieses verängstigte Kind wirklich gerade umgebracht?

Aber noch ehe ich irgendwie reagieren konnte, wurde ich brutal zur Seite gestoßen, stolperte über meine eigenen Füße und ging hart und schmerzhaft zu Boden. Ich rappelte mich halbwegs auf um zu sehen, von wem der Schlag gekommen war und sah über mir das Narbengesicht, groß, breit und alles dominierend. Er bedachte mich mit einem Blick, wie man ihn einer Spinne zukommen lässt, die man gleich zertreten wird und sah dann das Mädchen. Aus seinem hässlichen Gesicht wurde eine Grimasse der Wut.

„Du..." zischte er böse.

„Hallo Vincent, wie geht's denn so?" antwortete das Mädchen leichthin, aber sie schien bei weitem nicht so gelassen, wie der lockere Satz vermuten ließ. Ihr Körper, in Kampfhaltung, wirkte angespannt wie eine Bogensehne und sie hielt den Stab mit beiden Händen schlagbereit erhoben.

„Ist mir recht", sagte der Narbige. „Bringen wir es zu Ende." Er hob seinen rechten Arm. Das Mädchen stieß einen schrillen Kampfschrei aus und ihr Stab sauste mit einer irren Geschwindigkeit auf seinen Arm herab. Aber der Schlag, der dem jungen Polizisten den Unterarmknochen gebrochen hatte, prallte von ihm einfach ab. Mehr noch, sein Arm wirbelte mit rasender Geschwindigkeit herum, er bekam den Stab zu packen und riss ihn ihr mit einer heftigen Bewegung aus der Hand. Durch den plötzlichen Ruck aus dem Gleichgewicht gebracht, stolperte sie ein paar Schritte auf ihn zu. Er warf den Stab weg, packte sie mit der Hand an der Kehle und hob sie hoch, als wäre sie nur eine Plüschfigur. Da hing sie in seinem Griff und schlug und trat um sich, was ihn überhaupt nicht beeindruckte. Er hielt sie nur am ausgestreckten Arm, so dass sie sein Gesicht nicht erreichen konnte und drückte sie mit dem Rücken gegen die Barackenwand. Sie hing mit den strampelnden Füßen gut dreißig Zentimeter über dem Boden und keuchte, während er ihr die Luft abdrückte und dabei ein Gesicht machte wie ein Wissenschaftler, der die Reaktionen eines Versuchstieres bei einem Experiment beobachtet.

Ich stand auf und sprang ihn ohne zu überlegen an. Er versuchte sie zu töten, kein Zweifel. Aber meine Versuche, ihn aufzuhalten, scheiterten kläglich. Genauso gut hätte ich auch einen Stahlträger angreifen können. Er schüttelte mich ab wie ein lästiges Insekt und stieß mich in die Seite, so dass ich wieder im Dreck landete.

„Um dich kümmere ich mich auch gleich", sagte er dabei mit höhnischem Unterton.

Das Mädchen zappelte verzweifelt in seinem eisernen Griff, sie stöhnte dabei qualvoll und in ihren faszinierenden Augen flammte Todesangst auf. Ich rappelte mich wieder auf und unterdrückte die Schmerzen, als ich die Pistole des Polizisten auf dem Boden liegen sah. Hastig griff ich zu und wunderte mich noch über die seltsame Form der Waffe. Sie war auch extrem leicht – und aus Plastik. War das eine Spielzeugpistole? Verblüfft sah ich sie an. Wer gibt einem Polizisten eine Spielzeugpistole?

Sie hatte keinen Lauf, ihr Vorderteil wirkte ziemlich voluminös und es schauten zwei kleine Dornen heraus. Auf dem Rücken der „Waffe" stand in großen Buchstaben TASER. Da begriff ich, es war eine dieser Elektroschockpistolen, mit denen man seinem Gegner Elektroden verpassen kann, durch die ein lähmender Strom fließt. Das war ja noch besser als eine echte Pistole, denn meine Hemmschwelle, auf einen Menschen zu schießen, auch wenn es sich um einen Killer handelte, war sicher ziemlich hoch. Aber nicht damit. Ich hob die Waffe und drückte ab. Knallend schossen zwei Nadeln heraus und zogen dabei dünne Drähtchen hinter sich her. Eine traf den Narbigen in der Mitte des Rückens und durchbohrte problemlos seine Kleider, die andere drang direkt in seinen Nacken. Dann erwischte ihn der Stromschlag. Er bäumte sich auf und verkrampfte. Das Ninja-Mädchen fiel auf den Boden, sank in die Knie und versuchte mühsam wegzukriechen. Ich ließ den Abzug los und sofort schien mein Gegner seine Bewegungsfähigkeit zurück zu bekommen. Mit wutverzerrter Fratze drehte er sich zu mir um. Ich keuchte erschrocken auf, hatte ich doch erwartet, er würde ohnmächtig umfallen. Statt dessen hob er seinen rechten Arm, den, aus dem er Blitze schleudern konnte, in meine Richtung. Ich drückte noch mal auf den Abzug. Die Pistole gab tickende Geräusche von sich und jagte einen neuen Stromstoß in seinen Rücken. Er verkrampfte wieder, schaffte es aber doch, steifbeinig einen Schritt auf mich zu zumachen. Noch mal drückte ich ab und noch mal. Das Ticken verstummte, wahrscheinlich war der Saft alle. Aber vier Stromstöße waren auch für einen Riesen wie ihn genug. Seine Beine gehorchten ihm nicht mehr und der rechte Arm war steif und schlenkerte wie ein Fremdkörper vor seinem Körper. Er taumelte ein paar ungelenke Schritte zurück und lehnte sich schwer gegen die Barackenwand – unsere Chance, zu verschwinden. Ich warf die nutzlose Pistole weg und packte das Mädchen an den Schultern.

„Kannst du aufstehen?"

Sie stieß wortlos meinen Arm weg und erhob sich als wäre nichts gewesen. Aber ich sah den Schmerz in ihren Augen und wie sie beim Loslaufen taumelte. Trotzdem war sie schneller als ich. Als wir uns dem Tor näherten, konnte ich nicht widerstehen, ich warf einen Blick auf die Honda. Der Zündschlüssel steckte. Natürlich, wer klaut schon ein Motorrad vom Hof einer Polizeistation. Ich jauchzte tatsächlich auf und schwang mich auf den Sattel; Zündschlüssel drehen, Ständer einklappen und Startknopf drücken war eine Sache weniger Augenblicke. Maunzend sprang die kleine Maschine an und lief auf Anhieb rund.

Mit diesem Typ Motorrad hatte ich mal eine zehntägige Tour im Norden Luzons gemacht, ich kannte es also. Und in jungen Jahren war ich Motocross gefahren, nicht besonders erfolgreich, aber ich landete bei den Wettbewerben immer im guten Mittelfeld. Das war nun zwanzig Jahre her, aber ich vertraute auf den alten Spruch: Das ist wie Fahrradfahren, das verlernt man nicht.

Mit einem kurzen Dreh am Gasgriff war ich bei dem Mädchen und ich brauchte sie nicht extra zum Aufsteigen aufzufordern. Mit einem Satz saß sie hinter mir, ich ließ die Kupplung kommen, jagte durch das Tor und dann Richtung Dorf. Als wir am vorderen Hof vorbeihuschten, war das Gefecht dort schon zu Ende. Einer der Pickups stand mit zerquetschter Motorhaube an der Wand der Baracke, neben dem anderen lagen etliche regungslose Gestalten in der Kluft der Drogenschmuggler. Die schwarz Uniformierten liefen dazwischen herum und sahen wohl nach, ob ihre Gegner auch wirklich tot waren. Einer von ihnen hockte am Boden und zwei andere kümmerten sich um ihn. Als sie uns vorbeifahren sahen, brüllten sie was und rissen ihre Waffen hoch, aber da waren wir schon weg und ich bog in die „Hauptstraße" ein. Die war lang und gerade und ich holte alles aus der kleinen Maschine raus, was drinsteckte. Leider war das nicht all zu viel, zumal wir auch noch zu zweit draufsaßen. Wir mochten höchstens dreihundert Meter gekommen sein, da sah ich im Rückspiegel einen der Geländewagen um die Kurve schlingern und uns folgen. Auf der geraden, ziemlich leeren Straße würde es ihm keine Mühe machen uns einzuholen.

„Fahr in eine der Gassen!" brüllte mir das Mädchen zu. Ich schaute verzweifelt nach einer Einfahrt aus und riss dann an der erstbesten die Maschine herum. In der Hoffnung, keine Sackgasse erwischt zu haben, zirkelte ich die Fuhre um enge Kurven und über Wege, die eher Trampelpfaden glichen als einer Straße. Der Geländewagen würde nie hier durchpassen. Aber die Gasse verlangte auch mir alles ab, der Schweiß lief nur so an mir herunter. Mehrfach konnte ich uns nur in letzter Sekunde vor einem Sturz bewahren. Hühner rannten gackernd vor uns her, Hunde auf uns zu, wütend bellend und die Zähne fletschend, um dann doch im letzten Augenblick zu kneifen. Mitten in einer Kurve saß ein nacktes kleines Kind fröhlich plantschend in einer Schüssel mit Wasser. Um Haaresbreite konnte ich ihm ausweichen.

Das war heftiger als alles, was ich früher gemacht hatte, und da trug ich Handschuhe, Stiefel und Motorradkombis mit Protektoren. Jetzt hatte ich nicht mal eine Brille auf, geschweige denn einen Helm.

Endlich wurde die Bebauung lichter, dann blieben die Hütten hinter uns zurück und wir fuhren zwischen Reisfeldern entlang. Etwa hundert Meter weiter links verlief ein etwas breiterer Weg und da konnte ich den schwarzen Toyota sehen, wie er hüpfend und schleudernd parallel zu uns hinfuhr. Ich biss die Zähne zusammen und gab noch mehr Gas. Vor uns eine Straße, ich bog rechts ab. Die war breiter und geteert und verlief in geschwungenen Kurven durch eine hügelige Waldlandschaft. Eine schöne Motorradstraße, aber nicht geeignet um Verfolgern zu entkommen, die zwölf Mal soviel Hubraum haben wie man selber.

„Da rein!" rief das Mädchen und zeigte auf einen unbefestigten Fußweg, der linkerhand aus dem Wald kam. Ich nahm ihn und schlängelte mich, Blut und Wasser schwitzend, zwischen den Bäumen hindurch. Es ging bergauf, einen ausgewaschenen Weg mit großen Mengen losem Geröll entlang, der eher wie ein ausgetrocknetes Flussbett aussah. Gequält heulte der Motor der kleinen Honda, während sie sich nach oben kämpfte und dabei faustgroße Steinbrocken nach hinten wegschleuderte. Dann waren wir oben und sahen uns hinter der Kuppe einer womöglich noch steileren Abfahrt entgegen. Ich konnte mich eines Kraftausdrucks nicht enthalten und sah uns im Geiste schon einen Überschlag machen. Bremsen wäre auf dem losen Untergrund selbstmörderisch gewesen, also ließ ich der Maschine freien Lauf. Zweimal merkte ich, wie ich die Kontrolle verlor, aber jedes Mal genügte ein kurzer Zug am Gas und sie stabilisierte sich wieder. Ein tolles Motorrad! Und trotz der üblen Lage begann mir das Ganze sogar irgendwie Spaß zu machen. Vielleicht hatte ich aber auch nur mehr Adrenalin in den Adern als Blut. Dann waren wir unten, rasten an einem Gemüsegarten vorbei und durch einen Hof. Ferkel sprangen quickend zur Seite, Kinder winkten und brüllten uns „He Joe!" hinterher und dann stand da ein ziemlich mitgenommener PKW, dessen Anblick mir einen Jubelruf entlockte. Wo so ein Auto fahren konnte, musste es eine Straße geben. Tatsächlich kamen wir durch eine Art Ausfahrt auf eine befestigte Straße. „Nach links!" wies mich meine Sozia ein und ich brauste in die entsprechende Richtung. Von unseren Verfolgern war weit und breit nichts zu sehen, wir hatten sie abgehängt.

Die nächsten paar Minuten waren geradezu entspannend, wir fuhren auf einer der Inselhauptstraßen. Es gab recht wenig Verkehr, hauptsächlich Tricycles und Jeepneys, die ich locker überholen konnte. Allmählich nahmen die Autos auf der Straße zu, Hütten tauchten auf, dann Häuser und am Ende waren wir mitten in einer größeren Ortschaft mit ihrem wuseligen Treiben. Meine Mitfahrerin knuffte mir in die Seite, deutete auf den Straßenrand und rief: „Halt dort an!"

Es gab da eine Art unbefestigten Parkplatz und dahinter eine Reihe von Geschäften. Auf dem Platz parkten neben Autos auch eine Reihe von Mopeds und Motorrädern. Ich stellte unsere Maschine zwischen die anderen und zog vorsichtshalber den Schlüssel ab. Mir sollte sie jedenfalls keiner klauen.

Das Mädchen zog mich an eine Stelle, wo zwischen zwei Geschäften ein schmaler Durchgang zur Rückseite war. Unrat lag herum und es stank nach Urin, aber es war kein Mensch in der Nähe. Die meisten eilten von Geschäft zu Geschäft und einige warfen uns misstrauische Blicke zu.

„Du fällst auf", stellte sie spöttisch fest. „Läufst du immer so rum?"

„Nur wenn ich von einem vollmaskierten Ninja ablenken will," antwortete ich im selben Tonfall. Sie stutzte und zog sich dann die Maske vom Kopf. Überrascht stieß ich die Luft aus. Ihr Gesicht hielt, was die Augen versprochen hatten. Es war makellos, mit schmalem Kinn, vollen Lippen und einer richtigen Stupsnase, umrahmt von glatten, tiefschwarzen Haaren, die im Nacken zu einem Pferdeschwanz gebunden waren, der bis weit in den Rücken reichte. Sie war Asiatin, vielleicht Thailänderin oder Indonesierin, mit glatter, brauner Haut und ihre großen, mandelförmigen Augen leuchteten noch immer in diesem hellen, warmen Braun, tatsächlich fast wie dunkler Bernstein. Ich hatte noch nie solche Augen gesehen.

„Bist du fertig?" fragte sie ungehalten und ich spürte, wie ich rot wurde, als ich den Blick senkte. Und das mir, einen Mann Mitte Vierzig, wo sie doch höchstens… ja, wie alt mochte sie sein? Ich konnte es nicht abschätzen. Anfang bis Mitte Zwanzig?

„Wie heißt du?" fragte sie weiter. „Ich brauche deinen Namen, dein Hotel und die Zimmernummer." Dabei zog sie ein Handy aus einer Tasche ihres Overalls und wählte eine Nummer. „Ich rufe jemand an, der uns abholt. Ein anderer soll deine Sachen holen."

Gehorsam nannte ich ihr das gewünschte und sie sprach ziemlich schnell in das Gerät, in einer Sprache, die ich nicht verstand, die mir aber irgendwie bekannt vorkam. Als sie die Wortenden gedehnt in die Länge zog, fiel es mir wie Schuppen von den Augen. Das war Thai!

Ihr Gesprächspartner fragte etwas und sie sah mich ernst an. „Hast du das Shakri noch?" fragte sie fast erschrocken. Ich klopfte mir gegen die Hosentasche, wo ich die kleine Kugel spüren konnte und bejahte. Warum waren die alle so versessen auf dieses Ding?

Sie beendete das Gespräch und fragte fast bittend: „Darf ich es noch mal sehen?"

Ich zog es aus der Tasche und hielt es ihr hin. Da lag es, noch immer beruhigend leuchtend, in meiner Hand. Sie starrte es an mit einer Miene, die ich nur verzückt nennen kann. Zögernd, fast ängstlich, griff sie mit Daumen und Zeigefinger zu und nahm es mir aus der Hand. Sofort verschwand das orangene Glühen und die Kugel wurde wieder nachtschwarz. Ich war verblüfft, glaubte ich doch, das Leuchten komme von einer chemischen Reaktion, die durch die Berührung ausgelöst wurde.

Das Mädchen schaute ziemlich traurig drein, dann drehte sie die Kugel ein paar Mal in ihrer Hand und legte sie in meine zurück. Sofort begann sie wieder zu leuchten.

„Der Große Lama hat recht gehabt", murmelte sie. „Du bist tatsächlich der Auserwählte."

„Der was?" Ich glaubte mich verhört oder nicht richtig verstanden zu haben, und dann platzte es aus mir heraus: „Wer bist du? Und was hat es mit diesem Ding auf sich? Wer sind diese Söldner und warum sind sie hinter mir her? Du kennst sie, oder? Du hast diesen Scarface-Typen Vincent genannt."

„Mein Name ist Sky", antwortete sie. Sky, ein schöner Name, er passte zu ihr, auch wenn es natürlich nur ein „Künstlername" war. Thainamen sind für Europäer schier unaussprechlich.

„Ich gehöre zur Bruderschaft der Shakri Narubeth, der Wächter der Shakri. Diese Söldner waren nicht hinter dir her, sie wollten nur das Shakri."

Das klang jetzt fast ein wenig abwertend. „Vielleicht sollte ich es ihnen dann einfach geben? Wenn sie mich danach in Ruhe lassen?"

„Das würde ich dir nicht raten", antwortete sie lächelnd. „Du hast Vincent außer Gefecht gesetzt, sehr gute Arbeit übrigens. Aber das wird er dir nicht vergessen. Shakri hin oder her, er wird dich töten. Er nimmt so etwas sehr persönlich."

Sie sagte das in einem so gelassenen Tonfall, als sprächen wir über das Wetter.

„Und du, bist du auch nur hinter dem... Shakri her?"

„Nein, ich brauche auch dich. Wie gesagt, du bist der Auserwählte."

„Was soll dieses Gerede? Von wem Auserwählt? Wofür? Mensch, ich wollte hier doch nur Urlaub machen! Und woher weißt du überhaupt von dem Ding? Ich habe es keinem gezeigt und mit niemanden darüber geredet."

„Als du das Shakri gestern aktiviert hast, konnte unser Anführer, der Große Lama Ringpotsche, seinen Standort feststellen. Er hat mich eingewiesen."

„Wie?"

Sie breitete die Arme aus. „Wir werden nicht in alle Mysterien eingeweiht. Ich weiß nicht, wie er das macht. Und ich wusste auch nicht, dass Vincent das Shakri aufspüren kann."

Ich erschrak. „Du meinst, er kann uns orten? In diesem Augenblick?"

„So einfach ist es, glaube ich, nicht. Und es gibt eine Möglichkeit der Abschirmung. Wo hast du das Shakri überhaupt her?"

„Ich habe es gefunden", gab ich ehrlich zu, „in dem Wrack eines alten Kriegsschiffs."

„Der USS ‚Spencer'," antwortete sie.

Sollte ich jemals einen Preis dafür stiften, mich zu verblüffen, sie wäre die erste Gewinnerin. „Woher kannst du das wissen? Ich habe mit niemanden darüber geredet."

„Wie hast du sie gefunden?" fragte sie statt dessen zurück.

„Durch Zufall. Ich bin unter Wasser vor den Drogenschmugglern getürmt, mit denen sich die Leute von diesem Vincent heute Morgen rumgeschossen haben." Während ich das sagte, fielen mir Sheila und Louis und Roberto wieder ein und ich verspürte fast so was wie Beschämung, weil ich sie über meine Flucht total vergessen hatte.

Sky schüttelte den Kopf. „Wir suchen seit fast sechzig Jahren nach dem Wrack und du findest es durch Zufall. Und dann auch noch gleich das Shakri. Du bist wirklich ein Auserwählter."

„Hör mit diesem Auserwähltenquatsch auf. Wir müssen zur Polizei. Es sind eine Menge Leute gestorben in den letzten zwei Tagen."

„Ja, und ein paar davon waren Polizisten. Und an der Taserpistole von einem sind noch deine Fingerabdrücke. Bin gespannt, wie du das der hiesigen Polizei erklären willst."

Das klang eindeutig spöttisch und sie hatte auch nicht ganz unrecht. Einen der Cops hatte ich sogar eigenhändig niedergeschlagen. Und wer konnte wissen, bis wohin die Korruption reichte und wer alles auf der Gehaltsliste der Drogenhändler stand?

„Deinen Freunden kannst du nicht mehr helfen", fuhr sie fort, „und Vincent's Boss ist ein so mächtiger Mann, dass er sich jeden Polizisten auf den Philippinen kaufen kann. Wir können dich hier nicht schützen. Du musst mit mir kommen, wenn du das überleben willst."

„Und wohin?"

„Ich bringe dich in unseren Tempel bei Chiang Mai, den einzigen Ort wo du sicher bist."

„Chiang Mai? Aber das ist in Thailand. Wie wollen wir dahin kommen? Hast du ein paar Linienflüge gebucht? Oder ein Privatflugzeug?" Das war jetzt sarkastisch gemeint, aber sie blieb völlig ernst.

„Letzteres", antwortete sie trocken. Ich fühlte mich der Hysterie nahe. Bis vor vierundzwanzig Stunden war ich noch ein normaler Tourist, und jetzt floh ich vor der Polizei, vor Drogenschmugglern und geheimnisvollen Typen in schwarzen Geländewagen und eine mysteriöse Ninja-Kriegerin wollte mich in ihren Tempel nach Thailand bringen... War die Welt verrückt geworden?

„Was ist dieses Shakri überhaupt und warum seid ihr alle hinter dem Ding her?"

„Die Shakris", sagte sie bedeutsam, „sind uralte Artefakte, die wahrscheinlich aus dem Weltraum stammen und denen eine große Macht innewohnt. Wir wachen über sie, damit sie nicht in falsche Hände geraten und Unheil über die Welt bringen. Vincent Legrelle arbeitet für unseren Erzfeind, Dr. Serpent, der die Shakris unbedingt in die Finger kriegen will und dafür jedes Verbrechen begehen würde."

Sie ist verrückt, schoss es mir durch den Kopf. Eine Irre! Erzfeind, Dr. Serpent, mächtige Artefakte aus dem Weltall…

„Ihr kämpft gegen einen Typen, der Doktor Giftschlange heißt?" platzte es aus mir heraus. Jemand mit so einem Namen wäre sicherlich ein veritabler Bösewicht in einem Superheldencomic, aber das hier war verdammt noch mal die Realität! Der echte Planet Erde im einundzwanzigsten Jahrhundert!

„Es ist schon lange her, seit er diesen Namen öffentlich benutzt hat", gab sie zu, „aber wir nennen ihn aus Gewohnheit so. Und Vincent spricht ihn ebenfalls so an."

Der Gedanke, sie könne verrückt sein, verging so schnell, wie er gekommen war. Zuviel war geschehen in den letzten Stunden. Da war dieser Vincent mit seiner Söldnertruppe. Binnen weniger Stunden hatte er eine professionelle Kampfeinheit inklusiver gepanzerter Geländewagen auf diese abgelegene Urlaubsinsel gebracht. Und er konnte Elektroschocks aus seiner Hand verschissen. Hinter ihm musste eine wirklich mächtige Organisation stehen, eine, die sicher auch die philippinische Polizei bestechen konnte. Mich zu stellen, würde meine Probleme eher nicht lösen, sondern sie am Ende noch verstärken… Und dennoch! Über vierzig Jahre lebte ich nach dem Gesetz, folgte den Regeln und war immer gut damit gefahren. Dieses Verhalten über Bord zu werfen ohne zu wissen, was daraus entstehen würde, war nicht einfach. Meine ganze Zukunft, bisher klar und feststehend in den jährlichen Briefen von der Rentenversicherung und dem Bausparvertrag und all den anderen Krücken und Airbags, mit denen wir unsere Zukunft auf einer sicheren und kerzengraden Straße halten, wurde auf einmal blass und unsicher und verschwommen und ich konnte richtig fühlen, wie meine Welt, die ich kannte und in der ich prima klarkam, anfing zu zerbröckeln.

Sky überließ mich meinen Grübeleien und beobachtete statt dessen den Parkplatz. Irgendwann packte sie mich fest am Arm. „Er ist da. Los."

Sie zog mich aus dem Spalt zwischen den beiden Gebäuden und wir liefen über den Parkplatz zu einem weißen koreanischen Kleinwagen, neben dem ein ziemlich großer, sehr dünner Mann in einem weißen Hemd wartete, das mit gelben Blüten bedruckt war. Er öffnete die hintere Tür und sagte etwas auf thailändisch zu Sky. Die raunte mir zu, ich solle vorne einsteigen und schlüpfte auf den Rücksitz. Der dünne Mann klemmte sich hinter das Steuer und warf mir einen nicht sehr schmeichelhaften Blick zu.

„Max, das ist Prayut", sagte Sky von hinten. Statt einer Begrüßung reichte er mir eine flache, durchsichtige Schachtel mit abgerundeten Ecken.

„Leg das Shakri da hinein. Das wird es abschirmen."

Das Schächtelchen war ziemlich schwer für seine Größe. Ich hielt es erst für Glas, aber es war nicht besonders klar und durchsichtig. Im Innern befand sich eine Aussparung, in die das Shakri perfekt hineinpasste.

„Das ist Bergkristall", sagte Sky von hinten, „der einzige Stoff, der eine wirksame Abschirmung bietet. Kannst du es mir noch mal geben, bitte?"

Arglos reichte ich ihr die Schachtel nach hinten und sie ließ sie in einer Tasche ihres Overalls verschwinden. Ich unterdrückte einen Fluch. Die kleine Kugel war in diesem ganzen Durcheinander mein einziger Trumpf gewesen und nun gab ich ihn freiwillig weg.

Obwohl ich wusste, wie nutzlos das war, forderte ich sie zurück. Sky schüttelte den Kopf. „Ich kann das Shakri besser beschützen als du."

„Meisterin Sky ist unsere beste Kämpferin", fügte Prayut stolz hinzu. Meisterin Sky, sieh an.

Wir fuhren einige Zeit in nordwestliche Richtung, aber ich hatte die Orientierung inzwischen komplett verloren und wir konnten überall auf der Insel sein. Ringsum erstreckte sich hügeliges Gebiet, mit kleinen Feldern und Plantagen, zwischen denen Hütten standen und Leute arbeiteten. Das Auto hatte keine Klimaanlage und ich begann wieder zu schwitzen. Außerdem machten sich Hunger und vor allem Durst bemerkbar und ich wollte nur noch drei Dinge: eine Flasche Wasser, eine Dusche und saubere, passende Klamotten, in dieser Reihenfolge.

Dann wurde das Land flacher und linkerhand tauchte ein Maschendrahtzaun auf, oben von Stacheldrahtabweisern gekrönt, der sich an der Straße langzog. Dahinter schien eine Landebahn zu liegen.

„Wo sind wir?" fragte ich.

„Das ist ein kleiner Privatflugplatz", antwortete Prayut. „Unser Rückflug ist schon vorbereitet. Suthip hat dein Gepäck aus dem Hotel geholt, ich denke, es dürfte jetzt schon im Flugzeug sein."

Hinter dem Zaun tauchten halbrunde Wellblechhangars auf, die aussahen wie große, liegende Zylinder, die zur Hälfte im Boden vergraben waren, dann ein flaches Ziegelgebäude. Prayut durchquerte eine Einfahrt und hielt direkt vor einer geschlossenen Glastür an. Wir stiegen aus. Es war vollkommen still, außer unserem parkte hier auch kein weiteres Auto und kein Mensch weit und breit war zu sehen. Wir betraten eine kleine Halle, die leer war bis auf zwei Reihen Plastiksitze, die auch schon mal bessere Zeiten gesehen hatten. In einer Seitenwand gab es eine große Durchreiche, dahinter sah ich eine altertümliche Gepäckwaage mit einem riesigen Ziffernblatt. Ein paar Gepäcksäcke stapelten sich daneben an der Wand, ansonsten war auch hier kein Mensch zu sehen. Prayut führte uns, mit dem Handy am Ohr, durch eine breite Glastür in einen weiteren Saal, der dem ersten glich, nur war die gegenüberliegende Wand komplett verglast, mit zwei Türen darin, die auf das Flugfeld führten und an Stelle der Durchreiche gab es eine weitere Tür mit dem Toilettenzeichen.

„Seltsam", sagte er dann, „Rosalia geht nicht ran. Wartet hier, ich suche sie."

Ich warf Sky einen fragenden Blick zu.

„Rosalia ist die Managerin hier. Sie sollte unseren Abflug vorbereiten."

Ich schaute Prayut nach, wie er, leicht vorgebeugt, die Halle verließ, dann fiel mein Blick auf die Toilettentür.

„Ich geh mich erst mal frisch machen", sagte ich und setzte mich, ohne eine Antwort abzuwarten, in Bewegung.

Hinter der Tür befand sich ein kleiner Waschraum mit zwei Waschbecken und Türen, die zu den eigentlichen Toiletten führten. Ich blickte in den schmutzigen Spiegel und fand mich ziemlich heruntergekommen aussehend. Das Gesicht bartstoppelig und eingefallen, die Haare nach allen Seiten abstehend, dazu an Hals und Nase schwärzlich eingestaubt von der Motorradfahrt. Genussvoll hielt ich den Kopf unter das lauwarme Wasser, selten wirkte eine Wäsche so erfrischend. Als ich mich mit ein paar Papierhandtüchern abtrocknete, hörte ich von draußen einen Schrei und dann ein Kreischen, bei dem es mir kalt den Rücken runterlief. Ich kannte dieses Geräusch, die kleinen Maschinenpistolen der Söldner gaben es von sich. Ein dumpfer Aufprall folgte, dann Schritte und ein weiterer Schrei, ein wütender, schriller Kampfschrei, ausgestoßen von einer Frau. Ein Klatschen, und dann riss es die Toilettentür aus den Angeln und sie flog neben mir in den Waschraum, wo sie krachend zu Boden fiel, auf ihr einer der schwarzgekleideten Uniformierten. Er ächzte schmerzhaft auf und versuchte sich mühsam aufzurappeln. Verblüfft sah ich auf ihn hinab, die Papiertücher noch in den Händen. Er sah ebenso erstaunt zu mir hoch, dann griff er mit irrsinniger Geschwindigkeit nach seiner Waffe, die neben ihm lag. Da sprang ich vor und trat mit aller Kraft gegen seinen Kopf, so wie man gegen einen Fußball tritt. Die Wucht des Tritts schleuderte seinen Schädel gegen die Fliesen des Fußbodens, ich hörte ein dumpfes, knackendes Geräusch und er erschlaffte. Unter seinem Hinterkopf begann sich eine kleine rote Pfütze zu bilden. Mein Angriff war eine reine Affekthandlung, ohne nachzudenken, und unfair obendrein. Man tritt nicht gegen einen, der schon am Boden liegt. Andererseits hatte er eine Maschinenpistole und ich nicht mal ein Taschenmesser, da ist Fairness wohl das Letzte, über das man sich Gedanken machen sollte. Ich war mir nicht sicher, ob er noch lebte, und ganz ehrlich, ich wollte es auch nicht herausfinden, ich sah nur seine Waffe quer über seinen Bauch liegen und nahm sie an mich. Sie war geladen und entsichert, eine recht leichte, kleine automatische Waffe mit einer ausklappbaren Schulterstütze. Ich fühlte mich auf der Stelle besser, als ich sie hochhob. Nun war ich nicht mehr wehrlos.

Durch die Tür sah ich, wie Sky einen weiteren der Typen erledigte. Sie sprang durch die Luft wie die Helden fernöstlicher Martial-Arts-Filme. Ich hatte das bisher immer für Spezialeffekte gehalten, aber nun sah ich es leibhaftig vor mir. Bei ihrem letzten Sprung lag sie fast waagerecht in der Luft und ihre Knie trafen den Hals des Mannes mit solcher Wucht, dass sein Kopf fast bis zum Rücken herumgerissen wurde. Lautlos sackte er zusammen. Sky landete mit einer eleganten Drehung und als sie sich aufrichtete, traf sie einer von Vincent's Elektroblitzen. Ihr Körper bäumte sich auf, sie knirschte geradezu schmerzhaft mit den Zähnen, dann fiel sie seitlich um. Ich versteckte mich hastig hinter der Türöffnung und sah aus dieser Deckung den Narbigen herankommen. Er trug jetzt ebenfalls eine Schutzweste und sein entstelltes Gesicht war zu einem triumphalen und gleichzeitig gehässigen Grinsen verzogen. Sky schien noch bei Bewusstsein, aber gelähmt, sie versuchte sich zu bewegen, aber mehr als ein unkontrolliertes Zittern von Armen und Beinen kam nicht zustande.

„Keine Panik, Cherrie", sagte Vincent, und seine Stimme troff geradezu vor Sarkasmus. „Das war nur eine schwache Ladung. Du sollst deine Niederlage doch miterleben können."

Damit beugte er sich über sie und zog die flache Schachtel mit dem Shakri aus ihrer Beintasche. Er hielt sie mit der linken Hand hoch und betrachtete die kleine, schwarze Kugel in ihrem Innern ein paar Sekunden lang mit höchster Faszination. Dann zog er mit der Rechten ein Handy unter seiner Weste hervor, wählte eine Nummer und hielt sich das Gerät ans Ohr. Ein paar Sekunden hörte man nichts als Sky's angestrengtes Stöhnen bei ihren vergeblichen Versuchen, auf die Beine zu kommen, dann sagte er: „Hallo, Dr. Serpent. Ich habe das Shakri. Sie können loslegen. Und ich habe Sky."

Ich biss mir auf die Lippen, um kein Geräusch von mir zu geben. Vincent sprach Deutsch! Mit einem heftigen französischen Akzent, aber sonst ein klares, verständliches Deutsch. Er lauschte noch ein paar Sekunden, dann sagte er: „Alles klar. Bis dann." Und schaltete das Handy ab. Mit bösem Grinsen trat er an Sky heran und beugte sich zu ihr hinunter.

„Du hast Glück, Liebes. Dr. Serpent braucht mich dringend, ich habe keine Zeit für lange Spiele. Es wird also schnell gehen, aber das heißt ja nicht, dass es nicht weh tun muss."

Da platzte mir der Kragen. Wut und Frustration schlugen wie eine Welle über mir zusammen und verwandelten sich in kalte Entschlossenheit. Ich klappte die Schulterstütze aus, drückte mir die

Waffe gegen die rechte Schulter, brachte mein Auge auf eine Linie mit Kimme und Korn und trat durch die Tür.

„He, Scarface!" rief ich und versuchte dabei, so souverän wie möglich zu klingen. „Heute wird hier höchstens noch einem wehgetan, und das ist sicher nicht Sky!"

Er fuhr herum wie von der Tarantel gestochen und sein Gesicht verzog sich zu einer horrormäßigen Grimasse der Wut. Ich glaube, es lag vor allem daran, wie ich ihn angesprochen hatte.

„Du schon wieder!", spuckte er aus. „Dich mach ich platt!" Und er hob seinen rechten Arm in meine Richtung. Als seine Hand eine Linie mit dem Lauf meiner Waffe bildete, drückte ich ab, ohne zu zögern oder Gewissensbisse zu spüren. Es war einfach nur noch eine Frage des Überlebens. Die kleine Uzi kreischte kurz auf; obwohl ich den Finger gleich wieder vom Abzug nahm, gab sie sicher sechs oder sieben Schuss ab, fast ohne jeden Rückstoß. Alle Kugeln erreichten ihr Ziel. Vincent brüllte auf, irgendwelche kleinen Dinge flogen durch die Luft und dann fiel sein Handy, völlig zerschossen, zu Boden, zusammen mit zwei Fingern. Ein weiterer Finger baumelte lose an seiner zerfetzten Hand, die er wutentbrannt anstarrte. Aber es kam kein Blut, im Gegenteil, ich sah Kabel und Metallfragmente. Sein rechter Arm war künstlich! Deshalb konnte er damit Blitze schleudern!

Einen Augenblick lang war er sicher so verwundert wie ich, wenn auch aus einem anderen Grund, er starrte auf seine zerfetzte Hand mit einem Gesichtsausdruck, als sehe er gerade einen leibhaftigen Marsmenschen. Dann brüllte er auf und stürzte auf mich zu. Kein angreifendes Nashorn könnte furchteinflößender sein. Ich drückte ab und jagte alles raus, was noch im Magazin der Waffe drin war. Ganz instinktiv zielte ich auf seine Brust, sie bot einfach das größte Ziel. Mindestens zwanzig Geschosse schlugen in seine Schutzweste ein, und wenn sie auch nicht durchgingen, so warf ihn doch allein die schiere Aufprallwucht zurück. Er torkelte und ging zu Boden, im gleichen Augenblick, als die Uzi verstummte. Alle Projektile waren in einem Kreis mit ungefähr zwanzig Zentimetern Durchmesser eingeschlagen, seine Weste war an dieser Stelle völlig zerfetzt und dazwischen konnte man die plattgedrückten Kugeln sehen. Die Innenschicht der Weste schien gehalten zu haben, er lebte also noch, aber zumindest ein riesiger blauer Fleck und eine schmerzhafte Prellung sollten doch wohl zurückbleiben. Zögernd trat ich näher, da stöhnte er und versuchte mühsam, sich aufzurichten. War dieser Kerl denn gar nicht klein zu kriegen! Kurz dachte ich, er könne ein Roboter sein, nach allem, was heute schon passiert war, würde mich das auch nicht mehr wundern, dann sprang ich vor und schlug mit einem Wutschrei den Kolben der Uzi gegen seine Schläfe. Da endlich gab er ein pfeifendes Geräusch von sich und sackte zusammen. Aus einer kleinen Platzwunde an der Schläfe sickerte Blut und es bildete sich eine dicke blaue Beule, so schnell, dass man fast dabei zusehen konnte. Er war also kein Roboter und er war auch nicht tot.

Bei seinem Sturz hatte er die flache Dose mit dem Shakri verloren, ich klaubte sie vom Boden auf und steckte sie ein. Dann warf ich die leergeschossene Waffe weg und schnappte mir die des zweiten Söldners, dem Sky das Genick gebrochen hatte. Ich war, nachdem ich zwei Kämpfe bestanden hatte, vollgepumpt mit Adrenalin und fühlte mich so unbesiegbar wie James Bond persönlich.

Sky kniete am Boden und schlug mit beiden Fäusten auf ihre Oberschenkel ein, um so wahrscheinlich die Durchblutung wieder in Gang zu bringen.

„Kannst du aufstehen?" fragte ich und reichte ihr die Hand. Sie packte meinen Unterarm mit solcher Kraft, dass ich all meinen Machismo zusammennehmen musste um nicht aufzuschreien und zog sich hoch. Sie zitterte und bewegte sich recht hölzern, gewann aber ihre Körperbeherrschung von Sekunde zu Sekunde zurück.

„Wo ist Prayut?"

Sie zeigte stumm auf die Glastür zur Check-Inn-Halle; als ich herantrat, konnte ich ihn sehen. Er lag auf dem Rücken und zu den gelben Blumen auf seinem Hemd waren eine ganze Menge roter hinzugekommen.

„Wer war das?"

Offenbar konnte sie noch nicht wieder richtig sprechen, denn sie zeigte wieder nur stumm in Richtung der Toilette. Nachträglich verspürte ich noch eine grimmige Befriedigung bei dem Gedanken daran, wie ich seinen Kopf gegen den Boden getreten hatte.

„Wir müssen weg", krächzte sie schließlich. „Das Flugzeug…"

Ich hatte nichts dagegen. Wir verließen das Gebäude und traten auf den eigentlichen Flugplatz hinaus. Auch hier keine Menschenseele. Vor einem der Hangars standen zwei einsame kleine, einmotorige Propellerflugzeuge, aber zu denen wollten wir sicher nicht. Damit nach Thailand zu fliegen würde eine sehr langwierige Angelegenheit werden. Sky wandte sich nach links und begann zu laufen. Mit jedem Schritt gewann sie Beweglichkeit zurück und schon bald hatte ich zu kämpfen, um mit ihr Schritt zu halten. Allerdings waren meine dünnen Neoprenfüßlinge auch keine Laufschuhe, es fühlte sich fast an, als renne ich barfuß über den Betonboden. Ein Stück vor uns erhob sich ein Hangar, vor dem zwei Gepäckanhänger standen, leer bis auf einen einsamen roten Koffer auf dem Vorderen. Wir hatten die Anhänger fast erreicht, als hinter uns Motorengeräusch ertönte und wir uns beide gleichzeitig umdrehten. Da kam einer der schwarzen Geländewagen hinter dem Abfertigungsgebäude hervorgerollt, recht langsam, so als patrouillierte er. Als der Fahrer uns sah, gab er Gas und zog den Wagen in einer weiten Kurve in unsere Richtung. Ich riss die Uzi an die Wange… und zögerte. Die Fahrzeuge waren gepanzert. Aber die Reifen! Noch hatte er seine Kurve nicht vollendet, die Reifen der rechten Fahrzeugseite waren gut sichtbar. Ich zielte und schoss.

Der erste Feuerstoß ging vor dem Wagen in den Betonboden, der zweite saß. Ich sah, wie der Wagen absackte und leicht ins Schlingern geriet, mehr aber passierte nicht. Natürlich besaß ein gepanzertes Auto auch Reifen mit Notlaufeigenschaften.

Sky riss mir die Waffe aus der Hand, zielte und feuerte. Sie jagte das komplette Magazin auf die Frontscheibe des Geländewagens. Ein Netz von Sprüngen bildete sich, Glassplitter flogen davon und irgendwann gab das Panzerglas nach und ein Loch von der Größe einer Melone entstand – auf der Beifahrerseite! Der Fahrer gab Vollgas, vielleicht wollte er uns einfach über den Haufen fahren. Entsetzt sah Sky mich an und da begriff ich ihren Fehler.

„Falsche Seite!" brüllte ich.

„Linkslenker?"

Natürlich, sie kam aus Thailand, wo die Leute wie in England auf der falschen Straßenseite fahren. Thailändische Autos haben die Lenkräder auf der rechten Seite.

Wie auf Kommando liefen wir los, aber vor einem Auto wegzulaufen überstieg unsere Kräfte. Wir bogen um die Ecke des Hangars und prallten fast gegen einen jungen Mann, der in einem viel zu großen blauen Arbeitsoverall steckte und ein riesiges Gewehr in Händen hielt. Er brüllte Sky etwas zu, kniete sich hin und hob die Waffe an die Schulter. Es war eine Pumpgun für Schrotpatronen, aber was wollte er mit Schrot gegen ein gepanzertes Fahrzeug ausrichten? Trotzdem blieb ich aus einer Art morbider Neugier heraus stehen um zuzuschauen. Der Junge drückte ab und ein ohrenbetäubender Knall ertönte. Die Waffe ruckte gut dreißig Zentimeter in die Höhe und warf den Schützen fast um. Am Geländewagen, der keine zwanzig Meter mehr von uns entfernt war, zerfetzte es den linken Kotflügel und den Kühlergrill, die Motorhaube flog in die Höhe und nahm den Fahrer die Sicht. Das war keine Schrotpatrone gewesen, das war panzerbrechende Munition! Der Wagen zog in einer extrem engen Kurve nach links, neigte sich dabei gefährlich auf die rechte Seite, der zerschossene Reifen walkte über den Beton, dann zog es ihn von der Felge und die ganze Fuhre überschlug sich einmal, kam wieder auf den Rädern zu stehen und hüpfte ein paarmal gefährlich auf und ab, bis sie schließlich stehen blieb, verbeult und durchlöchert.

Der Junge – er konnte höchstens Zwanzig sein, vielleicht noch jünger und war sicher auch ein Thai – brüllte Sky etwas zu, während er aufstand.

„Lauf!" schrie sie mir zu. „Zum Flugzeug! Suthip gibt uns Deckung!"

Also hetzten wir weiter, vorneweg Sky, dann ich, heftig keuchend, und zum Schluss der Junge, Suthip, mit seiner Donnerbüchse. Zwischen den Hangars tauchte ein Flugzeug auf, das sich in unsere Richtung bewegte. Es war ein schlanker, eleganter Jet, kleiner als die üblichen Passagiermaschinen. Zwei Düsentriebwerke saßen hinten am Rumpf und durch die Cockpitfenster konnte ich die Gesichter der zwei Piloten erkennen, die uns zuwinkten. Das musste dann wohl unsere Maschine sein, eine dieser Businessjets, ich glaube, sie heißen Learjet. Die Einstiegsluke war geöffnet, ein Teil wie eine Flügeltür nach oben geklappt, der andere nach unten. Er hing dicht über dem Boden und besaß Treppenstufen. Wenn ich den erst mal erreicht hatte, war ich gerettet, aber ich pfiff auch schon aus dem letzten Loch.

Dann brüllte Suthip hinter uns etwas und als ich mich umschaute, sah ich den zweiten Geländewagen hinter der Abfertigungshalle hervorkommen. Auch Vincent war schon wieder auf den Beinen, er stürmte aus dem Gebäude, winkte und brüllte etwas. Der Wagen fuhr in seine Richtung und stoppte. Was er rief, konnte ich nicht verstehen, wir waren schon zu weit weg und die Flugzeugturbinen dröhnten mir in den Ohren. Ich lief weiter und hoffte dabei, dass Vincent und seine Männer viel zu besprechen hatten und mir genügend Zeit ließen, die Maschine zu erreichen. Aber danach sah es nicht aus. Als ich mich noch mal umsah, fuhr der Wagen recht schnell auf uns zu, aber mit einem gewissen Vorhalt, als wollte er uns auf unserem Kurs abfangen. Vincent selber rannte in unsere Richtung, und wie er rannte! Ich glaube, nicht mal Sky hätte mit ihm mithalten können und sie war weit vor mir. Noch einmal kratzte ich alle Reserven zusammen und hastete mit brennenden Lungen und schmerzenden Fersen weiter. Hinter mir ging die Pumpgun los, einmal, zweimal, und ein drittes Mal, als Sky gerade das Flugzeug erreichte und sich hineinschwang. Ich lief voller Verzweiflung, war gleichauf mit der Maschine, aber die blieb nicht stehen, sie wurde nur etwas langsamer. Ich musste hingegen noch schneller sein, um mich schräg an die Luke heranzuarbeiten, denn sonst würde mich die Tragfläche erwischen. Learjets waren definitiv nicht dafür gebaut, während der Fahrt aufzuspringen. Endlich hatte ich es geschafft, japsend griff ich nach dem Türrahmen und sprang, darum betend, nicht zu stürzen. Ich kam auf der untersten Treppenstufe auf, zog mich mit beiden Händen ins Innere, so stark ich konnte und fiel in die Kabine. Unglaublich erleichtert drehte ich mich auf den Rücken und blieb erst mal keuchend liegen. Da knallte es draußen erneut und das brachte mich wieder in die Realität zurück. Es war noch nicht vorbei. Ich rappelte mich hoch und warf dabei einen flüchtigen Blick in die Kabine, die äußerst luxuriös ausgestattet war mit flauschigem Teppichboden, Sitzgruppen aus mächtigen cremefarbenen Ledersesseln und Wurzelholzschränkchen. Sky kramte in einer großen schwarzen Tasche herum und zog schließlich ein gefährlich aussehendes schwarzes Sturmgewehr heraus. Mit sattem Klicken rastete sie ein Magazin ein und kam zurück zur Tür. Ich drückte mich, noch immer auf Knien, etwas zur Seite und schaute hinaus. Der Geländewagen wollte uns definitiv den Weg abschneiden, die Piloten schwankten zwischen dem Drang, Gas zu geben und der Sorge um Suthip, der noch draußen war. Der legte noch einmal auf das Fahrzeug an, aber es kam kein Schuss mehr. Offenbar fasste das Magazin seiner Pumpgun nur fünf Patronen. Da warf er die

Waffe einfach weg und lief auf uns zu, als sei der Teufel hinter ihm her. Vincent stand an dem verunglückten Wagen, irgendwie hatte er es geschafft, die Heckklappe zu öffnen und nun kramte er im Inneren herum. Sky gab einen Feuerstoß auf den fahrenden Wagen ab, ich konnte die Einschläge deutlich sehen, aber sie schienen nicht durchzugehen. Das Fahrzeug begann damit, eine Reihe grosser Schleifen zu ziehen, um den Schüssen auszuweichen. Suthip hatte es fast geschafft, aber die Piloten rollten jetzt immer schneller und ich wusste auch, wieso: Vincent rannte ebenfalls auf unser Flugzeug zu und er hielt etwas in seinen Armen, das wie ein dunkelgrünes Rohr aussah. Ich legte mich hin, hielt mich mit einer Hand am Türrahmen fest und lehnte mich so weit hinaus, wie ich mich traute, dann streckte ich Suthip den anderen Arm entgegen.

„Mach schon!" brüllte ich. „Nimm meine Hand!" Ich rief es in der Aufregung auf Deutsch, aber ich bin sicher, er verstand mich. In seinen Augen konnte ich die Todesangst sehen, während er mit schweißnassem Gesicht in gewaltigen Sätzen heranzukommen versuchte. Über mir gab Sky einen Feuerstoß nach dem anderen ab, ob sie traf, kann ich nicht sagen. Ich lehnte mich noch ein Stück weiter heraus, bis ich kurz davor war, das Gleichgewicht zu verlieren. Suthip streckte mir seine Hand entgegen, sein Atem ging laut pfeifend, lange konnte er das nicht mehr durchhalten. Noch ein kleines Stück... Über mir rasselte das Sturmgewehr, glühend heiße Hülsen fielen mir in den Nacken. Ich schrie auf, kippte fast nach vorn und bekam Suthips Hand zu packen. Ohne nachzudenken zog ich mich und ihn Richtung Flugzeug. Er fiel mehr auf die Treppe als er sprang und schlug sich dabei beide Knie auf, aber er hing nun halb in der Kabine. Die Piloten gaben Schub und das Aufheulen der Turbinen übertönte Skys nächsten Feuerstoß. Mit beiden Händen packte ich Suthip an seinem Overall und zog ihn wie einen Sack in die Maschine. Er rollte ein Stück zur Seite und blieb heftig keuchend liegen. Als ich wieder zur Luke hinaussah, schlug gerade eine von Sky's Garben in das Fenster auf der Fahrerseite und durchschlug es. Der Wagen begann heftig zu schlingern, dann überschlug er sich wie der erste, nur mit weit höherer Geschwindigkeit. Er schaffte sicher vier, fünf Rollen, während derer er sich langsam auflöste und blieb auf dem Dach liegen. Aus der Bodenpartie züngelten Flammen. Vincent war es inzwischen gelungen, einen kleinen Vorsprung vor dem Flugzeug zu erreichen, denn er lief diagonal zu unserer Fahrtrichtung und das in einem wahren Weltmeistertempo. Als er jetzt sah wie seine Kollegen ausgeschaltet wurden, blieb er abrupt stehen und wuchtete sich das Rohr auf die linke Schulter. Mir wurde mit Entsetzen klar, dass es sich dabei um eine tragbare Rakete handeln musste, eine jener Boden-Luft-Raketen, die auf Motorenwärme gehen und sich ihr Ziel selber suchen. Und unser Jet mit seinen zwei fetten Triebwerken war ein nicht zu verfehlendes Ziel! Was tun? Einen Augenblick war ich versucht zu springen, aber wir waren schon verdammt schnell und damit hätte ich mich Vincent auch nur ausgeliefert. Sky feuerte auf ihn, ohne zu treffen, und dann war auch dieses Magazin leer.

Und da fiel mein Blick auf eine Box neben der Tür mit der roten Aufschrift EMERGENCY KIT. Ein irrwitziger Gedanke zuckte durch mein Hirn, etwas, was ich mal in einem Hollywood-Film gesehen hatte. Ich riss den Deckel von der Box. Allerlei Päckchen und Dosen kamen zum Vorschein und daneben auch drei oder vier gelbe Zylinder, zwei Zentimeter stark und gut zwanzig lang. Ich schnappte mir einen. An einem Ende hatte er eine rote Kappe, die mit einer Schnur mit dem Boden des Zylinders verbunden war. Ich richtete das andere Ende auf Vincent und atmete tief durch. Verzweifelte Situationen erfordern verzweifelte Maßnahmen, ging es mir durch den Kopf. Ein dummer Spruch, mit dem man mal unter Freunden rumfrotzelt, aber nie hatte er mehr Wahrheitsgehalt als in diesem Augenblick.

Vincent feuerte. Ich sah einen Flammenstrahl hinten aus dem Rohr schießen, dann kam vorne die Rakete raus und jagte, einen weißen Rauchstreifen hinter sich herziehend, auf uns zu. Da riss ich an dem Griff des Zylinders und eine rote Leuchtkugel schoss in Richtung Rakete.

In dem Film hatten sich Insassen eines Flugzeuges auf diese Weise gegen ihre Angreifer verteidigt, und da waren die Raketen schnurstracks auf das neue Ziel zugeflogen und in einem gewaltigen Feuerball explodiert. In meinem Fall reagierte die Rakete erst, als die Leuchtkugel sie schon fast erreicht hatte. Sie wich in einer sinusförmigen Wellenbahn von ihrem Kurs ab, als wäre sie sich nicht sicher, welches nun das richtige Ziel sei und dann war die Leuchtkugel auch schon vorbei und schlug weiter hinten auf den Beton auf. Die Rakete aber schien ihre Orientierung verloren zu haben, sie drehte ein paar immer größer werdende Kreise, der Rauchstreifen sah aus wie ein riesiger Korkenzieher, und schoss dann senkrecht nach oben. Ob sie dort irgendwo explodierte oder, als der Treibstoff verbraucht war, einfach runterfiel, weiß ich nicht, denn ich fiel schweißüberströmt und komplett erschöpft einfach nach hinten um. Sky sah mich mit einem sehr merkwürdigen Blick an und verschloss dann die Luke. Jetzt erst gaben die Piloten vollen Schub, die Triebwerke heulten auf und das Flugzeug brauste auf die Startbahn hinaus. Ich blieb einfach völlig fertig auf dem Rücken liegen, während wir abhoben und uns immer schneller in den Himmel über Bohol bohrten.

Irgendwann, als die Maschine in den Horizontalflug überging, rappelte ich mich auf. Meine Kehle war ausgedörrt und eine merkwürdige Gleichgültigkeit gegen alles, außer meinem Zustand, hatte mich erfasst. Vermutlich war dies eine Nachwirkung der Aufregung und Angst der letzten Stunde. Den anderen schien es ähnlich zu gehen, Sky saß in einem Sessel und hielt die Augen geschlossen, Suthip lag noch immer da, wo er hingerollt war, als ich ihn hineinzog.

Zum ersten Mal nahm ich nun das Innere der Kabine bewusst wahr. Sie war nicht sehr groß, man konnte in der Mitte gerade so aufrecht stehen. Vorne gab es ein paar Schränkchen, vermutlich eine Art Bordküche, dahinter eine Sitzgruppe mit voluminösen Ledersesseln, gefolgt von einem Ledersofa. Am Ende die Tür zur Bordtoilette. Ich wankte zu den Schränken und öffnete wahllos ein paar Türen. Eine Stewardess gab es nicht, also herrschte hier Selbstbedienung. Nach allem, was heute geschehen war, hatte ich mir eine Flasche Wasser redlich verdient. Im ersten Schrank fanden sich Gläser und Tassen, im Zweiten Pakete mit Knabberkram und der dritte war ein Kühlschrank mit Mineralwasser, Softdrinks und sogar ein paar Flaschen Chang-Bier. Instinktiv griff ich danach, aber ich hatte heute noch nichts gegessen und war völlig ausgetrocknet, ein Bier war da wohl keine gute Idee. Also nahm ich ein Wasser und trank die halbe Flasche auf einen Zug aus.

Neben Sky's schwarzer Waffentasche lag meine Reisetasche, Suthip hatte sie also tatsächlich geholt. Ohne die Tauchausrüstung wirkte sie ziemlich leer, aber als ich reinschaute war alles da, inklusive der Tasche mit dem Pass und den Kreditkarten. Sogar die Hotelseife und die Handtücher hatte er mit eingepackt. Wortlos nahm ich sie hoch und ging zu der Toilette am Heck. Ich musste mich einfach wieder in einen menschenwürdigen Zustand versetzen. Merkwürdig, wie ich bei all der Todesangst und dem Zusammenbruch meiner gewohnten Welt so viel Wert auf mein Aussehen legte.

Die Toilette nahm die ganze Breite des Rumpfes ein und war für ein Flugzeug recht geräumig. Links gab es ein Klo, rechts ein Waschbecken. Ich zog mir die dreckigen, durchgeschwitzten Klamotten aus und wusch mich, so gut es eben ging. Dann zog ich meine eigenen, sauberen Sachen an. In ein passendes Hemd und Jeans gehüllt, mit Socken und richtigen Schuhen an den Füßen fühlte ich mich schon wieder wie ein Mensch. Noch etwas Deo und ich war bereit, Vincent erneut entgegen zu treten. Na ja, vielleicht nicht gerade das, aber meinem Selbstwertgefühl tat es sehr gut. Die alten Sachen knüllte ich zusammen, nachdem ich vorher die Dose mit dem Shakri herausgenommen hatte und stopfte sie in den kleinen Abfallschacht neben dem Waschbecken. Dann kehrte ich in die Kabine zurück.

Auch Sky und Suthip hatten sich umgezogen. Er trug ein helles, kurzärmeliges Hemd und khakifarbene Cargohosen und Sky ein T-Shirt und sehr enge Jeans, die ihre Beine perfekt zur Geltung brachten. Einen Augenblick lang verspürte ich so etwas wie Eifersucht, weil sie sich beim Umkleiden hatten sehen können. Dann holte ich mir ein Paket Cracker und ein Bier, setzte mich Sky gegenüber in den Sessel und legte die Schachtel mit dem Shakri auf das Tischchen zwischen uns. Es wurde Zeit für Antworten.

Sky telefonierte, zumindest hielt sie ihr Handy am Ohr. Nach einigen Sekunden nahm sie es herunter und sah mich besorgt an. „Ich kann unseren Tempel nicht erreichen."

„Hast du mit dem Ding hier überhaupt Empfang?"

Sie nickte. „Das Flugzeug hat die entsprechenden Kommunikationsantennen. Die Verbindung ist gestört. Sowohl Festnetz als auch Mobilfunk."

„Eure Bruderschaft muss mächtig reich sein, wenn sie sich so eine Maschine leisten kann", stellte ich fest.

„Sie gehört uns nicht, sondern dem thailändischen Königshaus. Sie steht nur zu unserer freien Verfügung."

„Wer bist du wirklich, Sky?" fragte ich. „Wer sind diese Shakri Narubeth und was hat es mit dieser Kugel auf sich? Ich will endlich die Wahrheit wissen!"

Sie zögerte und wirkte etwas verunsichert. Suthip saß auf der anderen Seite der Maschine auf dem Sofa und beteiligte sich nicht an dem Gespräch. Vielleicht war er der Meisterin Sky nicht gleichgestellt.

„Was ist?" bohrte ich weiter. „Du hast gesagt, ich sei der Auserwählte. Wo gibt's denn sowas, dass man dem Auserwählten nicht sagt, wofür er eigentlich auserwählt ist?"

„Das ist eine sehr lange Geschichte", versuchte sie eine letzte Ausflucht.

„Wie lange fliegen wir bis Chiang Mai? Drei Stunden? Wohl eher vier, also haben wir jede Menge Zeit."

Sie gab sich einen Ruck. „Na gut. Nach dem, was heute Morgen passiert ist, hast du wohl ein Recht, die Wahrheit zu erfahren. Du hast dich übrigens gut geschlagen, das hätte ich dir wirklich nicht zugetraut. Vor allem die Idee mit der Leuchtrakete war echt genial."

„Danke." Ich fühlte mich geschmeichelt von ihrem Lob und hütete mich zu erwähnen, dass die Sache mit der Leuchtkugel aus einem Film stammte.

„Mein richtiger Name tut nichts zur Sache", begann sie. „Sky ist mein Ordensname, den mir unser Oberhaupt, der Große Lama Ringpotsche, verliehen hat, als ich in den Rang eines Shakri-Meisters erhoben wurde. Im Privatleben studiere ich Medizin an der Universität Bangkok und will Kinderärztin werden. Den Shakri Narubeth bin ich beigetreten als ich zwölf war. Der Orden hat meine Ausbildung finanziert. Mehr musst du über mich nicht wissen."

„Gut", antwortete ich einigermaßen enttäuscht, denn ich wollte gerne alles über sie erfahren, „und was hat es mit diesem Shakri auf sich?"

„Wie ich schon sagte, es sind uralte Artefakte. Was genau sie sind und woher sie stammen wissen wir nicht, nicht einmal, ob sie natürlichen Ursprungs sind oder irgendwann von Irgendwem gemacht wurden. Wir wissen nur, dass sie sehr, sehr alt sind. Manche glauben, so alt wie das Universum selbst. Es gibt sieben Stück auf der Erde und sie sind Speicher für eine mysteriöse Art von Energie. Die alten Shakri-Meister glaubten, es handelt sich dabei um die Urenergie des Universums, die am Anfang aller Dinge alles erfüllte, heute aber fast verschwunden ist und nur in den Shakris weiterexistiert. Ich kann nicht sagen, ob das stimmt, ich weiß nur, dass ein Shakri auf die Menschen sehr unterschiedlich wirkt. Auf die Meisten hat es gar keine Wirkung, es bleibt einfach schwarz und der Betreffende spürt auch nichts. Manche werden vom Shakri beeinflusst, es kann dich zum Beispiel stärker machen oder Krankheiten beheben oder mental auf dich einwirken. Sein Einfluss ist in jedem Fall immer positiv. Und dann gibt es da noch die Auserwählten. Wenn sie ein Shakri berühren, beginnt es zu leuchten. Diese Menschen können die Kräfte des Shakri nutzen um… Wunder zu vollbringen. Alles was sie dazu brauchen, ist eine Art Katalysator, der die Macht des Shakris freisetzt. Solche Menschen sind sehr selten, es soll in der ganzen Menschheitsgeschichte nur eine Handvoll von ihnen gegeben haben."

Sie brach ihre Rede ab und sah mich fragend an. Meine Miene musste sich wohl ziemlich verfinstert haben. Wunder, mysteriöse Kräfte, Urenergie… was glaubte sie, wen sie vor sich hatte? Ich war Ingenieur mit dem Diplom einer Technischen Hochschule und kein kleines Kind, dass noch an den Weihnachtsmann und Einhörner glaubte. Das einzige Wunder, das dieses Shakri bislang vollbracht hatte, war die Tatsache, dass es leuchtete, wenn ich es in die Hand nahm. Aber das konnte meine Taschenlampe auch. Auf der anderen Seite musste irgendetwas an der Sache dran sein. Warum sonst sollten Vincent und seine Männer sogar Morde begehen, um an das Ding zu kommen? Und würde der thailändische König sein Privatflugzeug zur Verfügung stellen, wenn es sich nur um ein Märchen handelte? Wie hieß doch dieser berühmte Satz bei Shakespeare: „Es gibt mehr Dinge zwischen Himmel und Erde, als Eure

Schulweisheit sich träumt, Horatio." Ich glaube, das ist aus Hamlet.

„Erzähl weiter", sagte ich.

Die Legende der Shakri Narubeth

Im achten Jahr der Regierungszeit von Han Wudi, dem siebten Kaiser von China, mehr als einhundertdreißig Jahre vor Christi Geburt, fand ein Bauer auf seinem Acker das erste Shakri. Es blieb ohne Wirkung auf ihn, doch verwunderte ihn die kleine, makellose schwarze Kugel und im Glauben, vielleicht eine Perle gefunden zu haben, für die er eine Belohnung erhalten würde, brachte er es seinem Gutsherrn. Dieser glaubte zwar nicht, dass es eine Perle sei, doch hielt auch er es wegen seiner Perfektion für etwas ganz Besonderes und er zeigte es dem Abt eines nahe gelegenen Klosters. Dieser meinte, es könne vielleicht übernatürlichen Ursprungs sein und brachte es einem heiligen Mann, der in der Nähe lehrte.

So wanderte das Shakri von Hand zu Hand die Leiter der Hierarchie empor, bis es dem Hofastrologen des Kaisers übergeben wurde. Auf keinen, der es bis dahin berührte, übte es eine Wirkung aus und auch der Astrologe verspürte nichts, doch war er überzeugt, ein Objekt göttlichen Ursprungs in den Händen zu halten und er beschloss, es dem Kaiser zu übergeben. Bei der nächsten Audienz reichte er also das Shakri, auf ein rotes Seidenkissen gebettet, dem Kaiser dar und als Han Wudi es in seine Hände nahm, da begann das Shakri orange zu leuchten. Alle erstaunten ob dieses Wunders und noch während sie sich ihrer Verzückung hingaben, erschien mit einem Male, aus dem Nichts, eine seltsame Gestalt im Thronsaal. Sie war zur Gänze in einen blauen Mantel oder Umhang gehüllt, mit einer Kapuze, die das Gesicht völlig verdeckte. Haltung und Gebaren der Gestalt waren die einer Frau, das erstaunlichste aber war ihr Leuchten. Die ganze Erscheinung glühte in blauem Licht von innen heraus und überstrahlte alle Lampen des Thronsaals. Jedem wurde klar, dies musste eine göttliche Erscheinung sein und alle warfen sich auf die Knie nieder. Der Kaiser allein blieb sitzen, doch neigte auch er ehrfürchtig sein Haupt. Da begann die Gestalt mit Frauenstimme zu reden.

Ihr Name, sagte sie, sei Saphira, und sie sei die Gesandte der Meister des Blauen Ordens, die sie geschickt hatten, um Han Wudi zu verkünden, dass er der Auserwählte des Shakri sei. Dieses berge eine große Kraft in sich und sein Auserwählter könne, wenn er diese Kraft zu nutzen verstehe, die Macht eines Gottes erlangen – oder unermessliches Elend über die Welt bringen. Die Menschheit, sagte sie weiter, sei noch nicht bereit für die Macht der Shakris, daher beauftragten die Meister des Blauen Ordens ihn, Han Wudi, damit, die Bruderschaft der Shakri Narubeth zu gründen, den Orden der Wächter der Shakris. Dessen Aufgabe sollte es sein, alle sieben auf der Welt existierenden Shakris zu suchen, an einem sicheren Ort zu verwahren und sie zu schützen, damit sie nicht in falsche Hände gerieten. Sie warnte den Kaiser auch vor einem gefährlichen Feind, einem uralten Zauberer aus einem längst vergangenen Geschlecht. Dieser habe einst das Geheimnis der Unsterblichkeit entdeckt und so als einziger den Untergang seines Volkes überlebt. Seit langer Zeit schon wandelte er unerkannt unter den Menschen, was ihm ein Leichtes war, denn er könne sein Äußeres nach Belieben verändern. Doch hasste er die Menschheit und sein Traum war es, sie zu vernichten und statt dessen sein eigenes Volk wieder auferstehen zu lassen. Für einen Zauber dieser Größe aber reichte seine Kraft nicht aus, er benötigte dazu die Energie aller sieben Shakris. Deshalb dürften die Wächter niemals alle Shakris verlieren, denn der Tag, da der Zauberer alle sieben sein Eigen nannte, würde der letzte Tag der Menschheit sein. Danach verschwand die Erscheinung so spurlos, wie sie erschienen war.

Han Wudi aber folgte ihrer Weisung und gründete die Shakri Narubeth. Die tapfersten Krieger beiderlei Geschlechts rief er in ihre Reihen, dazu weise Gelehrte und heilige Männer. In Tibet, am Fuß des Berges Ayukushi, erbauten sie ihren Tempel und von dort aus zogen sie über Jahrhunderte hinweg aus, um die Welt nach den Shakris zu erforschen. Sie durchquerten alle Kontinente, selbst die, die offiziell erst hunderte Jahre später entdeckt wurden und es gelang ihnen tatsächlich, alle sieben Shakris zu finden und in ihrem Tempel zu versammeln, wo sie von besonders ausgebildeten Kriegern beschützt wurden. Über die Jahrhunderte hinweg wurde immer wieder versucht, die Shakris zu stehlen, von kleinen Dieben und Betrügern bis zu Bandenführern und Königen. Dschingis Khan schickte eine Armee aus und Iwan der Schreckliche seine Kosaken, doch keinem war Erfolg beschieden und die Shakris blieben sicher verwahrt, bis, im Jahre 1941, Adolf Hitler in ihren Besitz gelangen wollte. Auf seinen Befehl hin wurde eine Expedition ausgeschickt, die aus handverlesenen Elitesoldaten der SS bestand unter Führung eines Mannes namens Otto Skorzeny. Das war Hitlers Mann für SS-Kommandounternehmen, der gleiche, der später Mussolini aus seinem Alpengefängnis befreite. In der Endphase des Krieges verübte er Sabotageakte hinter der Front der Alliierten und wurde nach Kriegsende wegen Kriegsverbrechen angeklagt, aus unerfindlichen Gründen jedoch freigesprochen. Er entkam aus dem Gefängnis, wobei er Hilfe von außen hatte, der Gefängniskommandant persönlich soll bei der Vorbereitung der Flucht behilflich gewesen sein. Skorzeny floh zunächst nach Südamerika, er soll Gründer von O.D.E.S.S.A gewesen sein, der Organisation Der Ehemaligen SS-Angehörigen, die zahlreichen Kriegsverbrechern zur Flucht verhalf. Später arbeitete er für den israelischen Geheimdienst und sabotierte im Auftrag des Mossad das ägyptische Atom- und Raketenprogramm, ermordete wohl auch eigenhändig ausländische Wissenschaftler, die für die Ägypter arbeiteten. Seine letzten Jahre verbrachte er in Spanien, wo er unter dem persönlichen Schutz des Diktators Franco stand.

Es war also ein sehr gefährlicher und fähiger Mann, der die Expedition leitete. Als Berater und Experten wurde ihm ein obskurer Wissenschaftler zur Seite gestellt, über den kaum mehr bekannt war, als dass er sich Dr. Serpent nannte und das absolute Vertrauen Hitlers genoss.

Die Expedition machte sich auf den Weg nach Tibet, wobei sie unter verschiedenen Tarnungen reiste und erhielt dort Verstärkung von einer Eliteeinheit der japanischen Armee, schließlich waren Deutschland und Japan in diesem Krieg Verbündete. Gemeinsam überfielen sie den Tempel, und obschon die Wächter unter Einsatz ihres Lebens kämpften, waren sie einer mit Maschinenpistolen und Handgranaten ausgerüsteten Übermacht hoffnungslos unterlegen. Sechs der Shakris konnte die SS erbeuten, mit dem letzten gelang drei jungen Schülern die Flucht. Um ihr Entkommen zu sichern, opferten alle anderen der Shakri Narubeth ihr Leben. Doch als der Kampf vorüber war, stellte sich heraus, dass Dr. Serpent ein falsches Spiel spielte. Er war keineswegs daran interessiert, die Shakris für Hitler zu stehlen, er wollte sie für sich. Irgendwie gelang es ihm, die Japaner auf die SS zu hetzen, und während sich nun beide Gruppen in den brennenden Ruinen des Tempels gegenseitig niedermetzelten, floh er mit den erbeuteten Shakris. Skorzeny setzte ihm nach und es gelang ihm, den Doktor zu stellen. Was genau dann geschah, ist bis heute nicht bekannt, denn Skorzeny hat zeit seines Lebens nie über diesen Kampf geredet. Fest steht, er konnte ein Shakri zurückerobern, mit fünfen gelang Serpent die Flucht. Als Skorzeny zu seinen Leuten zurückkehrte, wirkte er seltsam geschockt und, wie einer der Überlebenden später aussagte, „neben der Spur".

Die SS-Leute hatten in der Zwischenzeit die Japaner geschlagen, doch waren nur noch drei von ihnen am Leben. Gemeinsam machten sie sich auf den Rückweg, um Hitler das erbeutete Shakri zu überbringen. Und obwohl es nur noch ein einziges war, hätte seine Kraft ausgereicht, den Verlauf des zweiten Weltkriegs entscheidend zu ändern. Das dies nicht der Fall war, verdanken wir einem amerikanischen Archäologen, einem Mann, der zu seiner Zeit sowohl für seinen wissenschaftlichen Spürsinn wie für den

Umgang mit der Peitsche berühmt war. Ihm gelang es noch in den Bergen des Himalaya, Skorzeny das Shakri abzujagen und er brachte es nach Kalkutta, wo er es dem Kapitän eines amerikanischen Kriegsschiffs übergab, des Zerstörers USS „Spencer". Dieser sollte das Artefakt für eine wissenschaftliche Untersuchung in die USA bringen. Die waren zu jenem Zeitpunkt noch nicht in den zweiten Weltkrieg verwickelt und ihre Schiffe konnten relativ ungefährdet die Weltmeere kreuzen. Doch noch während die „Spencer" auf der Rückreise war, fielen die Japaner über Pearl Harbor her und die USA traten in den Krieg ein. Damit wurden alle ihre Schiffe zu legitimen Zielen der japanischen Flotte. Die „Spencer" versuchte, sich auf die Philippinen durchzuschlagen, die damals noch amerikanisch besetzt waren und sie hätte es beinahe geschafft. Schon durchfuhr sie die Sulu-See, hatte Bohol in Sichtweite, als sie vom japanischen U-Boot I-154 entdeckt wurde. Das Boot hatte zwischen den zahlreichen Inseln der südlichen Visayas die Orientierung verloren und suchte den Weg in die offene See, als es den amerikanischen Zerstörer erblickte. Eine solche Beute konnte sich der japanische Kapitän nicht entgehen lassen. Er feuerte einen Dreifach-Fächer seiner Torpedos ab. Zwei der Torpedos liefen hinter dem Heck des Amerikaners vorbei, da der japanische Feuerleitoffizier dessen Geschwindigkeit unterschätzt hatte, der dritte aber detonierte direkt unter dem Hinterschiff des Zerstörers, zerfetzte dessen Kiel und riss das Schiff beinahe in zwei Hälften. Binnen weniger Minuten versank die USS „Spencer" mit ihrer gesamten Besatzung auf den Grund des Meeres. Der Kommandant von I-154 vermerkte die Versenkung in seinem Logbuch, doch da er seine genaue Position nicht kannte, verwechselte er die kleine Insel Pamilacan mit der ähnlich geformten, doch weiter westlich liegenden Insel Balicasag, womit er den Ort der Versenkung mehr als fünfundzwanzig Kilometer falsch angab.

Skorzeny und seine Begleiter kehrten mit leeren Händen nach Hause zurück. Es ist nicht bekannt, wie er sich Hitler gegenüber rechtfertigte, doch schien er eine plausible Erklärung gefunden zu haben, denn er behielt das Vertrauen seines „Führers". Alle Unterlagen über die missglückte Expedition wurden jedoch vernichtet und alle Beteiligten zu strengstem Stillschweigen verpflichtet. Die drei geflohenen Narubeth-Schüler hielten sich mit dem geretteten Shakri bis zum Ende des Krieges versteckt, dann zogen sie in den Norden Thailands, wo der junge König Bhumibol sie unter seinem Schutz stellte und es ihnen ermöglichte, in der Nähe von Chiang Mai ihre Bruderschaft neu zu gründen und einen neuen Tempel zu errichten. Im Laufe der Jahre wurden die Shakri Narubeth so zu einem mächtigen Orden, der Mitglieder in aller Welt besaß und unter dem Schutz nicht nur des thailändischen Königshauses stand. Zu seinen Unterstützern gehörten auch der Dalai Lama und hohe Repräsentanten verschiedener europäischer Regierungen. Durch Sympathisanten in Nordindien erfuhren sie vom Schicksal des siebten Shakris und als eines ihrer japanischen Mitglieder im Archiv des japanischen Marineministeriums das Logbuch von I-154 fand, begannen sie im Geheimen mit der Suche nach dem Wrack der „Spencer", nicht ahnend, dass sie vor der falschen Insel forschten.

Gleichzeitig versuchten sie dem Verbleib der anderen fünf Shakris auf die Spur zu kommen und damit auch dem Aufenthaltsort von Dr. Serpent. Erstaunlicherweise hatte dieser nie von der USS „Spencer" erfahren und glaubte wohl, Skorzeny hätte das Shakri nach Deutschland gebracht und es versteckt, statt es Hitler zu übergeben. Also ging auch er nach Kriegsende nach Deutschland. Vermutlich steckte er hinter der Befreiung Skorzenys aus dem Gefängnis, denn er wollte ihn in seine Hände bekommen, um das Versteck des Shakris aus ihm herauszupressen. Dazu passen auch einige gescheiterte Entführungsversuche, denen Skorzeny teilweise nur durch unverschämtes Glück entging, bis er sich, um weiteren Anschlägen zu entgehen, nach Südamerika absetzte. Serpent blieb in Deutschland, wo er eine Technologiefirma gründete und unter dem Namen Dr. Moiltor zu einem der führenden Produzenten von militärischen Sensor- und Ortungssystemen wurde. Ein weiteres Standbein seiner Firma war die Herstellung biomechanischer Prothesen, die ihrer Zeit um Jahre voraus waren. Serpent wusste um den neuen Tempel in Thailand, doch unternahm er keinen Versuch, das dort aufbewahrte Shakri zu rauben. Der Große Lama Ringpotsche, einer der drei entkommenen Schüler und das neue Oberhaupt des Ordens, vermutete, dass Serpent in den Besitz aller sieben Shakris gelangen wollte. Würde er den Tempel überfallen, zöge er den Zorn der thailändischen Regierung und zahlreicher weiterer Gruppen und Organisationen auf sich, was ihm schwer schaden würde, zumal ihm immer noch ein Shakri fehlte, um seine Pläne – wie auch immer die aussahen – zu verwirklichen. Erst wenn er das verschollene siebte Shakri in Händen hielt, würde er einen Überfall wagen.

Irgendwo an dieser Stelle trat Vincent Legrelle in Erscheinung. Er war ursprünglich Capitaine einer französischen Eliteeinheit, ein mehrfach ausgezeichneter, bei seinen Männern beliebter Kommandeur. Während eines Einsatzes in Mali geriet seine Einheit in einen Hinterhalt und er versuchte, ihren Rückzug zu decken. Dabei wurde er von einigen Terroristen überfallen, die ihn mit Macheten oder Schwertern, wie sie die Touareg teilweise noch tragen, regelrecht in Stücke hackten. Seine Männer hielten ihn für tot, und da sie selbst unter heftigem Feuer standen, zogen sie sich zurück und ließen ihn liegen. Vincent lebte aber noch und es gelang ihm, trotz der schweren Verletzungen, sich bis zu seiner Basis zurück zu schleppen. Dort erklärten die Ärzte, sie könnten nichts mehr für ihn tun, pumpten ihn mit Morphium voll und schickten ihn mit dem nächsten Flugzeug zurück nach Frankreich zum Sterben.

Zu jener Zeit unterhielt Dr. Serpent einige Geschäftsbeziehungen zu den französischen Streitkräften, er erfuhr von Legrelle's Schicksal und bot an, ihn in seine medizinische Forschungseinrichtung zu überführen. Da war Vincent Legrelle schon klinisch tot und wurde nur noch von Maschinen am Leben gehalten. Weil er auch keine lebenden Verwandten mehr hatte, genehmigte das

Militär seine Überstellung an Serpents Firma, und dessen Wissenschaftlern gelang es tatsächlich, sein Leben zu retten. Sie amputierten seinen rechten Arm, beide Beine oberhalb der Knie, entfernten ein zerstörtes Auge und ersetzten alles durch völlig neuartige, experimentelle biomechanische Prothesen. So kam es, dass Vincent Legrelle stärker, schneller und ausdauernder wurde als jeder andere Mensch. Auch seine Sinne wurden künstlich geschärft. Das einzige, was sie nicht reparierten, war sein Gesicht, vermutlich mit Absicht. Denn mit seinem Aussehen wurde Vincent zur Schreckgestalt, Kinder begannen zu weinen, wenn sie ihn sahen, Erwachsene wandten sich ab und jedes Mal, wenn er in den Spiegel sah, erinnerte er sich daran, dass seine eigenen Leute ihn zurückgelassen hatten. So gab er ihnen die Schuld an seinem Zustand und begann die Menschen zu hassen. Seine ganze Loyalität galt Dr. Serpent, in dem er seinen Retter sah. Er quittierte seinen Dienst und wurde Chef von Serpents Sicherheitsdienst und dessen rechte Hand. In dieser Funktion beging er im Auftrag seines Chefs zahlreiche Verbrechen ohne jede Reue. Aus einem verantwortungsvollen, beliebten Offizier wurde ein gefürchteter, skrupelloser Killer.

So sah die Lage aus, als ich durch Zufall über die USS „Spencer" stolperte, das siebte Shakri fand und damit die Geschehnisse ins Rollen brachte.

Tag 5 – Nordthailand

Sky's Erzählung ließ mich einigermaßen ratlos zurück. Unsterbliche Zauberer, die die Menschheit vernichten wollten, höhere, leuchtende Wesen... was für ein Schwachsinn! Das hörte sich an wie eine Mischung aus Märchen und Verschwörungstheorie. Normalerweise hätte ich es sofort als Quatsch abgetan. Aber normalerweise flog ich auch nicht in privaten Learjets, die dem thailändischen Königshaus gehörten. Und normalerweise musste ich auch nicht gegen bewaffnete Söldner um mein Leben kämpfen. An der Geschichte musste etwas Wahres sein, es galt nur, die Realität von der Legende zu trennen. Der Teil mit dem Kaiser von China und der blau leuchtenden Frau gehörte ganz klar zur Legende, ab der Sache mit den Nazis schien mir die Story realistisch. Nur, was waren diese Shakris denn nun wirklich? Sicher nichts Göttliches oder sonstwie Übernatürliches, aber etwas Besonderes schon. Die tiefschwarze Farbe der Kugel brachte mich auf eine Idee. Könnten sie nicht Objekte aus dunkler Materie sein? Speicher für dunkle Energie? Diese beiden Begriffe stammten aus der Astrophysik, aus der Welt der Wissenschaft und sie machten das Ganze erklärbar.

Wirklich? fragte eine kleine böse Stimme in meinem Kopf. Inwiefern ist dunkle Materie erklärbarer als Magie? Was ist das überhaupt, dunkle Materie? Sind das nicht nur leere Worte? Ausgedacht von Physikern, die feststellen mussten, dass die Messergebnisse ihrer Raumsonden nicht mit dem übereinstimmten, was laut ihren Theorien gemessen werden müsste. Haben sie sich diese Namen nicht nur ausgedacht, um ihre Theorien nicht wegzuschmeißen und verwenden sie sie nicht nur, um nicht zugeben zu müssen, dass sie in Wahrheit keine Ahnung haben, wie das Universum wirklich funktioniert?

Zu meiner Bestürzung hatte die böse Stimme in mir recht. Dunkle Materie und dunkle Energie machten die Shakris um keinen Deut erklärbarer, es klang nur besser... wissenschaftlicher.

Aber es gab noch eine andere widersprüchliche Sache, die mir an der Erzählung aufgefallen war, einen ganz offensichtlichen Fehler.

„Du hast gesagt", begann ich, „Dr. Serpent hat die Nazi-Expedition als wissenschaftlicher Berater begleitet. Dann müsste er heute ja mindestens hundert Jahre alt sein. Wie gefährlich kann er euch da schon werden?"

„Du glaubst mir nicht", stellte sie enttäuscht fest und ich breitete entschuldigend die Arme aus.

„Ich bin Ingenieur, für mich klingt das alles nach Fantasy. Unsterbliche Zauberer, also bitte, wie kannst du als Medizinstudentin an so was glauben?"

„Ich kann nicht alles logisch erklären, aber wenn ich unbegreifliche Erscheinungen mit eigenen Augen sehe, wie kann ich dann daran zweifeln? Und die alten Shakri-Meister waren ehrenwerte Männer, die nur das berichteten, was sie wirklich erlebt haben. Aber vielleicht vertraust du ja eher einem Foto."

Sie holte einen Tablett-Computer aus ihrer schwarzen Tasche und wischte ein paar Mal darüber hin, ehe sie ihn mir vors Gesicht hielt. „Dieses Foto wurde vor dem Aufbruch der SS-Expedition auf Hitlers Landsitz gemacht."

Es war eine Schwarzweiß-Aufnahme. Sie zeigte drei Männer, die vor einem niedrigen Mäuerchen standen. Im Hintergrund, blass und unscharf, konnte man ein Alpenpanorama erkennen. Gut möglich, dass es auf dem Obersalzberg entstand, zumal ich den mittleren der drei Männer sofort erkannte. Vermutlich gab es wenige Menschen auf der Welt, die ihn noch nie gesehen hatten. Da stand, in Uniform, aber ohne Mütze, Adolf Hitler, hielt seine Hände unter dem Bauch umfasst und starrte mit heruntergezogenen Mundwinkeln missmutig in die Kamera, so als wäre ihm das Foto gar nicht recht. Zu seiner Linken schaute ein hochgewachsener Mann in SS-Uniform mit jovialem Lächeln zu seinem „Führer" hin. Sein Gesicht war von einer Reihe feiner Narben gezeichnet, die von zahlreichen studentischen Degenduellen, Mensuren, stammten. Das musste dann wohl Otto Skorzeny gewesen sein. Rechts von Hitler stand ein Mann in einem Zivil-Anzug, einem damals sicher sehr eleganten Zweireiher. Er hatte einen Hut in den Händen und blickte ebenfalls recht ernst in die Kamera, im Gegensatz zu Hitler wirkte er aber nicht vergnatzt, sondern eher gelangweilt, seine ganze Haltung – gar nicht mal sein Gesicht – drückte eine Art von überlegener Herablassung aus, wie sie vielleicht ein Spitzenstürmer von Bayern München empfindet, der sich einen ganzen Nachmittag lang mit Kreisklasseamateuren fotografieren lassen muss. Kein Wunder, das Hitler so mürrisch aussah.

Der Mann hatte ein rundliches Gesicht, das durch seine lange und gerade Nase an Profil gewann, seine Haare waren der damaligen Mode entsprechend zu einem Mittelscheitel gekämmt und seine Augen wirkten extrem hell. Er mochte vielleicht zwischen Fünfunddreißig und Anfang Vierzig sein.

„Und dieses Bild", sagte Sky und wischte über den Bildschirm, „wurde letztes Jahr während einer Industriemesse in Deutschland aufgenommen."

Es war in Farbe und gestochen scharf, stammte aus irgendeiner Veröffentlichung und zeigte den gleichen Mann, jetzt in einem modernen Business-Anzug mit nach hinten gekämmten Haaren, der so etwas wie einen Roboterarm in Händen hielt und einer älteren Frau etwas erklärte. Auch ohne die Bildunterschrift hätte ich sie erkannt: „Dr. Molitor, Gründer und Geschäftsführer von Lizard-Industries, präsentiert der Bundeskanzlerin eine in seinem Unternehmen entwickelte biomechanische Armprothese."

Der Typ schien in den fünfundsiebzig Jahren, die zwischen den Aufnahmen lagen, nicht um einen Tag gealtert und auch die spürbare Herablassung war noch da. Seine Augen, gut zu erkennen, waren von einem extrem hellen Grau.

Das Bild bewies natürlich gar nichts. Im Zeitalter von Photoshop konnte man noch ganz andere Sachen machen. Trotzdem glaubte ich, aus dem Bauch heraus, nicht so recht an eine Fälschung und ich stellte Sky die Frage, die mir als erstes in den Sinn kam: „Lizard Industries?"

„Das Logo seiner Firma ist eine Eidechse."

Seltsam: Lizard, Serpent, beides waren Reptilien. Steckte eine tiefere Bedeutung dahinter?

Während ich noch grübelte, versuchte Sky erneut zu telefonieren, doch auch diesmal ging am anderen Ende keiner ran. Sie schien dadurch stärker beunruhigt, als sie zugeben mochte.

„Was macht dich so nervös?" fragte ich sie gerade heraus.

„Ich komme auf keiner Leitung zum Tempel durch und ich fürchte, es ist ein Unglück geschehen. Möglicherweise hat Serpent einen Überfall gewagt."

„Hast du nicht gesagt, er würde euer Shakri erst zu rauben versuchen, wenn er dieses hier hat?"

„Ja, und Vincent hatte es ja auch, ein paar Minuten nur, aber lange genug, um Serpent davon zu berichten."

„Ich denke, ihr steht unter dem Schutz der thailändischen Regierung?"

„Sie unterstützen uns finanziell und logistisch, zum Beispiel mit dem Flugzeug hier, und auch in diplomatischen Fragen. Aber es sind natürlich keine Soldaten beim Tempel stationiert. Wir haben immer geglaubt, Serpent bräuchte einige Tage Vorbereitungszeit für einen Überfall und wir hätten genug Vorlauf, um Gegenmaßnahmen zu ergreifen, aber wenn ich daran denke, wie schnell Vincents Truppe auf Bohol war, mache ich mir schon Sorgen."

Sie grübelte noch ein paar Minuten vor sich hin, dann wählte sie erneut eine Nummer und diesmal meldete sich jemand. Sky sprach ein paar Minuten auf ihn ein, für mich hörte es sich an, als gab sie Anweisungen, dann beendete sie das Gespräch und begann sich an ihrer Tasche zu schaffen zu machen.

„Nach unserer Landung werden wir sofort zum Tempel fahren", sagte sie dabei, ohne aufzusehen. „Lass deine Reisetasche hier und nimm nur deine Papiere mit."

Also holte ich die Bauchtasche mit dem Pass, den Kreditkarten und dem Geld aus meinem Gepäck und bevor ich sie mir umband, steckte ich noch die flache Schachtel mit dem Shakri hinein. Sky zog ihr Sturmgewehr hervor und wechselte das Magazin, dann nahm sie einen kleinen Umhängebeutel aus grobem Stoff und packte weitere Magazine dort hinein und zum Schluss, nach deutlichem Zögern, holte sie ein schwarzes Lederfutteral heraus und reichte es mir.

„Nimm das, du hast gezeigt, dass du damit umgehen kannst."

Ich öffnete das Futteral und sah eine geladene Pistole. In zwei kleinen Taschen auf der Vorderseite steckten Ersatzmagazine.

„Und damit marschieren wir ganz einfach durch den Zoll, ja?"

„Vertrau mir", sagte sie und eigenartig, obwohl dieses Mädchen sicher fast zwanzig Jahre jünger war als ich, vertraute ich ihr inzwischen vollkommen. Es schweißt einen schon zusammen, wenn gemeinsam um sein Leben kämpft.

Ich fädelte meinen Gürtel durch die Schlaufen an dem Holster, so dass die Pistole an meiner rechten Hüfte zu sitzen kam. Suthip, der während des Fluges kein Wort gesprochen hatte, rutschte nun unruhig auf seinem Sofa umher und schließlich stellte er, in recht kläglichem Tonfall, eine kurze Frage, die von Sky ebenso kurz beantwortet wurde, worauf er regelrecht in sich zusammensank. Auch wenn ich kein Thai verstand, die Übersetzung drängte sich förmlich auf: „Was ist mit mir?" – „Du hast deine Waffe weggeworfen."

Kurz darauf ging die Maschine in den Sinkflug und einer der Piloten bat uns, uns anzuschnallen. Durch das Fenster konnte ich unten eine ziemlich große Stadt erkennen, die in warmen Nachmittagslicht lag. Es war vier Uhr Ortszeit, eine Stunde früher als auf den Philippinen. Der Jet drehte eine Runde über dem Ort und ich sah einen ziemlich quadratischen Ortskern, der von Mauern und Wassergräben umgeben war. Einige recht große Stupas und Tempel, oder Wat, wie sie hier genannt wurden, schauten aus dem Gewusel niedriger Häuser heraus. Chiang Mai war die beliebteste Touristenmetropole in Nordthailand und wenn ich auch noch nie hier war, hatte ich doch einiges über sie gelesen. Es gab zahlreiche historische Sehenswürdigkeiten und von hier aus starteten die Trekkingtouren in das thailändische Bergland. Ich glaubte zunächst, wir würden auch hier auf einen Privatflugplatz landen, aber die Piloten steuerten den Internationalen Airport an und landeten inmitten weit größerer Passagierflugzeuge verschiedener Fluglinien. Dann rollten sie an das äußerste Ende des Abfertigungsgebäudes und kamen kurz vor der Glasfassade zum Stehen. Sky löste ihren Gurt und öffnete die Luke; feuchtheiße Tropenluft schlug uns entgegen. Ich war sehr gespannt, was mich erwarten würde, als ich das Flugzeug verließ; zum ersten Mal, seit diese Geschichte begonnen hatte, dachte ich einmal nicht daran, wie mein Leben wieder in seine geordneten Bahnen zurückgelenkt werden könnte.

Vor der Maschine erwartete uns bereits ein kleines Empfangskomitee, zwei Soldaten im Kampfanzug mit umgehängtem Sturmgewehr, eine kleine, pummelige und sehr nervös aussehende Frau in der dunklen Uniform der Einwanderungsbehörde und vorneweg ein Offizier in einer schicken Uniform, behängt mit Orden und goldenen Rangabzeichen. Ich hatte keine Ahnung von den Diensträngen der thailändischen Armee, aber er war sicher mehr als ein einfacher Leutnant. Zu meiner Zeit nannten wir so herausgeputzte Offiziere schlicht Lamettaträger. Er begrüßte Sky ehrerbietig, trat dann vor mich hin und salutierte kurz.

„Willkommen in Thailand, Sir! Sie müssen Mister Schrödinger sein, wenn ich um Ihren Pass bitten dürfte."

Kein Wort über die Pistole, die ich trug, keine Bemerkung über Sky's Sturmgewehr, statt dessen verlangte er nach meinem Pass. Versteh einer die Thais. Ich fummelte das rote Büchlein aus der Bauchtasche und gab es ihm. Ohne hineinzusehen reichte er es an die Frau hinter ihm weiter, die es hektisch öffnete, eine leere Seite suchte und einen Einreisestempel hineindrückte. Sie schien sich in ihrer Haut nicht recht wohl zu fühlen und wäre wohl lieber ganz woanders gewesen. Dann wanderte der Pass auf demselben Weg zu mir zurück und der Offizier sagte bedeutsam: „Es muss alles seine Ordnung haben."

Er führte uns mit seinen Leuten durch einen Korridor, wo sich die Einwanderungsbeamtin sichtlich erleichtert verabschiedete und dann betraten wir die Ankunftshalle. Hier herrschte der übliche Trubel eines großen Flughafens. Touristen drängten sich vor den Geldautomaten und Wechselschaltern oder standen in Grüppchen zusammen um Stadtpläne oder Hotelangebote zu studieren. Dazwischen Leute mit großen Pappschildern, auf denen die Namen abzuholender Passagiere oder von Hotels standen. Gepäckträger, Taxifahrer, Familien mit Kindern und gewaltigen Gepäckmengen, eine Normalität, die mich nach den Erlebnissen der letzten beiden Tage schier umhaute. Ich konnte es fast nicht glauben, aber die Welt ging ihren gewohnten Gang weiter... bis wir unter all den Menschen einen mittleren Aufruhr erregten. Eine Gruppe, angeführt von einem herausgeputzten Offizier und von zwei Soldaten begleitet, in der Mitte ein Europäer mit Pistole am Gürtel und eine gutaussehende junge Thai, die ein Sturmgewehr mit derselben Lässigkeit und Eleganz über der Schulter trug wie ein Model eine Gucci-Handtasche. Handys wurden gezückt und alle begannen zu filmen und zu fotografieren. Für fünf Minuten würden wir die Stars auf Facebook und Instagram sein, um dann von anderen Ereignissen abgelöst zu werden. Ich verspürte sogar so was wie Stolz, so ein Aufsehen zu erregen, wenngleich auf den meisten Aufnahmen wohl Sky im Mittelpunkt stand.

Dann waren wir draußen und stoppten vor einem großen Geländewagen vom gleichen Typ den auch Vincent's Söldner fuhren, nur war er nicht schwarz, sondern silbergrau. Der Offizier öffnete mir die Beifahrertür und salutierte noch einmal. Wer immer diese Shakri Narubeth auch genau waren, ihr politischer Einfluss musste beträchtlich sein.

Sky stieg auf der Fahrerseite ein und sagte dabei noch etwas zu dem Offizier, worauf der einem seiner Männer einen Wink gab. Der Soldat überreichte Suthip, der hinten eingestiegen war, sein Gewehr und eine Tasche mit Magazinen. Da wurde mir doch wieder etwas mulmig zumute.

„Rechnest du mit einem Überfall?" fragte ich Sky, während sie den Motor startete.

„Wir wissen nicht, was mit dem Tempel los ist", antwortete sie. „Sicher ist sicher."

„Sollten uns dann nicht besser die Soldaten begleiten?"

„Wir mögen es nicht, Außenstehende in unsere Aktivitäten einzuweihen. Keine Angst, der Wagen ist gepanzert."

„Das waren Vincent's Karren auch", knurrte ich, aber sie schaute nur stur auf die Straße. Ich betastete heimlich die Pistolentasche. Da war ich nun schon wieder derjenige mit der kleinsten Waffe, ganz toll. Ich kam mir vor wie der Mann, der mit einem Messer zu einer Schießerei geht.

Zunächst aber fuhren wir durch die überfüllten Straßen der Stadt nach Norden. Die eigentliche Altstadt blieb rechts von uns, ich konnte nicht mehr erkennen als eine breite, alte Ziegelmauer hinter einem schmalen Kanal. Hier brauchten wir einen Angriff sicher nicht zu fürchten. Aber etwa eine halbe Stunde später lichtete sich der Verkehr, die Bebauung ließ nach und dann blieb die Stadt hinter uns zurück und die Straße schlängelte sich in die Berge. Links und rechts des schmalen Asphaltbandes erhob sich dichter Wald und schon bald kamen uns nur noch wenige Mopeds und ab und an ein Auto entgegen. Auch die Sonne sank tiefer und tiefer. Grade als ich fragen wollte, wie weit es noch sei, bog Sky auf einen schmalen, ebenfalls geteerten Weg ein, der nicht viel breiter war als unser Wagen und sich in haarsträubenden Windungen und Steigungen durch den Wald wand.

„Wir sind gleich da", sagte sie, während sie herunterschaltete, um eine erneute heftige Steigung zu nehmen, die in halber Höhe noch eine Kurve machte. Solch einen Weg kann man nur in Ländern bauen, in denen es niemals schneit oder Frost gibt, in einem deutschen Winter wäre er die reinste Todesfalle. Schließlich erreichten wir den Kamm des Hügels und vor uns tat sich ein gewaltiges Panorama auf. Sky bremste abrupt und der Wagen kam zum Stehen.

Im warmen, roten Licht der schon am Horizont stehenden Sonne erstreckte sich ein weites Tal vor uns, von einem schmalen, gewundenen Fluss durchzogen, dessen glatte Oberfläche wie Gold glänzte. Felder, Weiden und Bambushaine teilten das Tal in einen unregelmäßigen Fleckenteppich, und am gegenüberliegenden Hang, wo der Wald wieder begann, lag der Tempel. Eine hohe weiße Mauer mit spitzen Zinnen zog sich um ihn herum, dahinter sah man eine Reihe kleinerer Bungalows und ein großes, pagodenähnliches Gebäude mit einem fünf- oder sechsfachen Dach, rot und golden bemalt. Selbst aus unserer Entfernung konnten wir den dichten schwarzen Qualm sehen, der zwischen den einzelnen

Dachebenen herausquoll und in der windstillen Luft senkrecht nach oben stieg, wo er im letzten Sonnenlicht ein rötliches Aussehen annahm. Wir waren zu spät gekommen.

Die Einfahrt zum Tempel wurde von einem massiven, schmiedeeisernen Tor verschlossen, dessen Scharniere in dicken Betonsäulen beiderseits der Straße eingelassen waren. Jetzt lag das Tor flach auf dem Asphalt und die Säulen sahen aus, als hätte sie jemand in die Luft gesprengt. Vermutlich war es auch so.

Bis wir den Tempel erreichten wurde es dunkel. Im letzten Zwielicht rumpelten wir über das Tor und folgten den Weg aufwärts zur Pagode. Die kleinen Häuschen links und rechts lagen im Dunkeln, auch sonst brannte kein Licht. Das änderte sich erst, als wir auf einen gepflasterten Platz kamen, dessen Rückseite vom eigentlichen Tempel gesäumt wurde. Hier herrschte hektisches Treiben. Mitten auf dem Platz lag ein verbeulter dunkler Geländewagen auf der Seite, zwei andere standen total zerschossen mit platten Reifen vor der breiten Treppe, die zum Eingang des Tempels führte. Eine Menschenkette reichte Wassereimer weiter und andere versuchten die zerstörten Fahrzeuge wegzuschieben. Die meisten trugen ganz normale Kleidung, einige auch jene dunkelgrauen Ninja-Anzüge, wie Sky am Morgen. Den meisten hingen Gewehre auf dem Rücken, hauptsächlich Kalaschnikows. Fackeln und Gaslaternen beleuchteten die Szene, Taschenlampenstrahlen schnitten wie Laserstrahlen durch die rauchige Luft.

Sky stoppte am Rand des Platzes, schaltete den Motor aus und stieg langsam, mit versteinertem Gesicht, aus dem Wagen. Ich folgte ihr und war mit einem Mal mittendrin in dieser unwirklichen Szene. In der Luft hing ein seltsamer Geruch, das Aroma von verbranntem Holz und Plastik dominierte, aber da war noch ein anderes, wie nach einem Feuerwerk, das musste der Gestank der verfeuerten Munition sein und als letztes eine sehr unangenehme Note von Blut. So, nur wesentlich schlimmer, musste es auf den Schlachtfeldern der beiden Weltkriege gestunken haben.

An einer Seite des Platzes, kaum mehr vom Licht erfasst, lagen eine Reihe von leblosen Gestalten, die man dort nebeneinander gebettet hatte. Einige trugen die Kleider der Menschen um uns herum, die meisten aber steckten in schwarzen Uniformen und schienen Europäer oder Amerikaner zu sein. Die Shakri Narubeth hatten ihre Haut teuer verkauft. Und doch sahen sie aus, als hätten sie die schlimmste Niederlage seit dem Überfall der SS-Expedition erlebt, stumm und niedergeschlagen taten sie ihre Arbeit. Und obwohl das Feuer gelöscht schien und der Tempel nicht sehr beschädigt aussah, machten sie Gesichter, als wäre alles verloren.

Vor über zwanzig Jahren fuhr ich in Jugoslawien mal durch eine Ortschaft, die von serbischen Freischärlern überfallen worden war. Damals saß ich in einem Mannschaftstransporter der Bundeswehr und sah durch mein Panzerglasfenster, wie Menschen mit ähnlichen Gesichtsausdrücken ihre Toten auf Leiterwagen luden, die mit Pferden bespannt waren. Ich weiß noch, wie mich das damals zwar erschütterte, aber auf eine eher abstrakte Art. Es spielte sich außerhalb meines sicheren Wagens ab und ging mich nichts an, eigentlich war es wie ein Bericht in der Tagesschau, und das Panzerglasfenster mein Fernseher. Nun aber stand ich mittendrin und die Niedergeschlagenheit der Leute um mich herum ergriff auch Besitz von mir. Ich fühlte mit ihnen und verspürte einen unbändigen Zorn auf diejenigen, die das angerichtet hatten.

Sky lief zu einer der Gruppen, die einen zerschossenen Wagen an die Seite schob und redete auf sie ein, bekam aber nur müdes Kopfschütteln zur Antwort, als eine laute, klare Stimme ihren Namen rief. Ich schaute in die Richtung, aus der die Stimme kam und sah auf der Treppe des Tempels einen schlanken, recht großen Mann mit schneeweißem Haar stehen. Er trug einen weiten Anzug, wie ein Judo-Anzug, nur von hellbrauner Farbe, und darüber einen offenen, bis zum Boden reichenden Mantel von derselben Farbe.

Um die Ränder des Mantels zog sich ein breiter, roter, golddurchwirkter Streifen. Soweit ich in dem flackernden Licht erkennen konnte, schien er kein Thai zu sein, am ehesten sah er nach einem Japaner aus. Dazu passte auch sein würdevolles Auftreten und seine kerzengrade, aristokratische Haltung.

„Meister Tao!" rief Sky und lief ihm entgegen. Er kam ihr die Treppe herab entgegen.

„Meister Tao, was ist mit dem Shakri? Und wo ist der Große Lama?" fragte Sky auf Englisch. Tao legte ihr beide Hände auf die Schultern und schaute ihr tief in die Augen. Bei all seiner Würde sah er doch aus, als stünde er kurz vor dem Zusammenbruch, eine tiefe Niedergeschlagenheit stand in seinem Gesicht geschrieben... und Trauer.

„Du musst nun stark sein, Sky. Mein alter Freund Ringpotsche weilt nicht mehr unter uns. Und das Shakri befindet sich in Serpents Händen. Wir haben versagt, nach mehr als zweitausend Jahren der Wacht ist es meine Generation, die alle Shakris an unseren Feind verloren und damit das Schicksal der Menschheit besiegelt hat."

Plötzlich begriff ich ihre Verzweiflung. Sie glaubten, Serpent würde sich ihr Shakri als allerletztes holen, also gingen sie davon aus, dass er auch das siebte Shakri aus dem Wrack der USS „Spencer" besaß. Und weil ihre Legende für diesen Fall das Ende der Welt vorhersagte, nahmen sie an, unser aller Tod stünde unmittelbar bevor.

„Nein, Meister Tao!" rief Sky. Sie nahm seine Hände von ihren Schultern und führte ihn zu mir.

„Meister, dies ist Max Schrödinger. Er ist der Auserwählte des Shakris, wie der Große Lama vorhergesagt hat. Und er hat es gerettet. Zeig es dem Meister, Max."

Ich zog die kleine Dose aus der Tasche und hielt sie Tao hin. In seinem Gesicht vollzog sich ein staunenswerter Wandel, als die Verzweiflung von einer Woge des Unglaubens und dann der Hoffnung hinweggespült wurde. Seine Hände zitterten, als er zögernd nach der kleinen Schachtel griff, sie gegen das flackernde Licht hielt und die kleine schwarze Kugel im Innern bestaunte.

„Und es leuchtet wirklich auf, wenn du es berührst?" fragte er fast flüsternd.

„Es strahlt orange."

„Ich habe es selbst gesehen", bestätigte Sky.

Tao schüttelte ungläubig den Kopf. „Und wir glaubten, deine Mission sein gescheitert und Serpent habe es geraubt. Doch nun gibt es wieder Hoffnung. Komm mit!" Und mit einer Kraft, die ich nie in diesem alten Mann vermutet hätte, packte er meinen Arm und zog mich die Stufen zum Eingang empor. Dort blieb er stehen, hob die Arme und rief mit lauter, wohltönender Stimme: „Hört mich an, Shakri Narubeth! Noch ist nicht alles verloren! Es gibt eine neue Hoffnung. Sky ist zurück und sie hat das siebte Shakri und den Auserwählten mitgebracht. Seht her, das ist Max und hier ist das Shakri!" Damit hob er die kleine Dose hoch empor und die Leute, die bei seinen ersten Worten die Arbeit eingestellt hatten und zu uns hochsahen, brachen plötzlich in einen frenetischen Jubel aus. Immerhin wurde das Ende der Welt grade auf unbestimmte Zeit verschoben, da ist das schon verständlich.

Tao gab mir das Shakri zurück und zischte mir zu: „Bleib bei Sky, wir werden uns gleich unterhalten!" Dann schritt er die Treppe hinab und begann Anweisungen zu geben. Die Menschen nahmen sie begierig auf und machten sich mit neuem Eifer ans Werk.

Ich trat zu Sky. „Wer ist dieser Meister Tao?"

„Er gehörte wie der Große Lama zu den drei Schülern, die unser Shakri vor der SS in Sicherheit brachten, und nun, wo der Lama nicht mehr bei uns weilt, ist er der letzte von ihnen. Er war Ringpotsches Stellvertreter, wahrscheinlich wird er nun unser neues Oberhaupt."

In diesem Augenblick ertönte Motorengeräusch und ein blendender Lichtschein überflutete den Platz, als ein Fahrzeug mit aufgedrehten Scheinwerfern und einer Batterie extrem heller Lampen auf dem Dach die Einfahrt hochkam. Noch während ich geblendet den Kopf wegdrehte, sah ich einige der Wächter, ausnahmslos in Ninja-Anzügen gekleidet, die mit ihren Gewehren auf den Wagen anlegten und ich fragte mich etwas beklommen, ob sie das auch bei Sky und mir getan hatten. Der Wagen stoppte und als die Lichter erloschen, erkannte ich einen Landrover in mattgrüner Farbe. Ein Offizier im Kampfanzug stieg aus und sah sich suchend um, bis er Meister Tao erblickte. Die beiden unterhielten sich kurz, dann salutierte der Offizier und kehrte zu seinem Wagen zurück. Tao kam auf uns zu.

„Das Militär errichtet einen Verteidigungsring um den Tempel", sagte er. „Sie flicken auch die Stromleitungen und stellen einen provisorischen Mobilfunkmast auf. Kommt mit."

Er führte uns zu einem der Bungalows, einem Gästehaus, wie er sagte, denn die offiziellen Räume des Tempels wären verraucht und durch Löschwasser beschädigt. In der Gästehütte gab es zwei Schlafzimmer und einen Aufenthaltsraum mit einem großen Tisch in der Mitte. An einer Wand befand sich ein batteriebetriebenes Notlicht, dessen zwei Strahler den Raum zwar hell, aber auch mit kaltem, hartem Licht erleuchteten. Wir setzten uns um den Tisch.

„Meister Tao, was ist geschehen?" begann Sky ohne Vorrede. Tao seufzte. In dem grellen Licht traten alle seine Falten deutlich hervor und er sah uralt aus. Vermutlich war er auch weit über Achtzig.

„Es war Serpent. Sie kamen heute Vormittag mit zwei Hubschraubern und sechs Geländewagen und griffen von zwei verschiedenen Stellen aus an. Zuvor haben sie die Stromversorgung und die Telefonverbindungen gekappt. Damit haben sie uns völlig überrascht, mit einem so massiven Angriff haben wir nicht gerechnet. Ich habe keine Ahnung, wie er es geschafft hat, all diese Waffen und Männer nach Thailand zu bringen.

Jedenfalls sind sie bis zum Tempel durchgebrochen. Ich habe mit einigen der Wächter versucht, in den Tempel zu gelangen, aber sie haben uns unter sehr gut gezieltes Feuer genommen. Schließlich kam Serpent mit einigen seiner Leute aus dem Tempel, stieg in einen der Helikopter und sie verschwanden. Die Hubschrauber müssen vom Militär gewesen sein, sie waren gegen unsere Sturmgewehre gepanzert. Die anderen Söldner sind mit den übrig gebliebenen Wagen geflohen. Als wir in den Tempel eindrangen, fanden wir Ringpotsche und drei der Wächter tot vor, aber auch zehn tote Angreifer. Der Schrein war aufgebrochen und das Shakri gestohlen."

„Habt ihr versucht, Serpent zu folgen?"

„Wie das? Er floh mit einem Hubschrauber Richtung Myanmar. Ich habe einen der Wächter ins nächste Dorf geschickt um zu telefonieren, deshalb ist die Armee nun hier. Am Nachmittag kamen schon Krankenwagen um unsere Verletzten abzuholen. Ich hoffe nur, wir können die Presse da irgendwie raushalten."

„Befürchtet ihr, Serpent könnte zurückkommen?" richtete ich nun zum ersten Mal eine Frage an Tao. Der zuckte die Schultern. „Er braucht das letzte Shakri, und er kann sich denken, wo es ist. Aber ein Überfall wie heute Morgen wird ihm nicht mehr gelingen, außerdem muss er seine Söldnertruppe erst reorganisieren. Ich denke, die Gegenwart der thailändischen Armee wird ihn von einem neuen Angriff erst mal abhalten. Aber nun erzähle du: Wer bist du und wie kamst du an das Shakri?"

In kurzen Worten berichtete ich von den Ereignissen der letzten Tage, wie ich die USS „Spencer" fand und an die korrupten Polizisten geriet, bis zu dem Augenblick, als Sky vor mir landete. Da übernahm sie und erzählte den Rest. Tao beugte sich über den Tisch und ergriff meine Hände. „Wir sind dir zu großem Dank verpflichtet. Du hast nicht nur das Shakri, sondern auch Sky gerettet und wenn man es genau nimmt, den Untergang der Menschheit verhindert."

Ich wehrte ab – obgleich ich mich geschmeichelt fühlte. „Ehrlich gesagt, glaube ich nicht an die Geschichte von diesem unsterblichen Zauberer und seinem Vorhaben. Mich würde vielmehr interessieren, was ich nun tun soll. Ich habe mein Leben in Deutschland, Freunde, Verwandte, einen Job. Und ich würde gerne dahin zurückgehen."

Abwehrend schüttelte er den Kopf. „Davon rate ich dir dringendst ab. Du hast dir Vincent Legrelle zum Feind gemacht und der ist ein Mann, der seinen Feinden nicht vergibt. Außerdem lebt er selbst in Deutschland, da er Serpents Sicherheitschef ist. Dein Leben wäre keinen Pfifferling mehr wert."

„Bei uns in Deutschland kann man nicht einfach so mit Maschinenpistolen rumlaufen und Leute erschießen. Außerdem kennt er meine Identität nicht."

„Die herauszufinden dürfte ihm keine Schwierigkeiten bereiten, und ein Unfall oder ein Raubmord sind schnell inszeniert. Du scheinst noch nicht verstanden zu haben, gegen wen wir kämpfen. Das ist keine Räuberbande, sondern ein global verzweigtes Netzwerk. Serpent hat bezahlte Helfer in allen Teilen der Welt, sogar hier in Thailand. Wie sonst könnte er innerhalb von zwanzig Stunden eine Streitmacht mit Hubschraubern, gepanzerten Fahrzeugen und Raketenwerfern auf die Beine stellen. Nein, mein Sohn, wenn du am Leben bleiben willst, musst du dich uns anschließen. Sollte es uns irgendwann gelingen, Serpent und Legrelle zu besiegen, steht deiner Rückkehr nichts mehr im Weg. Bis dahin aber solltest du bei uns bleiben."

Ich starrte ihn mit großen Augen an. Die Wahrheit ist, ich hatte noch nicht darüber nachgedacht, was werden würde, wenn ich den Tempel erreichte, vielleicht wollte ich auch nicht darüber nachdenken, weil ich so was ahnte. Und jetzt gingen mir die merkwürdigsten und kleinlichsten Gedanken durch den Kopf. Was war mit der Aufenthaltsgenehmigung, mit meiner Wohnung, meinem Auto, das irgendwo am Flughafen parkte? Konnte ich von hier aus meinen Job kündigen?

Ich schüttelte mich und verbannte all diese Gedanken in die hinterste Ecke meines Gehirns. Es musste einen anderen Weg geben. Nicht das der Gedanke, in Thailand zu leben, erschreckend wäre, ganz im Gegenteil, aber sicher nicht in einem obskuren Tempel bei einer Bruderschaft, deren Glauben ich nicht teilte.

„Wir werden sehen", antwortete ich, um Zeit zu gewinnen. „Aber was tun wir jetzt? Ich denke, dieses Shakri sollte besser gesichert werden als das letzte."

„Wir werden darüber beraten", versicherte Tao. „Noch heute Abend werden wir eine Versammlung einberufen."

Unvermittelt flammte die Beleuchtung auf und die Notlichtanlage erlosch. Der Strom war zurückgekehrt. Sky zog ihr Handy hervor und warf einen Blick auf das Display. „Wir haben wieder Empfang."

„Gut. Dann ist es an der Zeit, sich um die Zukunft zu kümmern." Entschlossen stand Tao auf. „Kommt, wir haben wichtige Entscheidungen zu treffen."

Hinter dem Tempel gab es eine Art Park, in dessen Mitte sich so etwas wie ein kleines Amphitheater befand. Hier hatten sich so ziemlich alle der Shakri Narubeth versammelt, die dazu in der

Lage waren. Einige trugen Verbände, fast alle steckten noch in ihren verrußten Klamotten und alle durch die Bank waren nervös und unruhig. Sie ahnten wohl, dass das Schicksal ihres Ordens heute eine entscheidende Wende nehmen würde. Als Meister Tao, mit Sky und mir im Schlepptau, ankam, trat augenblicklich Ruhe ein. Er schritt durch die Reihen nach unten und zog mich dabei mit sich, bis wir in der Mitte der kleinen Arena standen, die kaum fünf Meter im Durchmesser hatte. Die elektrische Beleuchtung beschränkte sich auf den oberen Rand des Theaters, rund um die Arena waren große Fackeln aufgestellt, deren flackerndes Licht einen dramatischen Effekt hervorrief. Vermutlich war das auch so beabsichtigt. Tao hob beide Arme, obwohl ringsum eine so angespannte Stille herrschte, dass das leise Rauschen und Knacken der Fackeln unnatürlich laut klang. Dann begann er zu reden. Zunächst ehrte er die Gefallenen des Überfalls und erklärte sich als Ältesten bis zur Wahl eines neuen Großen Lamas zum Anführer, dann begann er, den Versammelten wieder Mut zuzusprechen. Er hielt Reden vor Publikum sicher häufiger, denn er besaß großes Talent dazu. Die Art, wie er wirkungsvolle Pausen einlegte, wie er die Worte wählte und betonte und die Gesten, mit denen er sie unterstrich, all das zeugte von der Persönlichkeit eines großen Anführers, die in ihm steckte. Wenn er bisher nur die Nummer zwei war, wie mochte dann erst dieser Lama Ringpotsche gewesen sein? Ich bedauerte, ihn nicht kennengelernt zu haben.

Schließlich kam Tao auf mich zu sprechen, er berichtete, wie ich das Shakri fand und es gegen Vincent verteidigte. Aus seinem Mund klang es dermaßen heldenhaft, dass ich vor Scham fast im Boden versunken wäre. Kein Wort von der Heidenangst, die ich ausgestanden hatte und dass wir ja fast nur weggelaufen waren. Ich sah in die Gesichter ringsum, fast alle relativ jung, mit Ausnahme einiger würdiger Leute, die in der ersten Reihe saßen. Die meisten schienen Südostasiaten zu sein, aber ich sah auch schwarze Gesichter und solche europäischen Zuschnitts unter ihnen, allesamt offene, ehrliche, sympathische Mienen. Vielleicht wäre ein Leben in einer solchen Gesellschaft doch nicht ganz so schlimm.

Am Ende seiner Rede lud Tao mich ein, den Shakri Narubeth beizutreten und er bot mir ihre Gastfreundschaft an, bis der Kampf gegen Vincent und Serpent bestanden sei. Als er schloss, trat eine erwartungsvolle Stille ein und ich fühlte, wie sich alle Blicke auf mich richteten. Ich sollte wohl etwas sagen. Ziemlich unsicher beginnend, dankte ich Tao für die Gastfreundschaft, vermied aber, auf sein Angebot einzugehen, bei ihnen Mitglied zu werden. Trotz allem war ich noch nicht völlig überzeugt, es nicht vielleicht doch mit einer Art Sekte zu tun zu haben, und von so was wollte ich mich nun wirklich nicht ködern lassen. Tao ging auch nicht weiter darauf ein, sondern begann, mich den Leuten in der ersten Reihe vorzustellen.

Das waren die anderen Shakri-Meister und die jüngste unter ihnen war Sky. Sie zog mich auf den leeren Platz neben sich, während Tao in seiner Rede fortfuhr.

„Du hättest zusagen sollen", flüsterte sie mir zu. „So schnell ist noch keiner bei uns aufgenommen worden."

„Ich denke, ich will euch erst ein wenig besser kennenlernen. Ihr scheint mir kein Verein zu sein, aus dem man mit drei Wochen Kündigungsfrist wieder austreten kann."

Sie funkelte mich mit ihren faszinierenden Augen wütend an und zischte leise: „Idiot!"

Tao nahm inzwischen seine Rede wieder auf und kam nun zum Wesentlichen. Serpent hätte die Bruderschaft überrascht, so etwas dürfe nicht noch einmal geschehen. Ohne Sky und Max wäre alles verloren gewesen. Das siebente und letzte Shakri müsse besser beschützt werden, keinesfalls dürfe Serpent es in die Finger bekommen. Er schlug vor, einen der unterirdischen Räume unter dem Tempel zu einem Tresorraum wie in einer Bank auszubauen und das Shakri dort zu lagern. Die Tür des Raumes müsse mit einem dreiteiligen Code gesichert sein und die drei würdigsten Meister dürften jeder nur einen Teil dieses Codes kennen. Das würde Serpents Angriffstruppe zumindest lange genug aufhalten um eine wirksame Abwehr zu organisieren. Dann rief er zur Diskussion auf, an der sich alle beteiligten, und zwar, wie ich fand, auf eine sehr disziplinierte Weise. Es gab kein Durcheinanderreden, keiner unterbrach den anderen, mit einem Wort, sie waren eine sehr gut „erzogene" Truppe. Mit den vorgeschlagenen Maßnahmen erklärten sich im Grunde alle einverstanden. Einer schlug vor, die Zufahrtsstraße besser zu überwachen, um eine längere Vorwarnzeit zu bekommen, ein anderer wollte in dem Tresorraum noch einen zusätzlichen Safe einbetonieren um den Schutz noch weiter zu erhöhen und eine sehr dunkelhäutige Frau mit schrecklichem texanischem Akzent schlug vor, kleine Boden-Luft-Raketen zu besorgen um gegen neue Hubschraubrangriffe gewappnet zu sein. Eine echte Amerikanerin eben. Schließlich erhob sich eine magere, ältere Frau aus der ersten Reihe, eine Europäerin. Sie war mir beim Händeschütteln kurz vorgestellt worden, doch hatte ich den Namen schon wieder vergessen, irgendwas Französisches. Sie hielt sich sehr gerade, sogar recht steif; ihr Gesicht, noch faltenlos aber mit ledrig aussehender Haut, schmalen Lippen und einer großen Nase, passte zu der Haltung, ebenso das graue, streng nach hinten frisierte Haar.

„Ich möchte", begann sie, „dem Wunsch von uns allen Ausdruck verleihen, das gerettete Shakri zu sehen, und zwar aktiviert." Bei den letzten Worten sah sie mich direkt an und ihr Blick, soweit ich das bei dem flackernden Licht sehen konnte, funkelte kampfeslustig.

„Du wirst mir verzeihen, Tao", fuhr sie fort, „aber bislang haben wir keinen Beweis, dass Mister Schrödinger wirklich der Auserwählte ist, sondern nur sein Wort. In einer so wichtigen Sache sollten wir aber wirklich auf Nummer Sicher gehen. Außerdem weiß Serpent inzwischen wohl, wo das Shakri ist und wir verraten ihm nichts, wenn wir es kurz aktivieren."

Zustimmende Rufe wurden laut und wuchsen innerhalb weniger Sekunden zu einem Sprechchor an: „Zeigt uns das Shakri! Zeigt uns das Shakri!"

Tao nickte und bedeutete mir, zu ihm zu kommen. Ich trat neben ihn, holte die Schachtel aus der Tasche und öffnete sie. Kurz dachte ich daran, was wohl passieren würde, wenn das Shakri diesmal dunkel blieb, und mir lief es kalt den Rücken runter. Dann schluckte ich tief und nahm es zwischen Daumen und Zeigefinger. Zuverlässig wie immer flammte es auf und begann, orange zu strahlen. Ich atmete tief durch, als ein Zentnergewicht von meinen Schultern fiel und hob es triumphierend hoch. Jubelrufe brandeten auf, in den Gesichtern ringsum zeigte sich Verzückung und Begeisterung, einigen kamen die Tränen. Das machte mir nun doch wieder Angst, es sah fast aus wie religiöser Fanatismus.

Und dann geschah es. In der Mitte der kleinen Arena, fast im Zentrum des von mir, Tao und der Französin gebildeten Dreiecks, erschien ein blaues Leuchten, als beginne die Luft selbst zu strahlen, Schlieren bildeten und bewegten sich wie Rauchschwaden, ballten sich zusammen zu einer Gestalt. Nach wenigen Augenblicken stand mitten unter uns, keine anderthalb Meter vor mir, eine blau leuchtende Frau. Also, ich glaube, es war eine Frau. Sie trug einen enganliegenden, bis zum Boden reichenden Mantel und die Figur, die sich darunter abzeichnete, gehörte eindeutig einer Frau. Gesicht und Haare konnte ich nicht erkennen, sie wurden von einer Kapuze wie von einer Mönchskutte und einem Schleier verdeckt, auch ihre Hände blieben hinter den überlangen Ärmeln unsichtbar. Und sie leuchtete in einem strahlenden Blau, richtig von innen heraus.

Die Versammlung ächzte auf wie eine einzige Person, Tao und die Französin wichen bis an den Rand der Arena zurück und dann wurde ein gemurmelter, geflüsterter, gezischter Name laut: Saphira!

Ich selbst war im ersten Augenblick viel zu verblüfft, um vor ihr zurück zu treten. Nicht ihr Aussehen oder das Leuchten erstaunten mich, sondern die Art ihres Erscheinens. Das erste, was mir in den Sinn kam, war: Eine Projektion! Ein Hologramm. Wo war der Projektor? Und konnte man ein Hologramm mitten in die Luft projizieren, ohne irgendeine Art von sichtbarmachendem Medium?

Die Frau drehte sich langsam in meine Richtung und wenn ihr Gesicht auch nach wie vor verborgen blieb, spürte ich doch, wie sie mich ansah. Ich konnte richtig fühlen, wie ihr Blick mich durchbohrte und bis in mein Innerstes drang. Konnte ein Hologramm so was?

„Wir sind Saphira", begann sie mit einer dunklen, eindeutig weiblichen Stimme zu sprechen. „Wir sind die Botin der Meister des Blauen Ordens, zu euch geschickt mit der wichtigsten Botschaft, die ihr je erhieltet."

Sie sprach von sich selbst in der Mehrzahl, war das erste, was ich registrierte. Und dann, mit einem Mal, fiel mir auf, dass sie deutsch sprach. Woher kannte sie meine Herkunft? Oder der, der hinter ihr steckte? Die Shakri Narubeth sahen alle aus, als wäre Gott ihnen persönlich erschienen, selbst Tao schien kurz davor, auf die Knie zu fallen, die hatten sicher nichts damit zu tun – es sei denn, einige von ihnen waren begnadete Schauspieler.

„Shakri Narubeth!" rief sie und breitete ihre Arme aus, wobei die Hände weiter unsichtbar blieben, weil die Ärmel sicher zwanzig Zentimeter länger waren als ihre Arme. „Der letzte Kampf steht euch bevor. Der wichtigste Kampf, den ihr je geführt habt, der Kampf um die Existenz eurer Art! Unser gemeinsamer Gegner, den ihr Serpent nennt, wird nicht zurückkehren, um sich das siebte Shakri zu holen. Er glaubt, die Energie der sechs Shakris, die sich in seinem Besitz befinden, reicht zur Durchführung seiner Pläne aus. Und wir, die Meister des Blauen Ordens, sind uns nicht sicher, ob dies stimmt oder nicht. Er ist nun auf dem Weg zu einem heiligen Ort, von wo aus er seinen Zauber wirken lassen kann und wenn er recht hat, steht euch euer Ende bevor. Doch noch habt ihr eine Möglichkeit, ihn zu stoppen. Ihr müsst ihm an diesen Ort folgen und den Kristall, der die Quelle seiner Macht ist, zerstören."

Ich konnte ein gequältes Aufstöhnen nicht unterdrücken. Schon wieder dieser Quatsch von Zauberei und Magie. Vielleicht zog das bei einem altchinesischen Kaiser, aber sicher nicht bei mir. Und dann konnte ich mich nicht länger zurückhalten.

„Ich glaube nicht an Zauberei", sagte ich trocken. In den letzten beiden Tagen hatte ich zuviel durchgemacht, um mich von einem Hologramm beeindrucken zu lassen. „Und ich denke, du bist nur eine Projektion. Wer steckt hinter dir? Von wo wirst du gesteuert?"

In Wirklichkeit, nehme ich an, glaubte ich selbst damals schon, dass sie mehr war als nur ein projiziertes Bild. Hätte ich sonst mit ihr gesprochen? Sie durchbohrte mich erneut mit ihrem unsichtbaren Blick und ich fühlte mich einen Augenblick lang völlig durchschaut, als läge mein ganzes Wesen vor ihr wie ein offenes Buch.

„Du suchst Erklärungen für das, was du nicht verstehst", sagte sie. „Und du klammerst dich dabei an eure Wissenschaft. Aber das wahre Wesen unserer Erscheinung kannst du nicht begreifen. Zu begrenzt ist dein Wissen, zu primitiv eure Wissenschaft. Ihr habt keine Ahnung von der wahren Natur der Dinge. Was hilft es dir, wenn wir dir sagen, dass wir mit unseren mentalen Fähigkeiten die subatomare Struktur der Materie manipulieren können, auf dem untersten Niveau der elementaren Teilungen, dort, wo sich das Universum in reiner Geometrie darstellt, und wir so dieses Bild entstehen lassen können? Verstehst du diese Erklärung besser?"

„Immerhin bist du kein Produkt der Magie, sondern einer Technologie, auch wenn ich die noch nicht begreife."

„Wenn du diese Antwort besser akzeptieren kannst, so sieh uns als Projektion, die von einer überlegenen Technik erzeugt wird. Wichtig ist nicht, was wir sind, sondern was wir euch zu sagen haben."

Tatsächlich wurden die anderen Anwesenden schon unruhig. Natürlich hatten sie von unserem kleinen Duell kein Wort verstanden, da wir Deutsch gesprochen hatten. Tao warf mir einen strafenden Blick zu, trat einen Schritt vor und sagte: „Wir sind bereit, deinen Weisungen zu folgen, Saphira. Ich selbst werde mich auf den Weg machen."

„Nein!" Sky sprang auf wie von einer Tarantel gestochen. „Das ist eine Aufgabe für einen Krieger. Bei allem Respekt, Meister Tao, du bist zu alt um gegen Serpent zu kämpfen. Ich werde gehen!"

„Nur einer kann Serpent aufhalten", erklärte Saphira und ihr Ärmel wanderte in meine Richtung. „Du!"

Ich hatte es geahnt.

„Nur das Shakri kann den Kristall vernichten und nur jemand, der das Shakri manipulieren kann, ist dazu in der Lage. Du allein kannst die Menschheit retten!"

Na toll, dachte ich in einem Anflug von Galgenhumor. Gleich die ganze Menschheit. Geht's nicht eine Nummer kleiner?

„Das Shakri leuchtet, wenn ich es berühre. Ich habe keine Ahnung, wie ich es manipulieren kann", wehrte ich ab. „Und ich glaube auch nicht, dass ich das Zeug dazu habe, die ganze Welt zu retten. Ich hab's ja kaum geschafft, den Tag zu überleben."

„Und doch bist du der Einzige, der dazu in der Lage ist. Um das Shakri zu benutzen, benötigst du einen… Katalysator, so würdest du wohl sagen. Benutze das Flugzeug, mit dem du hierherkamst und fliege nach Ägypten. In der Nekropole von Sakkara wirst du finden, was du brauchst. Sky kann dich begleiten. Sobald euer

Flugzeug gestartet ist, werden wir wieder erscheinen und euch alles erklären. Verliert keine Zeit!"

Und nachdem sie diese Worte gesprochen hatte, verschwand sie wie sie erschien, wurde zu bläulichen Rauch und löste sich auf. Ein tiefes Schweigen blieb zurück, bis meine Abneigung gegen alles Übernatürliche sich ein einem sarkastischen „Na das war ja ne Show!" äußerte. Die anderen Anwesenden wirkten pikiert.

„Was sollte das?" fragte Tao schließlich leise, aber mit deutlicher Schärfe in der Stimme. „Deine Ignoranz gegen Dinge, die wir nicht verstehen, ist eines Shakri Narubeth unwürdig."

„Ich bin ja auch keiner. Ach kommt schon, ihr glaubt doch nicht wirklich an Zauberei? Dieser Serpent hat euch mit Hubschraubern und Söldnern überfallen und nicht mit Magie."

„Darum geht es doch gar nicht", mischte sich Sky ein. „Saphira ist hier vor uns erschienen und hat uns gewarnt. Über das wie können wir später streiten, aber die Warnung müssen wir ernst nehmen. Und überhaupt", setzte sie hinzu, als wäre ihr das gerade eingefallen, „wieso hast du nicht gesagt, dass du Thailändisch verstehst?"

„Das tu ich nicht! Wie kommst du darauf?"

„Weil du dich mit Saphira auf Thai unterhalten hast. Na ja, du hast in deiner Muttersprache geredet, vermute ich. Aber sie sprach Thai."

„Nein, sie sprach Deutsch", stellte ich richtig. „Sag bloß, du hast alles verstanden?"

„Sie redete japanisch", sagte Tao.

„Nein, französisch", antwortete die grauhaarige Meisterin. Und dann schauten wir uns alle verblüfft an. Jeder, so stellte sich schnell heraus, hatte Saphira in seiner Muttersprache verstanden. Der Inhalt ihrer Rede war jedoch in allen Sprachen der gleiche.

„Und wie erklärst du dir das?" fragte Sky herausfordernd.

„Das kann ich nicht", gab ich zu.

„Die Tatsache, dass wir ein Geschehnis nicht erklären können, macht dieses Ereignis nicht ungeschehen", dozierte sie. „Ob du nun an Magie glaubst oder nicht, wenn an ihrer Warnung auch nur das kleinste bisschen wahr sein könnte, ist es dann nicht unsere verdammte Pflicht, ihr nachzugehen?"

Ich seufzte auf. Natürlich glaubte ich noch immer nicht an Zauberei, aber zu viel war passiert, was ich nicht verstand. Die Welt, wie ich sie kannte, begann schon gestern aus den Fugen zu gehen, jetzt zerbrach sie vollends. Ich konnte nicht anders als die Existenz von Dingen zuzugeben, die mit Wissenschaft nicht erklärbar waren. Noch nicht, jedenfalls, denn sie nicht verstehen hieß ja nicht, dass sie keine natürliche Ursache hatten. Nur, mich zum Retter der Welt zu machen, war ein wenig viel des Guten. Aber andererseits wurde auch nichts so heiß gegessen, wie es gekocht wurde. Und ein Ausflug nach Ägypten klang wesentlich interessanter als im Keller des Tempels einen Tresorraum zu betonieren. Ich legte das Shakri in sein Schächtelchen zurück und klappte den Deckel zu.

„Also, auf zum Flughafen."

Tag 6 – Thailand, Chiang Mai

Die Rückfahrt zum Flughafen verbrachte ich auf dem Rücksitz eines Armee-Landrovers. Weder Tao noch der Kommandant des Sicherheitskordons wollten ein Risiko eingehen und so fuhren wir in einem Konvoi aus 4 Wagen mit Blaulicht und Sirene. Mir fielen die ganze Zeit über ständig die Augen zu und ohne den rücksichtslosen und ruckartigen Fahrstil des Chauffeurs wäre ich wohl richtig eingeschlafen, zumal ich mich nicht mal unterhalten konnte. Sky saß in einem anderen Auto, neben und vor mir hatte ich Soldaten mit Stahlhelmen und riesigen Gewehren, an denen sie die ganze Zeit nervös herumfingerten. Unter anderen Umständen hätte sich ihre Nervosität auf mich übertragen, aber dazu war ich viel zu müde. Wahrscheinlich hielten sie mich für einen harten Hund, der im Angesicht der Gefahr erst mal ein Nickerchen hält.

Dann bremste der Fahrer dermaßen hart, dass ich gegen den Vordersitz knallte und wieder halbwegs wach wurde. Wir standen vor dem Abfertigungsgebäude und der herausgeputzte Offizier vom Nachmittag erwartete uns schon. Wann machte der Kerl eigentlich Feierabend?

Er salutierte so preußisch akkurat, dass ich stutzig wurde. Da stimmte doch was nicht. Und wirklich begann er, sichtlich verlegen, zu erklären, unser Flugzeug wäre im Moment nicht startbereit.

„Was soll das heißen?" fragte Sky streng. „Hat Meister Tao sich etwa nicht deutlich genug ausgedrückt?"

Der Offizier wirkte am Boden zerstört. „Die Maschine war für eine Inspektion vorgesehen. Wir konnten doch nicht wissen, wie bald Sie sie wieder benötigen. Daher haben die Techniker gestern Abend noch damit begonnen, die Triebwerke auseinanderzunehmen."

„Dann besorgen Sie uns sofort eine andere Maschine!"

„Wir haben leider gerade kein anderes Flugzeug mit der erforderlichen Reichweite und Geschwindigkeit. Auch nicht in Bangkok. Es tut mir sehr leid...“

„Können wir eine Maschine chartern? Hier stehen doch genug Passagierflugzeuge rum.“

„Haben wir versucht, aber so auf die Schnelle geht das nicht. Die Formalitäten...“

„Und ein Militärflugzeug?“

„Die Transporter haben nicht die nötige Geschwindigkeit und Reichweite. Davon abgesehen verweigern viele Staaten Militärmaschinen die Überfluggenehmigung. Wir müssten einen ganz neuen Flugplan aufstellen, was auch ein paar Stunden dauern wird. Bitte, ich habe schon alle Techniker zusammengetrommelt. Sie arbeiten mit Hochdruck an dem Jet. In fünf Stunden, bei Tagesanbruch, können Sie starten. So lange habe ich Ihnen Hotelzimmer hier im Flughafenhotel reserviert.“ Er schaute Sky tatsächlich mit der schuldbewussten Miene eines Hundes an, der weiß, dass er was ausgefressen hat.

„Das ist völlig inakzeptabel!“ protestierte Sky. „Major, Sie haben ja keine Ahnung, was auf dem Spiel steht. Wir brauchen das Flugzeug jetzt sofort! Mir egal, wie Sie das anstellen, aber wenn Sie nicht den Rest Ihres Lebens in einem Kaff an der laotischen Grenze Falschparker aufschreiben wollen, machen Sie es möglich!“

Der arme Kerl wand sich wie unter Schlägen und tat mir richtig leid. Ich nahm Sky kurz zur Seite. „Hör zu, wenn die eine Maschine hätten, würden sie sie uns geben. Setz sie nicht unnötig unter Druck, sonst machen die Mechaniker noch irgendwelche Fehler und wir schmieren morgen mit der Kiste ab.“

Sie schnaufte wütend, sagte aber nichts darauf. Also nickte ich dem Major zu. „In fünf Stunden. Und die Zimmer nehmen wir.“

Dienstbeflissen führte er uns in das kleine, nichtssagende Hotel am Airport und schloss zwei nebeneinander liegende Zimmer auf. Sky verschwand wortlos in ihrem und knallte die Tür zu, dass es vermutlich in halb Chiang Mai zu hören war. Der Major zuckte zusammen und beeilte sich, in meinem Raum das Licht anzuschalten.

„Ich habe Ihr Gepäck hierher bringen lassen, und ich werde zu Ihrer Sicherheit eine Wache vor der Tür postieren. Falls Sie etwas benötigen, rufen Sie einfach."

Ich bedankte mich, doch im Augenblick benötigte ich nur Schlaf und wünschte mir, er möge endlich gehen, doch er stand vor mir, drehte seine Mütze nervös in den Händen und druckste herum.

„Ist noch etwas?"

„Ja, ähem, Madam Sky… Glauben Sie, sie meint das ernst mit der Strafversetzung?"

Ich zuckte die Schultern. „Keine Ahnung, ich kenne sie noch nicht so gut. Aber sie macht auf mich nicht den Eindruck, als würde sie leere Drohungen aussprechen."

Völlig niedergeschlagen und mit hängendem Kopf und Schultern schlurfte er hinaus. Vielleicht war ich zu brutal zu ihm gewesen, aber ich wollte nur noch schlafen und hatte gerade noch genug Energie, mir die Zähne zu putzen und eine Flasche Bier aus dem Kühlschrank zu holen, die ich fast auf Ex leerte. Dann fiel ich aufs Bett und war eingeschlafen, bevor ich richtig aufschlug.

Lautes Klopfen gegen die Tür weckte mich aus einem sehr intensiven Traum, den ich gleichwohl sofort vergaß, als ich im Bett hochschreckte. Es dauerte etwas, bis ich begriff, wo ich war und warum, und als mir alles wieder klar wurde, stieß ich einen saftigen Fluch aus. Das Klopfen wiederholte sich und ich quälte mich mühsam aus dem Bett. Ich fühlte mich, als hätte ich mich gerade erst hingelegt. Die Uhr stand auf kurz vor Fünf, keine vier Stunden hatte ich Ruhe gehabt. Seufzend öffnete ich die Tür. Draußen stand ein Soldat in voller Montur, der sofort Haltung annahm. „Sir, Ihre Maschine ist in zwanzig Minuten startbereit. Bitte machen Sie sich fertig, ich bringe Sie nach unten."

„Danke", knurrte ich, obwohl mir gerade nach allem Möglichen war, nur nicht nach Dankbarkeit, und schloss die Tür wieder. Aus der Dusche kam so früh am Morgen nur kaltes Wasser, aber das machte mich wenigstens halbwegs wach. Ich zog mich an, verstaute meinen Kram in der Tasche – bis auf die Pistole, die ich weiter am Gürtel trug. Auch wenn ich sie hoffentlich nie benötigte, es sah schon cool aus.

Der Soldat brachte mich auf das Rollfeld hinter dem Abfertigungsgebäude, wo Sky ungeduldig wartete. Es war fast noch finster, am östlichen Horizont lag ein rosiger Streifen, darüber ein zartes Blau, das immer dunkler wurde, je höher man den Blick hob. In diesem unwirklichen Zwielicht sahen die Flugzeuge wie schwarze Scherenschnitte aus. Eines davon bewegte sich langsam auf uns zu.

„Guten Morgen", begrüßte ich Sky so aufgeweckt wie möglich. Sie drehte kaum den Kopf.

„Wir haben vier Stunden verloren, es muss sich erst zeigen, ob es ein Guter Morgen ist."

„Immer noch sauer? Apropos, wo ist denn unser Major?"

„Der wird hoffentlich grade zum Leutnant degradiert."

Ich zuckte zusammen. „Wie, hast du ihn etwa wirklich gemeldet?"

Jetzt schaute sie mich doch an und trotz der Dunkelheit konnte ich ein wütendes Funkeln in ihren Augen sehen. „Durch sein Verhalten hat er vielleicht das Schicksal der Menschheit besiegelt. Man sollte ihn einsperren!"

Ich fasste es nicht. Dieses wunderhübsche Mädchen hatte tatsächlich eine ziemlich dunkle Seite. Hoffentlich bekam ich sie nie zur Feindin. Der Major tat mir leid, zumal es nun wirklich nicht seine Schuld war. Ich wünschte ihm, dass er mit einem Rüffel und ohne Degradierung davonkommen möge.

„Wie oft bist du eigentlich schon mit diesem Vincent aneinandergeraten?" fragte ich harmlos.

„Ein paar Mal, warum?"

„Weil er scheinbar ganz schön auf dich abgefärbt hat." Damit ließ ich sie stehen und ging der Maschine entgegen. Mochte sie darüber nachdenken oder auch nicht.

Der Jet kam mit geöffneter Luke angefahren und stoppte direkt vor uns. Seine Triebwerke pfiffen gleichmäßig vor sich hin und ich hoffte nur, dass die Mechaniker trotz der Zeitnot sorgfältig gearbeitet hatten. Eine lose Mutter, eine vergessene Unterlegscheibe in einer dieser hochkomplexen Turbinen und unser Flug würde ein jähes Ende finden. Selten bin ich mit mulmigeren Gefühlen in ein Flugzeug gestiegen. Doch irgendwer hatte sogar noch die Zeit gefunden, eine Isolierkanne mit frisch gebrühtem Kaffee und einen Teller mit belegten Weißbrotscheiben in der kleinen Küche abzustellen. Ich schickte diesem unbekannten Helden stumm meinen Dank und goss mir erfreut eine Tasse voll ein. Genau das brauchte ich jetzt. Mit Kaffee und dem Teller voller Sandwiches nahm ich Platz, während Sky im Cockpit den Piloten irgendwelche Anweisungen gab, die offenbar an Deutlichkeit nichts zu wünschen übrigließen. Noch während sie zu ihrem Platz ging, heulten die Triebwerke auf und die Maschine rollte los, kurvte rücksichtslos zwischen zwei anderen Flugzeugen hindurch, die auch auf den Start warteten und rollte an das Ende der Startbahn, drehte tatsächlich mit quietschenden Reifen und donnerte los. Im Tower schienen sie Bescheid zu wissen, alle wichen uns aus und ein ankommendes Passagierflugzeug erhielt die Anweisung, sofort wieder durchzustarten, was die Piloten auch taten um mit ihren zu Tode erschrokkenen Passagieren noch eine Runde über Chiang Mai zu drehen.

Sky wirkte ziemlich nervös und es war sicher keine Flugangst.

„Entspann dich", sagte ich. „Hier, iss etwas. Schinken und Käse, nicht sehr originell, aber ganz lecker."

„Kannst du nur ans Essen denken?" fragte sie ärgerlich. Ganz offensichtlich sorgte sie sich um unsere Verspätung und fürchtete, wir würden zu spät kommen und die Erde ginge durch unsere Schuld zugrunde. Ich selbst glaubte an diese Untergangstheorie ja nicht, zu viele Leute hatten schon zu oft das Ende der Welt vorhergesagt, aber sie war trotzdem noch da. Ozonlöcher, der saure Regen, die Klimakatastrophe, Asteroiden, das Ende des Maya-Kalenders, all das war gekommen und gegangen und uns gab es immer noch.

„Ich hatte gestern nur ein paar Cracker", erklärte ich kauend. „Und wer weiß, wann wir wieder was kriegen. Also greif zu, was anderes können wir jetzt eh nicht tun."

Wütend funkelte sie mich mit ihren faszinierenden Augen an, dann griff sie sich ein Sandwich und begann zu kauen.

Minuten später erreichten wir unsere Reiseflughöhe, und gerade als ich mich fragte, ob es wohl möglich sei, ein Hologramm in einen fliegenden Jet zu projizieren, begann das blaue Flimmern. Diesmal sah ich genau hin und es schien tatsächlich die Luft selbst zu sein, die sich verdichtete und Farbe und Form annahm. Sollte es wirklich möglich sein, die Grundstruktur der Materie selbst so zu manipulieren? Und wie konnte das gehen? So etwas war jeder menschlichen Technologie weit überlegen. Ein kalter Schauer lief mir den Rücken runter wenn ich nur daran dachte.

„Verzeih, Saphira", begann Sky, kaum dass unsere blaue Besucherin Gestalt angenommen hatte, „das Flugzeug war nicht startbereit, wir haben viel Zeit verloren."

„Es ist gut", erklang ihre würdevolle Stimme auf Deutsch (und ich war mir sicher, Sky hörte sie in Thai reden). „Serpent verbrachte die Nacht in einem Land, das ihr Pakistan nennt. Er wartete auf seinen Gehilfen Vincent Legrelle und hat ihm eine neue künstliche Hand angepasst." Sie drehte ihren Kopf in meine Richtung. „Du solltest vor ihm auf der Hut sein. Er hat geschworen, dich langsam und schmerzvoll zu töten."

Das Schinkensandwich in meinem Mund schien plötzlich aufzuquellen und verweigerte das Hinunterschlucken. Sky bemerkte nur lakonisch: „Willkommen im Club."

Endlich schaffte ich es, den Bissen hinunterzuwürgen. „Woher weißt du das alles? Das klingt, als hättest du Serpent beobachtet." Ich musste mich anstrengen, meine Fragen in Englisch zu stellen, damit Sky sie verstand.

„So ist es."

„Kannst du dann nicht etwas gegen ihn unternehmen? Ihn aufhalten oder so?"

„Wie du selbst erkannt hast", antwortete sie und in ihrer Stimme schien Spott mitzuklingen, „sind wir nur eine Projektion. Uns eine stoffliche Struktur zu verleihen, ist aus der Distanz zwar möglich, aber energieintensiv. Serpent würde uns sofort orten. Nur als reines, immaterielles Bewusstsein können wir uns ihm nähern."

„Als reines Bewusstsein? Vom Körper getrennt?"

„Pure Energie", bestätigte sie. Ich schüttelte nur den Kopf und beschloss, später darüber nachzudenken. Eine noch wichtigere Frage brannte mir unter den Nägeln.

„Wie kommt es, dass dich jeder in seiner Muttersprache hört?"

„Akustische Kommunikation ist umständlich. Wir projizieren unsere Antworten direkt in eure Gehirne und so glaubt ihr, wir sprechen zu euch in der Sprache, die ihr am besten versteht."

Sky rutschte unruhig auf ihrem Sitz herum. „Das ist ja alles ganz interessant", sagte sie schließlich, „aber wir brauchen Informationen über unser weiteres Vorgehen. Was sollen wir in Ägypten tun? Wo müssen wir hin?"

„Euch dies zu erklären, sind wir hier. Es ist unser Entschluss, euch alles über uns und unser Volk zu berichten, das sind wir euch schuldig, denn ihr werdet euch großen Gefahren aussetzen müssen, wenn ihr die Menschheit retten wollt." Wieder drehte sie den Kopf in meine Richtung. „Vieles, was wir zu erzählen haben, wirst du nicht glauben wollen, oder nicht verstehen. Wir können auch nicht alles so exakt erklären, wie wir es wollen. Für vieles, was uns ganz selbstverständlich ist, gibt es in eurer Sprache nicht mal Worte, und euch mangelt es selbst an den Grundlagen, diese Dinge zu begreifen. Stell dir vor, du müsstest einem Menschen des Mittelalters die Funktionsweise deines Smartphones erklären. Er würde nichts von dem verstehen, was du sagst und alles für wirres Kauderwelsch halten. Du musst dich mit deiner Erklärung auf sein Niveau herabbegeben, und dann fehlt es schon an den einfachsten Begriffen, um ihn allein die Energieversorgung begreiflich zu machen. Sagst du aber, es handelt sich um Magie, so wird er es verstehen und glauben, denn das entspricht seiner Weltsicht und seinem Wissensstand. Also bitte, lass uns reden und spare deine Fragen für später auf."

Ich war ein wenig gekränkt, weil sie mich offensichtlich für einen Wilden hielt, nahm mir aber vor, sie erst mal machen zu lassen. Hinterher konnte ich ihre Geschichte immer noch zerpflücken.

„Also gut", stimmte ich zu. „Schieß los."

Die erste Zivilisation

Die Menschheit, müsst ihr wissen, ist nicht die erste intelligente Spezies auf diesem Planeten. Lange vorher schon gab es eine hochentwickelte Art, deren mentale Fähigkeiten den euren weit überlegen waren.

Vor sechsundsechzig Millionen Jahren traf ein Asteroid die Erde und löschte die Dinosaurier aus, wie ihr schon selbst herausgefunden habt. Aber nicht alle Angehörigen dieser Gruppe von Lebewesen starben aus, viele der kleineren Arten entwickelten sich zu Vögeln und einige andere existierten noch ein paar Millionen Jahre weiter, bis sie von den Säugetieren endgültig verdrängt wurden. Eine Art aber, ein knapp menschengroßer, auf den Hinterbeinen laufender Raubsaurier mit Greifhänden, hatte zu jener Zeit bereits eine rudimentäre Intelligenz entwickelt. Diese Tiere jagten in Rudeln, zogen ihre Jungen gemeinsam auf und lebten in Höhlen, was vielen von ihnen an jenem schicksalhaften Tag das Leben rettete. Um der verwüsteten Oberfläche der Erde zu entgehen, zogen sie immer tiefer in die Höhlen hinein, passten sich den Verhältnissen an und wurden im Laufe vieler Millionen Jahre zu einer mehr oder weniger humanoiden, hochintelligenten Rasse, unseren Vorfahren.

Unser Volk war nie sehr zahlreich, selbst in unseren besten Zeiten zählten wir selten mehr als eine Million Individuen und wir lebten in einer großen, unterirdischen Stadt unter dem heutigen Nordostafrika sowie in einigen kleineren Siedlungen. Der Expansionsdrang, der euch Menschen auszeichnet, war unserem Volk fremd, wir hatten kein Interesse daran, die Welt zu erobern, statt dessen entwickelten wir unsere mentalen Fähigkeiten auf eine Weise, die euch völlig fremd ist und die ihr nicht verstehen könnt. Wir sind uns nicht sicher, ob ihr dieses Niveau jemals erreichen werdet, da euer Entwicklungsweg ein völlig anderer ist als der unsere, obwohl ihr das Potential dazu besitzt und einige wenige von euch ansatzweise über diese Fähigkeiten verfügen. Ihr habt sogar Worte dafür gefunden: Telepathie, Telekinese... Aber da eure Wissenschaft diese Vorgänge weder begreifen noch reproduzieren kann, lehnt ihr es als Schwindel ab.

Unsere berühmtesten Meister beherrschten nicht allein Telepathie und Telekinese, sie waren auch in der Lage, ihren Körper in eine komaähnliche Starre zu versetzen und ihn zu verlassen. Als reines Bewusstsein konnten sie die wahre Struktur dessen, was ihr Raumzeit nennt, bis in ihre untersten Strukturen erkennen und verstehen und sie lernten, die Materie kraft ihrer Gedanken zu manipulieren. Versteht ihr den Unterschied zwischen unseren Spezies? Wir entschlüsselten die innersten Strukturen der Welt allein durch unseren Geist, während ihr riesige Maschinen benutzt, die ihr Teilchenbeschleuniger nennt, und die euch bei jedem neuen Experiment nur ein Teil des gigantischen Puzzles liefern, das ihr ohne Vorlage zusammenzusetzen versucht.

Doch gänzlich ohne Hilfsmittel kamen auch unsere Meister nicht aus. Zur Verstärkung ihrer Fähigkeiten benutzten sie speziell gezüchtete Saphire, deren atomare Gitter sie ihren Zwecken entsprechend veränderten. Die würdigsten von ihnen schlossen sich im Blauen Orden zusammen, dessen Name von der Farbe der Saphire abgeleitet ist, und gaben sich einen Codex, der im Wesentlichen bestimmte, ihre Fähigkeiten allein zum Wohl ihres Volkes einzusetzen. Über Äonen blühte und gedieh unser Volk, bis unter den größten Meistern einer erschien, der mächtiger war als die anderen, und der daraus für sich eine Führungsrolle ableitete. Ihr kennt ihn heute unter den Namen Serpent. Damals, unter seinesgleichen, maßte er sich Sonderrechte an und setzte seine Kräfte für seine persönlichen Ziele ein, bis die anderen Meister sich zusammentaten und ihn aus dem Orden ausstießen und aus der Stadt verbannten. Jahrelang wanderte er einsam durch die gewaltigen Höhlensysteme, die, euch noch völlig unbekannt, die Tiefen des Planeten durchziehen, bis er schließlich auf den Root-Kristall stieß. Das ist ein so reiner und vollkommener Kristall, so perfekt, dass sich in ihm ein Rest jener Urenergie erhalten hat, die einst, am Beginn des Universums, alles durchdrang und vermutlich auch für das verantwortlich war, was ihr als Urknall kennt. Heute ist diese Energieform praktisch verschwunden, nur im Root-Kristall und in den Shakris ist sie gespeichert. Der Kristall ist vermutlich natürlichen Ursprungs, von den Shakris glauben wir aufgrund ihres völlig exakten Aufbaus, dass sie irgendwann kurz nach der Entstehung des Universums künstlich geschaffen wurden, um die Urenergie aus dem sich bildenden Kosmos zu entfernen. Wahrscheinlich destabilisierte diese Energie die Materie und hätte zu einem Kollaps des jungen Weltalls geführt. Die Shakris wären demnach mehr als dreizehn Milliarden Jahre alt; wer sie erschaffen hat, ist aber auch uns ein Rätsel.

Serpent jedenfalls erforschte den Root-Kristall und lernte, die in ihm gespeicherte Urenergie zu nutzen. Ihr verdankt er seine Unsterblichkeit und die Fähigkeit, sein Äußeres zu verändern. In anderer Gestalt kehrte er in die Stadt zurück und lebte fortan wieder unerkannt unter Seinesgleichen. Den Meistern des Blauen Ordens blieb seine Präsenz nicht verborgen, doch konnten sie ihn nicht aufspüren. Da sie aber Schwierigkeiten vorausahnten, schufen sie einen gewaltigen Saphir mit einer komplexen atomaren Struktur, die als Bewusstseinsspeicher dienen konnte, und die besten und würdigsten von ihnen transferierten im Augenblick ihres Todes einen Teil ihres Bewusstseins in diesen Saphir. Er ist heute Speicher für ein Gruppenbewusstsein von mehr als zehntausend Meistern mit all ihrem Wissen und Fähigkeiten und die Gestalt, die ihr vor euch seht und die sich Saphira nennt, ist nichts weiter als die Manifestation dieses Kollektivbewusstseins.

Jahrhunderttausende vergingen, und irgendwann überschritt unser Volk den Zenit seines Daseins und ging seinem Ende entgegen. In jeder Generation wurden weniger Kinder geboren und diese waren schwächlich und ihren Eltern in jeder Beziehung unterlegen. Die Bevölkerung schrumpfte und irgendwann waren wir ausgestorben. Serpent allein blieb zurück. Unsere Stadt erhielt sich selbst, alles funktionierte weiter und er lebte für eine Ewigkeit einsam und verloren und verzweifelte an der Leere um ihn. Da fasste er den Entschluss, das Volk wiederzubeleben, es in die Welt zurück zu holen. Tausende von Jahren widmete er sich dieser Idee und am Ende fand er eine ebenso geniale wie erschreckende Lösung: Er wollte die Raumzeit selbst manipulieren, um die Realität zu verändern. Die Komplexität dieses Vorhabens ist selbst für uns kaum zu erfassen, Serpent aber fand einen Weg und erschuf eine… Maschine, die in der Lage ist, das Universum auf diese Weise zu verändern. Allerdings stand er vor zwei Problemen. Zwar ist es theoretisch möglich, die Realität zu manipulieren, doch ist der Energiebedarf gigantisch. Serpent benötigt in etwa die Energie einer wirklich großen Supernova für sein Vorhaben. Auf diese Weise versucht das Universum sich selbst vor derartigen Eingriffen zu schützen, denn es gibt noch ein zweites, viel gravierenderes Problem: Das Universum befindet sich in einem Gleichgewicht, dessen Störung schreckliche Folgen haben kann; Serpent könnte unter Umständen einen Riss in der Raumzeit erzeugen, der das gesamte Weltall verschlingen kann. An diesen beiden Schwierigkeiten biss er sich die Zähne aus. Der Root-Kristall könnte genug Energie liefern, wenn er voll geladen wäre, doch davon war er weit entfernt, und um das Gleichgewicht im Universum nicht zu gefährden, musste Serpent ihm ein adäquates Opfer bringen, das er nicht besaß.

Nachdem er eine halbe Unendlichkeit vergeblich geforscht hatte, verzweifelte er an seiner Aufgabe, verließ die Stadt und ging an die Oberfläche. Dort begann die Menschheit gerade damit, ihre ersten festen Siedlungen zu errichten. Serpent nahm das Aussehen eines Menschen an und lebte lange unter ihnen, um der Einsamkeit zu entkommen. Doch je länger er sich unter den Menschen aufhielt, desto mehr begann er sie zu verabscheuen und zu hassen. Und dann erfuhr er von der Existenz der Shakris und erkannte, dass sie die Lösung seiner Probleme darstellten. Wenn es ihm gelang, die Urenergie aus den Shakris in den Kristall zu transferieren, konnte er seinen Plan durchführen. Um das Gleichgewicht des Universums nicht zu gefährden, würde er die Menschheit opfern. Da griffen wir zum ersten Mal ein und erschienen dem Kaiser Han Wudi, forderten ihn auf, die Shakri Narubeth zu gründen und alle Shakris zu sammeln und vor Serpent zu beschützen. Zweitausend Jahre lang ist es uns gelungen, bis zum gestrigen Tag. Und nun ist es eure Aufgabe, Serpent zu stoppen, indem ihr euch in unsere unterirdische Stadt begebt und den Root-Kristall zerstört. Nur so könnt ihr euer Volk vor dem Untergang retten.

Tag 6 – In der Luft

Eine Weile herrschte Schweigen in der Kabine, dann seufzte ich tief auf. Schon wieder so ein Fantasy-Geschwafel, und was für eins. Unsterbliche böse Dinosauriermenschen gegen die Geister guter Dinosauriermenschen, die in einem Riesensaphir leben... was für ein Blödsinn!

Sky warf mir einen bösen Blick zu und fragte dann: „Wie sieht das Ende der Menschheit aus? Ich meine, was würde geschehen, wenn Serpent Erfolg hat?"

„Genau wissen auch wir nicht, was geschieht, wenn er die Maschine aktiviert. Vermutlich würdet ihr ganz einfach verschwinden, zusammen mit allem, was ihr je geschaffen habt, bis hin zu den Pyramiden und den allerersten Höhlenzeichnungen. Es würde sein, als hättet ihr nie existiert."

„Ich verstehe das nicht!" Sky wirkte regelrecht verzweifelt. „Uns wurde immer erklärt, Dr. Serpent braucht alle sieben Shakris, und jetzt sollen ihm sechs reichen, um seinen Plan zu verwirklichen?"

„Was Serpent vorhat ist ein unglaublich kompliziertes Unterfangen. Er musste tausende Variablen berechnen und jede hat ihre speziellen Toleranzen. Manche davon summieren sich, manche multiplizieren sich und wieder andere schließen einander aus. Die meisten Fehlerspannen lassen sich nur schätzen und je nach ihrer angenommenen Größe variiert die erforderliche Energiemenge. In den letzten Jahren hat Serpent zahlreiche neue Berechnungen angestellt und nach seinen neuesten Ergebnissen ergibt sich eine fünfzigprozentige Wahrscheinlichkeit, dass sechs Shakris ausreichen. Offenbar reicht ihm das, um es zu riskieren."

Fünfzig Prozent waren keine berauschende Erfolgsaussicht, aber vermutlich brannte Serpent nach dem vorschnellen Überfall auf den Tempel der Boden unter den Füßen. Wenn die Shakri Narubeth wirklich so gute internationale Connections besaßen, konnte sich der Echsendoktor in der nächsten Zeit nirgends blicken lassen. Allmählich begann ich sogar, die Story zu glauben. Zwar begriff ich noch immer nicht, wie sich eine ganze, nichtmenschliche Rasse über Jahrmillionen auf der Erde halten konnte, ohne Spuren zu hinterlassen oder wie das mit ihren mentalen Fähigkeiten funktionieren sollte, aber ich war mir sicher, als Antwort auf diese Fragen würde ich zu hören bekommen, ich wäre zu primitiv um es zu begreifen. Vielleicht hatte Saphira damit sogar recht, aber es gab noch andere, praktischere Fragen.

„Wie", mischte ich mich jetzt in die Unterhaltung ein, „sollen wir Serpent aufhalten? Ich habe keine Ahnung, wie ich das Shakri manipulieren kann."

„Vor dir sind uns nur drei Menschen bekannt, die von den Shakris ausgewählt wurden. Der ägyptische Gelehrte Imhotep, der Kaiser Han Wudi und der keltische Zauberer Merlin. Han Wudi verzichtete auf die Benutzung des Shakris vollkommen, Imhotep fertigte sich einen goldenen Handschuh um die Kräfte des Shakris freizusetzen und Merlin einen Zauberstab. Der liegt heute verschüttet in einer Höhle in Südengland und uns bleibt nicht die Zeit, ihn zu suchen. Imhoteps Handschuh aber befindet sich in einer zugemauerten Nische seines Grabes in Ägypten. Da auch einer der Eingänge zu unserer Stadt in der ägyptischen Wüste liegt, werdet ihr euch den Handschuh holen und Serpent anschließend in die Stadt folgen. Wir werden erscheinen und euch führen und dir unterwegs erklären, was zu tun ist."

„Ich wusste gar nicht, dass Imhoteps Grab bekannt ist."

„Nicht namentlich. Man hält es für das Grab eines hohen, unbekannten Beamten aus der zweiten Dynastie. Es befindet sich in der Nekropole von Sakkara und eure Archäologen nennen es ‚Grab SN Neunundachtzig'. Sobald ihr dort angekommen seid, werden wir wieder erscheinen und euch neue Anweisungen geben. Sorgt nur für schnelle Transportmittel."

Mit diesen Worten verschränkte sie ihre Arme und verschwand, genau wie beim ersten Mal.

Ein paar Augenblicke herrschte Schweigen, dann sagte Sky trocken: „Du glaubst kein Wort von dem, was sie gesagt hat, oder?"

Kurz war ich versucht, irgendetwas ironisches zu antworten, aber das schien mir nicht angebracht. Also zuckte ich nur mit den Schultern.

„Es fällt mir schwer, ja. Aber so unglaublich sich ihre Story auch anhört, in sich ist sie schlüssig. Letzten Endes werden wir es in Ägypten erfahren. Wenn es diesen mysteriösen Handschuh gibt und auch den Eingang zur unterirdischen Stadt, dann wird sie wohl wirklich die Wahrheit gesagt haben. Wie kommen wir in Ägypten an ein Fahrzeug? Über eine Autovermietung?"

„Einer unserer Meister ist ein hoher Offizier in der ägyptischen Armee, er wird uns am Flughafen erwarten und uns mit allem versorgen was wir brauchen."

Ich wäre nun gerne etwas allein gewesen um über all das nachzudenken, was ich gehört hatte, leider war mir das nicht vergönnt. Die Sprechanlage des Flugzeugs gab einen melodischen Gong von sich und dann ertönte die Stimme des Piloten: „Meisterin Sky, bitte kommen Sie ins Cockpit. Ich glaube, wir bekommen ein Problem."

Also doch, schoss es mir durch den Kopf. Die Mechaniker haben bei der Hetzerei einen Fehler gemacht!

Sky lief zum Cockpit und ich folgte ihr auf dem Fuß. Der Learjet besaß eine recht kleine Pilotenkanzel, nicht größer als die vordere Sitzreihe eines Autos, nur das Armaturenbrett war wesentlich umfangreicher. Sky konnte sich gerade noch zwischen die beiden

Pilotensitze zwängen, ich blieb hinter ihr in der Tür stehen und schaute über ihre Schultern. Es gab unter den Instrumenten kaum mehr die klassischen runden Uhren, statt dessen mehrere Flachbildschirme, auf denen die Anzeigen entweder als Balkendiagramme oder Digitalanzeigen dargestellt waren. Zu meiner Beruhigung leuchtete nirgendwo ein rotes Licht und es ertönte auch kein Alarm. Die beiden Piloten, beide noch recht junge Thais in schicken Uniformen, saßen auch ganz entspannt in ihren Sitzen. Einer von beiden deutete auf einen Monitor in der Mitte zwischen den Sitzen. Er zeigte etwas, dass an die Airshows in Linienmaschinen erinnerte: In der Mitte des Schirms hing ein stilisiertes Flugzeug und unter ihm zog eine vereinfachte Landkarte hinweg. Im Gegensatz zu den üblichen Anzeigen gab es hier außerdem noch zahlreiche zusätzliche Symbole und Markierungen. Auffällig waren eine Reihe von verschieden gefärbten Dreiecken. Da gab es ein paar grüne, neben denen Buchstaben-Ziffern-Kombinationen standen, dann gelbe ohne diese Codes und schließlich, hinter dem kleinen Flugzeug, zwei rote. Alle paar Sekunden änderten die Dreiecke leicht ihre Position.

„Das ist unser Radar", erklärte der Captain, „die grünen Dreiecke sind reguläre Passagiermaschinen, die ganz offiziell ihre Kennung senden, die gelben kleine Flugzeuge ohne Transmitter, die aber weit abseits unseres Kurses fliegen. Die beiden roten sind vor ein paar Minuten aufgetaucht. Ich denke, es sind burmesische Militärmaschinen, die uns folgen. Wir haben uns erst keine Gedanken darüber gemacht, bis wir vor ein paar Minuten aufgefordert wurden, unsere Flughöhe zu verlassen und den beiden Flugzeugen zu folgen."

„Weswegen?" fragte Sky. Ich konnte von hinten sehen, wie sich ihr Körper verspannte. Gar nicht gut.

„Unsere Überfluggenehmigung wurde aufgehoben. Wir sollen auf einer Luftwaffenbasis landen und uns zu einer Durchsuchung unserer Maschine bereit machen."

„Wo sind wir denn überhaupt?" fragte ich von hinten.

„Noch über dem Luftraum Myanmars. Madam Sky, nach den internationalen Luftfahrtbestimmungen sind wir verpflichtet, der Aufforderung nachzukommen!"

„Nein!" Sky's Stimme klang hart und entschlossen. „Wann verlassen wir den burmesischen Luftraum?"

„Normalerweise in etwa zwanzig Minuten. Aber Madam, wenn wir nicht gehorchen können die uns die Lizenzen entziehen."

„Wenn wir gehorchen, werden sie uns das Leben entziehen. Glauben Sie, Captain, die lassen Sie beide laufen, damit sie zu Hause erzählen können, was passiert ist? Man wird uns irgendwo zur Landung zwingen, uns das Shakri abnehmen und dann werden wir alle vier inklusive des Flugzeugs spurlos verschwinden."

Ich konnte es nicht sehen, aber fühlen, wie die Piloten erblassten. Mir jedenfalls wich die Farbe aus dem Gesicht. Sky drängte zurück in die Kabine und schob mich dabei vor sich her.

„Wir hatten Informationen, dass der Stabschef der Luftwaffe Myanmars auf Serpents Gehaltsliste steht", zischte sie mir dabei leise zu. „Offenbar hat er ihn auf uns angesetzt. Wir dürfen auf gar keinen Fall landen!"

„Könnt ihr eure Beziehungen spielen lassen? Bei der Regierung Myanmars intervenieren?"

„Wir haben nach Myanmar keinen Draht. Die Beziehungen zwischen unseren Ländern sind nicht die besten. Aber ich werde Meister Tao anrufen, was er tun kann. Geh zurück ins Cockpit und halt die Piloten im Auge!"

Ich schluckte meine Aufregung hinunter und ging wieder nach vorn. Ich war einmal in der Gewalt von Gangstern gewesen, das würde nicht noch einmal geschehen.

Der Captain sah mich recht hilflos an, er schien hin und her gerissen zwischen der Angst, seine Lizenz zu verlieren und der Angst, vielleicht wirklich getötet zu werden. „Was sollen wir tun?"

„Ich nehme nicht an, wir können ihnen entkommen?"

„Das ist ein Zivilflugzeug", bekam ich zur Antwort. „Wir schaffen maximal etwa vierhundertfünfundsechzig Knoten. Und das sind Militärjets, wenn die aufdrehen, sind sie doppelt so schnell."

Ich verkniff mir die Frage, wieviel das in Stundenkilometern war und sagte statt dessen bemüht locker: „Dann schlage ich doch mal vor, wir fliegen diese vierhundertfünfundsechzig Knoten auch. Das verschafft uns immerhin etwas Zeit. Und schlagen Sie einen Kurs ein, der uns auf kürzestem Weg aus deren Luftraum bringt."

Erschrocken sah der Copilot zu mir auf. „Sie wollen, dass wir unseren Flugkorridor verlassen?"

„Darauf kommt es jetzt auch nicht mehr an, oder?"

Fluchend legte der Captain einen Schalter um und griff zu den Steuerknüppeln. Die nächsten Minuten waren die beiden recht beschäftigt. Ich konnte hören, wie das Singen der Turbinen heller wurde und die Nase der Maschine stieg. Auf dem Monitor drehte sich die Landschaft unter dem kleinen Flugzeug und am oberen Rand tauchte ein blauer Streifen auf. Das musste die Andamanensee sein.

Dann zuckte der Captain zusammen. „Sie rufen uns wieder. Die letzte Aufforderung. Wenn wir nicht gehorchen, werden sie uns zur Landung zwingen."

„Nicht antworten!" befahl ich und kehrte zu Sky zurück, die immer noch am Telefon hing. Sie nahm es kurz vom Ohr und sagte leise: „Meister Tao setzt alle Hebel in Bewegung, aber die Kanäle nach Myanmar sind alle blockiert. Er spricht grade mit dem Dalai Lama, vielleicht kann der helfen."

Ich nickte und kehrte ins Cockpit zurück. „Wie sieht's aus?"

„Sie folgen uns weiterhin, sind auch etwas schneller geworden, aber bleiben im Unterschallbereich. Ich glaube, wir könnten es vielleicht schaffen."

Die nächsten zehn Minuten vergingen in gespannter Erwartung, dabei entpuppte sich diese Verfolgungsjagd durch die Luft als reichlich langweilig, kein Vergleich zu unserer Flucht auf dem Motorrad. Was mochte wohl aus der schnuckeligen Honda geworden sein? Ob sie noch immer vor dem Einkaufszentrum stand?

„Wir verlassen den Luftraum Myanmars", verkündete der Captain schließlich erleichtert. Ich blickte auf den Monitor, in der Erwartung, die roten Dreiecke würden abdrehen. Das Gegenteil war der Fall: Sie wurden schneller.

„Sie verfolgen uns weiter", sagte der Copilot nervös. Und da begriff ich. Sie hatten nie wirklich vorgehabt, uns zur Landung zu zwingen, sie wollten uns aufs Meer treiben und uns außerhalb ihres Hoheitsgebiets einfach abschießen.

„Wann holen sie uns ein?" fragte ich scharf.

„In etwa acht Minuten."

„Haben wir Gegenmaßnahmen gegen Raketen?"

„Gegenmaßnahmen?" Der Captain starrte mich an wie einen Geisteskranken.

„Ja. Das Flugzeug gehört dem König, oder? Ihr müsst doch irgendwelche Gegenmaßnahmen gegen Luftangriffe haben!"

„Das ist ein ziviles Flugzeug aus dem Flugpark des Königshauses und nicht die Airforce one! Wir haben keine Abwehrmöglichkeiten!"

„Können wir ihnen wirklich nicht entkommen?"

„Nein, verdammt!" brüllte der Captain. Wenn er bisher vielleicht noch gehofft hatte, Sky und ich hätten einen Plan, sah er sich darin nun grausam getäuscht und das Ende seines Lebens auf sich zurasen.

„Und selbst wenn", sagte der Copilot, arg an der Grenze zur Hysterie, „die beiden erwischen uns auf jeden Fall!" Und er zeigte auf zwei neue rote Dreiecke, die uns von Nordwesten her mit enormer Geschwindigkeit entgegenkamen. Es musste sich um Überschall-Jagdflugzeuge handeln.

„Verflucht, wo kommen die denn plötzlich her?"

Der Pilot beschleunigte das Flugzeug bis an seine Grenzen, die Turbine pfiff als wolle sie gleich platzen und ich spürte deutliche Vibrationen.

„Sie beginnt zu flattern!" kreischte der Coplilot.

„Nicht mehr lang", antwortete der Captain trocken und zeigte auf den Monitor. Von den zwei Dreiecken, die uns verfolgten, lösten sie je zwei kleinere Punkte und kamen schnurstracks auf uns zu. Raketen!

„Zu spät!" lachte der Captain hysterisch auf. „Die zwei anderen erwischen uns vorher!"

Auf dem Radar schienen die zwei Dreiecke aus Nordwesten mit unserem Flugzeug zu verschmelzen. Ich beugte mich vor und spähte aus dem rechten Fenster. Dabei verspürte ich ein unangenehm mulmiges Gefühl, mein Mund war knochentrocken, aber ich war weit entfernt von einer Panik. Es war fast unheimlich, dass ich angesichts unseres bevorstehenden Todes so ruhig blieb. Ich sah zwei schlanke Flugzeuge mit Deltaflügeln heranrasen, genau auf uns zu, doch sie schossen nicht. Dicht über unserem Rumpf sausten sie über uns hinweg, und kurz bevor sie uns erreichten, stießen sie glühende, rauchende Leuchtkugeln aus, Dutzende davon. Dann verlor ich sie aus der Sicht und dämlicherweise hatte der Jet keinen Rückspiegel.

„Magnesiumflares!" brüllte der Captain fassungslos. „Täuschkörper! Sie beschützen uns!"

Auf dem Monitor erschien hinter unserem Flugzeug so was wie eine Mauer, eine dicke grade Linie mit unscharfen Kanten. Die beiden Raketen flogen hinein und verschwanden, während sich die Mauer langsam wieder auflöste.

„Wir werden gerufen!" Hastig legte der Captain einen Schalter um und aus dem Lautsprecher drang eine Männerstimme, die ein hartes, aber gut verständliches Englisch sprach: „...scher Learjet! Thailändischer Learjet! Hier spricht Major Brahman von der Luftwaffe der Republik Bangladesch. Sind Sie in Ordnung? Ich wiederhole..."

„Hier ist der thailändische Learjet!" schrie der Captain überglücklich ins Mikrofon. „Alles in Ordnung! Sie haben uns gerade das Leben gerettet! Vielen Dank!"

„Keine Ursache. Sie können ihren originalen Kurs wieder aufnehmen, wir werden Ihnen den Rücken freihalten."

Auf dem Radarschirm war zu sehen, wie die „guten" roten Dreiecke Kurs auf die „bösen" Dreiecke nahmen und wie diese abdrehten. Ich tippte den Captain auf die Schulter und bat um das Funkgerät. Bereitwillig reichte er mir sein Headset.

„Major Brahman, noch mal vielen Dank für die Hilfe. Wie sind Sie so schnell hierhergekommen?"

„Wir waren auf einem Patrouillenflug in der Nähe, als wir die Weisung bekamen, Ihnen so schnell wie irgend möglich zu Hilfe zu eilen." Kurze Pause. „Der Befehl kam von unserer Präsidentin persönlich. Wenn die Frage gestattet ist, warum wollte Myanmar ein ziviles thailändisches Flugzeug abschießen?"

„Die Frage ist gestattet, ich fürchte nur, ich darf sie nicht beantworten." Ob die ganze Geschichte tatsächlich geheim war und wer diese Geheimhaltung autorisierte wusste ich zwar nicht, aber die beiden Piloten würden mich sicher für übergeschnappt halten, wenn ich die Wahrheit erzählte.

Sky zwängte sich in das Cockpit, das Telefon noch in der Hand. „Der Dalai Lama hat den indonesischen Präsidenten informiert und der die Präsidentin von Bangladesch. Im Augenblick redet Meister Tao mit ein paar hohen Tieren der indischen Luftwaffe. Für den Rest des Fluges sollten wir keine Probleme mehr haben."

Ich kehrte in die Kabine zurück, wischte mir den Schweiß von der Stirn und nahm mir ein Bier aus dem Kühlschrank. Auch wenn es noch recht früh am Morgen war, ich hatte es mir wohl verdient. Erstaunlich, wie schnell und effektiv die ganze Aktion vor sich ging, keine halbe Stunde dauerte es, bis nach Sky's Anruf Hilfe erschien. Und zwar in Ländern, die wir leicht abfällig als „Dritte Welt" oder „Entwicklungsländer" bezeichnen und wo nach unserer überheblichen Einschätzung nichts funktioniert. Und dann war da ein Major aus einem dieser armen Länder, von dem ich kaum mehr wusste, als dass sie dort für einen Hungerlohn unsere Jeans nähen, und rettete ohne jede Gegenleistung unsere Ärsche.

Major Brahman und sein Begleiter eskortierten uns bis zum indischen Luftraum, dort übernahmen zwei indische Jäger. Ich begriff langsam den Einfluss und die Bedeutung, die die Shakri Narubeth besaßen, und mehr und mehr begann ich an Saphiras Geschichte zu glauben.

Ich kenne mich mit Kampfflugzeugen nicht wirklich aus, aber die indischen Maschinen schienen ältere Typen zu sein und sie waren, zumindest auf der Oberseite, in einem grün-braunen Camouflagemuster lackiert, was ich bei einem Flugzeug ziemlich albern fand. Aber als sie sich kurz vor Mumbai von uns verabschiedeten und in den Sinkflug gingen, verschmolzen sie in kürzester Zeit mit dem Erdboden, der ein Flickenteppich winziger grüner und brauner Felder war. Von Mumbai, oder Bombay, ein Name, der mir wesentlich besser gefällt, weil er für mich exotischer klingt, sahen wir nur eine graue Smogkuppel, unter der das endlose Häusermeer undeutlich zu erahnen war. Unser Jet landete auf einem Privatflugplatz etwas außerhalb zum Tanken. Eine dunkelhäutige, mit einem sehr eleganten Businesskostüm bekleidete Frau empfing uns mit den Worten „Willkommen auf Gambuttra Airfield" und fuhr uns mit einem kleinen, offenen Elektromobil, wie man es gelegentlich in Flughäfen sehen kann, zu einem gläsernen Pavillon. Dort gab es ein paar weiche Sitzgruppen, ein Buffet und ein paar sehr großzügige Badezimmer. Ich nutzte letztere um mich frisch zu machen und mein Hemd zu wechseln, was ich nach der Aufregung über der Andamanensee auch nötig hatte. Dann schnappte ich mir ein paar Stücke des besten Tandoori-Hähnchens, was ich je hatte, dazu ofenwarmes Naan-Brot und, kaum zu glauben, es gab deutsches Bier.

Selbst Sky schien etwas lockerer zu sein als üblich und hatte sich einen Teller vollgepackt, allerdings nur mit Fisch und Salat. Als ob sie Gewichtsprobleme hätte.

„Wem gehört dieser Flugplatz eigentlich?" fragte ich beim Essen.

„Einem indischen Softwareunternehmer. Seine Firma entwickelt Navigationsprogramme, glaube ich." Sie betrachtete der Reihe nach einige bereits entkorkte Weißweinflaschen und roch daran, dann kam sie mit einer zurück zum Tisch. „Der ist aus deiner Heimat, nicht wahr?"

Es war ein Grüner Silvaner aus einem Pfälzer Weingut, von dem ich noch nie gehört hatte. Unglaublich, dass es dieser Stoff bis Indien geschafft hatte.

„Ja. Kennst du Deutschland?"

„Ich war zwei Mal dort. Wir haben da Agenten, die Serpents Firma im Auge behalten und es gab einiges zu klären."

„Lizard Industries", murmelte ich. „Wenn er wirklich von den Dinos abstammt, erklärt das natürlich seine Affinität für Reptilien. Wie hat es dir in Deutschland gefallen?"

„Nicht besonders. Es war beide Male im Winter und es fiel ständig ein kalter Regen und eigentlich war es die ganze Zeit über dunkel. Dinosaurier waren aber nicht wirklich Reptilien wie wir sie heute kennen, oder?"

Ich zuckte mit den Schultern. Meine Kenntnisse über die Dinos stammten zum größten Teil aus der Jurassic-Park-Filmreihe. „Ich glaube, sie waren Warmblüter. Aber da müsstest du dich als Medizinstudentin doch besser auskennen als ich."

„Ich studiere doch keine Veterinärmedizin", antwortete sie gekränkt, wie mir schien und ich nutzte dieses Stichwort um das Gespräch in mehr persönliche Bahnen zu lenken.

„Wie bist du eigentlich als Medizinerin zu diesem… Kriegerinnenjob gekommen? Ich meine, verstößt du damit nicht gegen den hippokratischen Eid?"

„Manchmal muss ein Arzt einen Arm oder ein Bein amputieren, um das Leben seines Patienten zu retten. Wir kämpfen um die Existenz der gesamten Menschheit. Wenn uns einzelne Menschen daran hindern wollen, müssen wir gelegentlich gegen sie vorgehen, wie gegen ein Krebsgeschwür."

„Was sagen deine Eltern zu deiner Mitgliedschaft bei den Shakri Narubeth? Wissen sie überhaupt davon?"

„Ich bin Waise", antwortete sie einsilbig und erhob sich, das Gespräch damit demonstrativ beendend. Wenige Minuten später kam die elegante Frau zurück und fuhr uns wieder zu unserer Maschine. Man hatte sie nicht nur aufgetankt sondern auch gereinigt und die Bordküche frisch aufgefüllt. Im Kühlschrank standen zwei

Flaschen des Grünen Silvaners, was mir eine Gänsehaut über den Rücken jagte. Irgendwer hatte uns während unseres Aufenthaltes die ganze Zeit über beobachtet.

Die zweite Etappe unseres Fluges verging ohne Störungen. Sky streckte sich auf dem Sofa aus und schlief sofort ein. Damit umging sie auch die Fortsetzung unserer Unterhaltung. Das wäre eigentlich eine gute Gelegenheit, um Saphiras Geschichte zu durchdenken, aber ich konnte mich nicht darauf konzentrieren, also beschloss ich, es Sky gleichzutun, kippte den Sessel zurück, bis er fast zu einem flachen Bett wurde und machte mich lang, überzeugt, vermutlich nicht einschlafen zu können. Aber wenigstens würde ich etwas vor mich hindösen. Ich dachte noch daran, wie bequem so ein eigenes Flugzeug doch war und dann wurde ich heftig an der Schulter gerüttelt. Blinzelnd schlug ich die Augen auf und sah Sky über mich gebeugt. Verflucht, wie sollte ich die Welt retten, wenn sie mich nicht mal fünf Minuten schlafen ließ!

„Was ist los?" murmelte ich ärgerlich.

„Aufwachen, wir sind da!"

„Was?" Mit einem Ruck saß ich aufrecht. „Wo?"

„In Ägypten natürlich. In der Nähe von Kairo."

Ungläubig sah ich auf die Uhr. Danach müsste es schon stockfinstere Nacht sein und ich hätte sechs Stunden verschlafen. Durch die Fenster schien eine warme Nachmittagssonne herein. Natürlich, meine Uhr ging noch nach thailändischer Zeit, in Ägypten war es aber ein paar Stunden früher. Jetzt spürte ich auch, wie der Jet ständig an Höhe verlor.

„Wo werden wir landen?"

„Auf einem kleinen Privatflugplatz südlich von Kairo, der einem Aero-Club gehört. Lass deine Pistole in der Maschine, unsere Erlaubnis, Waffen zu tragen, gilt nur für Thailand."

Ich verschwand noch mal kurz auf der Toilette und als ich wiederkam, waren wir schon kurz vor dem Aufsetzen. Es hatte auch Vorteile, wenn keine Stewardess einen ständig damit nervte, sich anzuschnallen.

Tag 6 – Ägypten, nahe Kairo

Die Maschine setzte recht hart auf, offenbar waren die Piloten nach dem langen Flug am Ende ihrer Kräfte, und rollte dann direkt in einen sandfarben lackierten Wellblechhangar, wo ihre Turbinen mit einem geradezu erleichterten Schnaufen zum Stillstand kamen. Die Luke wurde von außen geöffnet und ein großer, stämmiger Mann in Wüstentarnuniform betrat die Kabine. Er besaß ein kantiges, braunes Gesicht mit breiter Nase, das aussah als hätte der Wüstenwind es schon zu Lebzeiten seines Besitzers in Leder verwandelt, dazu einen kurzen, schwarzen Bürstenhaarschnitt. Seine Augen versteckten sich hinter einer Pilotensonnenbrille mit dünnem Goldrahmen. Der Mann musste ein ausgeprägtes Selbstbewusstsein besitzen, so wie er hereinkam, füllte er quasi das gesamte Flugzeug aus und verbreitete eine Aura von Bedeutsamkeit. Er blieb kurz stehen, sah sich um und dann glitt ein breites Grinsen auf sein Gesicht. Er breitete seine Arme aus und dröhnte mit Donnerstimme: „Sky, meine Tochter! Lass dich umarmen!"

Und Sky, was ich nie für möglich gehalten hätte, rauschte ihm entgegen und ließ sich kräftig drücken, doch war es eine Umarmung, die nichts Intimes hatte, eher wie bei Vater und Tochter. Trotzdem fühlte ich so was wie Eifersucht. Dann löste sich der Typ von ihr und trat zu mir.

„Und du musst der Auserwählte sein, was?" Es klang nicht abschätzig, mehr neugierig und vielleicht auch etwas skeptisch.

„Das ist Max", stellte Sky mich vor. „Er hat Vincent zweimal an einem Tag auf die Bretter geschickt. Und das, Max, ist Colonel Wafa al Halabi vom militärischen Abwehrdienst der ägyptischen Armee."

Colonel Halabi nahm seine Brille ab und es kamen durchdringende dunkelbraune, fast schwarze Augen unter buschigen Brauen zum Vorschein.

„Vincent Legrelle? Zwei Mal? Ehrlich? Mann, der muss dich jetzt gefressen haben!" Dann brach er in dröhnendes Lachen aus und klopfte mir auf die Schulter, dass ich beinahe in die Knie ging.

„Er will mich tot sehen", bestätigte ich, „aber von meiner Seite aus hat es damit noch Zeit."

Er lachte noch lauter. „Du gefällst mir. Kommt mit!"

Vor dem Flugzeug erwartete uns ein schmächtiger junger Mann, glatt rasiert, aber mit wildem Lockenhaar. Aus seinem schmalen Gesicht ragte eine gewaltige Hakennase. Er trug Zivil, eine dunkelbraune Stoffhose, sandfarbenes Hemd und ein ebenfalls braunes Sakko. Die Sachen waren sauber aber zerknittert und wirkten, als hätten sie ihre besten Tage schon lange hinter sich. Unsicher und nervös trat er von einem Fuß auf den anderen und als wir ausstiegen, verneigte er sich.

„Das ist Farid", stellte Wafa vor. „Er ist seit zwei Jahren bei den Shakri Narubeth als Wächter und hauptberuflich Archäologieprofessor an der Universität."

„Assistenzdozent", verbesserte der junge Mann bescheiden und, wie mir schien, leicht beschämt. „Willkommen in Ägypten, Meisterin Sky. Ich habe schon viel von Ihnen gehört. Auserwählter, es ist mir eine Ehre." Der Junge verging fast vor Ehrfurcht.

„Danke", erwiderte Sky trocken. „Und jetzt lass das unterwürfige Gehabe. Bei uns sind alle gleich. Colonel, hast du Fahrzeuge hier?"

„Alles was wir brauchen. Ihr wollt nach Sakkara, richtig? Hier entlang."

Er führte uns aus dem Hangar auf einen relativ kleinen Parkplatz, der von Wellblechbaracken und Lagerschuppen begrenzt wurde und in warmes, sanftes Nachmittagslicht gehüllt war. Ein trockener Wind wehte heiße, aber angenehme Luft heran. Zwei mächtige, in Wüstentarnfarbe lackierte amerikanische Humvees standen neben dem Hangar und vor ihnen warteten ein halbes Dutzend Uniformierter. Als der Colonel erschien, nahmen sie sofort Haltung an. Wafa schritt auf das erste Fahrzeug zu und winkte uns, ihm zu folgen. Obwohl die Karren von außen riesig aussahen, ging es im Innern recht eng zu. Zwischen Fahrer und Beifahrer erhob sich ein gewaltiger Buckel, unter dem sich wohl das Getriebe verbarg. Wafa setzte sich vorn neben den Fahrer, wir anderen stiegen hinten ein. Der zweite Wagen war mit bewaffneten Soldaten besetzt.

„Ihr wollt in die Nekropole, richtig?" fragte Wafa. „Irgendein bestimmtes Ziel?"

„Grab SN Neunundachtzig."

„Nie gehört. Farid?"

„Geben Sie mir bitte die Karte", bat der junge Mann, der eingezwängt zwischen mir und Sky saß und dem diese Nähe zu einer jungen Frau sichtlich unangenehm war. Wafa reichte ihm eine zusammengefaltete Karte, die er öffnete und studierte. Sie zeigte äußerst detailliert die Umgebung von Kairo, war auf Arabisch beschriftet und mit einer Menge mir unbekannter Symbole versehen. Ganz offenbar eine für das Militär bestimmte Karte.

„Da ist es", sagte Farid, zog einen Stift aus der Brusttasche seines Jacketts und markierte ein winziges Viereck irgendwo südöstlich des kleinen Flughafens, wo wir uns wohl befanden. Wafa nahm die Karte an sich, warf nur einen Blick darauf und gab sie zusammen mit einem Befehl an den Fahrer weiter. Grollend sprang der Motor des Wagens an und wir setzten uns in Bewegung.

„Vermutlich hat die Nekropole schon geschlossen, bis wir dort sind", warf Farid schüchtern ein. „Sie hat nur bis Sonnenuntergang für Touristen geöffnet."

„Wir sind aber keine Touristen", antwortete Sky streng, „und wir haben keine Zeit, bis morgen früh zu warten. Dazu steht viel zu viel auf dem Spiel. Hat euch Meister Tao nicht unterrichtet?"

„Doch." Der Colonel drehte sich zu uns um, sein Gesicht wirkte jetzt sehr ernst. „Dr. Serpent ist heute Mittag hier angekommen und hat sich sofort mit einem Geländewagenkonvoi auf den Weg gemacht. Er genießt große Unterstützung bei Teilen der Regierung und es war mir nicht möglich, ihn aufzuhalten. Ich schätze, er hat sechs Stunden Vorsprung."

„Und wir müssen erst noch den Handschuh holen. Wer weiß, wie lange das dauert."

Ich sah währenddessen aus dem Fenster, wo ein flaches, karges Land vorbeizog. Die Wüste war hier ziemlich steinig und von gelbroter Farbe. Ein paar vertrocknete Büsche standen herum und halbverfallene Gebäude, Hütten oder Stallungen. Der unbefestigte Weg führte schnurgerade nach Norden und mündete nach kurzer Strecke in eine breite Asphaltstraße, an deren linker Seite sich Gebäude erhoben. Alle schienen nach dem gleichen Stil errichtet: Eckpfosten und Decken aus Beton, die Wände dazwischen aus dünnem, einreihigen Mauerwerk, und mit flachen Dächern. Egal, ob die Häuser nur ein oder drei Stockwerke hatten, sie wirkten alle unfertig. Verbogene Moniereisen ragten aus den Betonpfosten, als ob den Leuten auf halber Strecke das Geld zum Weiterbau ausgegangen wäre. Dann fuhren wir an einer Gruppe hoher Plattenbauten vorbei, die ich eher in Berlin-Marzahn vermutet hätte als in Ägypten. Sie standen inmitten der kahlen Ebene ohne jedes Grün, ich war froh, dass ich hier nicht leben musste.

Unser Fahrer bog erneut ab, linkerhand tauchte Vegetation auf, staubiges Buschwerk erst, dann Palmen. Rechts erstreckte sich nach wie vor Wüste, doch wurde das flache Terrain jetzt von flachen Hügeln gekrönt, die wie Schutthalden aussahen.

„Das sind einige der ältesten Pyramiden unseres Landes", erklärte Farid mit Stolz, als er meinen Blick bemerkte. „Einige sind über fünftausend Jahre alt."

„Die sehen aber nicht gerade wie Bauwerke aus", bemerkte ich respektlos. „Eher so als hätte man hier ein paar Lastwagen voll Bauschutt abgekippt."

Farid wirkte etwas pikiert. „Die ältesten Pyramiden bestanden aus Bruchsteinen, nur die äußeren Verkleidungen wurden aus behauenen Blöcken gefertigt und die sind im Lauf der Jahrtausende für andere Bauvorhaben verwendet worden."

Allmählich wurde die Landschaft hügeliger, wenn auch nicht fruchtbarer. Vor uns tauchte ein Schlagbaum auf, der die Straße versperrte, daneben ein großes Schild, das auf arabisch und englisch irgendetwas mit Nekropole verkündete, wir fuhren zu schnell vorbei, als dass ich es hätte lesen können. Dicht vor dem Schlagbaum stoppte unser Fahrer und hupte ziemlich nachdrücklich. Aus seinem Pförtnerhäuschen schlurfte ein dicker, schnauzbärtiger Wächter in einer beeindruckenden Phantasieuniform voller Abzeichen und goldener Tressen. Die meisten sahen aus, als hätte er sie selbst gefertigt und ganz im Glanz seiner Würde kam er gemächlich zu uns her gewatschelt und machte dabei abwehrende Handbewegungen. Wafa öffnete die Scheibe und noch bevor der Wächter ein Wort sagen konnte, legte er los. Vermutlich galt er bei seinen Rekruten als der Schrecken des Kasernenhofes, ich war jedenfalls froh, nicht unter ihm gedient zu haben. Der Dicke wirkte im ersten Augenblick verblüfft, im zweiten erschrocken und im dritten schob er seine Wampe so schnell er konnte zum Schlagbaum und öffnete. Als wir anfuhren nahm er sogar so was wie Haltung an und salutierte.

Die Straße führte an einen Parkplatz vorbei, wo die letzten Reisebusse auf ihre Touristen warteten, die gerade angeschlendert kamen, eine bunte, leichtbekleidete Gesellschaft, die an diesem Ort seltsam fehl am Platz wirkte und die uns neugierig nachsahen. Dann kamen eine Reihe von Souvenirshops, Papyrusläden und Parfümerien, bis die Straße in ein Hügelfeld führte, wo sie sich in zahlreiche Wege teilte. Einige Männer in Arbeitskleidung winkten uns gestikulierend zu, es schien, als wollten sie uns zum Anhalten bewegen. Wafa achtete nicht darauf, er hatte die Karte auf seinen Knien ausgebreitet und dirigierte den Fahrer mit kurzen Befehlen. Farid hingegen wurde immer nervöser. „Wir dürfen hier eigentlich nicht mit Autos fahren", murmelte er.

In den Schutthügeln erkannte ich kleine, halb im Boden eingelassene Zugänge. Manche waren komplett mit Zäunen abgesperrt, die meisten hatten eine Gittertür als Absperrung. Vor jedem gab es ein Schild mit einer Beschreibung. Dies waren wohl die Gräber aus der Zeit des Alten Reiches, der ersten ägyptischen Zivilisation. Auch wenn sie nicht mehr viel hermachten, als man sie in den Fels schlug, lebten meine Vorfahren vermutlich noch in Höhlen. Linkerhand tauchte ein kleiner Platz mit ein paar massiven Mauerresten und stämmigen Säulen auf, vermutlich ein Totentempel. Im Gegensatz zu den südostasiatischen Tempeln und buddhistischen Klöstern war dieser hier schmucklos und schlicht, wirkte in seiner Massivität aber irgendwie archaisch und urtümlich. Man sah ihm an, dass er uralt sein musste. Unsere Humvees bogen rechts ab und nach ein paar Kurven ließ Wafa halten.

„Wir sind da."

Als wir ausstiegen, ging gerade die Sonne unter. In ihren letzten Strahlen sahen wir einen unspektakulären Hügel, in dessen Flanke eine von massiven Steinen umschlossene Öffnung prangte, von einer Gittertür verschlossen. Ein schmaler Pfad führte zu ihr und auf dem kleinen Schild daneben verkündete eine schlichte Inschrift, dies sei „Tomb SN 89", Grab eines unbekannten Palastbeamten oder Priesters aus der Zeit zwischen der ersten und dritten Dynastie.

Wafa reichte jedem von uns eine Taschenlampe und stapfte dann entschlossen los. Wir folgten ihm im Gänsemarsch, während die Soldaten die Gegend absicherten. Allerdings war weit und breit kein anderer Mensch zu sehen.

Wafa stoppte vor der Gittertür und rüttelte daran. Sie war abgesperrt und das Schloss sah nicht so aus, als würde man es wie im Film mit einer Haarklammer öffnen können.

„Wir brauchen den Schlüssel", stellte Sky fest und sah Farid an. „Weißt du, wo sie aufbewahrt werden?"

„Normalerweise kommen sie abends in das Büro des Direktors und werden im Safe eingeschlossen. Wir müssen den Direktor suchen, ich denke, er ist noch irgendwo auf dem Gelände."

„Dazu haben wir keine Zeit", knurrte Wafa und zog seine Pistole. „Zurück!"

Hastig zogen wir uns ein paar Schritte zurück, dann drückte Wafa ab. Er jagte drei Kugeln in das Schloss, was in den Hügeln ein unnatürlich lautes Echo erzeugte, und trat dann mit dem Fuß kräftig gegen die Tür. Krachend flog sie auf. Wafa sah sich kurz um und schaltete seine Lampe ein. „Wir sollten uns beeilen, den Krach hat sicher jemand mitbekommen."

Hinter der Gittertür erstreckte sich ein schmaler, in den Berg gehauener Tunnel, gerade breit genug um nicht mit beiden Schultern gegen die Seiten zu stoßen und so niedrig, dass ich gebückt gehen musste. Er führte einige Meter geradeaus, mit leichter Neigung nach unten und mündete in einer Grabkammer mit rechteckigem Grundriss von vielleicht vier mal sechs Metern. Diese frühen Gräber besaßen noch nicht die Raffinesse der späteren Pharaonengräber aus dem Tal der Könige, es gab keine verwinkelten Gänge, keine falschen Grabkammern, keine Schächte, die nirgendwohin führten. In der Mitte der Kammer stand ein aus Granit (nehme ich an) gehauener Sarkophag ohne Deckel. Er war leer und geborsten, eine Ecke fehlte. In den Seitenwänden befanden sich je drei große und dazwischen zwei kleine Nischen, die alle leer waren bis auf eine der großen. In ihr stand eine verwitterte Statur eines ägyptischen Gottes, der den Körper eines Menschen besaß und den Kopf eines Hundes, oder eines Schakals. Wie Farid leise erklärte, war das Anubis, der Totengott. In jeder der großen Nischen stand ursprünglich eine Götterstatue, um über den Körper des Verstorbenen zu wachen, in den kleinen wurden vermutlich sogenannte Kanopen abgestellt, vasenähnliche Krüge, die die Eingeweide des einbalsamierten Leichnams enthielten. Jetzt war alles verschwunden, ebenso die Grabbeigaben, die es zweifellos mal gegeben hatte. Die Rückwand der Grabkammer war glatt und zeigte eine Zeichnung, verblasst und abgeblättert. Man konnte die typischen, im Profil gezeichneten Gestalten sehen, Arbeiter, die Steinblöcke auf Schlitten zogen, Schiffe mit Segeln auf dem Nil und in der Mitte eine übergroße stehende Frau mit nackten Brüsten und dem Kopf einer Katze. Sie hielt eine Hand erhoben und aus dieser Hand führte etwas wie ein Strahl zu einem wesentlich kleineren Mann mit Menschenkopf, der demütig vor ihr kniete.

„Die Göttin Bastet", flüsterte Farid ergriffen. „Das Bild zeigt, wie sie dem Besitzer des Grabes ihre Huld erweist."

Wafa ließ den Strahl seiner Lampe durch die Kammer wandern. Obwohl die Wände aus hellem Stein bestanden und wir vier starke Lampen hatten, wirkte es finster und eng. Die huschenden Lichtkegel warfen zuckende Schatten. Ich fühlte mich unbehaglich, nicht dass ich an einen Fluch der Mumien glaubte, aber die Enge, das flackernde Licht und die massiven Steinwände ringsum erweckten durchaus klaustrophobische Gefühle in mir, etwas, dass mir unter Wasser, selbst tief im Bauch eines uralten Wracks, noch nie passiert war.

„Was jetzt?" fragte Wafa und wie als Antwort auf seine Frage, ballte sich die Luft zu einem blauen Leuchten. Ich wusste, was nun geschah und es wunderte mich nicht mal mehr, Saphira erscheinen zu sehen. Ihr Leuchten erhellte die Kammer mit blauem, kalt wirkendem Licht, in dem Anubis noch unheimlicher und bedrohlicher aussah.

Farid und Wafa, die ihr Erscheinen noch nie zuvor gesehen hatten, erschraken zutiefst. Farid begann zu zittern und es fehlte wenig, er wäre auf die Knie gefallen. Der Colonel zog, als echter Soldat, seine Waffe.

„Steck die Pistole weg", sagte Sky. „Das ist Saphira, die Botin der Meister des Blauen Ordens."

Wafa fiel die Kinnlade runter, doch er fing sich erstaunlich schnell. „Dann nehme ich an, sie steht auf unserer Seite", sagte er und steckte seine Pistole wieder ein. „Ich gebe zu, ich hatte meine Zweifel an ihrer Existenz."

„Wir sind durchaus real, wenn auch nicht greifbar", antwortete Saphira und streckte ihren Arm in Richtung des Bildes aus. „Der Handschuh befindet sich in einer verschlossenen Nische hinter der erhobenen Hand von Bastet. Ihr müsst die Wand aufbrechen, um ihn zu bekommen."

„Die Wand aufbrechen?" Farid klang entsetzt und allein die Vorstellung eines solchen Frevels ließ ihn jede Ehrfurcht vergessen. „Das dürfen wir nicht! Dieses Bild ist über viertausendachthundert Jahre alt! Es ist ein unersetzbares Kunstwerk!"

Saphira nahm den Arm herunter und wand sich zu ihm um. „Deine Achtung vor den Leistungen eurer Vorfahren ehrt dich, doch es steht die Zukunft eurer ganzen Art auf dem Spiel. Nur mit dem Handschuh könnt ihr Serpent aufhalten."

„Ich hole Werkzeug", verkündete Wafa entschlossen und verschwand nach draußen.

„Nein, nein", stammelte Farid und sah gehetzt von einem zum anderen. „Das darf ich nicht zulassen. Ich bin Archäologe…"

„Wenn Serpent sein Ding durchzieht", versuchte ich ihm zu erklären, „werden nicht nur wir Menschen verschwinden, sondern auch alles, was wir je geschaffen haben, also auch dieses Bild. Es ist in jedem Fall verloren, aber wir haben die Möglichkeit, alles andere zu retten."

Ich konnte kaum fassen, dass ich Saphiras Fantasiestory hier als Erklärung anbrachte, als ob ich tatsächlich daran glaubte. Aber tat ich das nicht vielleicht sogar?

Wafa kehrte mit einem Vorschlaghammer und zwei Brechstangen zurück. „Wir haben nicht mehr viel Zeit, draußen versammelt sich langsam eine Menschenmenge."

Er drückte mir die Brechstangen in die Hand und hob den Hammer. „Wo muss ich hinschlagen?"

„Genau auf die erhobene Hand der Katzenfrau." Ich war froh, dass er das selbst tun wollte und mir dieser Frevel erspart blieb. Farid drehte sich weg und verbarg das Gesicht in den Händen, während Wafa ausholte und den Hammer mit Wucht auf die Hand der Göttin schmetterte. Es gab einen dumpfen Schlag und ein Riss ging durch ein Stück der Wand. Beim zweiten Hieb brach etwas weg und der Hammerkopf drang in die Wand ein. Ich hob eine der Brechstangen, zwängte sie in den Spalt und drückte mit aller Kraft, einmal, zweimal… Eine quadratische Platte, gut vierzig Zentimeter groß und zehn dick, löste sich aus der Wand und polterte zu Boden. Sky leuchtete mit zwei Lampen in die Öffnung. Dahinter lag eine perfekte würfelförmige Nische und in ihrer Mitte, auf einem blau und rot bemalten, wie neu aussehenden Sockel aus Keramik, lag der goldene Handschuh. Eigentlich war es gar kein Handschuh, eher ein Reif, der um die Handfläche getragen wurde. Auf seiner Oberseite befand sich etwas wie eine runde Fassung, genau passend für den Durchmesser eines Shakris und am Rand waren goldene Ringe an kurzen Kettchen befestigt, die wohl über die Finger gezogen wurden. All das schien die Jahrtausende unversehrt überstanden zu haben, es war nicht einmal besonders eingestaubt. Einige Sekunden starrten wir den Handschuh an, ohne etwas zu sagen, dann brach Saphira das Schweigen: „Nehmt ihn heraus. Es droht keine Gefahr."

Wafa trat einen Schritt zurück und machte eine einladende Handbewegung in meine Richtung. „Bitte, du bist der Auserwählte."

Ich trat einen Schritt vor und hob zögerlich die Hand. Saphira sagte zwar, es drohe keine Gefahr, aber einem Mann wie Imhotep, der die Pyramiden erfunden und einen „Shakrienergieverstärker" gebaut hatte, war durchaus zuzutrauen, auch eine immer noch wirksame Falle konstruiert zu haben. In jedem Film, den ich kannte, geschah stets etwas Schreckliches, sobald einer der Charaktere versuchte, ein uraltes Artefakt zu entfernen. Schließlich nahm ich die Brechstange und fädelte sie durch die Öffnung des Reifs. Behutsam hob ich den Handschuh heraus und wagte dabei kaum zu atmen. Nichts geschah. Aufatmend ließ ich ihn in meine Hand gleiten und drehte mich zu den anderen um. Das Ding war recht schwer, bestand vermutlich wirklich aus massivem Gold. Alle starrten ihn mit großen Augen an und als ich meine Begleiter so vor mir sah, erfasste ich auf einmal das Skurrile, ja, Groteske der Situation. Da standen, in einer dunklen, uralten ägyptischen Grabkammer, eine wunderschöne junge Thai in engen Jeans und T-Shirt, ein kämpferischer ägyptischer Offizier im Kampfanzug und ein schüchterner junger Archäologe, und zwischen ihnen eine überirdische, verschleierte blaue Lichtgestalt, die aussah wie aus einer viktorianischen Geistergeschichte. Es hätte mich auch nicht mehr gewundert, wenn der steinerne Anubis aus seiner Nische gestiegen wäre um sich zu dieser Truppe zu gesellen. Nicht darüber nachdenken, dachte ich mir, sonst wirst du entweder wahnsinnig oder vollends zum Zyniker.

„Und was jetzt?" fragte ich stattdessen, an Saphira gerichtet.

„Fahrt in den Teil des Landes, den ihr die Weiße Wüste nennt", antwortete sie. „Zu der Oase Farafra. Dort werden wir euch weitere Anweisungen geben."

Und damit verschwand sie wie üblich in einem blauen Rauchschleier und wir blieben allein zurück.

„Wow", staunte Wafa. „Wie macht sie das? Ist das so was wie Beamen?"

Noch einer, der nicht an Zauberei glaubte, stellte ich befriedigt fest und antwortete möglichst gleichmütig: „Sie ist nur eine Projektion, so was wie ein Hologramm."

Im selben Augenblick wurden in dem Gang, der nach draußen führte, Stimmen laut und eine seltsam gemischte Truppe stürmte in die Kammer. Vorneweg ein älterer, sehr seriös aussehender Herr mit sorgfältig frisierten grauen Haaren und einem ebensolchen Schnurrbart, gekleidet in einen hellen Leinenanzug. Ihm folgte einer der Soldaten Wafas, der ihn vergeblich zurückzuhalten suchte und hinter dem kam ein hagerer dunkelhäutiger Mann in einem blauen Arbeitsanzug. Als der Ältere die Szene überblickte, das Loch in der Wand, den Colonel mit seinem Hammer und mich mit Brechstange und goldenem Artefakt, blieb er wie vom Blitz getroffen stehen und ihm quollen schier die Augen aus den Höhlen. Ich glaubte, er würde gleich tot umfallen, aber dann fasste er sich und ließ eine lautstarke Schimpfkanonade auf uns los. Ich war ganz froh, kein Arabisch zu verstehen, andererseits, wenn man sah, wie Wafa dunkelrot anlief, wäre es sicher interessant zu wissen, was er sagte. Dann stürzte er mit erhobenen Fäusten auf uns zu und Sky trat ihm mit ausgestrecktem Arm in den Weg. Keine Ahnung, ob er wirklich auf uns losgegangen wäre, gegen eine Frau handgreiflich zu werden wagte er wohl nicht. Wafa nutzte die kurze verblüffte Pause und ging zum Angriff über. Allerdings hatte er es hier nicht mit einem aufgeblasenen Pförtner zu tun, der Mann war, wie mir Farid leise zuraunte, der Direktor der Ausgrabungsstätte und ein würdiger Gegner für den Colonel. Beide blafften sich mit einer Lautstärke an, dass es von den Wänden der engen Grabkammer widerhallte. Die Luft wurde durch die vielen Leute, die sich in dem Raum drängten, nicht eben besser und ich begann mich unwohl zu fühlen. Das Gebrülle ging mir auf die Nerven, ich fing an zu schwitzen und einmal schien es mir sogar, als ob der steinerne Anubis mich spöttisch angrinste. Da platzte mir der Kragen.

„Ruhe!" schrie ich, selbst über mich erstaunt und mehr noch darüber, dass es tatsächlich wirkte. Alle starrten mich verblüfft an.

„Tut mir leid wegen dem Loch in der Wand", erklärte ich auf Englisch, „aber das kann man sicher wieder restaurieren. Und das Ding hier borgen wir uns nur eine Zeitlang aus, dann geben wir es zurück, okay? Es ist wirklich wichtig."

Der Direktor starrte mich an wie man vielleicht einen armen Irren anschaut, der gerade verkündet, dass er den Eifelturm heiraten will.

„So, und jetzt müssen wir leider gehen", fügte ich hinzu und setzte mich in Bewegung. Sky folgte mir stolz aufgerichtet, Farid mit eingezogenem Kopf und Wafa zuckte, dem Direktor zugewandt, grinsend mit den Schultern und eilte dann hinter uns her.

Draußen in der frischen Nachtluft atmete ich erleichtert auf. Was für ein Unterschied zu der winzigen Grabkammer. Inzwischen war es völlig dunkel geworden, nur am westlichen Horizont schimmerte noch ein rötlicher Streifen. Um die beiden Fahrzeuge drängten sich sicherlich zwanzig Leute, alles Ägypter, Fremdenführer und Arbeiter der Nekropole, die von den vier wachehaltenden Soldaten nur mühsam in Schach gehalten wurden. Sie wussten zwar nicht genau, was im Grab vor sich ging, standen aber alle auf Seiten ihres Direktors und zeigten keine Furcht, sich mit den Soldaten anzulegen. Noch kam es nicht zu Handgreiflichkeiten, aber es lag eine drohende Stimmung in der Luft.

„Wir sollten verschwinden", raunte ich Wafa zu.

Er nickte und brüllte einen Befehl, dann schritt er, so selbstsicher wie auf dem Paradeplatz, zum Wagen. Dieses Auftreten zeigte Wirkung, die Leute verstummten und wichen einen Schritt zurück. Wir stiegen ein und der sichtlich erleichterte Fahrer startete den Motor. Beim Losfahren sah ich den Direktor schreiend aus der Grabkammer kommen und sofort verwandelte sich die Menge in einen wütenden Mob. Aber da fuhren wir schon. Ein paar Steine kamen uns hinterhergeflogen ohne Schaden anzurichten und dann erreichten wir die Hauptstraße und gaben Gas.

„Wie weit ist es bis zu dieser Oase?" fragte ich.

„Ungefähr fünfhundert Kilometer. Aber die Straßen sind ganz gut. Wir sollten gegen Mitternacht dort sein." Womit die Frage geklärt wäre, ob wir durchfahren oder irgendwo übernachten würden. Ich hielt die Zeitschätzung des Colonels für reichlich optimistisch, im Dunkeln in einem Land wie Ägypten eine solche Strecke in deutschem Autobahntempo zu fahren, aber da irrte ich mich ziemlich. Die beiden Fahrer schienen bei der Formel eins gelernt zu haben und die Straßen waren wirklich gut und breit. Wir sausten in einem irren Tempo dahin, sparten nicht mit der Hupe und beide Wagen hatten ständig Fernlicht an. Zweimal konnten sich entgegenkommende Autos nur noch in den Straßengraben retten, was aber außer Farid und mir niemanden zu interessieren schien.

Zu Beginn der Fahrt ging der goldene Handschuh noch von Hand zu Hand und wir spekulierten, wie er anzuwenden sei. Die halbkugelige Fassung auf der Handrückenseite war wie gemacht für ein Shakri, da musste man es hineindrücken, das wenigstens stand fest. Auf der anderen Seite, im Bereich der Handfläche, war ein großer roter Stein, wie ein Rubin, eigelassen. Ich vermutete, er sollte die Energie irgendwie bündeln. Wir beschlossen, während der Fahrt keine Experimente damit zu machen, sie war auch so schon gefährlich genug. Unser Fahrer verstand kein Wort Englisch, wie Wafa versicherte, so konnten wir frei sprechen. Sky erzählte die Geschichte, die wir von Saphira im Flugzeug zu hören bekamen und zu meiner Verwunderung nahmen die beiden Ägypter sie relativ gelassen auf. Ich schien der einzige Skeptiker zu sein, und ausgerechnet ich war der Auserwählte. Wenn die Shakris keinen Sinn für Ironie hatten…

Wafa führte einige Telefonate und bestellte einen Truck mit Ausrüstung nach Farafra, dann schliefen die Gespräche ein und wenig später auch meine Gefährten. Farid als erster, dann Sky und wenig später auch Wafa, nur der Fahrer blieb scheinbar unverändert wach, wenigstens wurde er nicht langsamer. Ich selbst fühlte mich nicht müde, ich hatte ja im Flugzeug einige Stunden geschlafen, aber ich langweilte mich zutiefst. Die Straße führte über weite Strecken schnurgerade nach Südwesten und man sah im Licht der Scheinwerfer nur ein helles Asphaltband, umgeben von Dunkelheit. Einmal stoppten wir an einer Tankstelle. Alle rappelten sich gähnend auf und kletterten mit steifen Gliedern aus dem Wagen. Die Luft war erstaunlich kühl und ich fröstelte. Während die Soldaten tankten, suchten wir die Toilette auf, die in einem besseren Zustand war als ich erwartet hätte. Wafa kaufte ein Sixpack Cola, die hielt allerdings keinen lange wach. Schließlich wurde es ein Uhr morgens, bis aus dem Dunkel der Nacht helle, niedrige Häuser auftauchten, dazwischen staubige Palmen. Ein magerer Hund stand mitten auf der Straße, seine Augen glitzerten im Scheinwerferlicht wie Diamanten und der Soldat musste abbremsen und hupen, was Wafa hochschrecken ließ. Er sprach kurz mit dem Fahrer und dann fuhren wir, wie mir schien, kreuz und quer durch den schlafenden Ort, bis wir durch eine bogenförmige Einfahrt auf einen kleinen Parkplatz rollten und hielten. Auf dem Bogen stand „Safari Hotel" und hinter dem Parkplatz erhob sich ein flaches, scheinbar aus Lehm gebautes Gebäude mit kleinen Zinnen, die um das Dach herumliefen. Eine einsame Energiesparleuchte tauchte den Eingang mit dem Rezeptions-Schild in kaltes, helles Licht.

„Wir sind da", sagte Wafa. „Wir sollten hier übernachten, wir müssen ohnehin warten, bis unsere blauleuchtende Freundin wieder auftaucht und uns weitere Anweisungen gibt."

Niemand protestierte und so zogen wir schweigend und verschlafen unsere Taschen aus dem Wagen. Ich verstaute Shakri und Handschuh in meiner und auch dagegen sagte keiner was. Ein verschlafener Portier führte uns zu einer Bungalowanlage, wo kleine, ebenfalls aus hellem Lehm gebaute Häuschen mit halbkugeligen Dächern zwischen Büschen und Dattelpalmen standen. Jeder bekam sein eigenes Häuschen, der Portier zeigte uns noch den Weg zum Restaurant, wo wir uns aus einem Kühlschrank selbst mit Getränken bedienen könnten, wir müssten nur unsere Zimmernummer angeben, dann schlurfte er zurück und alle verzogen sich in ihre Hütten. Das war dann mein erster Tag in Ägypten.

Tag 7 – Ägyptische Wüste

Da ich noch immer putzmunter war, kam ich auf die Idee, mir ein „Gute-Nacht-Bier" aus dem Restaurant zu holen. Sicherheitshalber steckte ich Shakri und Handschuh in meine Gürteltasche und nahm sie mit.

Das Hotel lag in tiefem Schlaf, nur ein paar sparsam verteilte Lampen beleuchteten den Weg zwischen den Bungalows hindurch. Ich fragte mich, wo unsere Begleitsoldaten schliefen. Ob Wafa ihnen auch eine so komfortable Unterkunft spendiert hatte?

Im Restaurant brannte noch Licht. Der Raum war recht groß und ziemlich karg eingerichtet, eine Reihe quadratischer Tische, von je vier Holzstühlen umgeben, standen herum. Es sah wie eine Siebziger-Jahre-Kantine aus. An einem der Tische saß der Colonel, hatte eine Cola neben sich stehen und studierte irgendeinen Plan.

Ich stöberte etwas in dem Getränkekühlschrank herum und fand im untersten Fach neben Wasser und quietschbunten Softdrinks auch ein paar Dosen Heineken. Mit einer setzte ich mich neben Wafa und nutzte die Gelegenheit, nach seinen Soldaten zu fragen.

„Es gibt einen Schlafsaal für die Busfahrer und die Touristenbegleiter", antwortete er. „Warum willst du das wissen?"

„Nun, sie haben uns gefahren und sie bewachen uns. Da haben sie wenigstens eine anständige Unterkunft verdient."

Wafa durchbohrte mich mit einem undurchdringlichen Blick. „Du wärst ein guter Offizier geworden."

Na danke auch! Noch von meiner eigenen Militärzeit her hielt ich nicht all zuviel von Offizieren, um ehrlich zu sein, gab es meiner Meinung nach in jeder Armee der Welt nur zwei erstrebenswerte Dienstgrade, und die begannen beide mit G: Gefreiter und

General. Der Erste hatte den Mist bald hinter sich und der Zweite stand ganz oben und brauchte sich nichts mehr befehlen zu lassen. Wafa aber schien das Thema nicht fallenlassen zu wollen.

„Hast du Vincent Legrelle wirklich zweimal besiegt?" fragte er. Ich bestätigte es und erzählte kurz und knapp, was geschehen war. „Ein übler Typ", schloss ich.

„Er war nicht immer so, weißt du?" antwortete er nachdenklich. „Ich habe ihn mal kennengelernt, vor vielen Jahren bei einer Sicherheitskonferenz. Er war ein guter Offizier, sehr verantwortungsbewusst und seine Männer liebten ihn. Eines Abends unterhielten wir uns darüber, was uns zum Militär brachte und er erzählte mir, sein einziger Grund sei gewesen, sein Land zu schützen. Diese Auslandseinsätze gefielen ihm nicht sonderlich, er wollte Frankreich an seinen Grenzen verteidigen und nicht in fremden Ländern, aber als guter Soldat erfüllte er seine Pflicht, ob sie ihm nun gefiel oder nicht."

„Das klingt so gar nicht nach dem Vincent, den ich kennengelernt habe."

„Sky hat dir von der Geschichte in Mali erzählt, nicht wahr? Als die Terroristen ihn regelrecht zerfleischten, konnten seine Männer ihm nicht helfen, sie hielten ihn für tot und setzten sich unter heftigem Feindfeuer ab. Vincent muss, zu Recht oder Unrecht, ihnen die Schuld an seinem Zustand gegeben haben. Dann haben seine Vorgesetzten ihn an Serpent übergeben, ohne sein Einverständnis einzuholen, was ja auch nicht ging, denn er war klinisch tot. Und zum Schluss sein Gesicht... du hast ja gesehen, was aus ihm wurde. Und keiner kann sagen, was Serpent und seine Wissenschaftler ihm sonst noch angetan haben, ob sie ihm eine Gehirnwäsche verpassten oder ähnliches. Jedenfalls hat der heutige Vincent nichts mehr mit dem damaligen gemein. Manchmal frage ich mich, ob irgendwo in dieser Killermaschine noch ein Rest von dem Mann vorhanden ist, der nur sein Land schützen wollte, oder ob

Serpent das alles ausgelöscht hat." Er seufzte auf und beugte sich wieder über seinen Plan. Ich trank noch einen Schluck Bier um der Schwermut zu begegnen, die mich bei seiner kurzen Geschichte packte. So hatten also auch die bösartigsten Killer noch einen tragischen Hintergrund. Was mochte ein solches Erlebnis, wie es Vincent widerfahren war, mit einem Menschen machen? Ich konnte mir sein Leiden nicht einmal vorstellen, aber es war begreiflich, wenn man danach die Menschen zu hassen begann. Erst, die, die einem das angetan, dann die, die einem im Stich ließen und schließlich jene, die sich angeekelt abwanden, um die Verstümmelungen nicht zu sehen, die man doch nur ihretwegen erhalten hatte…

Schluss damit! Ich schob die Dose zur Seite und beugte mich über den Plan, den Wafa studierte. Es war eine Landkarte, keine militärische diesmal, sondern eine ganz normale Touristenkarte. Südöstlich unserer Oase war die Weiße Wüste eingezeichnet, ein einziges, konturloses Ödland.

„Da müssen wir hin", sagte er, als er meinen Blick bemerkte.

„Gibt ja nicht viele Orientierungspunkte."

„Wir bekommen bessere Karten. Ich habe einen Versorgungstruck angefordert, der sollte welche mitbringen. Die hier habe ich aus der Rezeption. Aber du hast schon recht, wenn uns diese blaue Geistererscheinung keine genaueren Hinweise gibt, werden wir ziemliche Schwierigkeiten haben, den Eingang in diese seltsame Stadt zu finden. Nun ja, es bringt nichts, sich den Kopf unnütz zu zerbrechen. Wie der Große Lama immer sagte: Hab Vertrauen."

„Ich wünschte, ich hätte ihn kennengelernt", murmelte ich.

Wafa stand auf und legte mir seine Hand auf die Schulter. „Du durftest Meister Tao kennenlernen. Auch das ist mehr, als den meisten Menschen vergönnt ist. Ich wünsche dir eine gute Nacht."

Er faltete seine Karte zusammen und schlurfte aus dem Raum, ein nachdenklicher, besorgter Mann. Ob ihn seine Soldaten je so zu sehen bekamen? Mindestens ebenso nachdenklich kehrte ich in meinen Bungalow zurück. Als ich die Tür öffnete, sah ich schon den blauen Schein aus dem Schlafzimmer kommen. Saphira stand mitten im Zimmer und kehrte mir ihr verschleiertes Gesicht zu. Inzwischen überraschte mich ihr Erscheinen kein bisschen mehr.

„Ich hoffe, du musstest nicht zu lange warten", sagte ich.

„Wir warten seit Äonen", lautete die kryptische Antwort. Ich setzte mich auf einen Stuhl und sah sie an.

„Kannst du nicht mal deinen Schleier heben? Ich würde gern dein Gesicht sehen."

„Hinter dem Schleier ist nichts. Du vergisst, dass wir nur eine Projektion sind, eine leere Hülle."

Ja, natürlich. Sie war wie ein Schokoladenosterhase. Wenn man dem die Ohren abbiss, kam auch nur ein Loch zum Vorschein.

„Die anderen schlafen alle schon. Soll ich sie wecken gehen?"

„Das ist nicht notwendig. Wir werden dir die Koordinaten geben, die den Eingang zu unserer Stadt markieren. Du kannst sie deinen Gefährten mitteilen."

Das machte mich noch mal wach. „Moment, ich brauche was zu schreiben!"

Hastig suchte ich nach meinem Notizbuch. Den Kugelschreiber fand ich schnell, das Buch aber schien irgendwo verschollen. Schließlich griff ich mir den Ausdruck meines Flugtickets, das würde ich wohl nicht mehr brauchen. Saphira diktierte mir eine Reihe von Zahlen, Längen- und Breitengrade in Grad, Minuten und Sekunden, alles bereits in unsere Maßeinheiten umgerechnet.

„Woher wisst ihr soviel über uns?" fragte ich verblüfft, als sie fertig war.

„Wir beobachten euch seit Anbeginn eurer Existenz."

„Habt ihr euch auch… eingemischt? In unsere Entwicklung, meine ich."

„Nein, dies wäre ein Verstoß gegen unseren Kodex. Nur wenn es um Serpent geht, nehmen wir mit euch Kontakt auf, denn er ist einer von uns und seine Einflussnahme auf eure Gesellschaft war vom Universum so nicht vorgesehen. Wir betreiben Schadensbegrenzung, würdest du wohl sagen. Und nun müssen wir dich verlassen, wir sehen uns morgen an diesen Koordinaten."

Es war verdammt kühl, als ich den Bungalow verließ. Die Sonne stand niedrig an einem blassblauen Himmel und bei Tageslicht fiel mir erst einmal die Trostlosigkeit der Umgebung auf. Die sandfarbenen Bungalows standen in einem flachen, mit krümeligen Steinen bedeckten Gelände von derselben Farbe und selbst die wenigen kleinen, zerzaust aussehenden Palmen hatten etwas Sandiges an sich.

Ich machte mich auf dem Weg zum Restaurant und begegnete dabei zum ersten Mal anderen Menschen, einem älteren Paar, die auch sehr europäisch aussahen und mir auf Französisch einen guten Morgen wünschten. Im Restaurant hatten sich schon etwa ein Dutzend ähnlich alte Franzosen eingefunden, die wohl zu einer Reisegruppe gehörten und sich an der hinteren Wand am Frühstücksbuffet drängten. Sie schienen die einzigen Gäste zu sein, mit Ausnahme eines außergewöhnlich aussehenden Pärchens an einem der Tische: Sky und Farid. Sie hatte eine Kaffeetasse in Händen und zappelte regelrecht vor Ungeduld, während er vor lauter Ehrfurcht fast das Atmen vergaß. Was mochte man ihm wohl alles über die Shakri-Meister erzählt haben? Dass sie über das Wasser gehen konnten?

Ich trat an den Tisch. „Guten Morgen. Wie ist das Frühstück?"

Sky blitzte mich mit ihren bernsteinfarbenen Augen an. „Hab ich dich eigentlich schon mal gefragt, ob du nur ans Essen denken kannst?"

Ich grinste und wand mich an Farid. „Das macht sie immer so, beantwortet eine Frage mit einer Gegenfrage."

„Das ist gar nicht wahr!" beschwerte sie sich, während Farid sich sichtlich unwohl fühlte. Ich mischte mich unter die Franzosen am Buffet und packte mir den Teller voll. Das letzte Mal hatte ich gestern was gegessen, auf dem Privatflugplatz in Indien, aber ich bekam nicht mehr zusammen, wie viele Stunden das jetzt her war. Die Zeitverschiebung zwischen Thailand, Indien und Ägypten ließ diese simple Frage zu einer Gleichung mit drei Unbekannten werden. Jedenfalls hatte ich Hunger, also packte ich mir den Teller voll, auch wenn das Frühstück keine Offenbarung war. Es gab matschiges Rührei, eine Art blasser Wiener Würstchen, vermutlich aus viel Chemie und wenig Geflügel, Marmelade, eiskalte und daher steinharte Butter und Toastbrot. Das einzig Positive, was ich zum Kaffee sagen konnte, war, dass er schwarz war. Wie konnten Franzosen nur so ein Frühstück runterbekommen? Und doch futterten sie drauflos, als wäre es ihre Henkersmahlzeit.

Als ich mit meinem Teller zum Platz zurückkehrte, stöhnte Sky auf.

„Was ist?" fragte ich gutgelaunt. „Ohne Wafa und seine Leute können wir sowieso nicht los."

„Außerdem wissen wir nicht wohin", kam mir Farid zu Hilfe. „Wir müssen auf Saphiras Instruktionen warten."

Ich war ihm für diese Vorlage richtig dankbar.

„Das zumindest", erklärte ich großspurig, „ist geklärt." Und schob mit eleganter Geste mein Ticket über den Tisch. Sky blickte es an wie eine Kakerlake. „Was ist das?"

„Die Koordinaten unseres Ziels. Ich hatte gestern Nacht noch Damenbesuch, sozusagen."

„Was?" zischte sie so laut, dass sich die Hälfte der Franzosen zu uns umdrehte, worauf sie leiser, aber nicht weniger aggressiv fortfuhr: „Du hattest diese Info die ganze Nacht und hast uns nicht geweckt? Wir hätten sofort weiterfahren müssen! Wie konntest du! Du weißt doch was auf dem Spiel steht!"

Ich weiß nicht mehr genau, was ich erwartet hatte, vielleicht dass sie mir freudig um den Hals fiel, diese Reaktion aber bestimmt nicht.

„Jetzt mal ganz ruhig!" zischte ich ebenfalls verärgert zurück. „Die Soldaten waren völlig fertig, die hätten auf keinen Fall weiterfahren können, Außerdem ist es Irrsinn, nachts durch eine weglose Wüste zu gurken. Bestenfalls hätten wir uns irgendwo festgefahren, im schlimmsten Fall überschlagen. Und wenn nicht, wären wir halb eingeschlafen am Ende in Serpents Lager gerollt. Da hätten sich seine Söldner aber gefreut!"

Sky funkelte mich wütend an. Ob meine Worte sie überzeugten oder sie nur keine Lust auf einen Streit hatte, keine Ahnung. Zum Glück wurde ich durch den Colonel gerettet, der an den Tisch trat, einen jungen, hageren Offizier hinter sich.

„Guten Morgen", sagte er. „Wie ist das Frühstück?" Und schaute dann verblüfft drein, als ich losprustete, Farid fast zehn Zentimeter kleiner wurde und Sky aussah, als würde sie jeden Augenblick explodieren.

„Was ist?" fragte Wafa verständnislos. „Hab ich was Komisches gesagt?"

„Lass gut sein", wehrte ich ab und wischte mir die Tränen aus den Augen. „Man kann es essen, wenn man Hunger hat."

Wafa nickte und stellte uns dann seinen Begleiter vor. „Das ist Leutnant Massad. Er und seine Leute sind soeben mit dem Versorgungsfahrzeug angekommen."

Massad schlug in einer ziemlich preußischen Haltung die Haken zusammen und salutierte. Er schien noch recht jung und wirkte leicht nervös, vermutlich konnte er sich den Grund seines Einsatzes nicht erklären.

„Schön", sagte Sky trocken, „dann können wir ja jetzt los."

„Wissen wir denn wohin?" fragte der Colonel zurück. Sky reichte ihm das Ticket. „Da stehen die Koordinaten."

„Oh, habe ich unsere Informantin verpasst?"

„Sie hat mich gestern Nacht noch besucht", antwortete ich. „Und nun ist Meisterin Sky sauer, weil ich euch nicht gleich alle aus den Betten gescheucht habe."

Wafa gab den Zettel an seinen Leutnant weiter und erteilte ihm einen Befehl. Massad nickte, salutierte noch mal kurz vor uns, wesentlich nachlässiger als gerade eben, und ging. Der Colonel setzte sich.

„Wir hätten in der Nacht ohnehin nicht in die Wüste fahren können. Viel zu gefährlich."

Am liebsten hätte ich Sky diese Bestätigung meiner eigenen Worte noch mal um die Ohren geschmiert, aber das hätte sie wohl ernsthaft verärgert. Und ich wusste, was eine verärgerte Sky anrichten konnte.

„Warum fahren wir dann jetzt nicht los?" fragte sie ungehalten

„Die Soldaten sind grade eben zur Tankstelle gefahren, in zwanzig Minuten sind sie wieder hier, dann können wir los. Massad wird das Navi mit den Koordinaten füttern und wir fahren so schnell es eben geht, versprochen. So, und jetzt hole ich mir auch erst mal was zu essen."

Leutnant Massad war nicht nur mit einem riesigen, dreiachsigen LKW gekommen, der aussah, als könne ihn höchstens ein Panzer stoppen, als Eskorte hatte er auch noch einen weiteren Humvee mit fünf Soldaten dabei. Wir fuhren also in einer eindrucksvollen Kolonne aus der Oase hinaus, folgten der Straße ein gutes Stück nach Süden und bogen dann auf eine Piste ab, die eigentlich nur aus einer Reihe von Reifenspuren im Sand bestand. Nach und nach bogen diese Spuren nach links oder rechts ab und schließlich pflügten die Geländewagen durch jungfräuliche Wüste. Und was für eine Wüste! Im Grunde bestand sie aus einer relativ flachen Ebene aus weißem Gestein, Kreide oder vielleicht auch einer Art von Kalkstein, die über weite Strecken von gelbbraunem Sand bedeckt war, der vom Wind zu flachen, aber langgezogenen Dünen angeweht worden war. Aus dieser Landschaft ragten weiße, bizarr geformte Felstürme, manche nur mannshoch, andere bis zu zehn Meter und mehr. Manche waren an der Spitze dicker als unten und glichen skurrilen Bäumen. Einer sah tatsächlich wie ein Atompilz aus, ein anderer erinnerte aus einem bestimmten Blickwinkel an den Kopf eines riesigen Gorillas. Und über allem erstreckte sich ein blassblauer Himmel. Keinerlei Vegetation war hier zu finden, nicht mal ein paar vertrocknete Grashalme. Die Autos zogen einen langen Staubschleier hinter sich her und fuhren daher nicht mehr hintereinander, sondern mit großem Abstand nebeneinander her. Die ganze Gegend hatte etwas Beklemmendes an sich, es sah ein wenig aus wie auf einem fremden Planeten. Wenn wir Menschen uns eines Tages selbst vernichten sollten, so kann ich mir gut vorstellen, dass die Erde dann so aussehen wird.

Colonel Wafa schenkte der Landschaft keinerlei Aufmerksamkeit. Er hatte ein ganz normales kleines GPS-Gerät auf dem Armaturenbrett befestigt und verfolgte gespannt die Anzeige auf dem kleinen Monitor. Da war ein Pfeil zu sehen, der die Richtung zu unserem Ziel angab und darunter die Entfernung, die uns noch davon trennte. Schließlich wurden die Felstürme seltener, dafür der Grund unebener und steiniger. Die Fahrer mussten große Bögen fahren, um Geröllhalden und Tiefsandfeldern auszuweichen, trotzdem schüttelten sich die Wagen wie wilde Pferde.

„Dauert nicht mehr lange", sagte Wafa, als Farid nach einer heftigen Erschütterung aufstöhnte.

„Das da vorne scheint es zu sein." Er zeigte auf eine Erhebung, die wie ein kleiner Tafelberg aussah. Große Felsbrocken lagen an seinen Flanken, manche davon sicher fünf, sechs Meter hoch. Abgesehen davon sah der Berg absolut unspektakulär aus... bis auf die Reifenspuren, die auf ihn zuführten. Wafa hatte sie natürlich schon erblickt und griff zum Mikrofon des Funkgeräts.

„Die müssen von Serpents Fahrzeugen sein", sagte er zu uns und wollte gerade einen Befehl geben, als etwas dicht an uns vorbeizischte und den Humvee zu unserer Linken traf. Eine gewaltige Explosion riss das rechte Vorderrad ab und der Wagen überschlug sich in voller Fahrt. Eine mächtige Wolke aus Rauch und Staub wirbelte auf und unser Fahrer trat mit aller Kraft auf die Bremse. Wir kamen in einer Staubwolke zum Stehen.

„Raus!" brüllte Wafa. „Raus, weg vom Wagen und hinlegen!"

Er und der Fahrer hechteten aus dem Fahrzeug, Sky tat auf ihrer Seite das Gleiche und auch ich öffnete die Tür, sprang heraus, lief ein paar Meter und warf mich dann in den weichen, warmen Sand einer kleinen, knapp meterhohen Düne. Erst dann kam ich zum Denken.

Serpent und seine Leute mussten uns schon lange entdeckt haben, kein Wunder bei den Staubschleppen, die wir hinter uns herzogen. Sie hatten eine Rakete auf uns abgefeuert, mit Erfolg. Aber warum nur eine? Ich hob etwas den Kopf und schaute mich um. Unser Humvee stand verlassen mit offenen Türen herum, auch der zweite, etwas entfernt. Der dritte lag auf dem Dach und ich sah, wie zwei der Soldaten einen dritten aus dem Wrack zogen. Ein vierter kroch aus eigener Kraft heraus, zog sein linkes Bein aber in seltsam verbogener Weise hinter sich her. Der Truck allein war noch in Bewegung, er kurvte mit Höchstgeschwindigkeit zurück zu den Felstürmen, wohl um dort in Deckung zu gehen. Wafa wollte unsere wertvolle Ausrüstung keiner Gefahr aussetzen. Wo war er eigentlich? Ich hob den Kopf etwas höher und hielt nach unseren Leuten Ausschau. Farid lag drei oder vier Meter hinter mir, flach auf den Boden gepresst, Wafa und den Fahrer erspähte ich auf der anderen Seite des Wagens. Der Colonel hatte sich auf ein Knie aufgerichtet und spähte durch einen Feldstecher zu dem Berg hinüber. Dann sah ich Sky zu ihm hinrobben. Sie hielt dabei eine AK 47 in der Hand. Verdammt, wo hatte sie nur schon wieder die Knarre her?

Ein Stück weiter arbeitete sich auch die Besatzung des zweiten Wagens nach vorn. Ich kroch ebenfalls los und robbte zu Wafa und Sky.

„Was ist, kann man was sehen?"

„Unten bleiben!" zischte er mich an und es klang ziemlich gereizt.

„Sie sitzen dort drüben auf einem Felsvorsprung", setzte er hinzu und zeigte auf die Flanke des Berges. Ich konnte dort nichts erkennen und er reichte mir das Fernglas. Aber selbst dann dauerte es eine Weile, bis ich unsere Gegner im Blick hatte. Etwa fünf, sechs Meter über dem Grund gab es einen Felsvorsprung, eine Art Sims, der noch dazu durch halbmeterhohe Gesteinsbrocken geschützt wurde, und auf diesem Sims hatten sich Serpents Männer verschanzt. Man sah sie ab und zu über ihre Deckung spähen oder das eine oder andere Körperteil kurz hervorragen. Es mochten vielleicht fünf Mann in Wüstentarnuniformen sein.

„Warum haben sie nur eine Rakete auf uns abgeschossen?" fragte ich, als ich das Fernglas zurückgab.

„Vielleicht wollen sie keine Raketen auf leere Fahrzeuge verschwenden. Oder sie hatten nur die eine", antwortete er und setzte erneut das Glas an die Augen. „Jedenfalls haben sie eine hervorragende Position. Hinter sich den Berg, vor sich eine Felsbrüstung und den perfekten Überblick. Und wir müssen uns über glattes, deckungsloses Gelände heranarbeiten." Er stieß einen übel klingenden arabischen Fluch aus und gab dann ein paar Kommandos. Seine Männer teilten sich in zwei Gruppen, die nach links und rechts davonkrochen.

„Wir nehmen sie in die Zange", erklärte er grimmig, „und attackieren sie von zwei Seiten. Sky, mein Fahrer und ich gehen frontal vor und geben den beiden Gruppen Feuerschutz. Du bleibst mit Farid hier, klar?"

„Aber wieso? Ich kann mit einer Kalaschnikow umgehen. Ich werde euch begleiten."

„Nein!" Seine Stimme klang hart und keinen Widerspruch duldend. „Du bist der Einzige, der das Shakri manipulieren kann. Dir darf nichts passieren. Keine Widerrede!"

Er kroch erstaunlich schnell und gewandt davon. Sky funkelte mich noch einmal kurz mit ihren hellbraunen Augen an, in denen ich fast so etwas wie Vorfreude auf das kommende Gefecht lesen konnte. „Tu einmal, was man dir sagt!" flüsterte sie und folgte dann Wafa und dem Fahrer. Ich sah ihren kleinen, runden Hintern sich auf erregende Art bewegen, während sie davon robbte. Das lenkte mich kurzzeitig von meinem Ärger ab.

Bleib hier, es ist zu gefährlich! Tu, was man dir sagt! Sie behandelten mich wie ein kleines Kind und ich hatte es so satt, immer nur den passiven Part zu übernehmen. Ich war in diese Geschichte hineingerutscht ohne es zu wollen oder es auch nur zu wissen, aber jetzt steckte ich mittendrin, und was noch schwerer wog, ich war zu einem wichtigen Element der Geschehnisse geworden. Also wollte ich auch meinen Teil dazu beitragen. Fluchend kroch ich hinter den anderen her, allerdings mit etwas Abstand, ich hatte ja keine Waffe.

Serpents Männer ließen die Soldaten recht nah an sich herankommen, ehe sie das Feuer eröffneten. Ich erkannte das kreischende Geräusch sofort wieder. Sie benutzten dieselben kleinen Maschinenpistolen wie auf den Philippinen. Das waren reine Nahkampfwaffen, je kürzer die Distanz, desto verheerender die Wirkung. Sie konzentrierten ihr Feuer auf die nördliche Gruppe von Wafas Leuten. Wo die Geschoße einschlugen, stob der Sand auf wie kochendes Wasser und die Soldaten drückten sich schutzsuchend gegen den Boden. Wafa, Sky und der Fahrer eröffneten ihrerseits das Feuer. Sie schossen kurze Feuerstöße, die kleine Steinsplitter aus der feindlichen Felsdeckung herausrissen, aber weiter keinen Schaden anrichteten. Das Gestein musste weitaus härter sein, als sein verwitterter Zustand glauben machte.

Mehrere Minuten lang geschah nichts weiter, als dass die eine oder andere Gruppe ein paar Schüsse abgab, wenn sich irgendwo was bewegte. In dieser Zeit arbeitete sich die Südgruppe von Wafas Männern dicht an ihr Ziel heran, dann aber hatten sie ein völlig deckungsloses Gebiet von vielleicht zehn Metern Breite zu überqueren. Einer der Soldaten sprang auf und raste im Laufschritt los, von den beiden anderen gedeckt. Er kam nicht mal bis zur Hälfte, dann kreischten die Maschinenpistolen los. Den Mann riss es seitlich von den Beinen, er überschlug sich fast und rollte noch ein kleines Stück, ehe er liegenblieb. Ein Zucken ging durch seinen Körper, und dann erschlaffte er. Alle schossen jetzt durcheinander, ein paar Mal konnte ich Kugeln dicht an mir vorbeijaulen hören. Ein Spruch fiel mir ein, den ich irgendwo mal gehört hatte: „Eine Kugel, die du pfeifen hörst, kann dich nicht mehr treffen." Aber das war ein schwacher Trost. Ich presste mich an den Boden, spürte die Sandkörnchen rau an meiner Wange und bereute es zutiefst, den andern gefolgt zu sein, und das auch noch unbewaffnet.

Einer von Wafas Männern aus der Nordgruppe brüllte auf, ein schmerzerfüllter Schrei, der in langgezogenes Stöhnen überging.

So werden wir mit denen nie fertig, dachte ich verzweifelt, die können uns von da oben abknallen wie die Karnickel. So lange ihre Munition reicht, halten sie auch ihre Stellung, und so wie sie schießen, scheinen sie daran keinen Mangel zu haben. Wir brauchen eine neue Taktik und zwar schnell!

„Benutz das Shakri", sagte da eine Stimme auf Deutsch neben mir. Links, rechts, ich wusste es nicht, die Stimme schien von überall zu kommen und hatte einen leichten Hall-Effekt. Ich wälzte mich auf den Rücken, um zu sehen, ob Saphira irgendwo aufgetaucht war.

„Wir manifestieren uns nicht optisch", ertönte die Stimme erneut. „Wir treten rein mental mit dir in Kontakt."

Sie ist in meinem Kopf! durchzuckte es mich.

„Hab keine Angst." Jetzt klang sie fast spöttisch. „Wir können dich nicht gegen deinen Willen zu etwas zwingen oder dich kontrollieren, sondern nur mit dir kommunizieren. Benutz das Shakri."

„Wie?" Die Frage rutschte mir laut heraus, aber zum Glück lag ich einige Meter hinter den Anderen und keiner bekam etwas mit.

„Der Handschuh. Zieh ihn an, lege das Shakri in die Fassung und konzentriere dich auf das, was du tun möchtest. Der Handschuh schafft eine mentale Verbindung zwischen deinem Geist und dem Shakri. Es erfasst deinen Befehl und setzt ihn um."

Ich holte den goldenen Handschuh, oder besser gesagt den Handreif, aus der Gürteltasche und schob ihn über die rechte Handfläche. Das Shakri passte perfekt in die Vertiefung auf dem Handrücken, es knackte leise, als es einrastete. Der rote Stein auf der Handinnenfläche schien leicht aufzuleuchten.

Das Herz schlug mir bis zum Hals, als ich mich auf ein Knie aufrichtete und den rechten Arm nach vorne streckte. Wie Vincent, dachte ich und wünschte mir, er wäre dort oben hinter den Felsen. Wafa und Sky riefen mir etwas zu, aber ich hörte es kaum. Es war mir auch egal. Ein seltsamer Zustand des Entrücktseins hatte mich erfasst, als wäre ich in Wirklichkeit gar nicht hier. Wie in einem Traum, wenn man eine Szene betrachtet und das Geschehen erlebt und einem doch bewusst ist, dass man nicht selbst derjenige ist, dem es passiert. Dann stellte ich mir vor, wie die deckungsgebenden Felsblöcke verschwinden und Serpents Männer völlig schutzlos auf ihrem Felsvorsprung zurückbleiben. Ein heftiges Prickeln durchlief meinen Arm, ein kurzer, stechender Schmerz im Handrücken, dann fegte eine gewaltige, unsichtbare Macht die Felsbrocken nach rechts zur Seite und sie fielen polternd und Staubwolken aufwirbelnd vom Sims auf den Boden. Vier Männer, zwei liegend, zwei knieend, blieben entsetzt zurück.

Ich selbst war bestimmt ebenso erschrocken. Ich weiß heute nicht mehr, ob ich wirklich daran geglaubt hatte, dass etwas geschah oder ob es ein Akt der Verzweiflung war, mit einem solchen Erfolg hatte ich aber sicher nicht gerechnet. Tonnenschwere Steinblöcke flogen wie Kieselchen durch die Luft, von einer unsichtbaren Kraft weggeschleudert, und diese Kraft wurde durch meinen Willen gesteuert! Aber mir blieb keine Zeit zum Nachdenken, denn im selben Moment eröffneten Wafas Soldaten das Feuer. Die beiden Söldner auf den Knien wurden regelrecht zerfetzt und waren wohl schon tot, bevor sie aufschlugen. Die beiden anderen krochen zurück zur Felswand, wo sie wenigstens ein wenig Deckung hatten. Als das Knattern der Kalaschnikows kurz verstummte, ertönte eine heisere, leicht hysterisch klingende Stimme: „Feuer einstellen! Wir ergeben uns! Wir ergeben uns!"

„Werft eure Waffen weg und kommt mit erhobenen Händen raus!" brüllte Wafa zurück, worauf drüben zwei der kleinen Maschinenpistolen über den Felssims in die Tiefe geworfen wurden. Dann erhoben sich die beiden Überlebenden und traten zögernd an den Rand des Felsens. Einer hob beide Hände hoch empor, der andere umfasste mit der Rechten seinen linken Arm, der schlaff herabhing, sein Jackenärmel war rot von Blut. Jetzt erhoben sich auch die Ägypter und rückten, mit angelegten Waffen, auf den Berg vor. Wafa und Sky schauten mich mit einem ungläubigen Gesichtsausdruck an, ihre Blicke wanderten von meiner Hand zu meinem Gesicht.

„Wie hast du das gemacht?" fragte Sky schließlich.

„Ich weiß es nicht genau", gab ich ehrlicherweise zu, „ich habe mir einfach gewünscht, dass es passiert." Dann sah ich auf den Handschuh herab und zog ihn schnell von meiner Hand ab. Wer weiß, was geschah, wenn ich meine Gedanken nicht unter Kontrolle hatte, und das kam oft vor.

Wafa marschierte inzwischen, Befehle gebend, nach vorn und wir folgten ihm. Innerhalb weniger Minuten waren die Soldaten Herr der Lage.

Wir entdeckten zwei große Geländewagen, Mercedes G-Klasse, und zwischen ihnen die Ausstattung eines provisorischen Camps. Weitere Männer fanden wir nicht, weder Vincent Legrelle noch Serpent selbst, die Typen waren nur zu viert gewesen. Als erstes, nachdem das Lager gesichert war, kümmerte sich Wafa um seine Leute. Zum Glück befand sich unter seinen Männern auch ein Sanitäter, der die Verletzten versorgte.

Wir hatten einen Toten zu beklagen, ein weiterer Mann erhielt eine Schussverletzung in die Schulter und beim Überschlag des Humvees waren zwei Leute verwundet worden, der Beifahrer so schwer am Kopf, dass er das Bewusstsein noch nicht wiedererlangt hatte. Auch um den verletzten Söldner kümmerte sich der Sanitäter, doch war dessen Arm so zerschossen, dass er ihn vermutlich verlieren würde. Alle Verletzten wurden schließlich in einen der Humvees gesetzt oder gelegt, der Söldner sorgfältig gefesselt, obwohl er zu viel Blut verloren hatte, um noch zu einer unbedachten Tat fähig zu sein. Mit einem Fahrer machte sich Leutnant Massad dann auf den Weg in die Oase, wo es ein Krankenhaus geben sollte. Die fünf restlichen Soldaten blieben mit uns hier zurück.

Unser Gefangener war ein hagerer, sehniger Mann, Europäer, mit einem kantigen, zerfurchten Gesicht und langen, dunkelblonden Haaren, die er zu einem Pferdeschwanz gebunden hatte. Er sah nicht wirklich so aus, wie ich mir einen Söldner vorstellte, aber andererseits hatte mich der erste Eindruck schon öfter getrogen. Man hatte ihm die Hände mit Kabelbinder auf dem Rücken gefesselt und auch die Fußgelenke verschnürt, trotzdem wurde er von einem der Soldaten, einem dunkelhäutigen, sehr großen und sehr grimmig dreinblickenden Mann, bewacht. Als wir zu ihm gingen, saß er gegen einen Felsbrocken gelehnt und schaute uns mürrisch entgegen. Nun, da sein Leben nicht mehr unmittelbar bedroht wurde, schien er einen Teil seiner Kaltblütigkeit zurückgewonnen zu haben und er zeigte das durch einen herablassenden, fast schon verächtlichen Gesichtsausdruck.

Dicht vor ihm blieb Wafa stehen und sah ein paar Augenblicke auf ihn herab.

„Aufstehen!" befahl er dann barsch. Der Söldner verzog keine Miene und rührte sich nicht. Wafa gab dem Soldaten einen Wink, der packte ihn am Kragen und zog ihn in die Höhe.

„Wir haben ein paar Fragen an dich", fuhr Wafa fort. „Wenn du kooperierst, verspreche ich dir eine faire Verhandlung und lege ein gutes Wort für dich ein. Und mein Wort hat hier Gewicht."

Der Mann verzog das Gesicht zu einem höhnischen Grinsen. Ziemlich schnell hatte er kapiert, dass wir auf seine Informationen angewiesen waren und ihn brauchten.

„Ich glaube kaum, dass es zu einer Verhandlung kommt, und wenn, dann stehen höchstens Sie vor Gericht. Ich bin britischer Staatsbürger, offiziell eingereist, wir haben für unsere Waffen eine Genehmigung des Verteidigungsministeriums und mein Boss kennt dort ein paar sehr wichtige Leute. Wichtigere als Sie."

Der ist eine harte Nuss, dachte ich bei mir, und war gespannt, wie der Colonel ihn knacken wollte. Der machte erst einmal eine wegwerfende Handbewegung.

„Interessiert mich alles überhaupt nicht", sagte er herablassend. „Zuerst mal bist du deinem Boss scheißegal. Der hat dich hier zurückgelassen, damit du ihn den Rücken freihältst und dabei hat er deinen Tod schon einkalkuliert. Glaubst du wirklich, der würde seine guten Beziehungen zu diesen wichtigen Leuten strapazieren um einen Handlanger wie dich zu retten?"

Er legte eine kurze Pause ein um seine Worte wirken zu lassen und fuhr dann fort: „Und außerdem bist du nichts weiter als ein ausländischer Terrorist, der an einem verbrecherischen Überfall auf die ägyptischen Streitkräfte beteiligt war. Deine Verhandlung findet hier und jetzt statt und ich bin Richter und Staatsanwalt in einer Person. Dein Verteidiger ist... der dort." Und dabei zeigte er auf den Felsen, an den der Gefangene gelehnt hatte. „Und was er bis jetzt gesagt hat, überzeugt mich nicht wirklich."

Die überhebliche Fassade des Söldners bekam erste Risse. „Das können Sie nicht tun!" blaffte er. „Sie sind Offizier, Sie sind an Gesetze gebunden!"

Wafa grinste auf eine regelrecht diabolische Weise. „Okay, reden wir Klartext. Ich brauche Informationen und die werde ich aus dir rausholen. Gibst du sie mir freiwillig, bleibst du am Leben und wir übergeben dich der Polizei. Wenn du den Helden spielen willst, werden wir grob werden. Früher oder später redest du schon. Und dann werden wir dich töten und deine Reste irgendwo verscharren, wo sie keiner finden wird."

Der Söldner richtete sich kerzengrade auf, auch wenn sein Gesicht eine graue Färbung annahm, blieb er standhaft. Er hatte Rückgrat, dass musste man ihm lassen.

„Ich werde nichts sagen!"

Wafa nickte dem Soldaten zu, der den Gefangenen bewachte. „Das ist Yussuf, unser Fleischer. Du solltest mal sehen, wie schnell er eine Ziege häutet. Der Soldat, den ihr erschossen habt, war sein bester Freund. Ich denke, ich lasse ihn mal ausprobieren, ob er auch einen Menschen häuten kann. Nicht so schnell natürlich, du musst ja noch eine Weile bei Bewusstsein bleiben und reden können."

Der dunkelhäutige Soldat zog ein Messer mit gut zwanzig Zentimeter langer Klinge aus seinem Gürtel und auf seinem Gesicht erschien ein wahrhaft satanischer Ausdruck. Der Gefangene schluckte vernehmlich, seine Selbstbeherrschung brach angesichts dessen, was er auf sich zukommen sah, wie ein Kartenhaus in sich zusammen. Panisch sah er erst zu dem Soldaten, dann zu uns. An mir blieb sein Blick haften.

„Das dürfen Sie nicht zulassen!" brüllte er verzweifelt. „Tun Sie doch was!"

Mir war nicht ganz klar, warum er sich ausgerechnet mich als Retter auserkoren hatte, vielleicht weil ich außer ihm der einzige Europäer hier war. Aber mir wurde klar, dass er kurz vor dem Zusammenbruch stand. Nur noch ein winziger Schubs und wir hatten gewonnen. Ich beschloss, bei Wafas Bluff mitzuspielen.

„Ich werde auch was tun", erklärte ich. „Nämlich einen ausgedehnten Spaziergang machen. Ich will mir das nicht ansehen müssen, sonst bekomme ich noch Alpträume."

Mit diesen Worten drehte ich mich um und setzte mich langsam in Bewegung.

„Im Truck liegen Kopfhörer", sagte Wafa. „Er könnte ziemlich laut kreischen und in der Wüste ist das weit zu hören."

Dieser letzte Satz war der Tropfen, der das Fass zum Überlaufen brachte.

„Halt! Ich rede! Ich rede!"

Ich kehrte zu den anderen zurück. Der Söldner hing wie ein Häufchen Unglück im Griff des Soldaten, alles Selbstbewusstsein war aus seinem Gesicht verschwunden und er zitterte wie Espenlaub. Fast konnte er mir leid tun.

„Also dann los", befahl Wafa streng.

„Sie müssen mir versprechen, mich nicht zu foltern und mich am Leben zu lassen", bettelte der Gefangene. „Dann werde ich Ihnen alles erzählen!"

„Mein Wort gilt immer!" Wafa wirkte regelrecht beleidigt. „Und jetzt rede: Wohin ist dein Boss verschwunden und wann? Wie viele Männer hat er mitgenommen und wie sind sie ausgerüstet?"

Stockend begann der Söldner zu erzählen. Demnach waren sie gestern, kurz nach Einbruch der Dunkelheit, hier angekommen und hatten ein Lager errichtet. Heute Morgen, etwa gegen acht Uhr, war Serpent zusammen mit Vincent Legrelle und drei anderen Männern aufgebrochen. Sie waren mit Maschinenpistolen bewaffnet, Vincent außerdem noch mit zwei oder drei Handgranaten, nahmen Nahrungsmittelkonzentrate für etwa zehn Tage und Wasser für drei oder vier Tage, starke Lampen mit mehreren Ersatzbatterien und Campingausrüstung mit sich. So ausgerüstet verschwanden sie in einer Höhle am Fuß des Tafelberges. Er selbst und die drei anderen Wachleute sollten hier auf seine Rückkehr warten und in der Zwischenzeit den Höhleneingang sichern und gegen jeden Angreifer verteidigen. Dazu hatten sie eine tragbare Rakete und jede Menge Munition für ihre Uzis.

Wenn Saphiras Geschichte von Serpents Weltuntergangsmaschine stimmte, dann hatte er nie vor, zurückzukehren, dann hatte er seine eigenen Leute belogen und zum Sterben zurückgelassen.

„Da ist noch etwas", sagte der Söldner am Ende seiner Erzählung ängstlich. „Eine Stunde nachdem sie weg waren, ist mein Kommandeur in die Höhle gegangen. Nach ein paar Minuten kam er völlig verwirrt wieder raus und sagte, dass die Höhle nicht sehr tief sei und auch keinen zweiten Ausgang hätte. Aber unser Boss, Vincent und die anderen sind da drin verschwunden.

Sie sind auch nicht wieder rausgekommen, das hätten wir gesehen. Wirklich, ich sage die Wahrheit!"

„Schon gut." Wafa nickte und ließ den Gefangenen sich wieder setzen. Dann machten wir uns auf die Suche nach der Höhle.

„Das war ein unglaublich überzeugender Bluff", sagte Farid begeistert, als wir außer Hörweite waren. Wafa drehte sich zu ihm um, sein Gesicht wirkte, wie aus Stein gemeißelt.

„Ich habe nicht geblufft. Dazu steht zu viel auf dem Spiel."

Farids Gesicht wurde aschgrau und mir lief ein Frösteln über den Rücken. Nur Sky verzog keine Miene. Hätten sie das wirklich getan? Was waren das nur für Leute, sie, Wafa, und der Rest der Shakri Narubeth? Sie sagten, sie wären die Guten und die Beschützer der Welt, aber sie griffen zu den gleichen schrecklichen Mitteln wie ihre Gegner, töteten und folterten… Der Zweck heiligt die Mittel, heißt es. Sollte das stimmen? Kam es am Ende nur auf die

Höhe des Einsatzes an? Ist es okay, einen Menschen zu foltern und zu töten, um die ganze Menschheit zu retten? Und wenn es nur ein Teil der Menschheit wäre, oder nur eine Handvoll Menschen? Wo verliert dann dieser Satz seine Berechtigung? Ist Moral nur eine Frage der Quantität?

Das schlimme an all diesen düsteren Gedanken aber war die Tatsache, dass mir keine Lösung dazu einfiel. In einer Welt wie der unsrigen sind die Sanftmütigen immer die Verlierer, nur wer Stärke zeigt, kann sich behaupten, so ungern ich das auch zugeben mochte.

Wir fanden den Höhleneingang etwa hundert Meter hinter dem Lager der Söldner. Ein recht schmaler Spalt, unten vielleicht einen knappen Meter breit und keine zwei hoch, der sich nach oben verjüngte. Er sah völlig unspektakulär aus und wenn wir nicht nach ihm gesucht hätten, wären wir sicher achtlos vorbeigegangen.

„Okay", sagte Wafa, „schaut euch schon mal um, ich hole ein paar Lampen." Er klopfte mir auf die Schulter und lief davon. Sky trat an die Öffnung heran. Sie trug noch immer die AK 47 und schon aus diesem Grund war ich gerne bereit, ihr den Vortritt zu überlassen. Elegant drückte sie sich durch den Spalt und verschwand in der Dunkelheit. Bei mir sah es schon wesentlich plumper aus, als ich mich durchzwängte.

Hinter dem Eingang erweiterte sich die Höhle zu einer wohnzimmergroßen Kammer, in deren Mitte man aufrecht stehen konnte. Durch den Spalt drang genug Licht, um die Kammer halbwegs zu erhellen. Ihre Wände waren recht glatt, an der Rückseite lag ein gewaltiger Felsbrocken, groß wie ein Auto, von Geröll umgeben. Wie der Söldner schon gesagt hatte, gab es keinen zweiten Ausgang und auch keinen Weg der weiterführte.

Sky stand in der Mitte der Kammer und sah verunsichert aus. „Und jetzt?" fragte sie.

Ich zuckte die Schultern. „Entweder hat uns der Typ angelogen oder es gibt einen versteckten Ausgang. Oder Serpent hat den Weg hinter sich verschlossen. Meinte der Kerl nicht, Vincent hätte Handgranaten dabei?"

„Das glaube ich nicht. Die Steine hier sehen aus, als ob sie schon lange so liegen."

Sie trat an den großen Felsen heran und legte ihre Hand darauf. Hinter mir flammte Lichtschein auf und ich drehte mich um, verwundert, dass Wafa schon so schnell zurück sein sollte. Aber schon beim Drehen fiel mir die blaue Farbe des Lichtes auf und ich bekam gerade noch das Ende von Saphiras Manifestation zu sehen.

„Ihr seid am richtigen Ort", sagte sie. „Geht zur Seite."

Sky trat hastig einen Schritt zurück, während Saphira bewegungslos vor dem Felsen stand. Und dann, wie von Zauberhand, hob sich diese gewaltige Felsplatte an, kippte lautlos in die Höhe wie eine sich öffnende Falltür und dahinter tat sich eine nachtschwarze Öffnung auf, aus der uns ein warmer Lufthauch entgegenwehte. Ein leises Knirschen ertönte und die Platte stoppte in Höhe meines Kopfes. Saphira drehte sich zu uns um.

„Dies ist einer der Zugänge in unser unterirdisches Reich. Er ist durch einen Verschluss gesichert, der sich nur durch einen mentalen Befehl öffnen lässt. Dieser Weg führt in unsere Stadt, ihr müsst ihn benutzen, um Serpent aufzuhalten. Nehmt Nahrung für zwölf Tage mit, Wasser werdet ihr unterwegs finden. Auch Licht wird es nach einiger Zeit geben. Wir werden euch führen."

Sky trat an die geheimnisvolle Öffnung heran und warf einen Blick in die Schwärze. Dann trat sie zurück. „Lasst uns die Ausrüstung zusammenpacken", sagte sie entschlossen. Mir selbst war beim Anblick dieses Lochs eher flau zumute. So gerne ich mich unter Wasser auch in ein Wrack zwängte, in irgendwelche unbekannten Höhlen zu kriechen war nicht wirklich mein Ding.

„Wird der Zugang offen bleiben?" fragte ich zögernd.

„Wir haben ihn blockiert. Er wird bis zu eurer Rückkehr in dieser Position verharren." Sie breitete die Arme aus und glich, im Halbdunkel der Höhle, mehr denn je einer Geistererscheinung. „Und nun beeilt euch. Ihr habt noch einen weiten Weg vor euch."

Tag 7 – Im Höhlensystem

Eine Stunde später waren wir unterwegs, Wafa, Farid, Sky und ich. Wir trugen Felduniformen in Wüstentarn, die der Colonel aus seinem Versorgungstruck gezaubert hatte, weil er meinte, das wäre für eine solche Expedition praktischer. Dazu schleppte jeder noch einen mächtigen Rucksack voller Ausrüstung mit sich, hauptsächlich Notrationen des Militärs, harte Riegel, von denen fünf oder sechs pro Tag und Person reichen sollten. Ungefähr sieben Kilo hatte jeder davon in seinem Rucksack, genug für zwei Wochen, wie Wafa versicherte. Dazu noch Lampen und Batterien, Schlafsack und Isomatte, Waschzeug, eine Ersatzuniform und wenigstens fünf Liter Wasser. Der ganze Packen wog fast zwanzig Kilo und leider hatten die ägyptischen Militärrucksäcke kein so komfortables Tragegestell wie mein alter Trekkingrucksack zu Hause. Doch selbst wenn, es war über zehn Jahre her, seit ich das letzte Mal mit einem vollen Rucksack unterwegs war und schon nach den ersten Minuten schnitten die Träger in die Schultern und ich begann meinen Rücken zu spüren. Und als ob das nicht reichte, hatte der Colonel jedem von uns eine AK 47 ausgehändigt und dazu eine Tasche mit vier Magazinen. Zusätzlich zu dem in der Waffe machte das 150 Schuss aus, eine beeindruckende Feuerkraft in den richtigen Händen. Ob allerdings Farid mit einer Waffe vertraut war, wagte ich zu bezweifeln, er nahm sie auch erst nach langem Zögern entgegen und fühlte sich damit sichtlich unwohl.

Der Gang führte vom Eingang weg mit moderater Neigung nach unten, auf dem ersten Stück sah er aus wie eine natürliche Höhle. Das bisschen Tageslicht blieb bald hinter uns zurück und nur die Stirnlampen warfen unangenehm grelle Lichtflecke auf Wände und Boden.

Es ging über unebenen Grund, teilweise mussten wir Felsbrocken übersteigen oder über Geröllhaufen balancieren. Ich fragte mich, ob dies nur Tarnung war oder ob die unterirdische Stadt nur noch aus Ruinen bestand. Unwahrscheinlich schien das nicht, wenn ihr Alter auch nur ansatzweise Saphiras Worten entsprach. Und dabei wurde mir klar: Ich zweifelte nicht länger an der Existenz dieser Stadt, auch nicht daran, dass sie von Nachfahren intelligenter Dinosaurier erbaut worden war. Die Geschehnisse der letzten Tage hatten mein Weltbild völlig umgekrempelt und mir Dinge vor Augen geführt, über die ich noch vor wenigen Tagen gelacht und sie als Unfug abgetan hätte. Und trotzdem fühlte ich mich nicht anders als vordem, höchstens etwas... freier.

Vor uns begann die Luft zu flirren und Saphira erschien.

„Wir werden euch ab hier begleiten", begann sie, „und euch den richtigen Weg weisen. Die Höhle wird sich bald verzweigen."

Tatsächlich spaltete sich der Gang schon kurz darauf in zwei fast identisch aussehende Tunnel auf. Saphira bog nach rechts ab und wir folgten ihr. Farid blieb kurz stehen, holte ein Stück Kreide aus seiner Jackentasche und zeichnete einen dicken weißen Pfeil an die Wand der Höhle.

„Damit wir auch wieder zurückfinden", sagte er auf meinen fragenden Blick hin. Ich hielt das ganze zwar für unnötig – Saphira führte uns hinunter, sie würde uns auch wieder zurückbringen - sagte aber nichts weiter. Vielleicht war so eine zusätzliche Vorsichtsmaßnahme gar nicht mal schlecht.

Wie lange wir so durch diesen schlauchartigen Gang hinunterstiegen weiß ich nicht mehr, ich hatte gleich zu Beginn vergessen, auf die Uhr zu sehen. Die Luft war trocken und nicht einmal besonders kühl, ganz anders als in den Höhlen, die ich kannte, und so begann ich schon bald ziemlich zu schwitzen. Den anderen erging es nicht anders, selbst unter Skys Achseln zeichneten sich dunkle Flecke auf der Uniformjacke ab. Irgendwann, als ich glaubte, jeden Augenblick vor Erschöpfung umfallen zu müssen, machte Wafa, der vorneweg ging, plötzlich halt.

„Zeit für eine Pause", knurrte er und nahm den Rucksack ab. Ich tat es ihm gleich und da merkte ich erst, wie mir die Schultern schmerzten. Farid torkelte regelrecht, als er die Träger zu lösen versuchte. Ich half ihm dabei und er sank völlig fertig zu Boden. Als Intellektueller und bei seiner schmächtigen Gestalt fiel ihm die ungewohnte körperliche Betätigung noch weit schwerer als mir. Und dennoch hatte er unbeirrt an jeder Abzweigung unseren Weg mit einem Kreidepfeil markiert.

Nach meinem Tauchcomputer war es bereits nach 21:00 Uhr, kein Wunder, dass ich so fertig war. Wir tranken unsere Feldflaschen so gut wie leer und aßen jeder zwei der Energieriegel, harte, zähe Dinger, die im Mund aufzuquellen schienen und sich ohne genug Wasser kaum runterschlucken ließen. Wafa packte einige der Riegel in eine Plastiktüte und verbarg diese unter einer kleinen Steinpyramide. Die Stelle markierte er zusätzlich mit einem großen Kreidepfeil an der Wand.

„Ein Depot für den Rückweg", erklärte er dabei. „So brauchen wir nicht alles mitzuschleppen. Bei jeder Rast werden wir einige der Riegel und ein paar Batterien für die Lampen zurücklassen. Das wird uns den Rückweg etwas erleichtern."

„Ihr solltet etwas ruhen", bemerkte Saphira, die die ganze Zeit vor uns hergeschwebt war. „Sobald ihr wieder aufbrecht, werden wir zur Stelle sein."

Die Höhle war an dieser Stelle recht gewunden und es gab etliche Nischen, es fiel uns nicht schwer, jeder ein Plätzchen zu finden, an dem wir die Schlafsäcke ausbreiten konnten. Als die letzte Taschenlampe verlosch, brach eine tintenschwarze Finsternis über uns herein. Nichts, absolut gar nichts war zu sehen, kein Schatten, kein noch so schwacher Schemen. Über der Erde ist keine Nacht, mag sie auch mondlos und bewölkt sein, so schwarz. Irgendetwas, und seien es auch nur undeutliche Umrisse, kann man immer erkennen, aber hier hatte ich das Gefühl, erblindet zu sein. Ein sehr unangenehmes Gefühl, ich spürte einen regelrechten Druck auf der Brust und fühlte mich versucht, die Taschenlampe kurz einzuschalten, um mich zu vergewissern, dass ich tatsächlich noch sehen konnte. Den anderen schien es ähnlich zu gehen, schließlich hörte ich es aus der Richtung, in der Sky lag, rascheln und dann glomm ein warmes, gelbliches Licht auf. Sie hatte ein kleines Knicklicht aktiviert, dessen chemisches Leuchten die Felsen ringsum schwach erhellte und uns regelrecht aufatmen ließ.

Irgendwann erwachte ich, weil mir die Blase drückte. Der Leuchtstab glomm nur noch schwach vor sich hin und regelmäßige Atemzüge kamen aus seiner Richtung. Aus einer anderen ertönte knurrendes Schnarchen, das war wohl Wafa. Ich erhob mich leise, deckte die Taschenlampe mit der Hand ab um keinen zu wecken und schlich mich eine Strecke weit weg. Meine Schultern schmerzten noch immer und meine Arme fühlten sich taub und schwer an. Nachdem ich mein „Geschäft" verrichtet hatte, wollte ich grade zu meinem Schlafsack zurück, als hinter mir das bekannte blaue Licht aufflammte.

„Wir sind noch nicht soweit, die anderen schlafen alle noch", begrüßte ich Saphira.

„Das ist uns bewusst, wir wollten mit dir allein reden", kam die Antwort, ungewöhnlich ernst und ohne den leicht herablassenden Unterton, in dem sie normalerweise mit mir sprach. Es ging offenbar um etwas von großer Wichtigkeit.

Ich folgte ihr noch ein ganzes Stück von unserem Lager weg bis wir sicher sein konnten, von dort weder gesehen noch gehört zu werden.

„Wir müssen dir erklären, wie du mit Hilfe des Shakri Serpent stoppen kannst. Es gibt nur einen Weg, ihn aufzuhalten und seinen Plan zu vereiteln, und nur du kannst ihn ausführen, weil nur du das Shakri manipulieren kannst."

„Ich bin ganz Ohr", versicherte ich ihr und setzte mich auf einen Felsblock. Tatsächlich hatte ich mich schon den ganzen Tag über gefragt, was wir wohl zu tun hatten, wenn wir in jener sagenhaften unterirdischen Stadt angekommen waren.

„Serpents Maschine", begann sie, „wird vom Root-Kristall mit Energie versorgt. Er hat die Energie aller Shakris, die er besaß, in den Kristall transferiert und sobald er die Stadt erreicht, wird er auch die des Shakris, dass er aus dem Tempel gestohlen hat, in den Kristall laden. Du musst den Kristall zerstören um die Maschine zu vernichten. Dazu musst du den Handschuh mit dem letzten Shakri gegen den Kristall pressen und die Energie ungebremst hineinströmen lassen. Das wird den Kristall überlasten und er wird bersten."

„Das ist alles?" fragte ich ironisch zurück. „Und Serpent, Vincent und seine Wachen werden dabei einfach zuschauen?"

„Die müsst ihr vorher überwältigen."

„Na toll."

„Wir wissen, was wir von euch verlangen." Sie legte eine kurze Pause ein und fuhr dann, etwas unsicher, wie mir schien, fort. „Und das ist noch nicht alles. Du musst wissen, wenn der Root-Kristall zerstört wird, gibt er die gesamte in ihm gespeicherte Energie auf einmal frei. Diese Energiemenge entspricht dem Äquivalent einer wirklich großen Supernovaexplosion."

„Was?" Ich glaubte mich verhört zu haben. „Eine Supernova? Ich soll den Planeten retten, indem ich das ganze Sonnensystem in die Luft sprenge?"

Beschwichtigend hob sie ihre Arme. „Der Freisetzung einer solchen Menge Urenergie wird etwas verursachen, was dein Verständnis des Universums übersteigt und…"

„Oh nein!" unterbrach ich sie verärgert. Meine Geduld war endgültig am Ende. Da lockte sie uns unter die Erde, auf ein Himmelfahrtskommando womöglich (tatsächlich kam mir in diesem Augenblick zum ersten Mal der Gedanke, ich könne bei der ganzen Sache vielleicht sterben), und statt einer Erklärung warum wir das tun sollten, kamen nur wieder diese Ausflüchte, wir wären zu doof, es zu begreifen.

Ich brauchte das gar nicht laut auszusprechen, wahrscheinlich war sie wieder in meinem Kopf und bekam den ganzen Ärger ungefiltert aus meinen Gedanken zu spüren.

„Also gut", lenkte sie ein. „Wir wollen versuchen, den wahren Sachverhalt so zu vereinfachen, dass du ihn verstehen kannst, auch wenn die Erklärung dann nicht mehr wirklich exakt ist.

Euere Wissenschaftler haben eine Theorie entwickelt, die zwar immer noch weit vom wahren Wesen des Universums entfernt ist, aber sich ihm doch etwas annähert. Sie glauben, es könne unendlich viele alternative Realitäten geben, die nebeneinander existieren."

„Ja, die Quantentheorie, ich habe darüber gelesen. Wann immer etwas geschieht, dass zu zwei unterschiedlichen Ergebnissen führen kann, spaltet sich das Universum auf, da beide Ereignisse eintreten, in der einen Realität dieses und in der neu entstehenden Realität das andere."

Ich war stolz darauf, den Sachverhalt so korrekt und verständlich wiedergegeben zu haben, Saphira aber krümmte sich wie unter einem Schlag.

„Ja… im allerweitesten Sinne könnte man das sagen", ertönte ihre Stimme in meinem Kopf in einem Tonfall, der eigentlich heißen sollte: Das ist totaler Quatsch, aber lass mal gut sein.

„Jetzt stell dir vor, diese verschiedenen Universen sind durch eine Art Energiebarriere voneinander getrennt, wie eine Blase, die jedes Universum umgibt. Zwischen den Blasen befindet sich so etwas wie ein leerer Korridor. Die Explosion des Root-Kristalls wird die Wand der Blase, die unsere Realität umgibt, aufreißen und die gesamte Energie wird in den Korridor abfließen. Fast die ganze Energie. Ein winzig kleiner Rest bleibt zurück und wird in unserem Universum freigesetzt."

„Wie klein?" fragte ich zurück, denn mir wurde mit mulmigem Gefühl klar, dass ich, um meine Mission zu erfüllen, direkt neben dem explodierenden Kristall stehen musste.

„Weniger als ein Millionstel Prozent der Gesamtenergie." Das klang nicht nach sehr gefährlich, eher nach einem Chinaböller. Ich atmete auf.

„Trotzdem ist diese Energiemenge immer noch stärker als euer komplettes Atomwaffenarsenal und würde ausreichen, den gesamten östlichen Mittelmeerraum zu vernichten."

„Was?" Ich brüllte jetzt regelrecht, ohne daran zu denken, ob ich im Lager gehört wurde. „Aber das würde die ganze Welt verwüsten. Es gäbe Millionen von Toten. Was soll denn das für eine Weltrettung sein?"

„Wir können das verhindern", beschwichtigte sie mich. „Im Augenblick der Explosion errichten wir eine Dämpfungssphäre um den Kristall und die Maschine. Die Explosion wird sich innerhalb der Sphäre abspielen, nichts davon wird nach außen dringen, die Welt wird nichts spüren. Es gibt nur ein Problem dabei."

Erneut legte sie eine Pause ein und ich fühlte, wie mir ein kaltes Kribbeln über die Kopfhaut und den Rücken lief. Es hatte seinen

Grund, weshalb sie mich allein sprechen wollte und ich begann diesen Grund nun zu ahnen.

„Du wirst dich innerhalb der Sphäre befinden. Du wirst deine Welt und die gesamte Menschheit retten, aber du wirst dabei sterben. Das solltest du wissen."

Tag 8 – Im Höhlensystem

Als die anderen erwachten, bemühte ich mich, mir nichts anmerken zu lassen. Ich weiß nicht, ob mir das gelang, aber wenigstens Wafa und Farid benahmen sich ganz normal. Nur Sky warf mir einen merkwürdigen Blick zu, bevor sie mit einem kleinen Waschbeutel hinter den Felsen verschwand.

Seit Saphiras Offenbarung hatte ich kein Auge zugetan. Man erfährt nicht jeden Tag, das man in Kürze sterben muss, und noch seltener wird einem der Grund eröffnet. Es war eigentlich ganz einfach: Saphira erwartete von mir, mich zu opfern, um Serpent aufzuhalten. Zuerst war ich nur schockiert und konnte es nicht fassen, als ich dann aber wieder im Finstern in meinem Schlafsack lag, wurde mir die Situation langsam bewusst. Ich würde sterben. Ich musste sterben um die Welt zu retten. Kurzzeitig spielte ich sogar mit dem Gedanken, mich im Dunkeln heimlich davonzustehlen und an die Oberfläche zurückzukehren. Was gingen mich diese Shakris im Grunde genommen denn an? Nichts, ich stolperte ja nur durch Zufall in den ganzen Mist hinein. Aber was hätte meine Flucht bewirkt? Serpent würde seine Maschine aktivieren und die ganze Menschheit verschwände, und ich mit ihr. So hätte ich immerhin noch die Chance als Held abzutreten, als der Retter der Welt. Das verschaffte mir zwar keinen Trost, doch ich brachte es andererseits auch nicht fertig, einfach abzuhauen. Statt dessen grübelte ich nach Alternativen. Jenes ultimative Opfer war vielleicht gar nicht nötig, wenn wir Serpent früh genug einholten, konnten wir ihn sicher auf andere Art und Weise stoppen. Mochte er auch ein mächtiger humanoider Dinosaurier sein, einer gutgezielten Salve von 7,62-mm-Projektilen vermochte er sicher nicht zu widerstehen. Seine angebliche Unsterblichkeit bezog sich bestimmt nur darauf, dass er nicht alterte. Und selbst wenn wir ihn nicht töten konnten, so blieb immer noch seine Maschine. Ich stellte mir ein Gerät, mit dem man die Realität verändern konnte, als großen, sehr empfindlichen und komplizierten Computer vor. Ein volles Magazin in seinen Prozessor und das war es dann. Je länger ich im Dunkeln darüber nachdachte, desto mehr redete ich mir ein, ich würde schon einen anderen Weg finden, die Welt zu retten und Saphira hätte mir nur die letzte, verzweifelte Möglichkeit aufgezeigt, wenn alles andere versagte.

Wir packten unseren Kram zusammen und würgten gerade unsere Energieriegel hinunter, als Sky zurückkam. Sie verbreitete einen frischen Deo-Duft in der trockenen Höhlenluft. Irgendwie fand ich es lustig: Bei all ihrer Affinität zu Waffen, ihrer Kampfkunst und ihrer Bereitschaft zu töten besaß sie doch eine ausgeprägte weibliche Eitelkeit. In den paar Tagen, die ich sie jetzt kannte, war sie immer gepflegt und gestylt... auch wenn sie in dem etwas zu großem Kampfanzug wie ein schlaksiger Junge wirkte.

Wafa machte eine spaßige Bemerkung und handelte sich einen bösen Blick dafür ein. Eigentlich wäre es meine Aufgabe gewesen zu spotten, aber nach dem nächtlichen Gespräch mit Saphira war ich nicht so recht in der Stimmung dazu. Also zerkaute ich die Reste meines Riegels und spülte alles mit abgestandenem Wasser hinunter. Ich hätte sonstwas für einen Kaffee gegeben, aber natürlich befanden sich weder Kaffee noch ein Kocher in unserem Gepäck.

Wortlos packte Sky zusammen – schneller und sorgfältiger als wir Männer – und warf sich den Rucksack auf den Rücken. „Auf geht's!"

Farid stöhnte leise, fast unhörbar auf und Wafa fragte: „Willst du nicht erst mal frühstücken?"

Als Antwort zog sie einen der Riegel aus der Brusttasche der Uniform und biss hinein.

Missmutig stand Wafa auf und wir taten es ihm nach. Ich war gar nicht mal böse darum, je eher wir Serpent einholten, desto größer waren die Chancen ihn zu erledigen ohne das ultimative Opfer bringen zu müssen. Meine Schultern schmerzten etwas, als ich die Rucksackträger festzog, aber im Großen und Ganzen fühlte ich mich ganz gut. Eigentlich erstaunlich. Zwar war ich nicht direkt unsportlich, aber meine Kondition galt doch eher als durchschnittlich.

Saphira erschien pünktlich zu unserem Aufbruch und schwebte zuverlässig vor uns her. Mit keinem Wort oder Geste verriet sie etwas über unser nächtliches Gespräch. Und auch wir unterhielten uns kaum. Auch wenn es beständig bergab ging war der Weg doch anstrengend, uneben und teilweise mit losem Geröll bedeckt. Manchmal mussten wir Felsblöcke überklettern oder uns unter einen mächtigen Brocken hindurchzwängen. Dabei kam mir in den Sinn, wieviel hunderttausend Tonnen Gestein mit ihrem ganzen Gewicht wohl auf dieser Höhle lasteten, ein Gedanke, den ich sofort wieder aus meinem Kopf verbannte. Dafür dachte ich daran, dass wir den gleichen Weg wieder zurück mussten. War es bergab schon anstrengend, wie würde es dann erst bergauf sein? Richtig erheiternd war diese Überlegung aber auch nicht.

Nach einigen Stunden wurde der Weg besser, der Boden ebener und an einigen Stellen kam es mir so vor, als wäre die Höhle künstlich verbreitert worden. Dann stießen wir auf einen kleinen Wasserlauf, der aus einem Seitengang strömte. Das Wasser war recht warm, aber klar und geschmacklos. Zur Vorsicht versetzten wir es mit Micropur-Tabletten, einem Mittel zur Wasserdesinfektion.

Wir machten an dieser Stelle Rast und Farid sackte völlig erschöpft zusammen. Wafa und ich nahmen ihm den Rucksack ab und flößten ihm etwas Wasser ein. Seinen Riegel wollte er gar nicht essen, erst als Sky es ihm befahl, knabberte er lustlos daran herum. Ein Schwächling war er jedenfalls nicht, die ganze Zeit hielt er klaglos mit und markierte nach wie vor jede Abzweigung mit Kreidepfeilen. Jetzt aber war er am Ende. Wir teilten sein Gepäck auf unsere Rucksäcke auf, auch wenn er dagegen protestierte. Es beschämte ihn wohl vor allem, dass eine junge Frau seine Last tragen wollte.

Während der Umpackaktion hatten wir nur eine Lampe brennen und plötzlich, ich weiß nicht mehr warum, erlosch sie. Eine abgrundtiefe Finsternis brach über uns herein (die leuchtende Saphira war während unserer Pause verschwunden) und wir blieben wohl alle wie vom Blitz getroffen stehen. Schließlich hörte ich Jemanden nach der Lampe suchen und da bemerkte ich ganz schwache Umrisse.

„Wartet!" rief ich und hob meine Hand. Ich sah sie als tiefschwarzer Schatten vor einem nicht ganz so schwarzen Hintergrund.

„Was ist los?" grummelte Wafa.

„Es gibt hier Licht."

Kurzes Schweigen. „Max hat recht!" ertönte dann Sky's erstaunte Stimme. „Ich kann euch ganz schwach erkennen."

Wir blieben noch eine Weile im Dunkeln stehen und die Umrisse wurden langsam deutlicher. In den Höhlenwänden glomm ein ganz schwaches Licht. Es sah aus als wären da schmale, unregelmäßige Risse im Fels, durch die von irgendwoher Licht sickerte.

„Biolumineszenz", vermutete Farid. Ich tastete mich an einen der Risse heran und strich mit dem Finger darüber. Der Fels fühlte sich glatt und trocken an und mein Finger leuchtete danach auch nicht.

„Das muss etwas anderes sein."

Grell flammte eine Taschenlampe auf und zwang uns, geblendet die Augen zu schließen.

„Genug der Spielerei", verkündete der Colonel entschieden. „Wir haben Wichtigeres zu tun."

Im hellen künstlichen Licht sah ich schmale, wie dunkles Glas aussehende Adern im Gestein. Sollte von ihnen das Leuchten kommen? Aber wenn sie so eine Art natürlicher Lichtleiter waren, von woher leiteten sie dann das Licht?

Später wurde die Höhle immer phantastischer. An einer Stelle ragten riesige Kristalle aus der Wand, an einer anderen erweiterte sich der Gang zu einer Kammer, deren Decke drei, vier Meter hoch war und von unregelmäßigen Felssäulen gestützt wurde.

Dann blieb Sky, die vorausging, plötzlich abrupt stehen, so dass ich fast gegen sie geprallt wäre.

„Was ist?"

„Schaltet das Licht aus."

Wir löschten die Lampen und wie erwartet versank alles im Dunkeln. Nur vor uns, wo Saphira schwebte, glommen die Felsen in kaltem blauem Licht. Und dann bemerkte ich das Leuchten in den Wänden. Wie ein Adergeflecht zog es sich über die Wände und die Decke der Höhle. Hier und da gab es große, schwarze Flecken in diesem Netz, aber dennoch reichte das Licht, um sich grob zu orientieren.

„Was ist das?" fragte Wafa verblüfft.

Saphira schwebte zu uns heran. „Das ist ein Werk unseres Volkes. Dieses Netz leitet Licht aus unserer Stadt bis an die Grenzen jenes Gebietes, das wir einst besiedelt hatten. Wir haben nun die Peripherie unseres Einflussgebiets erreicht und von jetzt an wird es immer heller werden. In wenigen Stunden werdet ihr eure Lampen nicht mehr brauchen."

Sie sollte recht behalten. Die leuchtenden Adern gewannen an Helligkeit, je weiter wir gingen. Sie wurden selber nicht breiter, nahmen an Zahl und Leuchtkraft aber beständig zu. Nicht, dass wir von einem wirklich strahlenden Licht umgeben waren, eher von einer hellen Dämmerung, die aber reichte, alles zu erkennen und sogar zu lesen. Ab dieser Stärke blieb das Licht konstant. Vermutlich waren die Augen der ehemaligen Dinomenschen durch das lange Leben unter der Erde an schwaches Licht gewohnt und ein wirklich heller Sonnentag hätte sie geblendet.

Schließlich, als selbst Wafa vor Erschöpfung zu taumeln begann, machten wir Rast. Nach meiner Uhr war es später Abend, doch obwohl ich letzte Nacht nicht viel schlief und den ganzen Tag einen schweren Rucksack trug, hielt sich meine Erschöpfung in Grenzen. Farid, der nur noch einen fast leeren Rucksack schleppte und Wafa, der wohl den schwersten hatte, waren völlig fertig und selbst Sky keuchte, als sie ihre Last abwarf und die Uniformbluse klebte klatschnass an ihrem Rücken. Warum ging es mir dann noch halbwegs gut? Klar, ich fühlte mich müde, durstig und hungrig und die Schultern und die Oberschenkel taten mir weh, aber es war nicht so schlimm wie es hätte sein müssen. Von mir aus hätte es auch noch ein Stück so weitergehen können.

Saphira schwebte an mich heran.

„Es ist das Shakri", sagte sie. Vermutlich war sie wieder in meinem Kopf gewesen, oder sie konnte generell unsere Gedanken lesen. „Es verändert einen Menschen, es kann seine Krankheiten heilen, macht ihn stärker. Und besser. Wir werden uns jetzt zurückziehen. Esst und schlaft. Noch zwei solcher Märsche und wir erreichen die Stadt."

Tag 9 – Im Höhlensystem

In dieser „Nacht" schlief ich tief und traumlos und wurde nicht gestört. Das trübe Licht blieb in seiner Stärke unverändert, doch war es nicht hell genug, um einen erschöpften Menschen am Schlafen zu hindern und das leise Plätschern des Bächleins, das immer noch munter neben uns dahinfloss tat sein Übriges zum Einschlafen.

Ich erwachte mit heftigem Hunger, aber ansonsten fühlte ich mich phantastisch, was mich einigermaßen verwunderte. Ich bin nie der große Campingfan gewesen, der mit Rucksack und Zelt durch die Gegend wandert. Ein gutes Hotel mit weichem Bett und vor allem einem eigenen Bad zog ich jeder Berghütte tausendmal vor, und doch machte mir dieser Abstieg in die Eingeweide unseres Planeten mittlerweile nicht mehr das Geringste aus. Nur das zunehmende Müffeln meiner durchgeschwitzten Uniform und vor allem der Socken störte mich. Und das Kratzen am Kinn, wenn der sprießende Bart am Kragen scheuerte. Also wanderte ich ein kleines Stück weiter in die Höhle, der Fließrichtung des Baches folgend; immerhin wollte ich den Kameraden nicht das Trinkwasser verpesten und wusch mich dort so gut es ging, inklusive einer Rasur. Auch die Socken spülte ich aus, ich würde sie zum Trocknen außen an den Rucksack binden und heute das Ersatzpaar tragen.

Gut gelaunt wanderte ich zurück und stieß gleich hinter der ersten Biegung auf Sky. Sie stand nur im Slip im Bach und goss sich mit einem Becher das Wasser über den Kopf. Da sie mir den Rücken zukehrte, hatte sie mich noch nicht gesehen. Der Anstand hätte geboten, sich bemerkbar zu machen, doch ich konnte der Versuchung nicht widerstehen, sie zu beobachten. Erstaunlicherweise sah sie in ihren engen Klamotten viel femininer aus als fast nackt. Das Kampftraining hatte ihren Körper gestählt, ihm aber auch einiges an Weiblichkeit genommen. Mir fiel vor allem auf, dass ihr Hintern doch recht schmal war. Dann sah ich auf dem Felsen neben ihr den BH liegen. Es war ein Push-Up Modell. Der Anblick dieses Kleidungsstücks berührte mich. Also hatte auch die taffe und so selbstbewusste Meisterin Sky ihre kleinen Fehler und Schwächen und mogelte ein wenig, so wie wir normalen Sterblichen auch. Jetzt schämte ich mich fast, sie so zu beobachten und schlich mich leise um die Ecke zurück. Ich brachte es nicht über mich, sie so zu stören und sie in Verlegenheit zu bringen, dazu respektierte, dazu mochte ich sie zu sehr.

Also trat ich gegen ein paar Steine, die polternd wegrollten, stieß einen Fluch aus, als habe ich mir wehgetan und stiefelte ein paar Sekunden später um die Ecke. Sie saß, in ihr Handtuch gewickelt, auf dem Fels. Der Push-Up war verschwunden.

„Guten Morgen", begrüßte ich sie gutgelaunt und musste an mich halten, es nicht zu übertreiben. „Auch ein Bad genommen?"

„Nur gewaschen. Hast du eine Kletterpartie unternommen? Ich habe so komische Geräusche gehört."

„Bin über einen Stein gestolpert. Na, ist nichts passiert. Wir sehen uns gleich beim Frühstück."

Sie warf mir einen misstrauischen Blick hinterher, der sich regelrecht in meinen Rücken brannte, sagte aber nichts.

Eine Stunde später waren wir wieder unterwegs. Die Höhle hatte nun häufiger Abzweigungen oder teilte sich in mehrere Gänge auf und nicht immer mussten wir den größten nehmen. Ohne Saphira hätten wir uns in diesem unterirdischen Irrgarten garantiert verlaufen. Farid markierte nach wie vor unseren Weg mit Kreidepfeilen. Ich kam mir zeitweilig vor wie in dem Roman „Reise zum Mittelpunkt der Erde" von Jules Verne. Und hatte Verne am Ende nicht recht behalten mit seiner Vision? War der Planet nicht wirklich mit einem Netz von unterirdischen Gängen durchzogen und gab es nicht tatsächlich noch lebende Dinos? Nun, wenigstens einen, auch wenn der wie ein Mensch aussah und irgendwo vor uns wanderte. Aber auch ohne Saurier spotteten die Höhlen jeder Beschreibung. Und je tiefer wir kamen, desto mehr gewann ich den Eindruck, sie wären künstlich erschaffen oder wenigstens erweitert worden. Da gab es fast viereckige Durchgänge und regelrechte Treppen, die in die Tiefe führten. In einer gewaltigen Kammer, groß wie eine Kathedrale, stützten steinerne Säulen in regelmäßigen Abständen die Decke. Eine andere Kammer war durch so etwas wie flache Mäuerchen in regelmäßige rechteckige Segmente geteilt. Ich versuchte Saphira darauf anzusprechen, aber sie lehnte es rundweg ab, dazu Auskünfte zu geben.

„Dies ist nicht euere Welt. Je weniger ihr darüber wisst, desto besser ist es."

Stunden später, als wir bereits wieder ziemlich erschöpft waren und unsere Aufmerksamkeit nachließ, geschah es. Ich ging vorneweg, vor mir nur noch Saphira, die schwerelos dahinschwebte. Wir befanden uns gerade in einer ziemlich großen Kammer, die sich am Ende zu einem türgroßen und auch so aussehenden Durchgang verengte, vielleicht zwei Meter tief, ehe sie sich wieder verbreiterte und ich bog eben in den Durchgang ein, als Saphira vor mir verschwand. Sie löste sich nicht in blaues Leuchten auf wie sonst, sie war einfach weg, von einem Augenblick zum anderen. Gleichzeitig hörte ich ihren Warnschrei in meinem Kopf: „Vorsicht!"

Dummerweise war ich schon ziemlich abgestumpft und kapierte nicht gleich, sondern machte noch zwei, drei Schritte, bis ich stoppte und aufsah. In der Kammer vor mir, die sicher über hundert Meter lang und mehr als zwanzig breit war, sah ich Menschen. Fünf Männer in schwarzen Klamotten, die etwa in der Mitte der Höhle auf Rucksäcken und Felsblöcken saßen und scheinbar Rast machten. Einer sah mich im selben Augenblick, wie ich sie. Wir schrien beide gleichzeitig auf. Ich prallte zurück und stieß gegen Wafa, der hinter mir ging und ein verständnisloses „Was gibt's?" fragte. Unsere Gegenüber erfassten die Situation wesentlich schneller, sie sprangen auf und griffen zu ihren Waffen. Der größte von ihnen brüllte etwas, was ich nicht verstand, ich konnte aber die Wut aus seiner Stimme heraushören und erkannte ihn sofort: Vincent Legrelle!

„Zurück!" schrie ich und versuchte in einem Anflug von Panik meine Begleiter zurückzudrängen. In dem schmalen Durchgang gab es keinerlei Deckung. Drüben kreischte eine der kleinen Maschinenpistolen auf und dicht neben mir stoben Funken und Splitter aus der Wand. Ein ohrenbetäubendes Dröhnen setzte ein, als sich der Schall der Schüsse an den Wänden brach.

Mit aller Kraft drückte ich die Kameraden in die Kammer zurück. Sky und Wafa hatten inzwischen begriffen, sie warfen ihre Rucksäcke ab und schmissen sich zu Boden. Der Colonel gab eine Salve aus seiner Kalaschnikow ab, was ein mörderisches Dröhnen und ein donnerndes Echo hervorrief.

Ich entledigte mich meines Rucksacks, ließ mich neben Sky in die Deckung einer flachen Felsschwelle fallen und lud die AK 47 durch. Trotz der Aussicht auf eine Schießerei fühlte ich mich erleichtert. Wir hatten Serpent und seine Leute eingeholt, weit vor der Stadt. Wenn wir sie hier fertigmachen konnten, hatte sich die Sache mit meinem Opfer erledigt.

Es zeigte sich allerdings schnell, dass das nicht so einfach war. Genaugenommen hatten wir eine Pattsituation. Jede Partei lag auf ihrer Seite des Durchgangs in relativer Deckung, kam aber selber keinen Meter voran. Unsere Gegner waren sicher vierzig Meter entfernt und ihre kleinen Maschinenpistolen reine Nahkampfwaffen. Genaues Zielen war auf diese Distanz zwar nicht möglich, aber die Geschosse streuten fürchterlich und jaulten als Querschläger unberechenbar durch die Gegend, was jeden unserer Versuche, die Deckung zu verlassen, zu einer Form von russischem Roulette machte. Als ich über die Stufe spähte, konnte ich hinter einem etwas größeren Felsen einen schlanken Mann erkennen, der scheinbar der Anführer war, jedenfalls redete er ziemlich herrisch auf Vincent ein. Das musste Dr. Serpent sein. Leider duckte er sich sofort wieder, doch ab und zu kamen seine Arme oder ein Teil seines Kopfes zum Vorschein, aber immer nur für wenige Sekunden. Als er den Kopf mal etwas länger herausstreckte, zielte ich und drückte ab. Meine Waffe stand auf Einzelfeuer und der Schuss schlug direkt neben ihm ein. Sofort verschwand der Kopf und ich fluchte enttäuscht. Vincent zog vorsichtig seinen Rucksack heran und kramte darin herum. Dann richtete er sich auf und während seine Leute ihm Feuerschutz gaben, schleuderte er mit seinem künstlichen rechten Arm (der tatsächlich wieder wie neu aussah) etwas Kleines, Zylinderförmiges, gegen uns. Normalerweise wäre ein geworfenes Objekt in dieser Höhle ganz schnell wieder zu Boden gefallen, aber seine künstlichen Glieder besaßen eine enorme Stärke und das kleine Ding schoss wie eine Granate heran. Und wenn er nicht aus lauter Verzweiflung mit Konservendosen nach uns schmiss, dann war es wohl auch eine.

„Volle Deckung!" brüllten Wafa und ich gleichzeitig. Ich presste mich flach auf den Boden, legte die Arme schützend über den Kopf und da krachte es auch schon donnernd los. Ich fühlte eine heiße Druckwelle über mich wegfegen, in meinen Ohren spürte ich einen stechenden Schmerz und dann knirschte es und polterte und eine heftige Staubwolke hüllte mich ein. Keine Ahnung, wie lange das dauerte, aber vermutlich nicht sehr lang. Mit ein paar letzten knackenden Geräuschen kehrte Ruhe ein und als wir die Köpfe hoben, war der Durchgang verschwunden, begraben unter einer Lawine aus Felsbrocken. Eine Wolke grauen Staubs sank wie Mehl auf uns herab. In meinen Ohren klingelte es, genau wie damals, als die Drogenschmuggler ihre Dynamitstangen ins Wasser warfen, um mich zu erledigen. Damals… war das wirklich erst eine Woche her?

Wafa und Sky erhoben sich, der Colonel fluchte erbittert auf ägyptisch, aber seine Worte drangen nur wie durch Watte zu mir durch. Ich stand ebenfalls auf und sah mich nach Farid um. Der kauerte etwa fünf Meter hinter uns an einer der Wände und sah noch am saubersten aus. Sky, Wafa und ich waren mit grauem Staub gepudert, der bei jeder Bewegung herabrieselte. Ich hatte das Zeug sogar im Mund und es knirschte zwischen den Zähnen. Angewidert schüttelten wir ihn von uns ab und untersuchten die Einsturzstelle. Viele der Brocken waren metergroß, es schien aussichtslos, sie ohne technische Hilfsmittel bewegen zu wollen. Da hatte Vincent seinem Chef mal einen richtigen Dienst erwiesen, es sah so aus, als wäre unsere Verfolgungsjagd hier zu Ende.

Einige Minuten später erschien auch Saphira wieder.

„Wir hatten keine Wahl, als diese Projektion sofort zu löschen", entschuldigte sie sich. „Serpent darf von unserer Existenz nichts erfahren, er würde sonst den Saphir, in dem unser Kollektivbewusstsein gespeichert ist, zerstören."

„Hier kommen wir nicht weiter", stellte Wafa fest. „Gibt es einen anderen Weg?"

„Setzt das Shakri ein", riet Saphira. Alle starrten mich an und mir wurde recht mulmig zumute.

„Aber ich weiß nicht, was ich tun soll", versuchte ich abzuwiegeln.

„Du hast schon gezeigt, dass du das Shakri beherrscht. Lege den Handschuh an und stelle dir deine Hand enorm vergrößert vor, wie sie die Steine nimmt und sie zur Seite legt."

„Na los, mach schon", ermunterte mich Wafa. „Sonst holen wir Serpent nicht mehr rechtzeitig ein."

„Versuch es", setzte Farid hinzu. Zögernd blickte ich zu Sky, ihre Meinung war mir am Wichtigsten. Und sie nickte mir zu. „Du schaffst das", sagte sie schlicht und diese paar Worte pumpten mehr Selbstvertrauen in mich hinein, als Saphiras, Wafas und Farids Reden zusammen. Ich zog mir den Handschuh über und bedeutete allen, zurückzutreten. Dann stellte ich mir eine Hand vor, die groß wie ein ausgewachsener Mann war und schwerelos in der Luft schwebte. In meiner Fantasie griff ich mit Daumen und Zeigefinger dieser Hand nach einem der Felsen, einem unregelmäßigen Block von der Größe eines Wasserballs. Wie durch Zauberhand hob sich der Brocken in die Luft und schwebte, unschlüssig hin und her schwankend, gut einem Meter über dem Boden. Ich ließ ihn in die Kammer fliegen und setzte ihn einige Meter entfernt ab. Dann wand ich mich dem nächsten zu.

Meine Methode, die Einbruchstelle zu räumen, war recht umständlich. Ich hätte auch die Hand zur Faust ballen und mit einem einzigen kräftigen Schlag alle Trümmer wegfegen können, aber ich hatte keine Erfahrung im Umgang mit dieser Macht und allein schon die Tatsache, dass ich solch tonnenschwere Brocken schwerelos durch die Luft fliegen lassen konnte, faszinierte und erschreckte mich gleichermaßen. Dabei war das keine Spielerei, der Umgang mit dem Shakri erforderte eine enorme Konzentration. Ein paarmal fielen mir die Trümmer an der falschen Stelle aus der Hand und ein Block zersprang, weil ich zu fest drückte. Einmal rutschte loses Geröll nach und machte meine Arbeit zunichte. Schon nach kurzer Zeit lief mir der Schweiß herunter und ich musste eine kurze Pause machen und etwas trinken. Erst nach etwa zwei Stunden war eine Öffnung entstanden, die groß genug war, um uns hindurch zu quetschen. Sky wurde zum Schluss schon wieder ganz zappelig und kroch, kaum ließ ich aufstöhnend die Hand sinken, als erste durch. Wafa klopfte mir mit einem aufmunternden Spruch auf die Schulter und folgte ihr und nur Farid fragte besorgt, ob es mir gut ginge. Ich nickte, nicht sehr überzeugend, wie ich glaube und sagte ihm, er solle durchgehen. Dann schnappte ich mir meinen Kram und folgte ihnen.

Von Serpent, Vincent und den Wachen fand sich keine Spur mehr. Und natürlich würden sie nun nicht mehr trödeln sondern die Stadt auf dem schnellsten Weg zu erreichen suchen. Ich hingegen war fertig und taumelte nur noch dahin. Schließlich nahm mir Farid, der anderthalb Tage ohne Last gewandert war, den Rucksack ab und danach ging es noch etwa eine Stunde, aber schließlich brach ich regelrecht zusammen.

„Er muss sich ausruhen", hörte ich wie aus weiter Entfernung Saphiras Stimme. „Für eine ungeübte Peron ist die Benutzung des Shakri äußerst kräftezehrend."

Sky wird mich umbringen, wenn ich nicht vorher sterbe, dachte ich in einem Anflug von Galgenhumor. Schon wieder verlieren wir meinetwegen Zeit.

Doch das genaue Gegenteil war der Fall. Während Wafa und Farid das Lager aufbauten, zerkrümelte sie zwei der Energieriegel und vermischte sie mit etwas Wasser zu einem Brei, mit dem sie mich regelrecht fütterte. Ich hatte eigentlich keinen Hunger, aber davon ließ sie sich nicht beirren.

„Du musst wieder zu Kräften kommen. Wir brauchen dich doch!"

Dabei sah sie mich so mitfühlend an, dass ich ihr sogar glaubte und gehorsam den pappigen Brei schluckte. Danach verkroch ich mich fröstelnd in meinen Schlafsack und schlief sofort ein.

Tag 10 - In der unterirdischen Stadt

Und jetzt bleibt mir nur noch, vom letzten Akt dieser Tragödie zu erzählen und von meinem Versagen.

Ich erwachte erstaunlich gut ausgeschlafen und gekräftigt, dafür mit einem Wolfshunger. Vermutlich litt ich doch nur unter einer geistigen Erschöpfung, nicht unter einer körperlichen. Mochte mich das Shakri auch mental aussaugen, physisch war seine Wirkung jedenfalls äußerst positiv.

„In wenigen Stunden werden wir die Stadt erreichen", erklärte Saphira beim Aufbruch. „Serpent und seine Helfer haben in ihren Außenbezirken gerastet, er wird in Kürze bei seiner Maschine sein."

„Dann kommen wir zu spät?" fragte Sky erschrocken zurück.

„Nein, die Aktivierung der Maschine dauert einige Stunden. Er muss auch erst noch seine neuesten Berechnungen eingeben und einige Elemente neu justieren. Die Manipulation der Realität ist, wie ihr euch wohl denken könnt, ein sehr komplizierter Prozess."

Je mehr wir uns der unterirdischen Stadt näherten, desto skurriler und fremdartiger wurde das Höhlensystem. Eine Weile schritten wir durch etwas, das wie ein System riesiger zusammenhängender Blasen aussah, so wie das Innere eines gewaltigen, porösen Schwammes. In einigen dieser Blasen flackerte das trübe Licht, in manchen erlosch es ganz um in anderen wieder aufzuleuchten. Dazwischen zogen sich gläsern aussehende Leitungen, wie Adern, in denen das Licht pulsierte. Auf meine Frage nach der ursprünglichen Funktion der Anlage bekam ich wie immer die lapidare Antwort, dass dies alles nicht für uns bestimmt wäre und je weniger wir darüber wussten, desto besser wäre es.

Dann kamen wir durch einen sehr schmalen, aber sicher fünfzig Meter hohen Korridor, dessen Boden völlig eben und mit einer dünnen Schicht weißen Sand bedeckt war. Fußabdrücke von Militärstiefeln zeichneten sich darin ab, also mussten Serpent und seine Leute hier durchgekommen sein. Am Ende des Ganges gingen die Höhlenwände auseinander, wichen nach unten und oben weg und wir standen am Rande einer ungeheuer großen Kaverne. Und mit ungeheuer groß meine ich mehrere Kilometer. Es war in der Tat eine unterirdische Welt, ähnlich der, die Jules Verne beschrieben hat. So hoch, dass die Decke fast im Dunst verschwamm und so lang und breit, dass die Wände ebenfalls in diesem Dunst verschwanden. Und alles ausgefüllt von jenem trüben, irgendwie gelblichen Licht. Nur kam es in den Gängen aus klar erkennbaren Adern, während es hier keinerlei Lichtquellen zu geben schien. Es war einfach da, hüllte alles in ein diffuses Leuchten ohne Schattenwurf, wie an einem trüben, bewölkten Sommerabend. Und unter uns lag die Stadt.

Ein paar Minuten lang standen wir alle nur da und nahmen dieses Wunder in uns auf, sprachlos vor Staunen. Und obwohl ich das Bild noch genau vor Augen habe, weiß ich nicht, ob ich es in Worte packen kann. Diese Stadt bestand nicht aus Häusern in unserem Sinn, es waren eher rundliche, wie organisch aussehende Zellen, die sich scheinbar regellos aneinanderdrängten, mit Gassen dazwischen und miteinander durch filigran aussehende Brücken verbunden. Alles schien aus Felsgestein zu bestehen, es gab keine Fugen, als wäre die ganze Stadt am Stück aus dem Gestein herausgemeißelt worden. In weiten Abständen ragten mächtige säulenartige Türme auf, die die Decke der Höhle stützten, sicher fast siebzig Meter im Durchmesser, und diese rundlichen Waben zogen sich blasengleich an ihnen hoch. Auch hier wild und planlos und mit haarsträubenden Wendelgängen dazwischen. In der Ferne, wohl ziemlich im Zentrum der Stadt, ragten ein paar hohe Gebilde auf, vier insgesamt, die oben wie durch einen Ring miteinander verbunden waren. Durch die Entfernung und den Dunst wirkten sie verschwommen, aber sie kamen mir wir riesige menschliche Gestalten vor.

„Das ist das Zentrum unserer Welt", sagte Saphira und ich war mir sicher, sie meinte jene Gestalten. „Dort müssen wir hin."

Es war dann Wafa, der sich als erster aus dem Staunen befreite, seinen Rucksack zurechtschob und mit den Worten „Also schön, gehen wir weiter" zu Saphira trat. Das brachte auch Sky und mich in die Realität zurück, obwohl ich mich nicht völlig von dem Anblick losreißen konnte. Ich war nun bereit, alles zu glauben, was man mir in den letzten Tagen erzählt hatte. Diese Stadt wurde nicht von Menschen erbaut, soviel war sicher. Nur Farid konnte seine Augen nicht abwenden, er stand unbeweglich und schien völlig weggetreten zu sein. Sky packte ihn schließlich am Arm und zog ihn mit sich. Wie ein Schlafwandler taumelte er hinter ihr her.

Über eine Wendeltreppe aus hartem Fels mit sehr ausgetretenen Stufen stiegen wir hinunter und marschierten durch die leeren Gassen zwischen den geschwungenen Steinwänden dahin, in denen dunkle, leere, ovale Fenster- und Türöffnungen gähnten. Alles war tot und leer, in den Räumen, in die ich hineinspähte, gab es keinerlei Einrichtung und auch auf den Straßen gab es nichts. Keine Abfalleimer, keine Pflanzkübel, keine Reste irgendwelcher Fahrzeuge. Eine unwirkliche Stille herrschte, nicht einmal ein Windhauch zog durch die Gassen. Die Geräusche unserer Schritte, das Knirschen der Rucksackriemen, ein gelegentliches Räuspern klangen unnatürlich laut und machten die Stille doch nur um so greifbarer. Der Begriff „Ausgestorben" musste extra für diese Stadt erfunden worden sein.

Irgendwann erreichten wir einen kleinen runden Platz, in dessen Mitte sich eine Art Skulptur erhob, ein etwa drei Meter hohes abstraktes Gebilde aus ineinander verschlungenen Bändern und viereckigen, scharfkantigen Platten, die sich völlig regellos gegenseitig durchdrangen und zerschnitten. In dieser Stadt des Runden und

Kurvigen wirkte die eckige und gradlinige Form des Dings völlig fehl am Platz. Im Näherkommen sahen wir, dass es sich langsam um seine Hochachse drehte. Die einzige Bewegung in dieser unheimlich toten Umgebung und auch sie völlig lautlos.

„Was ist das?" fragte ich Saphira.

„Ein Sammler."

„Was sammelt er?"

„Energie."

Ich fragte nicht weiter. Langsam begriff ich, was sie meinte, als sie mir fehlendes Verständnis für den Erkenntnisstand ihres Volkes vorwarf. Diese Stadt war Millionen von Jahren alt, seit Jahrhunderttausenden verlassen und sie funktionierte noch immer. Lautlos trotzte sie dem Verfall, wie auch immer sie das anstellte. Ich kam mir vor wie ein Steinzeitmensch, den es in eine moderne, aber menschenleere Großstadt verschlägt. Wie würde der eine Ampel bestaunen und den Wechsel der Lichter bewundern. Vielleicht würde er irgendwann die Gesetzmäßigkeit erkennen, in der die Lampen aufleuchten, aber das wäre auch schon das Maximum dessen, was er mit seinem Wissensstand begreifen könnte. Nie würde er verstehen, wie die Ampel funktioniert und wozu sie gut ist. Mir wurde klar, warum Saphira uns nichts über die Wunder dieser Welt erzählen wollte. Nicht auszudenken, was passieren könnte, wenn ein paar neugierige Wissenschaftler, oder gar Militärs, an diesem Sammler herumexperimentierten! Für diese unterirdische Welt war die Menschheit wirklich noch nicht bereit.

Und dann näherten wir uns dem Platz mit den vier hohen Gestalten. Wir sahen sie schon zuvor ab und zu über die rundlichen Gebäude aufragen, aber immer nur teilweise. Schließlich endeten die „Häuser" an einer Abbruchkante. Es ging hier fast zwanzig Meter senkrecht in die Tiefe, ein paar ineinander verschachtelte

Treppen führten hinunter. Unten erstreckte sich ein ebenes Gelände, auf dem es keine Gebäude gab, sondern nur eine Reihe von unterschiedlich hohen Mauern, manche mehrere Meter hoch, andere nur kniehoch. Auf dem ersten Blick sah es nach einem Labyrinth aus, aber dazu verliefen diese Wände zu planlos. Manche der Wälle neigten sich abenteuerlich zur Seite, manche standen grade. Dazwischen gab es trichterförmige Kuhlen und Geröllhalden, mit einem Wort, es war chaotisch. In der Mitte dieses Gebietes, mehr als dreihundert Meter entfernt, lag ein runder Platz, etwa fünfzig Meter im Durchmesser. An seinem Rand, je einen Viertelkreis auseinander, standen jene gewaltigen Gestalten. Es waren Skulpturen, sicher sechzig Meter hoch. Sie stellten humanoide Wesen dar, in enge, kleiderartige Gewänder oder Mäntel gehüllt; mit ausgebreiteten Armen hielten sie sich an den Händen, so dass ihre Arme hoch über dem Platz einen Ring bildeten, der den gleichen Durchmesser hatte wie der Platz selber. Im Gegensatz zu Saphira bedeckte keine Kapuze ihre Köpfe und die Gesichter waren deutlich zu erkennen. Sie waren nicht menschlich. Natürlich gab es einen Mund und zwei Augen, aber keine Nase, nur einen flachen Buckel mit zwei senkrechten Schlitzen, und auch ihre Ohren waren nur angedeutete Hörlöcher. Anstelle von Haaren bedeckten kleine, kegelförmige Auswüchse ihre Köpfe, wie kleine Höcker und die Haut, soweit man das aus der Ferne sehen konnte, schien glatt und besaß eine wabenförmige Musterung. Das also waren die ehemaligen Bewohner dieser Stadt, Nachkommen der Dinosaurier, die zu humanoiden Wesen wurden. Ich empfand sie nicht als hässlich, sie hatten auch nichts reptilienähnliches an sich, ja, sie sahen nicht einmal besonders fremdartig aus. Vielleicht lag das auch daran, dass ich in verschiedenen Science-fiction-Filmen schon wesentlich abartigere Aliens gesehen hatte. Dagegen wirkten diese hier wie irgendeine beliebige Rasse aus Star Trek.

Dann erregte eine Bewegung am Boden meine Aufmerksamkeit. Im Zentrum des Platzes erhob sich etwas, dass auf den ersten Blick an den Sammler erinnerte und sicher auch drei Meter hoch sein mochte. Aber bei genauerer Betrachtung bestand das Gebilde eher aus einer Reihe verschiedenhoher leuchtender Zylinder, wie ein Bündel Orgelpfeifen. Jedes pulsierte in einer anderen Farbe und auch noch in einem anderen Takt. Bündel leuchtender Schläuche liefen um das Gebilde herum und an seiner Oberseite ragten antennengleiche Stäbe heraus, die sich an ihrem Ende büschelförmig aufspalteten. Sie drehten sich langsam in verschiedene Richtungen. Dicke, hell pulsierende Kabelstränge liefen zu einem Gestell neben der Maschine und in diesem ruhte, wie eine griechische Amphore und in etwa auch so aussehend, ein funkelnder, strahlender Gegenstand, der ein weißes Licht von solcher Klarheit verströmte, als wäre es der größte und lupenreinste Diamant der Welt. Das Ding mochte etwa einen Meter lang sein und niemand musste mir sagen, was das war: Der Root-Kristall. Der Ursprung und die Quelle von Serpents Macht. Der Doktor selbst stand etwas abseits vor einer Art Schaltpult. Genau genommen vor Projektionen bunter, flirrender Bilder, die vor ihm in der Luft hingen, abstrakte Lichtgemälde, die Kurven, flammende Räder, verschlungene Bänder und auch so etwas wie Diagramme bildeten. Serpent fuhr mit seinen Händen durch diese körperlosen Lichterscheinungen und sie verwandelten sich, änderten Form und Farbe… Eine virtuelle Steuerzentrale.

Wafa zog mich hinter einer Steinbrüstung in Deckung. Sie war unregelmäßig durchbrochen und man konnte mit dem Fernglas durch die Öffnungen Serpents Treiben genau verfolgen. Er arbeitete hochkonzentriert, sah aus wie ein Dirigent vor seinem Orchester, nur sein altersloses Gesicht blieb völlig unbewegt. Ab und an zögerte er kurz, dann zog er ein simples Notizbuch aus einer Tasche seines Overalls und blätterte darin herum. Das jemand, der eine solche Maschine bediente, auf derart anachronistische Gedächtnisstützen angewiesen war, erschien mir geradezu lächerlich.

„Wo sind seine Leute?" zischte Sky neben mir. Ah, Vincent. Den hatte ich ganz vergessen.

Wafa zeigte auf den Rand des Platzes. Dort waren drei der Wachleute damit beschäftigt, ein Camp zu errichten. Sie hatten sogar zwei Zelte aufgestellt, als ob es hier unten regnen würde. Vincent Legrelle saß etwas abseits auf der flachen, kaum einen halben Meter hohen aber ebenso breiten Mauer, die den Platz umgab und sah Serpent gelangweilt bei dessen Arbeit zu. Und auch ich wand mich wieder dieser unheimlichen Maschine zu, die in ihren pulsierenden Regenbogenfarben ein wenig nach Jahrmarkt aussah, aber in der Lage sein sollte, die Realität des gesamten Universums zu verändern. Ein eisiger Schauer lief mir über den Rücken, wenn ich nur daran dachte, dass ein einziger Knopfdruck genügen würde, um die gesamte Menschheit zu vernichten. Über sieben Milliarden Menschen, alle weg, weil es sie nie gegeben haben würde. Und mit Macht wurde mir klar, was ich in der nächsten Stunde würde tun müssen. Mit trockener Kehle wand ich mich Saphira zu. Sie war nicht hinter der Brüstung in Deckung gegangen, sie war einfach geschrumpft und jetzt nur noch so groß wie ein dreijähriges Kind.

„Eine Salve auf die Maschine", begann ich und wog die Kalaschnikow in unsinniger Hoffnung in der Hand, „müsste sie doch zerstören. Oder wenigstens die Steuereinheit."

„Die Maschine ist von einer Defensivsphäre umgeben, die jede Bedrohung neutralisiert. Deine Projektile würden einfach verdampfen, bevor sie ihr Ziel erreichen."

„Ein Schutzschirm?" stöhnte ich auf und erwartete geradezu eine herablassende Bemerkung. Aber sie blieb still. „Und Serpent? Aus dieser Entfernung trifft man ihn mit Sicherheit."

„Er ist im Wirkungsbereich der Sphäre. Außerdem, haben wir dir nicht erklärt, dass er unsterblich ist?"

„Auch gegen Kugeln? Ich dachte, du meinst damit, er altert nur nicht."

„Erst wenn der Kristall vernichtet ist, könnt ihr Serpent töten."

„Wie sollen wir an den Kristall rankommen, wenn er hinter einem Schutzschirm steckt?" fragte Wafa ratlos.

„Die Sphäre reagiert nur auf zerstörerische Aktivitäten, auf die Projektile euerer Waffen oder Energieentladungen. Ein Mensch hingegen kann sie problemlos durchdringen."

Meine Hoffnung zerbröselte und zum ersten Mal wurde ich mir meines bevorstehenden Todes bewusst. Bisher hatte ich das einfach verdrängt und mich an die Hoffnung geklammert, es würde schon noch einen anderen Weg geben. Gab es aber nicht. Und nun? War ich wirklich bereit, mein Leben zu opfern? Mich zu opfern, um sieben Milliarden zu retten? Aus einer gewissen Distanz klingt das heldenhaft und heroisch, ein hehres Opfer, wie man früher sagte. Aber alle diese Worte bedeuten nichts und sind einfach nur noch lächerliche leere Hülsen, wenn es soweit ist. Dann sind sieben Milliarden nur noch eine abstrakte Zahl ohne Inhalt.

„Was tun wir jetzt?" riss mich Wafas Stimme in die Gegenwart zurück.

„Wir schleichen uns da runter und überwältigen die Wachen", erklärte Sky entschlossen. „Dann halten wir Serpent fest, während Max mit dem Shakri den Kristall zerstört. Er mag ja unsterblich sein, aber er hat keine Superkräfte."

Sie sprach über die Zerstörung des Kristalls so beiläufig als handelte es sich darum, Geld aus dem Automaten zu ziehen. Aber sie konnte ja nicht wissen, was das für mich hieß. Ich schnaufte kurz auf, verbannte all die üblen Gedanken in den hintersten Winkel meines Hirns und nickte ihr zu. „Also los."

Saphira führte uns auf verschlungenen Wegen nach unten, die immerhin von Serpents Lager aus nicht einsehbar waren. Und als wir in sicherer Deckung waren, begann sie auch wieder zu wachsen, bis sie ihre ursprüngliche Größe erreicht hatte. Sky entwickelte inzwischen ihren Plan. Ich sollte mit Farid zurückbleiben, sie wollte mit Wafa an das Lager heranschleichen und aus einer günstigen Schussposition würden sie das Feuer auf Vincent und seine Leute eröffnen. Mit etwas Glück würden sie die ganze Wachmannschaft erledigen, bevor die überhaupt begriffen, was geschah. Der Plan klang gut, er hatte nur einen Fehler, wie sich wenig später zeigte. Im Augenblick beklagte ich mich aber nur darüber, zurückbleiben zu müssen. Sky sah mich mit einem extrem ernsten Ausdruck an.

„Du bist der Auswählte", sagte sie. „Falls wir scheitern, musst du den Kristall vernichten, wie auch immer. Das, und nur das, ist deine Aufgabe!" Ihre Augen verdunkelten sich bei diesen düsteren Worten und es kam mir so vor, als verwandle sich der Bernstein in ein dunkles Braun.

Dann waren wir unten und pirschten uns durch das merkwürdige Labyrinth in Richtung des runden Platzes. Jetzt, wo wir mittendrin waren, kam es uns eher wie ein Trümmerfeld vor. Ich wollte Saphira danach fragen, aber sie kam mir zuvor.

„Dieses Gebiet wurde von Serpent bei Experimenten mit seiner Maschine zerstört", sagte sie und fuhr nach kurzem Zögern fort: „Wir müssen euch nun verlassen. Es gibt Vorbereitungen zu treffen für den Augenblick, da du den Kristall zerstörst. Wenn es soweit ist, werden wir erscheinen. Doch bis dahin seid ihr auf euch gestellt."

Und damit verschwand sie. Sky warf mir einen stechenden Blick zu. „Was meint sie damit?"

„Keine Ahnung", gab ich zurück. Mir war nicht nach langen Diskussionen zumute und es war im Moment wohl auch keine Zeit dafür.

Unwillig schlich Sky weiter. Sie hasste es, irgendetwas nicht zu wissen.

Als wir uns den riesigen Statuen etwa bis auf hundert Meter genähert hatten, gebot sie Halt und nahm ihren Rucksack ab. Wir übrigen taten das gleiche und lehnten die Rucksäcke in einer Art Nische gegen die Wände.

„Ihr beide bleibt hier, aber seid wachsam."

Dann lief sie, gefolgt von Wafa, lautlos und gebückt davon. Ich sah mich um. Wir befanden uns in einer Art Gasse, die von mehr als mannshohen Steinplatten gebildet wurde. Zwar konnten wir uns hier recht frei bewegen, ohne vom Platz aus gesehen zu werden, aber andererseits war auch unser Sichtfeld sehr eingeschränkt. Ein Stück weiter war eine der Platten umgestürzt und ziemlich schräg auf niedrigeren Mauern zum Liegen gekommen. Sie bildete eine Art steile Rampe, die man wohl hochkriechen konnte.

Ich zupfte Farid am Ärmel und zischte: „Komm mit!"

Gemeinsam schlichen wir, bei weitem nicht so leise wie Sky und Wafa, zu der Stelle hin und ich bedeutete Farid, beide Richtungen der Gasse im Auge zu behalten, während ich selber hochkroch. Zum Glück war der obere Rand der Steinplatte sehr unregelmäßig geformt, ich musste meinen Kopf nicht aus der Deckung recken sondern konnte durch einen Spalt im Stein die Richtung zum Platz hin übersehen.

Sky und Wafa entdeckte ich nirgends, aber Serpents Wachen waren noch immer mit ihrem Camp beschäftigt. Einer hatte einen Topf auf einen Campingkocher gesetzt und rührte darin herum, die beiden anderen saßen unweit davon auf Steinblöcken und unterhielten sich wohl, während Vincent scheinbar gelangweilt zu seinem Herrn und Meister blickte, der noch immer an seinem virtuellen Steuerpult zugange war. Ich fragte mich, was aus diesen vier

Leuten werden würde, wenn Serpent seinen „Realitätsmanipulator" aktivierte. Würden sie ebenfalls einfach verschwinden wie alle anderen Menschen auf der Welt oder gab es in einem Umkreis um die Maschine herum vielleicht so eine Art Schutzfeld, in dem sich nichts veränderte? Und wenn es so war, was würden sie sagen, wenn sie am Ende feststellten, dass die die einzigen übriggebliebenen Vertreter der Menschheit waren?

In dem Augenblick hob Vincent den Kopf. Von einem Augenblick zum anderen versteifte sich sein Körper und er sah aus wie ein Raubtier, das Beute witterte.

Sky's Fehler: Sie hatte seine bionischen Verbesserungen unterschätzt, er besaß ja nicht nur einen robotischen Arm, Beine und ein künstliches Auge, auch seine anderen Sinne waren in Serpents Labor verbessert und geschärft worden. Wie auch immer er unsere Anwesenheit gespürt hatte, er wusste jedenfalls Bescheid. Ich sah, wie er den Wachen Befehle gab. Seine Stimme drang bis zu mir herüber, aber zu schwach, als das ich sie verstehen konnte. Die Wachleute sprangen auf, griffen ihre kleinen Maschinenpistolen uns spähten misstrauisch über das Gelände. Ich machte mich so flach wie möglich hinter meiner Deckung, konnte den Blick aber nicht abwenden. Vincent schickte zwei der Männer linkerhand in das Labyrinth, er selbst ging mit dem dritten nach rechts. Die beiden, die nach links liefen, kamen ziemlich genau auf uns zu.

Nun rutschte ich doch herunter und informierte Farid. Er schluckte hörbar und man konnte ihm die Angst deutlich ansehen. „Was machen wir denn jetzt?"

Eine gute Frage. Weglaufen wäre eine Option, aber dadurch gewännen wir höchstens etwas Zeit, Zeit, die Serpent für die Programmierung seiner Maschine nutzen würde. Außerdem kämen die beiden Söldner dann hinter Sky und Wafa und könnten den beiden in den Rücken fallen.

„Wir kämpfen!" entschied ich und lud die Kalaschnikow durch. Auch Farid nahm seine Waffe nun zur Hand. „Ich hab noch nie geschossen", sagte er unsicher.

„Bleib hinter mir." Obwohl mir nicht sehr wohl zumute war und mein Herz bis zum Hals schlug, hatte die Verantwortung für Farid eine beruhigende Wirkung auf mich.

Sky und Wafa waren, von Vincents Standpunkt aus betrachtet, nach rechts gelaufen, also lief ich nach links, um unsere Verfolger von ihnen wegzulocken. Bevor wir aufbrachen, nahm ich noch den Handschuh mit dem Shakri aus dem Rucksack uns verstaute ihn in der riesigen Oberschenkeltasche meiner Uniformhose.

Je weiter wir kamen, desto chaotischer wurde die Umgebung, es sah fast so aus, als gingen wir durch eine im Krieg zerstörte Stadt. Schiefe Wände und übereinander getürmte Trümmer versperrten die Sicht und es gab keinen sichtbaren Weg, schon nach kurzer Zeit hatte ich völlig die Orientierung verloren. Nur die gewaltigen Statuen, die den zentralen Platz säumten, gaben noch einen groben Anhaltspunkt. Wo mochten die Söldner stecken? Es machte keinen Sinn, einfach aufs Gradewohl weiter zu gehen. Ich sah mich nach einer Stelle um, von wo ich Ausschau halten konnte und entdeckte nicht weit entfernt eine weitere große Steinplatte, die wie eine sehr steile Rampe mindestens drei Meter hoch aufragte. Wenn es mir gelang, da hinaufzukriechen, würde ich einen ziemlich großen Bereich überblicken können.

Wir liefen hinüber, oder besser, wir kletterten über einige Geröllhaufen, bis wir am Fuß der Platte ankamen. Ich sagte Farid, er solle sich ruhig verhalten und gut Ausschau halten, während ich hochkriechen würde. Der arme Junge schwitzte schlimmer als ich und sah ziemlich gehetzt aus. Trotzdem hielt er seine Waffe, als wäre sie eine giftige Schlange. In einem Gefecht würde er wohl keine große Hilfe sein. Aber zunächst robbte ich die von der Steinplatte gebildete Rampe hoch. Sie war tatsächlich recht steil und es kostete mich Mühe, nicht abzurutschen, zumal ich meine Kalaschnikow schussbereit in der rechten Hand hielt. Dann aber war ich oben und spähte vorsichtig über den Rand.

„Was siehst du?" fragte Farid von unten.

Verdammt! Hatte ich ihm nicht gesagt, er sollte still sein? Ein kurzer Blick nach unten zeigte mir, dass er direkt am Fuß der Platte stand und zu mir hochschaute. Das Gewehr trug er umgehängt.

„Du sollst Wache halten!" zischte ich ärgerlich zurück und spähte erneut über die Kante der Platte. Das Trümmerfeld war gut zu überschauen, aber ich konnte nirgends eine Bewegung ausmachen. Dann krachten, irgendwo links von mir und ziemlich weit weg, ein paar Schüsse. Sie hörten sich sehr nach dem trockenen Knallen der Kalaschnikow an und ihr Echo hallte unheilverkündend über uns hinweg. Gleich darauf jaulte eine der kleinen Maschinenpistolen von Serpents Söldnern los. Ich konnte weder den genauen Standort der Schützen ausmachen noch die Entfernung abschätzen, aber das alles machte mich nervös und ich spürte, wie meine Hände feucht wurden.

„Was passiert da?" rief Farid von unten. Bestimmt starrte er schon wieder zu mir hoch anstatt Wache zu halten. Wütend drehte ich mich auf den Rücken, um ihn mal richtig anzuschnauzen. Und dann geschahen mehrere Dinge fast gleichzeitig. Ich sah Farid, wie er wirklich zu mir hochsah, die Waffe immer noch über der Schulter. Noch bevor ich ein Wort sagen konnte, erschien auf der niedrigen, geröllbedeckten Mauer hinter ihm eine Gestalt in schwarzer Uniform. Ich brüllte irgendwas und Farid fuhr herum. Im selben Augenblick kreischte die Maschinenpistole des Söldners los und seine Salve bohrte sich in Farids Brust. Die kleinen Hochgeschwindigkeitsgeschosse kamen am Rücken alle wieder raus und Farid fiel nach hinten um. Er gab keinen Ton mehr von sich, nur ein ungläubiges Staunen erschien auf seinem Gesicht, als könne er es einfach nicht fassen, dass auf ihn geschossen wurde.

Der Söldner richtete seine Waffe auf mich und drückte ab, doch durch das Herumwälzen auf den Rücken hatte ich den Halt verloren und rutschte auf der glatten Platte hinunter. Die Kugeln schlugen direkt über meinen Kopf in den Stein und ich spürte schmerzhafte Stiche von abgesplitterten Stückchen, die wie Querschläger durch die Luft sausten. Noch im Rutschen riss ich die Waffe hoch und drückte ab, ungezielt und aus der Hüfte, wie im Film. Eine ganze Garbe von Geschossen jagte aus dem Lauf und stanzte eine Reihe kleiner Löcher in den Körper des Söldners, von rechts unten nach links oben. Er gab noch einen seltsamen Laut von sich, dann wurde er durch die Aufprallwucht der Treffer nach hinten geschleudert und kippte von der Mauer. Nur seine Beine, von den Knien abwärts, waren noch zu sehen.

Ich kam am Fuß der Platte zum Sitzen und war von einem fürchterlichen Grauen erfasst. Dann brachen zwei Gedanken durch mein Entsetzen und brachten mich wieder zur Besinnung: Farid und der zweite Söldner. Der musste hier noch irgendwo sein.

Ich sah zu Farid hinüber, der nur wenige Schritte neben mir lag und mir wurde klar, ihm konnte ich nicht mehr helfen. Die Einschusslöcher auf seiner Brust waren klein, aber mindestens ein halbes Dutzend von ihnen ballten sich an der Stelle, wo das Herz lag und unter seinem Rücken quoll Blut hervor. Der ausgetrocknete Boden saugte es gierig auf, als sei er durstig nach Menschenblut.

Irgendwo ganz in der Nähe polterten ein paar Steine zu Boden und ich hechtete mit einem Sprung zur Seite, rollte mich ab und huschte durch eine Lücke in den zerfallenen Wänden davon. Naja, in Wirklichkeit war es wohl eher ein ungelenker Purzelbaum, aber er erfüllte seinen Zweck. Hinter mir hörte ich Schüsse, die mich aber nicht trafen, sondern da einschlugen, wo ich eben noch saß. Aufs Gradewohl feuerte ich zurück und rannte dann los.

Was danach geschah, kann ich nicht genau beschreiben. Es war wohl eine Art Katz- und Mausspiel, in dem ich immer tiefer in die Rolle der Maus gedrängt wurde. Wahrscheinlich dauerte es auch nur wenige Minuten, kam mir aber wie eine Ewigkeit vor. Ich floh durch eine unwirkliche Trümmerwüste ohne Plan, was ich tun sollte. Die Einschläge kamen immer näher; dem Söldner war ich weder körperlich noch von der Erfahrung her gewachsen. Der Schweiß lief mir in Strömen vom Körper und ich spürte wie die Panik von mir Besitz ergriff. Schließlich drückte ich mich in eine Nische im Gestein und zwang mich, tief zu atmen. Die Erfahrung vom Tauchen half mir. Zwar geriet ich unter Wasser noch nie in eine wirklich lebensgefährliche Situation, jedenfalls bis zu diesem „Urlaub", aber doch schon mal in die eine oder andere kitzlige Lage, gerade in Wracks. Dann hilft nur anhalten, tief Luft holen, sich beruhigen und überlegen.

Genau das versuchte ich nun zu tun. Klar war, gegen den Söldner hatte ich keine Chance. Den ersten erwischte ich durch Glück und Zufall, aber in einem Duell wie diesem konnte ich ihm nicht das Wasser reichen. Vielleicht sollte ich versuchen, mich zu Sky und Wafa durchzuschlagen. Dann waren wir zu dritt und konnten uns gegenseitig Deckung geben. Das war doch immerhin ein Plan, zwar kein besonders ausgefeilter und schon gar kein heldenhafter, aber einer, der meine Panik runter drückte und mich wieder halbwegs handlungsfähig machte. Zunächst musste ich mich orientieren. Während der Flucht achtete ich weder auf die Richtung, in die ich lief noch ob irgendwo weitere Schüsse fielen. Am besten ich versuchte mich in Richtung des zentralen Platzes durchzuschlagen, die Statuen wären der beste Wegweiser.

Also schnaufte ich noch einmal durch, fasste die Waffe fester und schlich los. Wahrscheinlich hätte sich ein erfahrener Einzelkämpfer über meine Versuche, lautlos und Deckung suchend vorwärts zu kommen, kaputtgelacht. Immerhin blieb ich die nächsten Minuten am Leben. Von dem Söldner war nichts zu hören oder zu sehen. Verfolgte er mich noch oder war er zum Lager zurückgekehrt um seinen Chef zu helfen? Und was war mit Sky und Wafa? Für einen Augenblick sah ich sie beide am Boden liegen, durchlöchert wie Farid, und spürte, wie mir erneut der kalte Schweiß ausbrach. Wie um mich zu beruhigen fielen in diesem Augenblick wieder Schüsse. Trockenes Kalaschnikow-Knallen im Einzelfeuermodus. Peng – Peng – Peng! Wer so schießt, ist nicht in Panik, der zielt und feuert in Ruhe. Die Panik krümmte sich und kroch in die Tiefen meines Unterbewusstseins zurück. Ich atmete auf, lief vorsichtig ein paar Schritte, bog um eine Ecke und stand dem Söldner gegenüber.

Die Steinwände waren hier übermannshoch und bildeten ein wahres Labyrinth mit einigen wenigen offenen Stellen. An genau so eine Stelle kam ich, als ich um die Ecke bog. Sie war annähernd quadratisch, so groß wie ein durchschnittliches Wohnzimmer und auf der gegenüberliegenden Seite waren die Labyrinthwände eingestürzt. In einer dieser Durchbrüche stand der Söldner und lauschte, vermutlich den gleichen Schüssen, die auch ich hörte. Er war über mein Auftauchen genau so überrascht wie ich: Ein großer, kräftiger Mann, unrasiert, mit Haaren, die ihm in der Stirn klebten und angetrockneten Schweißspuren an Stirn und Wangen. Er sah gar nicht aus wie ein Killer und auch nicht wie einer, der sich seinem Gegner überlegen fühlt, eher wie Jemand, der gerade lieber zu Hause vor dem Fernseher säße. Nach einer Schrecksekunde rissen wir unsere Waffen hoch. Natürlich war er schneller und drückte ab. Vielleicht war es nur Zufall, vielleicht aber retteten mir die Meister des Blauen Ordens hier zum letzten Mal das Leben, seine Waffe gab nur ein Klicken von sich, es löste sich kein Schuss. Meine AK 47 aber brüllte im selben Augenblick noch los. Es war nur ein kurzer Feuerstoß, drei oder vier Schuss, aber auf die kurze Distanz trafen sie alle. Er keuchte, stolperte rückwärts, bis er gegen eine Wand stieß und sank dann langsam in sich zusammen. Am hellen Stein der Mauer blieben verschmierte rote Streifen zurück. Als er saß, sank ihm sein Kopf auf die Brust und dann kippte er seitlich um. Ich stand da und spürte, wie meine Knie weich wurden, wie ich zu zittern begann und die Umgebung vor meinen Augen plötzlich dunkler wurde und sich um mich drehte. Vermutlich wäre ich in den nächsten Sekunden einfach umgefallen, doch da spürte ich eine warme, kräftigende Welle durch meinen Körper schwappen. Sie stoppte meinen Schwindel, ich fühlte mich von einem zum anderen Augenblick völlig erfrischt. Ihren Ursprung hatte diese Welle an meinem linken Oberschenkel, wo ich das Shakri in der Tasche trug.

Aufatmend ging ich ein paar Schritte weiter, bis ich die Leiche nicht mehr sah. Die beiden Söldner, die mich jagten, waren tot, die unmittelbarste Gefahr gebannt. Aber auch Farid hatte sein Leben gelassen und ich trug die Verantwortung für ihn. Hätte er doch meine Befehle befolgt! Aber er war Akademiker, kein Soldat. Ich hätte ihm den Ernst der Lage deutlicher vor Augen führen müssen. So wurde ich mitschuldig an seinem Tod.

Das Kreischen einer der kleinen Maschinenpistolen riss mich aus der Grübelei. Es schien ganz aus der Nähe zu kommen. Gleich darauf donnerte eine Kalaschnikow los. Ein Schrei ertönte. Wafa und Sky kämpften noch immer! Ich musste ihnen helfen! Ohne lange zu überlegen, lief ich in die Richtung, aus der die Schüsse kamen – genau auf den zentralen Platz zu. Kurz darauf stieß ich auf den dritten Söldner. Er war tot, lag bäuchlings zwischen einigen regelmäßig geformten Steinblöcken, die wie Gasbetonsteine aussahen. Ich war fast dankbar dafür wie er lag, so brauchte ich sein Gesicht nicht sehen. Dann ertönte noch einmal das Rattern einer Kalaschnikow und gleich darauf, schon ganz in der Nähe, ein giftiges Zischen: Vincents Blitzeschleuder.

Nach ein paar Sekunden kam ich an etwas wie einen Trümmerwall, ich kletterte hinüber und fand mich auf einer ziemlich großen, fast geröllfreien Fläche wieder. Nur kleinere Steine lagen hier herum und auf der anderen Seite begann der zentrale Platz. Gewaltig ragten die Skulpturen der Dinomenschen in die Höhe, unnahbar und erhaben schwebten ihre Häupter in höheren Sphären, während zu ihren Füßen die kleinen Menschlein wie Ameisen dahinkrochen und ihre unbedeutenden Ameisenkriege kämpften. Ich sah sogar, jenseits der flachen Mauer die den Platz umgab, in seinem Zentrum, Doktor Serpent noch immer an seinem virtuellen Schaltpult arbeiten, ein Organist, der ganz in der Musik aufgeht und seine Umgebung gar nicht mehr wahrnimmt.

Keine zehn Meter vor mir aber stand Vincent Legrelle, groß, massiv und unüberwindlich, den rechten Arm lässig ausgestreckt. Ein Stückchen weiter lag Wafa bewegungslos am Boden und Sky, mit wirren Haaren und dem Ausdruck völliger Verzweiflung im Gesicht, kniete am Boden, ohne Gewehr und warf mit Steinen nach Vincent. Er wich nicht einmal aus, die faustgroßen Brocken schienen ihn nicht zu stören. Mit dem Ausdruck grimmiger Befriedigung in seinem Gesicht richtete er den Arm in ihre Richtung und schoss einen seiner Elektroschocks ab. Skys Körper verkrampfte sich wie bei einem elektrischen Schlag und sie kippte lautlos zur Seite, zuckte noch ein paar Mal und lag dann still.

Ich brüllte auf vor Wut, riss die Waffe hoch und drückte ab. Zwei Schüsse lösten sich, dann verstummte die Kalaschnikow. Das Magazin war leer. Beide Schüsse verfehlten ihr Ziel und pfiffen an Vincent vorbei. Er drehte sich in meine Richtung und sein entstelltes Gesicht verzog sich zu einer diabolischen Fratze.

„Duuuuuu…. Jetzt bist du fällig!" zischte er und hob den Arm.

Ich griff nach hinten, aber da war nichts, der Rucksack mit den Ersatzmagazinen lag irgendwo in dem Trümmerfeld. Voller Verzweiflung schleuderte ich mein nutzloses Gewehr in Vincents Richtung und verfehlte ihn. Er feuerte seinen Blitz ab und eine Welle des Schmerzes jagte durch meinen Körper. Wer schon mal einen starken elektrischen Schlag erhalten hat, kann es vielleicht nachempfinden. Er war überall, ein reißender, stechender

Schmerz, der alle meine Muskeln verkrampfen ließ. Fast im gleichen Augenblick aber kam die warme Welle von vorhin, überflutete den Schmerz und schwemmte ihn hinweg. Die Schwärze vor meinen Augen verflog, ich konnte mich wieder bewegen. Das Shakri! Der Handschuh!

Vincent blickte voller Verblüffung auf seinen Arm und auf mich und sein Gesicht wurde, wenn möglich, noch bösartiger.

Ich griff in die Beintasche und zog den Handschuh heraus. Eine letzte, verzweifelte Hoffnung gab es noch. Da traf mich Vincents zweiter Blitz und ein Schmerz, schlimmer als der erste, tobte durch meine Eingeweide. Diesmal blieb die warme Welle aus, ich hatte zwar den Handschuh in meinen verkrampften Fingern aber keinen direkten Körperkontakt zum Shakri. Und doch schützte es mich, ich verlor nicht das Bewusstsein, aber meine Beine wurden weich wie Gummi, ich fiel auf den Rücken. Befriedigt grunzend kam Vincent auf mich zu. Ich versuchte den Handschuh überzustreifen, aber da war er schon über mir. Hart ließ er sich auf mich fallen, seine Knie nagelten meine Oberarme an den Boden. Ich schrie auf vor Schmerz, wollte nach ihm treten, aber ich konnte meine Beine nicht mehr spüren. Seine hassverzerrte Fratze war genau über mir.

„Schrei nur", raunte er auf Deutsch, „in ein paar Minuten wirst du nur noch winseln und dir wünschen, endlich tot zu sein. Ich werde dich leiden lassen, wie du es dir gar nicht vorstellen kannst."

Tierische Angst schwappte über mich hinweg, ich zappelte unter seinem Griff wie eine Ratte in der Falle.

„Aber zuerst", setzte er genüsslich hinzu, „nehmen wir mal das hier."

Mühelos nahm er mir den Handschuh ab und hob ihn vor sein Gesicht, um das Shakri zu bewundern. Die tierische Todesangst, die mich inzwischen völlig erfüllte, erhielt eine neue Komponente: Ich hatte versagt! Meine Aufgabe war es gewesen, mich zu opfern um die Menschheit zu retten und ich hatte versagt! Nun würde ich trotzdem sterben, und mit mir und durch meine Schuld mehr als sieben Milliarden Menschen. Der ganze Planet. Eine Verzweiflung, wie ich sie noch nie gespürt hatte, ein Gefühl der Hilflosigkeit und Ohnmacht überkam mich so mächtig, dass ich die Schmerzen herbeisehnte, die er mir angekündigt hatte, nur um für meine Schuld zu büßen.

Vincent aber musterte interessiert den Handschuh und das tiefschwarze Shakri darin und dann, vielleicht nur aus Neugier, streifte er sich den Handschuh über. Die ganze Zeit über hatte er ihn in seiner rechten, künstlichen, Hand gehalten und nun zog er ihn über die linke, echte Hand. Im Shakri flammte ein orangefarbener Funke auf und dann begann es zu glühen.

VINCENT WAR EIN AUSERWÄHLTER!

Der Schock war so heftig, dass er für einen Augenblick meine Verzweiflung auslöschte. Ich sah sein Gesicht genau über mir und die Verblüffung, die sich darin abzeichnete. Dann passierte etwas Sonderbares: sein rechtes Auge wurde trüb. Das linke war künstlich, es blieb kalt und grau, über das andere aber zog ein Schleier hinweg, es wurde regelrecht milchig. Die Verwunderung in seinem Gesicht wuchs ebenfalls noch an, er öffnete den Mund, als wollte er etwas sagen, es kam aber kein Ton heraus. Dann schüttelte er den Kopf, zwinkerte und sein Auge war wieder klar. Sein Gesicht sah völlig ausdruckslos aus. Jetzt bringt er mich um, dachte ich und hatte in diesem Augenblick mit allem abgeschlossen. Es gab keine Hoffnung mehr, selbst das Shakri hatte mich verlassen. Tu es! Schrie ich ihn in Gedanken an. Bring es hinter dich!

Statt dessen schaute er erstaunt auf mich herab, als sähe er mich zum ersten Mal. Dann stand er auf, blickte zu seinem Herrn und

Meister hinüber und setzte sich langsam, als sei er sich seiner Sache nicht ganz sicher, in Bewegung. Mich ignorierte er völlig. Einen kurzen Augenblick lang verspürte ich Erleichterung, dann begriff ich: Er wollte den Handschuh zu Serpent bringen. Dann hätte der die Energie aller sieben Shakris zur Verfügung und konnte seine Maschine starten. Die Vernichtung der Menschheit stand unmittelbar bevor. Sobald er das Shakri übergab, war unsere Spezies Geschichte. Nein, nicht mal das, es würde uns nie gegeben haben. Die Verzweiflung und das Gefühl des Versagens kamen mit Macht zurück. Ich musste ihn aufhalten, egal wie. Doch der Versuch aufzustehen misslang kläglich. Meine Beine gehorchten mir nicht, ich hatte keinerlei Gefühl in ihnen, vom Bauch an abwärts war ich gelähmt.

Verzweifelt brüllte ich hinter Vincent her, er solle zurückkehren, wir wären noch nicht fertig, ich schleuderte ihm Beschimpfungen und Beleidigungen nach, um ihn zu reizen, doch er reagierte nicht, grade so, als ob es mich nicht gäbe. Mit der Kraft der Verzweiflung warf ich mich herum und begann, hinter ihm herzurobben, mich nur mit den Armen vorwärtsziehend. Die Beine schliffen wie zwei Baumstämme hinter mir her und sie schienen auch mindestens so viel zu wiegen. Nie ist mir vorher in den Sinn gekommen, dass Beine so schwer sein können. Ich kroch mit einer Geschwindigkeit dahin, die fast an die eines Fußgängers herankam, aber es reichte natürlich nicht, um ihn einzuholen. Völlig erschöpft kam ich an die niedrige Mauer, die den Platz umgab. Sie mochte einen halben Meter hoch sein, wenn überhaupt; für mich stellte sie ein schier unüberwindliches Hindernis dar. Irgendwie gelang es mir, mich hochzuziehen, bis ich mit dem Oberkörper darüber hing. Da sah ich Vincent vor Doktor Serpent stehen, die Hände auf dem Rücken verschränkt. Der Doktor stand hinter dem virtuellen Pult, grade, hochaufgerichtet, mit jeder Faser der Boss. Sie waren keine fünfzehn Meter von mir entfernt.

„Hast du das siebte Shakri?" hörte ich Serpent fragen. „Die Energie von sechs Shakris reicht nicht, ich brauche alle sieben."

„Ja", lautete die Antwort. „Ich habe es."

Serpent brüllte auf vor Begeisterung und reckte die Arme in die Höhe.

„Ja!" rief er theatralisch aus. Es wirkte so übertrieben wie aus einem schlechten Film. Allerdings wäre im schlechten Film an dieser Stelle der strahlende Held erschienen um mit einer Superwaffe, einer „experimentellen X-87" oder was weiß ich die Welt zu retten. Hier und jetzt aber gab es keinen Helden und auch keine Superwaffe, nur einen triumphierenden Schurken und einen hilflosen, vor Verzweiflung heulenden Versager. Und Serpent setzte noch einen drauf. „Endlich am Ziel! Vincent! Seit Äonen arbeite ich an diesem Plan und heute ist es endlich soweit! Heute ist der Tag, an dem die verdammte Menschheit ausgelöscht wird und meine eigene Rasse auf die Erde zurückkehrt! Gib mir das Shakri!" Und fordernd streckte er seine Hand aus.

Vincent rührte sich nicht, er stand nur da und schwieg.

„Nun?" fragte Serpent mit drohendem Unterton.

Da antwortete Vincent endlich. „Ich glaube nicht", sagte er, „dass heute dieser Tag ist."

Und mit einem Satz war er an dem Gestell, in dem der weiß leuchtende Root-Kristall stand und presste die linke Hand mit dem Handschuh dagegen.

Serpent brüllte auf: „Vincent! Neinnnnnn!"

Das Ende des Neins wurde zu einem langgezogenen Kreischen, wie wenn ein Kreissägeblatt auf einen Nagel trifft und ging unter in einem merkwürdigen Brummen und knallenden Geräuschen, die vom Kristall herübertönten. Sein Licht begann zu flackern. Serpent brüllte unmenschlich auf, sein Gesicht und seine Hände wurden unscharf, sie flirrten und flackerten und als sie sich wieder verfestigten, war er kein Mensch mehr, sondern eine humanoide Echse, mir grünbraun gefleckter Haut und dreifingerigen Klauenhänden. Mit einem Satz, den kein Mensch zustande brächte, sprang er über sein Schaltpult auf Vincents Rücken und vergrub seine Klauen in dessen Hals. Vincent aber stand unbewegt wie aus Stahl. Das Dröhnen und Brummen wurde immer lauter, Luft und Boden vibrierten und ein unbeschreibliches Grauen erfasste mich. Ich konnte spüren, wie etwas Großes losbrach, etwas unglaublich Gewaltiges.

Auf einmal stand Saphira auf dem Platz, etwa in der Mitte zwischen mir und der Maschine. Sie hielt eine wasserballgroße, blau funkelnde, aus tausenden Facetten bestehende Kugel in den Händen und sie beachtete mich gar nicht. Aus der Kugel brach ein Strahl hervor, fächerte sich auf und umhüllte die Maschine, Vincent und Serpent und den Kristall mit einer blauschimmernden Sphäre. Undeutlich konnte ich dahinter noch Serpent erkennen, der Vincents Kehle zerfetzte, und doch presste der seine Hand noch immer gegen den Kristall. Dann flammte im Innern dieser Kugel die Sonne auf, nein, hunderte von Sonnen. Gleißendes Licht brannte sich in meine Augen, ich fiel hinter die Mauer zurück und vergrub mein Gesicht winselnd im Dreck. Es war mir egal, ob ich nun blind war oder nicht, ich hatte einen kurzen Blick auf Mächte geworfen, die kein Mensch hätte schauen dürfen. Ein Tosen und Brausen jagte durch die gigantische Höhle wie alle Düsenjäger der Welt zusammen, der Boden bebte als sei er lebendig und die Luft wurde dick und schien zu erstarren. Ich weiß nicht, wie lang ich so lag und auf mein Ende wartete. Saphira hatte mir erzählt, nur ein winziger Bruchteil der Energie dieser Explosion würde in unser Universum abgeleitet und selbst das wäre genug, die Erde mehr oder weniger zu zerstören, wenn es nicht abgeschirmt wird. Ich glaubte ihr damals nicht und dachte, sie übertreibe. Jetzt aber verkroch ich mich so tief ich konnte, mir grauste vor den Gewalten, die da tobten und ich wünschte mir, eine Ameise zu sein oder eine Kakerlake, um mich in irgendwelchen Ritzen zu verstecken und um nichts wissen zu müssen von den furchtbaren Kräften des Universums.

Keine Ahnung, wie lang es dauerte, vielleicht nur Minuten, vielleicht Stunden, aber endlich wurde das Grollen schwächer und das Vibrieren des Bodens ließ nach. Da hob ich den Kopf und öffnete die Augen. Ich war nicht erblindet. Vor mir sah ich ein Stück sandiger Erde, die kleinen Körnchen hüpften noch aufgeregt auf und ab, aber langsam beruhigten sie sich. Noch ein, zwei Sprünge, dann war es vorbei. Eine unglaubliche Stille breitete sich aus; nach dem Lärm der Explosion wirkte sie direkt unheimlich. In dieser Stille erklang ein Knacken und Knistern, das vom Zentrum des Platzes kam. Mühsam richtete ich mich auf, bis ich über die Mauer sehen konnte. Die Maschine war weg, auch der Kristall, Serpent und Vincent waren verschwunden. Dafür gab es in der Mitte des Platzes eine kreisrunde Vertiefung, als wäre dort eine riesige Kugel ein Stück in den Boden gepresst worden. Aus dieser Mulde strahlte eine irrsinnige Hitze, sie leuchtete weißglühend und auf ihrem Grund sammelte sich flüssiges, kochendes Gestein. Nun erkaltete das langsam und gab dieses Knistern von sich.

Auch Saphira war verschwunden. Nur der große Saphir lag einsam auf dem leeren Platz. Aber er leuchtete nicht mehr, sondern sah stumpf und tot aus. Obwohl mir die Hitze die Haut versengte, konnte ich den Blick nicht von dem Saphir abwenden. Das also war das Gefäß, in dem das gemeinsame Bewusstsein von tausenden hochstehender Wesen die Zeitalter überdauert hatte um die Welt zu retten. Und während ich das dachte, überzog sich der Saphir mit einem Netz feiner Risse und Sprünge und mit einem leisen

Knall zerplatzte er zu stumpfblauem Staub. Ich fiel zurück und mir wurde schwarz vor Augen. Es war vorbei.

Tag unbekannt – In der unterirdischen Stadt

Ein schrecklicher Durst weckte mich auf. Bis heute ist mir nicht klar, ob ich dort am Rande des Platzes ohnmächtig wurde oder nur vor Erschöpfung einschlief und ich weiß auch nicht, wie lange ich da lag. Mein guter, zuverlässiger Tauchcomputer war kaputt, sein Display dunkel und leer und der kleine Kompass am Armband drehte sich wie verrückt im Kreis. Die Explosion musste einen gewaltigen elektromagnetischen Impuls freigesetzt haben, der alle elektronischen Geräte in der Nähe zerstörte.

Aber das war mir zunächst egal, meine Kehle war völlig ausgetrocknet und die Haut spannte über dem Gesicht, wohl verbrannt von der Hitze nach der Explosion. In einiger Entfernung konnte ich ein Zelt erkennen, dort musste sich das Lager von Serpents Söldnern befinden. Die hatten sicherlich auch Wasservorräte dabei. Ich versuchte meine Beine zu bewegen – nichts. Als ich mit der Faust auf den Schenkel schlug, spürte ich gar nichts. Die Beine waren da, gehörten mir aber nicht mehr sondern waren nur noch zwei nutzlose, ja, sogar störende Anhängsel. Also kroch ich wieder auf dem Bauch. Es dauerte endlos lange, bis ich das Lager erreichte, zwischendurch wurde mir mehrfach schwarz vor Augen und ich musste pausieren. Endlich erreichte ich den Platz, wo bei unserer Ankunft einer der Söldner Essen gekocht hatte. Der Kocher stand noch da, mit dem Topf darauf, und daneben lag ein halbgefüllter Fünf-Liter-Wassersack. Gierig griff ich danach und trank. Wahrscheinlich kippte ich mindestens einen Liter in mich rein, ehe ich den Sack absetzte. Das tat so gut, wer hätte gedacht, wie lecker warmes, abgestandenes Wasser sein kann. Dann lag ich nur so da und starrte auf die Höhlendecke. Ab und zu trank ich einen Schluck. Mein Kopf war völlig leer, als ob die Explosion alle Gedanken weggefegt hätte. Erst allmählich, einer nach dem anderen, kamen sie zurück.

Alles spielte sich so ab, wie Saphira gesagt hatte, die Explosion der Shakri-Energie, ihre Eindämmung durch die Meister des Blauen Ordens. Es ist alles wahr gewesen. Lange vor den Menschen lebten intelligente Wesen auf der Erde, deren Verständnis vom Universum ein grundsätzlich anderes war als unseres und die kraft ihres Verstandes in die tiefsten Strukturen des Mikrokosmos eindrangen... und nicht mit gewaltigen Maschinen wie wir es in unserer Unwissenheit versuchen. Und dieses Wissen um die innersten Kräfte der Materie hätte die Menschheit um ein Haar vernichtet – und hatte sie letztendlich gerettet. Die Kräfte, deren Freisetzung ich als einziges lebendes Wesen auf dem ganzen Planeten miterlebt und überlebt hatte, gingen weit über meine Vorstellung hinaus und mir war nur eines klar – dafür sind wir nicht bereit. Wer weiß, ob wir je dafür bereit sein werden.

Dann wanderten meine Gedanken zu Wafa und Sky. Ob sie beide tot waren? Ich hatte zwei Treffer von Vincents Elektroblitzen ausgehalten, vielleicht lebten die beiden noch und waren nur gelähmt, wie ich? Erneut versuchte ich meine Beine zu bewegen und spürte erstaunt, dass ich die Oberschenkel anspannen konnte. Die Lähmung ging zurück, quälend langsam nur, aber sie ging zurück.

In den nächsten Stunden saß ich herum, trank und aß etwas von dem kalten Chili, das sich im Topf auf dem Kocher befand. Ich hätte es mir gerne aufgewärmt, aber ich hatte weder Feuerzeug noch Streichhölzer um den Kocher zu entzünden. Irgendwann konnte ich die Beine heben und die Knie beugen. Dann gelang es mir, mit den Füßen zu wackeln, zuletzt kehrten die Zehen zurück. Ich versuchte aufzustehen. Drei Mal fiel ich wieder hin, dann stand ich auf breit gespreizten Beinen, wackelnd wie ein Kleinkind. Jede Bewegung schmerzte, es fühlte sich an wie Muskelkater zum Quadrat. Aber ich konnte gehen!

Ich griff mir einen gefüllten Wassersack und stapfte langsam und steifbeinig zu der Stelle, wo meine Gefährten lagen, noch in der gleichen Haltung, in der ich sie zuletzt gesehen hatte. Wafa auf dem Rücken, Sky in Embryohaltung ein paar Meter weiter. Ich ging zu ihr, voller Angst, was ich wohl sehen würde. Ihr Körper war nicht mehr verkrampft, sondern weich und schlaff. Ich sah, wie ihre Brust sich hob und senkte, sie atmete! Vorsichtig drehte ich sie auf den Rücken, rollte meine Jacke zusammen und schob sie unter ihren Kopf. Sie war bei Bewusstsein, ihre Augen folgten jeder meiner Bewegungen, doch sie konnte sich nicht bewegen, ihr ganzer Körper war gelähmt. Während ich sie bequemer hinlegte, sprach ich mit ihr.

„Kannst du mich hören? Blinzle zwei Mal, wenn du mich verstehst."

Ihre Lider gingen zwei Mal zu und wieder auf und ich fühlte mich unglaublich erleichtert.

„Ich gebe dir jetzt was zu trinken, ganz vorsichtig. Versuch zu schlucken."

Ich fürchtete mich davor, dass auch ihr Schluckreflex gelähmt war und ihr das Wasser in die Lunge laufen würde, aber zum Glück funktionierte er und sie trank so gierig wie ich vorhin. Schlückchenweise gab ich ihr zu trinken und erzählte ihr dabei, was geschehen war. Dann fiel mir Wafa ein und ich ging zu ihm hinüber. Wie Sky war auch er bei Bewusstsein und er konnte auch schon den Mund bewegen, aber noch nicht sprechen. Da meine Jacke unter Sky's Kopf lag, musste er sich mit einem Stein begnügen und dann gab ich ihm den Rest des Wassers zu trinken.

In den nächsten Tagen, oder besser, den wachen Zeiten zwischen unruhigen Schlafphasen, holte ich unsere Rucksäcke her und machte den beiden bequemere Lager zurecht. Sky begann, kaum dass sie wieder sprechen konnte, zu quengeln. Sie brauche Privatsphäre und so weiter, also bettete ich sie in eines der Zelte und brachte auch ihren Rucksack hinein. Die beiden konnten recht schnell wieder sitzen und ihre Arme gebrauchen, die Lähmung in den Beinen hielt allerdings viel länger an als bei mir. Also begrub ich in der Zwischenzeit Farid, oder besser, da ich keine Schaufel hatte, schichtete ich einen Hügel aus Steinen über ihm auf. Muslime werden normalerweise in Blickrichtung auf Mekka beerdigt, aber ich hatte keine Ahnung, in welcher Richtung ich das suchen sollte, also legte ich ihn auf den Rücken. Mekka war jedenfalls definitiv über uns. Die Leichen der Söldner schleifte ich in eine Kuhle und bedeckte sie ebenfalls mit Steinen.

Als wir zum dritten Mal nach der Katastrophe wach wurden, waren Sky und Wafa wiederhergestellt. Wir packten unsere Ausrüstung zusammen und bevor wir aufbrachen, besuchten wir ein letztes Mal den zentralen Platz. Die Senke war inzwischen abgekühlt. Außer ihr und einem Häufchen blauen Pulvers war nichts übrig, was vom Beinahe-Ende der Menschheit kündete. Lange sah Wafa stumm in die Vertiefung hinein, dann seufzte er auf.

„Alle Shakris vernichtet. Das war's dann wohl mit den Shakri Narubeth."

Sky kniete vor den Überresten des Saphirs und ließ den blauen Staub durch ihre Finger gleiten. Dann hob sie den Kopf.

„Die Shakri Narubeth haben ihre Aufgabe erfüllt." Sie sah mir direkt in die Augen. „Du hast die Aufgabe erfüllt."

Eigentlich, dachte ich, ist es Vincent gewesen, der uns gerettet hat. Warum hat er das getan?

Seit er seine Hand gegen den Kristall gepresst hatte, stellte ich mir diese Frage immer wieder. Was mochte ihn bewogen haben, seinen Chef zu verraten und uns zu retten?

Wafa unterbrach meine Gedankengänge, indem er sich die Rucksackgurte fester zurrte und entschlossen sagte: „Also los, wir haben einen weiten Weg vor uns."

Unser Rückweg dauerte wesentlich länger als der Hinmarsch, ging es doch ständig bergauf. Die erste Etappe durch die tote Stadt bewältigten wir recht schnell, wir hatten es eilig, diesen unheimlichen Ort zu verlassen. Ihre Erbauer waren nun endgültig fort und bis zum letzten ausgestorben, aber das Licht leuchtete noch immer und der rätselhafte Sammler drehte sich lautlos um sich selbst. Wie viele Jahrtausende mochte das noch so weitergehen? Und was würde geschehen, wenn irgendwann mal Menschen hierherkamen? Ich glaube, wir atmeten alle auf, als wir die große Höhle endlich verließen und in die Gänge eintauchten. Auf dem Weg nach unten führte uns Saphira, auf dem Rückweg mussten wir selbst sehen, wie wir klarkamen und sicher hätten wir uns hoffnungslos verirrt und nie den Rückweg ans Tageslicht gefunden, wenn nicht Farid in kluger Voraussicht alle Abzweigungen mit Kreide markiert hätte. So rettete er uns auch nach seinem Tod noch das Leben.

Ich kann nicht mehr genau sagen, wie oft wir rasteten und Schlafpausen einlegten. Von unseren Uhren funktionierte nur noch die von Wafa, weil es eine mechanische war, aber während er gelähmt dalag, war sie stehengeblieben und daher ebenfalls nutzlos. Zum Glück überstanden die Taschenlampen den Energieimpuls, nach einiger Zeit wurde das Licht in den leuchtenden Adern wieder schwächer und verlosch schließlich ganz und wir marschierten durch eine abgrundtiefe Finsternis, die mir nur zu bewusst machte, wie tief unter der Erde wir waren und welche Massen an Gestein über unseren Köpfen hingen… und erst jetzt verspürte ich eine Art von Klaustrophobie und drängte vorwärts. Nur raus hier, nur weg.

Wafa hingegen baute langsam ab, sein Alter machte sich doch allmählich bemerkbar und es fiel ihm sichtlich schwerer, die Etappen zu bewältigen, auch wenn er sich nichts anmerken ließ. Die Disziplin und Selbstbeherrschung, die in diesem Mann steckte, war bewundernswert.

Schließlich blieb auch der kleine Bach hinter uns zurück. Wir füllten noch einmal alle Flaschen und Wassersäcke und Sky verschwand ein letztes Mal hinter einer Gangbiegung um sich zu waschen. Wafa und ich hatten das aufgegeben, wir steckten seit Tagen in denselben Klamotten, waren unrasiert – mein Bart begann bereits zu jucken und wurde mir unangenehm, trotzdem brachte ich nicht die Energie auf, mich zu rasieren – nur Sky kümmerte sich, so gut es ging, um Hygiene. Aber auch ihre Haare wurden langsam strähnig und ihre Uniform war so dreckverkrustet wie unsere.

Die letzten Etappen wurden die härtesten. Wir waren alle erschöpft bis zum geht-nicht-mehr. Nach und nach warfen wir alles weg, was mir nicht mehr benötigten, um unser Gepäck zu erleichtern. Die Waffen, die Munition, die Ersatzlampen... Irgendwann gingen uns die Batterien aus und dann auch noch das Wasser. Verbissen und wortlos stiegen wir weiter. Um Energie zu sparen hatte nur noch die Person an der Spitze ihre Lampe brennen, die beiden anderen bemühten sich, mit ihr Schritt zu halten um nicht in der Dunkelheit zurück zu bleiben. Einmal, als ich kurz stehenblieb um mich zu erleichtern, fand ich mich danach ganz allein in der Finsternis und mir kam der Gedanke, mich einfach hinzusetzen und warten, bis alles vorbei sei. Aber dann packte mich ein furchtbares Grauen: Einsam in dieser Schwärze sterben zu müssen jagte mir eine ungeheure Angst ein und ich schaltete meine Stirnlampe ein und hastete den beiden anderen nach. Nur nicht allein sein!

Als wir schließlich oben ankamen, merkten wir es zunächst nicht. Es war noch Nacht und wir traten aus der Höhle in die Wüste hinaus. Ich stieß gegen Sky, die stehengeblieben war und sich umsah, und hob ebenfalls den Blick. Nach so langer Zeit unter der Erde kam mir die ungeheure Weite der Welt um mich herum fast unwirklich vor. Über uns erstreckte sich ein Himmel, an dem Millionen von Sternen wie Scheinwerfer strahlten und kühle, frische

Luft füllte meine Lungen. Sie war so rein und klar, dass sie mir fast im Rachen brannte. Über dem östlichen Horizont lag schon ein rötlicher Schimmer. Keine Ahnung, wie lange wir so standen; irgendwann sank Sky in die Knie und setzte sich in den Sand. Wafa warf seinen Rucksack achtlos ab und das plumpsende Geräusch, das er dabei verursachte, rief die Wache herbei. Natürlich warteten seine Soldaten noch immer auf unsere Rückkehr. Taschenlampen flammten mit grellem Schein auf, blendeten uns und ein wahrer Sturm aus aufgeregten ägyptischen Worten prasselte auf uns ein. Irgendwer nahm mir den Rucksack ab und führte mich in ein großes Zelt, in dem Klappstühle standen. Ich setzte mich in einen, immer noch überwältigt, nicht glaubend, dass es geschafft war. Dann brachte mir einer eine große Tasse heißen, starken, schwarzen Kaffees. Und das war das Beste, was mir seit unglaublich langer Zeit widerfahren ist.

Wafa erholte sich recht schnell, zumindest mental. Nach kurzer Zeit schon gab er Befehle und im ersten Licht des neuen Tages brachen die Soldaten das Lager ab und verluden alles in dem Truck. Ich ließ sie machen und stellte mich einfach in den Sonnenaufgang. Groß und rot und unglaublich hell und warm schob sich der glühende Ball über den Horizont. Wann hatte ich sie zuletzt gesehen? Nein, anders, wann hatte ich sie zuletzt so intensiv wahrgenommen? An meinem ersten Urlaubstag, fiel mir ein, als ich am Strand von Bohol saß. Eine Ewigkeit schien mir das jetzt her. Sky trat neben mich, sie steckte, wie ich, noch immer in ihrer dreckigen Uniform und mir fielen die grauen Schmutzflecken in ihrem Gesicht auf.

„Jetzt ist es endgültig vorbei", sagte sie. „Wenn wir wieder zu Hause sind, können wir ein ganz normales Leben führen, wie alle anderen."

Ich versuchte, sie mir in einem Rock vorzustellen, mit einem weißen Arztkittel darüber, aber es gelang mir nicht. Dann dachte ich daran, dass ich in Kürze wieder vor meinem Computer sitzen und mich mit so belanglosen Dingen wie Raumklima, Luftumwälzungen und Volumenströmen befassen würde und das kam mir viel unwirklicher vor als eine unterirdische Stadt, die von Sauriermenschen bewohnt wurde. Ich hatte nicht mal den Namen von Saphiras Volk erfahren...

„Wir müssen los!" hörte ich Wafa hinter uns sagen. Mühsam riss ich mich aus meinen Gedanken und wir stiegen in den letzten noch wartenden Humvee. Der Fahrer rümpfte die Nase, nach wer weiß wie vielen Tagen ohne Dusche und Wäschewechsel mussten wir wohl stinken wie die Iltisse, auch wenn wir das selber gar nicht mehr rochen.

Nach nur etwa hundert Metern hielt der Wagen auf Wafas Befehl hin an und wir stiegen aus. Der Colonel hielt ein kleines Gerät in der Hand, etwa wie ein Walkie-Talkie geformt, blickte uns kurz an und drückte dann eine Taste. Eine schwarze Wolke quoll aus dem Höhleneingang und ein Donner rollte grollend über die Wüste hin. Er hatte den Eingang zur unterirdischen Stadt gesprengt. Ein klein wenig tat es mir leid, aber so war es am besten. Was sich dort unter der Erde verbarg, ging die Menschheit nichts an. Wir mussten unseren eigenen Weg gehen und der ist, dessen bin ich mir bis heute sicher, ein ganz anderer als der, den Saphiras Volk eingeschlagen hatte.

Wir fuhren dann zurück in das Oasenhotel, wo wir sicher den halben Wasservorrat für eine ausgedehnte Dusche verbrauchten, bevor wir uns sauber, in frischen Kleidern, rasiert und nach Aftershave duftend im Speiseraum trafen. Selbst Sky verströmte einen Aftershaveduft.

„Was?" rief sie empört, als ich grinsend schnupperte. „Ich hab nichts anderes gefunden!"

Tag 20 – Nordthailand

Der Rest ist schnell erzählt. Alles in allem waren wir zwölf Tage in jenem unterirdischen Reich, zwölf Tage, die mich auf immer verändert haben. Noch am Tag unserer Rückkehr ans Tageslicht fuhren wir zurück nach Kairo. Von unterwegs aus führten Wafa und Sky einige Telefonate, von denen ich nicht das geringste verstand, der eine sprach arabisch, die andere Thai. Zum ersten Mal fühlte ich mich ausgeschlossen und starrte missmutig aus dem Fenster, wo die Wüste vorbeirauschte. Ob ich diese Landschaft je wiedersehen würde? Vielleicht als normaler Tourist, aber sicher nicht als Akteur einer abenteuerlichen Hetzjagd zur Rettung der Welt. Ich fühlte mich irgendwie… leer. Sollte ich wirklich zurückkehren in dieses geordnete Leben, aus dem ich zu Beginn der Reise ums Verrecken nicht ausbrechen wollte?

Wafa legte endlich sein Telefon weg und drehte sich zu uns um.

„Unsere Aktion hat ziemliches Aufsehen erregt. Der Einbruch in Imhoteps Grab ist durch die Presse und das Ministerium steht unter ganz schönem Druck. Ich werde einiges zu erklären haben und keine Ahnung, was ich denen sagen soll." Zum ersten Mal klang er einigermaßen ratlos.

„Keine Sorge", beruhigte Sky ihn, „die Shakri Narubeth werden ihre Beziehungen spielen lassen und dafür sorgen, dass alles im Sand verläuft. Serpents Firma wurde übrigens von den deutschen Behörden geschlossen, nach ihm und Vincent wird mit internationalem Haftbefehl gesucht."

„Sie werden die beiden nur nirgends mehr finden", murmelte ich.

„Jedenfalls", fuhr Wafa fort, „tut ihr gut daran, so schnell wie möglich zurückzufliegen. Bis sich die Lage beruhigt hat, kann noch einiges passieren. Glaubt mir, ich kenne meine Landsleute.

Manchmal neigen sie zu vorschnellen Aktionen, die ihnen hinterher leid tun."

Wir erreichten den kleinen Flughafen mitten in der Nacht. Unsere Maschine stand aufgetankt und startbereit in einem Hangar, die beiden Piloten, die die ganze Zeit auf Abruf in dem kleinen Clubhaus des Aerovereins campiert hatten, saßen dort vor dem Fernseher, als wir kamen. Sie waren nicht sehr glücklich, als sie von einem Nachtstart hörten, aber die Vorstellung, eventuell Bekanntschaft mit der ägyptischen Justiz zu machen, stimmte sie recht schnell um. Während sie den Learjet startklar machten, umarmte Sky den Colonel.

„Mach dir keine Sorgen", versprach sie. „Wir regeln das mit den Behörden. Wir werden uns auch um Farid's Familie kümmern."

„Der arme Kerl", murmelte Wafa bedrückt. „Ich hätte ihn nie mitnehmen dürfen. Er war für solche Aktionen nicht der Richtige."

„Er war ein Shakri Narubeth. Er kannte das Risiko und hat es auf sich genommen. Und er ist nicht umsonst gestorben. Ohne seine Markierungen hätten wir nie zurückgefunden. Sieh ihn als das letzte Opfer in unserem Kampf um die Rettung der Welt."

Wafa drückte sie noch einmal fest an sich, dann trat er, wie es schien, leicht verlegen zurück und kam zu mir. Dabei zwinkerte er verdächtig. Der alte Haudegen hatte doch nicht etwa Tränen in den Augen?

Aber noch bevor ich etwas sagen konnte, packte er mich und drückte mich an sich, dass mir die Luft wegblieb.

„Mach's gut, mein Freund!" dröhnte er. „Du hast dich prima geschlagen! Wenn ich noch mal in so eine Lage kommen sollte, will ich dich an meiner Seite haben!"

„Lob mich nicht zu sehr", antwortete ich etwas verlegen, „schließlich habe ich am Ende doch versagt."

„Und Vincent hat die Welt gerettet, ja?" Das klang ziemlich sarkastisch. „Und das soll ich dir abkaufen? Du bist nur zu bescheiden, den Ruhm einzuheimsen, der dir gebührt!" Und er schlug mir krachend auf die Schulter.

„Es wird keinen Ruhm geben", sagte Sky, die zu uns herantrat. „Niemand wird davon erfahren, und selbst wenn was durchsickert, wird es keiner glauben. Und nun leb wohl, Colonel. Wer weiß, wann wir uns wiedersehen, jetzt, wo die Shakri Narubeth nicht mehr gebraucht werden."

Wir stiegen ins Flugzeug und während es losrollte, sah ich Colonel Wafa al Halabi neben seinem Humvee stehen und salutieren.

Chiang Mai erreichten wir, wie beim ersten Mal, am späten Nachmittag und auch dieses Mal wurden wir von einem Offizier empfangen, allerdings einem anderen als beim letzten Mal. Ich erinnerte mich, dass Sky ihn degradieren lassen wollte und fragte mich, ob das wohl wirklich geschehen war. Jedenfalls wurden die Formalitäten in wenigen Minuten erledigt und er führte uns, ohne Militäreskorte diesmal, nach draußen auf den Parkplatz, wo bereits ein Armee-Landrover auf uns wartete, um uns zum Tempel zu bringen.

Kurz vor Sonnenuntergang kamen wir an, es war das reinste Deja-Vu, nur hingen diesmal keine schwarzen Wolken über der Anlage. Die Shakri-Meister, allen voran Meister Tao, erwarteten uns auf dem Platz vor dem Tempel. Tao kam mit ausgebreiteten Armen auf uns zu und umarmte Sky.

„Willkommen, meine Tochter!"

Dann trat er zu mir und verneigte sich ehrfurchtsvoll, was mir furchtbar peinlich war. Es wäre mein Part, vor ihm in die Knie zu gehen, schließlich hatte ich nicht nur in meiner Rolle als Auserwählter versagt, sondern auch noch das Shakri verloren. Alle Shakris genaugenommen.

„Wie ich hörte, ist Doktor Serpent vernichtet und die Welt gerettet. Wir haben uns in dir nicht getäuscht."

„Nun ja", sagte ich beschämt, „allerdings war das nicht mein Verdienst. Und die Shakris sind alle verloren."

Er nickte gleichmütig. „Das ist ein geringer Preis für die Rettung der Welt. Kommt mit und berichtet."

Im Inneren des Tempels schienen die Aufräumarbeiten schon fast beendet zu sein. Tao führte uns in einen großen, rechteckigen Raum, der mit roter und goldener Farbe ausgeschmückt war, die recht frisch zu sein schien, es lag jedenfalls noch ein deutlicher Lackgeruch in der Luft. Der Raum war leer bis auf einen großen, runden, aber sehr flachen Tisch in der Mitte, der von weichen Sitzkissen umgeben war. Wir nahmen Platz und mir fiel auf, dass Tao etwas erhöht saß und außerdem mit dem Rücken zum einzigen Fenster. Die tiefstehende Sonne, die warm und golden hereinflutete, umgab ihn mit einer glänzenden Aureole. Eine sehr eindrucksvolle Inszenierung, offenbar war er inzwischen als neues Oberhaupt des Ordens bestätigt.

Auf seine Bitte hin berichtete Sky von unserer Reise, bis zu dem Zeitpunkt, da sie und Wafa von Vincent überrascht wurden. Mit Mühe konnten sie gegen ihn und dem dritten Söldner bestehen, aber die Schüsse, die sie immer wieder aus der Richtung hörten, in der sie mich und Farid vermuteten, besorgten sie und lenkten sie ab. Irgendwann gelang es Wafa, den Söldner zu erledigen, gleich darauf wurde er von Vincents Elektroschock getroffen. Ihr war inzwischen die Munition ausgegangen, voller Verzweiflung wehrte sie sich mit Steinen, als Vincent sie ebenfalls niederstreckte. Als nächstes erinnerte sie sich, wie sie vollständig gelähmt erwachte. Nach einiger Zeit, die ihr elend lang vorkam und ihr in ihrer Hilflosigkeit als die schrecklichste Zeit ihres Lebens erschien, hörte sie Schritte, dann wurde sie herumgedreht und sah mein Gesicht über sich.

Tao bat nun mich darum, den Rest zu erzählen und ich berichtete ehrlich und ohne etwas zu beschönigen, was geschehen war. Wie Farid starb, wie ich gegen Vincent versagte und voller Verzweiflung hinter ihm herkroch... Als ich zu der Stelle kam, an der Vincent sich opferte, um die Welt zu retten, kam Unruhe unter den Meistern auf. Sie schienen es nicht glauben zu wollen, dass ausgerechnet der treueste Helfer ihres Erzfeindes sich gegen ihn gestellt hatte. Tao hob ruhegebietend die Hände und ließ mich zu Ende berichten. Am Ende erhob er sich und schritt nachdenklich um den Tisch. Alle Blicke folgten ihm in erwartungsvollem Schweigen.

„Danke." sagte er schließlich völlig unspektakulär. „Wir müssen darüber nachdenken. Was aber wohl zweifelsfrei feststeht, ist unsere Rettung. Serpent und Vincent sind tot. Alle Shakris sind vernichtet, die Aufgabe, der sich unser Orden seit über zweitausend Jahren gestellt hat, ist nun hinfällig geworden. Lasst uns für heute nicht weiter diskutieren, überdenkt das Geschehen. Morgen werden wir Entscheidungen fällen. Heute werden wir nur unsere Beziehungen spielen lassen, um die ägyptische Regierung zu beeinflussen, alle Untersuchungen in der Sache einzustellen. Meisterin Jolene, bitte kümmere dich um die Familie von Farid. Soweit ich weiß, hatte er jüngere Geschwister. Wir sollten dafür sorgen, ihnen eine angemessene Ausbildung zukommen zu lassen."

Neben mir blieb er stehen. „Max Schrödinger, wir und die ganze Welt stehen tief in deiner Schuld. Auch wenn du selbst vielleicht glaubst, versagt zu haben, wurde die Welt trotzdem gerettet. Wer weiß, wie es ohne dich ausgegangen wäre? Sei heute Nacht unser Gast, morgen besprechen wir alles weitere."

Sky brachte mich zu einer der Gästeunterkünfte. An der Tür blieb sie stehen und schaute mir mit einem geradezu schelmischen Ausdruck in die Augen.

„Jetzt ist es so gut wie vorbei. Was hältst du nun von unsterblichen Zauberern und übernatürlichen Wesen, die aus dem Nichts erscheinen?"

Ich ging auf ihren scherzhaften Ton ein, tatsächlich war meine Einstellung zu all den unglaublichen Erscheinungen, die ich erleben konnte, zwar offener geworden, im Kern hatte sich aber nichts geändert.

„Das war alles Wissenschaft. Eure alten Meister haben es für Magie gehalten, weil sie es nicht besser wussten, aber in Wirklichkeit ist alles ganz einfach erklärbar."

Okay, *einfach* war es sicher nicht zu erklären, und mit meinem Wissensstand vermutlich gar nicht, aber Zauberei war es trotzdem nicht.

„Du bist ein Idiot", sagte sie, aber es klang richtig nett. Dann erhob sie sich auf die Zehenspitzen und gab mir einen Kuss. Ich war einen Moment lang völlig perplex und als ich den Kuss erwidern wollte, war der Augenblick vorbei. Sie trat einen Schritt zurück, sah mich grinsend an und sagte dann im Weggehen: „Schlaf gut."

Ich schlief tatsächlich gut, zuvor aber lag ich noch recht lange wach und grübelte über mein Verhältnis zu Sky. Ich war mir meiner Gefühle für sie nicht sicher. Liebte ich sie? Am Anfang (war das echt erst zwei Wochen her?) da begehrte ich sie, aber Begehren ist nicht unbedingt auch Liebe. Dann entstand ein eher freundschaftliches, ja kumpelhaftes Verhältnis zwischen uns und als ich in der unterirdischen Stadt glaubte, sie verloren zu haben, packte mich schreckliche Angst. War das nun Liebe oder doch nur eine tiefe Freundschaft, eine ganz besondere Art der Beziehung, die durch unsere gemeinsamen Abenteuer entstand? Aber kann es Liebe ohne Freundschaft geben? Und konnte ich mir ein gemeinsames Leben überhaupt vorstellen? Ich war sicher zwanzig Jahre älter als sie, na und? Schwerer wogen wohl die kulturellen Unterschiede – und die Frage, ob sie für mich das gleiche empfand. Der Kuss eben war ihr erstes Signal in dieser Richtung. Wenn sie mich wollte, für ein Leben in Thailand wäre ich schon bereit. Die Shakri Narubeth waren sicher in der Lage, mir einen anständigen Job hier zu verschaffen. Wie Tao schon sagte: Sie schuldeten mir was. Morgen, dachte ich noch vor dem Einschlafen, werde ich sie fragen…

Der Morgen des nächsten Tages begann mit strahlendem Sonnenschein. Irgendwie war sogar meine Reisetasche hier gelandet und ich konnte mich endlich wieder in gewohnte Klamotten werfen. Ein junges Mädchen brachte mir das Frühstück: Eine Schüssel scharfe Reissuppe mit Hühnerfleisch und eine Tasse Kaffee. Nur löslicher, aber nach den letzten zwei Wochen war auch der eine Offenbarung.

„Wenn du mit dem Essen fertig bist, möchte Meister Tao mit dir reden", sagte sie. „Er erwartet dich im Tempel."

Auf dem Weg zum Tempel grübelte ich darüber nach, wie ich es anstellen sollte, mit ihm über die Sache mit dem Job in Thailand zu reden. Aber sollte ich vorher nicht erst mal Sky fragen? Wo steckte sie überhaupt?

Meister Tao empfing mich in einem überraschend modern ausgestatteten Büro. Es gab einen Schreibtisch mit Telefon und zwei

Laptops und in einer Ecke eine Sitzgruppe mit zwei Sesseln. „Nimm Platz", bat er mich. Er wirkte würdig wie immer, aber auch ernster als sonst.

„Wir haben heute Morgen bereits über unsere Zukunft beraten. Ohne die Shakris hat unser Orden unsere Daseinsberechtigung verloren. Wir stellen es daher Jedem frei, zu gehen. Diejenigen die bleiben wollen, werden eine normale Glaubensgemeinschaft bilden, ohne jeden politischen Einfluss. Die Shakri Narubeth wird es nicht mehr geben!"

Er legte eine kurze Pause ein und reichte mir einen flachen Umschlag. „Dein Flugticket nach Hause. Heute am späten Nachmittag von Chiang Mai nach Bangkok und eine Stunde nach Mitternacht via Dubai nach Deutschland. Morgen Mittag bist du zu Hause. Ziemlich genau drei Wochen nachdem du dort losgeflogen bist. Du kommst pünktlich aus deinem Urlaub zurück und niemand wird etwas merken."

Ich starrte auf den Umschlag wie auf eine giftige Schlange. „Aber…"

Tao hob abwehrend die Hand. „Sag es nicht. Ich weiß, was in dir vorgeht. Ihr Europäer tragt eure Seele auf dem Gesicht."

„Und du meinst, ich hätte bei ihr keine Chance?" antwortete ich trotzig.

„Oh, die hättest du sicher, aber du würdest sie nicht wollen." Mit diesen rätselhaften Worten erhob er sich. „Ich muss nun arbeiten. Wir sehen uns vor deiner Abreise noch mal."

Und er ließ mich stehen wie einen dummen Jungen.

Den Vormittag über trieb ich mich auf dem Gelände herum und fragte nach Sky. Alle behandelten mich mit größter Hochachtung, aber auch irgendwie distanziert. Ich mochte der Auserwählte gewesen sein, aber ich gehörte nicht wirklich zu ihnen, das konnte ich deutlich fühlen. Und Sky hatte auch keiner gesehen.

Schließlich kehrte ich in mein Gästehaus zurück und packte meine übriggebliebenen Sachen. Viel war es nicht mehr, die Tauchausrüstung war futsch und die Sachen, die ich auf dem Weg nach Ägypten trug, ebenfalls. Hatte ich wenigstens nicht mehr so viel zu schleppen.

An der Tür klopfte es, zögernd wie mir schien.

„Ja?"

Sky kam herein. Sie trug enge Jeans und ein T-Shirt, unter dem sich die Träger ihres Mogel-BH abzeichneten, und sie kam mir so wunderschön vor wie am ersten Tag. Wieder hatte ich das Gefühl, in ihren bernsteinfarbenen Augen zu ertrinken. Wie war eine solche Farbe nur möglich?

„Ich bin gekommen, mich zu verabschieden", sagte sie. Bildete ich mir das nur ein oder klang ihre Stimme belegt?

„Möchtest du das wirklich?" fragte ich und trat vor sie hin. Und zum ersten Mal berührte ich sie ganz bewusst, vorsichtig, an den Schultern.

„Es ist besser so", sagte sie.

„Wirklich? Sky, ich…"

Sie legte mir einen Finger auf die Lippen und dann küsste sie mich, ein langer, leidenschaftlicher Kuss. Wir saugten uns aneinander fest, ich drückte sie an mich… Da zog sie ihren Kopf ruckartig zurück, als hätte sie eben einen schweren Fehler begangen. Ich begriff ihr Verhalten nicht, sie schien es doch auch zu wollen. Gab es etwa jemand anderen? Sie befreite sich aus meiner Umarmung und fragte mit ungewohntem Ernst in der Stimme: „Sagt dir das Wort Kathoey etwas?"

Ich starrte sie an ohne zu begreifen. Wie kam sie jetzt darauf? Kathoeys nannten die Thailänder Transsexuelle, viele westliche Touristen sprachen auch abfällig von Ladyboys.

„Ich bin eine", sagte sie.

Mir wurde regelrecht schwindlig. Unmöglich! Nein, das konnte nicht sein... Doch dann... ihr Push-Up fiel mir wieder ein und ihr schmaler Hintern, als sie in der Höhle am Bach stand. Verblüfft starrte ich sie an und ganz langsam wurde mir die Bedeutung ihrer Worte klar. Und auch die von Tao; er musste es gewusst haben. Es konnte keine Beziehung zwischen uns geben... Aber seltsam, meine Gefühle für sie blieben die gleichen, trotz allem.

„Ich wollte nicht, dass du es erfährst. Aber du dummer Kerl musstest dich ja in mich verlieben!"

Bei den letzten Worten schluchzte sie auf und da konnte ich nicht anders als sie fest in die Arme zu nehmen. Sie drückte ihr Gesicht an meine Schulter und ich strich ihr sanft über die Haare.

„Du hattest recht", flüsterte ich. „Ich bin ein Idiot. Aber dennoch liebe ich dich..."

Am frühen Nachmittag verabschiedeten sie mich. Ich hatte mich in der Zwischenzeit mit einigen unterhalten, wir hatten Mailadressen ausgetauscht und sie versprachen mir, mich über alles auf dem Laufenden zu halten. Sky war die vorletzte, der ich Lebewohl sagte. Noch immer sah ich sie als Mädchen und es fiel mir sehr, sehr schwer, sie loszulassen. Wir umarmten uns.

„Wir bleiben in Verbindung, ja. Und du kommst mich besuchen, du hast es versprochen!"

„Ja doch, du dummer Kerl", antwortete sie lachend und stieß mich spielerisch von sich weg. Aber ich spürte, wie es wirklich in ihr aussah. Mochten die Asiaten ihre Seelen auch nicht auf dem

Gesicht tragen, wie wir Europäer, wahrhaft tiefe Gefühle konnten auch sie nicht ganz verbergen, jedenfalls nicht vor der Person, der sie galten.

Meister Tao war der letzte, der mir die Hand reichte. Er drückte sie mit erstaunlicher Kraft.

„Wie viele von euch werden hierbleiben?" fragte ich ihn zum Schluss. „Und welcher neuen Aufgabe werdet ihr euch stellen?"

„Mehr als die Hälfte wird bleiben. Und die Aufgabe wird sich finden. Die Welt muss immer beschützt werden. Außerdem, wenn es sieben Shakris gab, die auf die Erde gelangten, wieso sollte es dann nicht auch einem Achten möglich sein?"

Als ich bereits im Auto saß, fragte er mich plötzlich: „Was glaubst du, warum hat sich Vincent am Ende gegen seinen Herrn gestellt und uns gerettet?"

Ich hielt inne. Genau diese Frage hatte ich mir auch gestellt, immer und immer wieder. Vincent Legrelle verabscheute die Menschheit, er war Serpent treu ergeben, beging sogar Verbrechen für ihn, ohne jeden Gewissensbiss. Und im Augenblick von Serpents Triumph verriet er ihn und opferte sich für die Menschen, die er hasste. Was bewog ihn dazu?

„Das Shakri verändert die Menschen", sagte Meister Tao. „Du hast es am eigenen Leib erfahren." Er schlug die Wagentür zu und beugte sich über das offene Fenster. „Es macht die Menschen besser."

Der Wagen fuhr los, ich sah die Wächter zurückbleiben, Meister Tao reglos und würdevoll, Sky und einige andere winkend und dann erschien ein Bild vor meinem geistigen Auge: Ich lag im Dreck und Vincent kniete über mir, seine Knie bohrten sich in meine Oberarme, dass mir vor Schmerz schier die Luft weg blieb. Und dann zog er sich den Handschuh über und das Shakri begann zu leuchten. Sein lebendiges Auge wurde trüb und er erstarrte kurz.

War das das Werk des Shakris? Es beeinflusste seinen Träger, körperlich aber auch mental. Machte es aus dem Söldner und Killer wieder den Offizier der französischen Armee, den seine Männer verehrten und erinnerte er sich seines Eides, sein Land und die Menschen zu schützen? Es muss wohl so sein und darum hege ich bis heute keinen Groll gegen ihn, im Gegenteil, ich sage, Vincent Legrelle ist ein Held. Trotz seiner Verbrechen und Vergehen, trotzdem er einem Mann diente, dessen Ziel unser aller Vernichtung war, in dem Augenblick, da wir verloren hatten und unser Schicksal besiegelt schien, da fand er zurück zu den Menschen und hat sich geopfert, um uns alle zu retten.

Der Tempel der Shakri Narubeth verschwand hinter der Hügelkuppe und ich fuhr zurück in eine Welt, die für mich nie mehr die alte sein würde.

Zeitfracht Medien GmbH
Ferdinand-Jühlke-Straße 7
99095 Erfurt, Deutschland
produktsicherheit@kolibri360.de